中翻英 正誤辨析

高凌 主編

☑ 副主編　陳　璞　李曉茹
☑ 編　者　高　明　李振冰　劉桂琴　王雅琴
　　　　　侯瑞君

書泉出版社 印行

$1 \times 1 =$

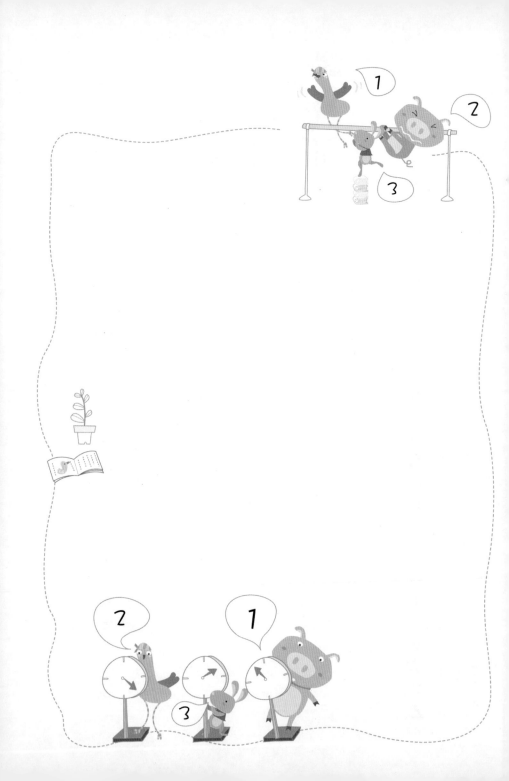

abide [əˈbaɪd] v. ① vt. 容忍，忍受　② vi. 遵守，堅持

例句 **我無法忍受大聲的噪音。**

✗ I **can't abide by** loud noise.

○ I **can't abide** loud noise.

說明 「abide」與「can」連用於疑問句或否定句時，可用來表示「忍受」「受得了」。說「無法忍受某人或某事」可用「can't abide sb [sth]」，此時「abide」後面沒有介系詞「by」。

例句 **你必須遵守諾言。**

✗ You should **abide** your promise.

○ You should **abide by** your promise.

說明 「abide」作「忍受」「容忍」解時是及物動詞，其後接受詞時不加介系詞。但「abide」作「遵守（法律、諾言、決定等）」「堅持（觀點等）」解時是不及物動詞，後接受詞時要用「abide by」。

ability [əˈbɪlətɪ] n. ①能力　②本領，才能

例句 **他現在有能力自學英語。**

✗ He has **the ability of** teaching himself English now.

○ He has **the ability to** teach himself English now.

說明 「ability」後接動詞表示「做…的能力」，在英語中常用「the ability to-v」，很少用「the ability of v-ing」。

例句 直到他 16 歲，他的父母才發覺他在音樂方面的才能。

✗ His parents were not aware of **his ability of** music until he was sixteen years old.

○ His parents were not aware of **his ability in** music until he was sixteen years old.

說明 「ability」後接名詞表示「某方面的能力」，其中的介系詞通常用「in」而不是「of」，如「the ability in music」「the ability in language」等。

able ['ebḷ] adj. 能夠…的，得以…的

例句 你能來嗎？

✗ **Are** you **able of coming**?

○ **Are** you **able to come**?

例句 他有能力做大事。

✗ He **is able of doing** great things.

○ He **is able to do** great things.

說明 表示「能夠做某事」「有做某事的能力」時，「be able」之後只能接「to-v」，不用「be able of v-ing」。

about [ə'baʊt] adv. 大約，差不多

例句 我正要睡覺時，忽然聽到敲門聲。

✗ There was a knock at the door when I **was about going** to bed.

○ There was a knock at the door when I **was about to go** to bed.

說明 「be about to」表示「馬上就要做某事」「正要去做某事」，此時「a-bout」後不能接動名詞。

above [ə'bʌv] prep. ①在…正上方　②超過，超出

牆上有張世界地圖。

✗ There is a world map **above** the wall.

○ There is a world map **on** the wall.

「above」和「on」都可譯為「在…之上」，它們的區別是：「above」表示一個物體在另一個物體的上方，兩者並不接觸；「on」則表示「在…上面」，兩個物體相接觸。

她的房間在二樓，正好是我們樓上的那間。

✗ Her room is **above** ours on the first floor.

○ Her room is **over** ours on the first floor.

泛指「在…上方」用「above」或「over」都可以，但如果表示「垂直的上方」時只能用「over」，而不能用「above」。

大廳裡有二百多人。

✗ There were **above** two hundred people in the hall.

○ There were **over** two hundred people in the hall.

「above」不與數字連用，除非表示溫度計的刻度。

abroad [ə'brɔd] adv. 到國外，在國外

明年你要出國嗎？

✗ Are you going **aboard** next year?

○ Are you going **abroad** next year?

說明 「aboard」的意思是「在船上」；「abroad」的意思才是「到國外」。這兩個字拼寫相近，注意不要混淆。

 例句 我下個月準備出國。

✖ I'm **going to abroad** next month.

◯ I'm **going abroad** next month.

 說明 「abroad」（在國外，出國）是副詞，不能當動詞使用。要表示「出國」這樣的動作或行為時，須在「abroad」前加「travel」「go」等動詞。

 例句 我喜歡到國外旅行。

✖ I like to travel **in the abroad**.

◯ I like to travel **abroad**.

 說明 「abroad」為副詞，因此前面不可加介系詞「in」「to」「at」等，但是可用介系詞「from」。

 absent ['æbsn̩t] adj. 缺席的，不在場的

 例句 約翰缺席。

✖ **The absent child** is John.

◯ John is **absent**.

 說明 「absent」作「缺席」解時，一般不用在名詞前。

 例句 這個小男孩又沒去上學。

✖ The little boy was **absent for** school again.

◯ The little boy was **absent from** school again.

說明 「absent」用作形容詞時常與介系詞「from」搭配使用。

absorb [əb'sɔrb] vt. ①吸收　②吸引⋯的注意力，使全神貫注

 那個聰明的小男孩對新的知識吸收很快。

❌ The clever boy **absorbs in** new knowledge quickly.

⭕ The clever boy **absorbs** new knowledge quickly.

⭕ The clever boy **absorbs into** new knowledge quickly.

⭕ The clever boy **takes in** new knowledge quickly.

說明 「absorb」作「吸收」解時是及物動詞，可以直接接受詞。表示「吸收」還可說「absorb into」或「take in」。「absorb in」的意思是「吸引」。

 他專注於一本小說。

❌ He **was absorbed on** a novel.

⭕ He **was absorbed in** a novel.

說明 「be absorbed in sth」表示「被⋯吸引住，專注於⋯」，其中介系詞「in」不可誤作「on」。

 我兒子在聚精會神地畫一幅畫。

❌ My son **was absorbed to draw** a picture.

⭕ My son **was absorbed in drawing** a picture.

說明 「be absorbed」後不能接不定詞來表示「聚精會神地做某事」，必須用「be absorbed in v-ing」的句型。

 abundance [ə'bʌndəns] n. 大量，充足

 宴會上有豐富的飲食。

❌ At the feast there was food and drink **of abundance**.

⭕ At the feast there was food and drink in abundance.

 說明 表示「豐富」是「in abundance」，而不是「of abundance」。「in abundance」須用在被修飾名詞的後面作形容詞，或用在動詞後面作副詞。

 abundant [ə'bʌndənt] adj. 大量的，充足的

 例句 這片土地的石油蘊藏量豐富。

❌ This land is abundant of petroleum deposits.

⭕ This land is abundant in petroleum deposits.

 說明 「be abundant in...」表示「富於…」，其中介系詞不用「of」。

 accident ['æksədənt] n. 意外事件，事故；車禍

 例句 我並不是有意要用石頭砸你，這（完全）是意外。

❌ I did not mean to hit you with the stone; it was accident.

⭕ I did not mean to hit you with the stone; it was an accident.

 例句 人的一生中可能會遭遇許多不測。

❌ A man may meet with much accident in his life.

⭕ A man may meet with many accidents in his life.

說明 「accident」（不測，意外，事故）是可數名詞，有複數形式，故可以用「an」或「many」修飾。

 例句 她的車意外撞上我的車。

❌ Her car bumped into mine by mistake.

⭕ Her car bumped into mine by accident.

說明 「by mistake」的意思是「錯誤地」；表示「偶然」「無意中」時要用「by accident」。

 <u>accompany</u> [əˈkʌmpənɪ] vt. 陪伴，陪同

 例句 **那個女孩想終生陪伴她媽媽。**

❌ The girl wants to **accompany with** her mother all her life.

⭕ The girl wants to **accompany** her mother all her life.

 說明 「accompany」是及物動詞，表示「陪同或陪伴某人」時，其後直接接受詞，不加「with」。

 <u>accord</u> [əˈkɔrd] vi. 符合，一致

 例句 **他的言行不一致。**

❌ His behavior does not **accord** his words.

⭕ His behavior does not **accord with** his words.

 說明 accord作「符合」「一致」解時是不及物動詞，因此「與…一致」「與…協調」不能直接用「accord sb [sth]」，而應在「accord」後加介系詞「with」。

 <u>accordance</u> [əˈkɔrdn̩s] n. 一致，和諧

 例句 **根據平等協商的原則，兩國解決了邊界糾紛。**

❌ **In accordance to** the principle of consultation on an equal footing, the two countries settled the border dispute.

⭕ **In accordance with** the principle of consultation on an equal footing, the two countries settled the border dispute.

說明 「in accordance with」是固定片語，不可受「according to」（根據）的影響而說成「in accordance to」。

according [əˈkɔrdɪŋ] adv. 根據，按照

例句 每個人將根據自己的能力獲得報酬。

☒ Each man will be paid **according as** his ability.

☐ Each man will be paid **according to** his ability.

例句 去留由你自己決定。

☒ You may go or stay, **according to** you decide.

☐ You may go or stay, **according as** you decide.

說明 「according」可與「to」或「as」連用，「according to」接名詞（片語），「according as」接子句。

account¹ [əˈkaʊnt] vi. 解釋，說明

例句 你對你這次缺席作何解釋？

☒ How can you **account** your absence this time?

☐ How can you **account for** your absence this time?

說明 「account」作「解釋，說明」解時是不及物動詞，不能直接接受詞，須加介系詞「for」。

account² [əˈkaʊnt] n. ①計算，算帳　②考慮　③解釋，說明

例句 那個女孩擅長計算。

☒ The girl is good at **account**.

The girl is good at **accounts**.

 「account」作名詞表示「計算」「算帳」時須用複數形式。

 在作出那個決定前，你為何不把所有的事都考慮一番呢？

✗ Why don't you **take** everything **into accounts** before making that decision?

◯ Why don't you **take** everything **into account** before making that decision?

 「account」表示「考慮」「估計」時為不可數名詞。「take...into account」是一個固定片語，表示「對…加以考慮或注意」，在「account」後不能加「-s」。

 約翰因病沒去上學。

✗ John was absent from school **on the account of** his illness.

◯ John was absent from school **on account of** his illness.

 「on account of」是固定片語，表示「因為」「為…的理由」，且「account」前不加冠詞。

 accuse [ə'kjuz] vt. 控告；指責，譴責

 那裡所有的人都指控這小男孩偷竊。

✗ All the people there **accused** the little boy **for** theft.

◯ All the people there **accused** the little boy **of** theft.

 我們控告他受賄。

✗ We **accused that** he took bribes.

◯ We **accused** him **of** taking bribes.

說明 表示「因某事譴責或控告某人」用「accuse sb of sth [v-ing]」句型，其中的介系詞「of」不能用「for」「with」等代替。另外，「accuse」後不能接「that 子句」。

accustom [ə'kʌstəm] vt. 使習慣

例句 他習慣青年旅館的食物。

❌ He is accustomed with the hostel food.

⭕ He is accustomed to the hostel food.

⭕ He accustomed himself to the hostel food.

說明 「be accustomed to」表示「習慣於…」；「accustom oneself to」表示「使自己習慣於…」，前者指一種狀態，後者指一種動作，兩個片語中均用介系詞「to」。

acquaint [ə'kwent] vt. 使熟悉，使了解

例句 我最近才認識她。

❌ I was acquainted to her only recently.

⭕ I became acquainted with her only recently.

例句 我認識那位女士。

❌ I acquainted the lady.

❌ I acquainted with the lady.

⭕ I am acquainted with the lady.

例句 你必須熟悉你的新職責。

❌ You must acquaint your new duties.

⭕ You must acquaint yourself with your new duties.

說明 「acquaint」的意思是「使（某人）熟悉（某人或某事物）」，常用於「acquaint sb」「acquaint oneself with」「be acquainted with」句型。

 across [ə'krɔs] prep. ①在…對面　②穿越，越過

 例句 **我們要穿越斑馬線到對街。**

✖ We must **across the street** over the zebra crossing.

⭕ We must **cross the street** over the zebra crossing.

 說明 「across」是介系詞，也可作副詞用，但不能作動詞用，動詞是「cross」。

 例句 **游到對岸需要多少時間？**

✖ How long would it take to **swim through** the river?

⭕ How long would it take to **swim across** the river?

 說明 「across」表示「到達一條線、一條河或一條道路的對面」（與「細而長」的物體相對而言的位置或動作）；「through」不能用於表示從「細而長」的物體之一側到另一側的動作。

 例句 **在這條河上已經架起了好幾座橋。**

✖ Several bridges have been built **on** the river.

⭕ Several bridges have been built **across** the river.

 說明 「河上有橋」，橋與河並未接觸，不能用介系詞「on」，要用「across」，因為橋是架在河的兩岸上的。

act¹ [ækt] vi. ①行動 ②擔任

 警方正根據獲得的情報採取行動。

✗ The police are **acting as** information received.

◯ The police are **acting on** information received.

 他擔任委員會的祕書。

✗ He **acted on** secretary to the board.

◯ He **acted as** secretary to the board.

 「act on」的意思是「按照…行事」；「act as」的意思是「擔任…」。

act² [ækt] n. 行動，行為

 巡警當場抓獲一名竊賊。

✗ The patrol officer **caught** a burglar **acting**.

◯ The patrol officer **caught** a burglar **in the act**.

 表示「當場抓獲或撞見某人」一般說「catch sb in the act」；表示「當場抓獲或撞見某人正做某事」則說「catch sb v-ing」或「catch sb in the act of v-ing」。

adapt [ə'dæpt] vt. ①使適應 ②改編，改寫

 有些動物學會迅速適應氣候的變化。

✗ Some animals learn to **adapt** the change of weather quickly.

◯ Some animals learn to **adapt themselves to** the change of weather quickly.

說明 「adapt」表示「使能適應」時多作及物動詞，要表達「使自己適應某事」時，用「adapt oneself to sth」。

 例句 **這齣戲由一篇短篇小說改編而來。**

✖ The play **adapts from** a short story.

○ The play **is adapted from** a short story.

 說明 「adapt」指「改編」時是及物動詞，要表示「…是由…改編的」，常使用被動語態「be adapted from sth」形式。

 add [æd] v. ① vt., vi. 加，加起來　② vt. 增加，添加

 例句 **三加四等於七。**

✖ Three **add** four makes seven.

○ Three **added to** four makes seven.

 說明 在加法算式表達中，如述語動詞是「make」，則「add」只能以過去分詞的形式出現。

 例句 **他只是給我們添麻煩。**

✖ He does nothing but **add** our problems.

○ He does nothing but **add to** our problems.

 例句 **費用總計達 1000 萬美元。**

✖ The costs **added to** 10 million dollars.

○ The costs **added up to** 10 million dollars.

 說明 「add to」表示「加」「增加」「增添」；「add up to」表示「總計共達」。

addict [əˈdɪkt] vt. 使耽溺，使沉迷；酷愛；使上癮

 他酷愛學習。

❌ He addicted to his study.

⭕ He addicted himself to his study.

 「addict」是及物動詞，後面常接「反身代名詞（oneself）+to sth」。

 我哥哥沉溺於抽煙。

❌ My elder brother is addicted to smoke.

⭕ My elder brother is addicted to smoking.

 「be addicted to」表示「沉溺於…，入迷於…」，其中的「to」是介系詞，後接名詞或動名詞，而不能接不定詞。

 addition [əˈdɪʃən] n. ①加；加法　②增加的人 [事物]

 除了買兩個玩具外，他們還為他們的女兒買了一些文具。

❌ In addition to buy two toys, they bought some stationery for their daughter.

⭕ In addition to buying two toys, they bought some stationery for their daughter.

 「in addition to」是「除…之外」的意思，其中「to」是介系詞，後面應接名詞或動名詞，而非不定詞。

adjust [ə'dʒʌst] vt., vi. 適應；調整

 她將必須使自己適應新的環境。

❌ She will have to **adjust herself for** new conditions.

⭕ She will have to **adjust herself to** new conditions.

說明 「adjust」作「調整」「調節」「使…適應」解時多為及物動詞，表示「使（自己）適應某事」，常用「adjust (oneself) to sth」，其中的介系詞「to」不能誤作「for」。

 admission [əd'mɪʃən] n. ①准許進入 ②承認，供認

 他承認了他的罪行。

❌ He made an **admittance** of his guilt.

⭕ He made an **admission** of his guilt

說明 動詞「admit」作「認錯」「認罪」解，名詞形式為「admission」，而不是「admittance」；「admit」作「許可進入」解時，名詞形式兩者均可，但用法上有區別，「the entrance fee」是「the admission」，不能是「the admittance」，另外，「admittance」比「admission」正式。

 進我們的大學得經過考試。

❌ **Admission of** our university is by examination.

⭕ **Admission to** our university is by examination.

 他的認罪對於所有以前認為他清白的人是一個打擊。

❌ His **admission to** guilt was a blow to all those who had believed him innocent.

⭕ His **admission of** guilt was a blow to all those who had believed him innocent.

> 說明 「admission to」表示「進入許可」；而「admission of」表示「承認」。

admit [əd'mɪt] v. ① vt. 許可進入 ② vt., vi. 承認，供認

> 例句 **他向老師承認他錯了。**
>
> ✕ He **admitted on** the teacher that he was wrong.
>
> ○ He **admitted to** the teacher that he was wrong.

> 說明 表示「向…承認」時，介系詞用「to」。

advance[1] [əd'væns] vt., vi.（使）前進；進步

> 例句 **部隊毫無畏懼地向敵人進攻。**
>
> ✕ The troops **advanced to** the enemy fearlessly.
>
> ○ The troops **advanced against** the enemy fearlessly.

> 說明 「advance」是不及物動詞，接受詞時須用介系詞，但接「to」或「against」所表達的意思不一樣。「advance to」表示「向…前進」；「advance against」表示「迎擊」「向…進攻」。

advance[2] [əd'væns] n. 前進，進展；改進，進步

> 例句 **我還沒有看出他的工作有何進展。**
>
> ✕ I see no **advance to** his work yet.
>
> ○ I see no **advance in** his work yet.

> 說明 「advance in」表示「在某一方面（或某一領域）的進展」，介系詞「in」不可換作「to」。

advantage [ad'væntɪdʒ] n. ①有利條件，優勢　②益處；利益

例句 他出身於富裕家庭而比其他孩子有優勢。

❌ He had **the good advantage** over other boys of being born into a rich family.

⭕ He had **the advantage** over other boys of being born into a rich family.

說明 「advantage」本身已有「good」「helpful」「useful」的含意，前面再用「good」來修飾是多餘的。

例句 我們必須充分利用這次機會。

❌ We should **take the full advantage of** this chance.

⭕ We should **take full advantage of** this chance.

說明 「take advantage of」是固定片語，即使「advantage」前有形容詞修飾也不加定冠詞「the」。

例句 他對他的對手所犯的錯誤總是充分加以利用。

❌ He always **takes full advantages of** the mistakes made by his rivals.

⭕ He always **takes full advantage of** the mistakes made by his rivals.

說明 在片語「take advantage of sth」（趁機利用某事）和「take advantage of sb」（欺騙某人）中的「advantage」均為不可數名詞，不能加「-s」。

advice [əd'vaɪs] n. 勸告，忠告；意見

例句 他就如何學好數學這方面給我一項建議。

❌ He gave me **an advice in** how to learn mathematics.

⭕ He gave me **a piece of advice on** how to learn mathematics.

例句 如果你聽了我們的勸告，你考試就會及格了。

❌ If you had taken our **advices** you would have passed the examination.

⭕ If you had taken our **advice** you would have passed the examination.

說明 「advice」當「勸告」「忠告」「建議」解時，通常作不可數名詞，「一項建議」應說「a piece of advice」；「對某事的建議」介系詞應用「on」。

advise [əd'vaɪz] v. ① vt., vi. 勸告，建議　② vt.（商業）通知，報告

例句 他通知我他抵達的時間。

❌ He **advised** me his arrival time.

⭕ He **advised** me **of** his arrival time.

說明 「advise」表示「通知」時其後可接「of ＋名詞 [that 子句]」，但不能接雙受詞。

例句 他勸他的弟弟用功念書。

❌ He **advices** his younger brother to study hard.

⭕ He **advises** his younger brother to study hard.

例句 我徵求我律師的意見。

❌ I asked my lawyer for her **advise**.

⭕ I asked my lawyer for her **advice**.

說明 「advise」是動詞，「advice」是名詞，勿混淆。

例句 她母親勸她不要匆匆結婚。

❌ Her mother **didn't advise her to marry** in haste.

⭕ Her mother **advised her not to marry** in haste.

Her mother advised her against marrying in haste.

 說明 「勸某人不做某事」可以說「advise sb not to-v」或「advise sb against v-ing」，但不說「not advise sb to-v」。

 例句 他的醫生勸他換工作。

 His doctor advised that he changed his job.

 His doctor advised that he change his job.

例句 我勸他認真仔細地寫那份報告。

His doctor advised that he wrote the report very carefully.

I advised that he wrote the report very carefully.

I advised that he should write the report very carefully.

說明 「advise」後接「that子句」時，子句應用假設語氣，其形式為「（should +）原形動詞」。

 affect [ə'fɛkt] vt. 影響

例句 寒冷的天氣影響了大家的工作。

The cold weather effected everybody's work.

The cold weather affected everybody's work.

The cold weather had an effect on everybody's work.

說明 表示「影響」時，「affect」是及物動詞，而「effect」是名詞，「affect」相當於「have an effect on」。

 afford [ə'ford, ə'fɔrd] vt. ①買得起，擔負得起　②提供，給予

 例句 她沒錢買新衣服。

She cannot afford the money for a new dress.

☑ She cannot **afford (to buy)** a new dress.

說明〉 「afford」不直接接「money」作受詞。

例句〉 **我們終於買得起一間房子了。**

☒ As last we **afford** a house.

☑ At last we **can afford** a house.

說明〉 「afford」作「負擔得起」解時，常與「can」「could」或「be able to」連用。

例句〉 **他可以借給我一些錢。**

☒ He **can afford lending** me some money.

☑ He **can afford to lend** me some money.

說明〉 「afford」接名詞或不定詞作受詞，不接「for」引導的介系詞片語，也不接動名詞作受詞。

afraid [ə'fred] adj. ①害怕的，恐懼的 ②擔憂，憂慮

例句〉 **不要害怕。**

☒ Don't **afraid**.

☑ Don't **be afraid**.

說明〉 「afraid」是形容詞，前面必須加「be 動詞」。

例句〉 **他不敢離開大使館。**

☒ He was **afraid of** leaving the embassy.

☑ He was **afraid to** leave the embassy.

說明 「afraid to do」表示因害怕而不願意做某事;「afraid of doing」用來表示那些我們自己並不希望、也不能決定而突然發生在我們身上的事情。

 例句 他非常害怕考試不及格。

✗ He was **very afraid** of failing in the examination.

○ He was **very much afraid** of failing in the examination.

 說明 習慣上「afraid」之前不用「very」修飾,但可以用「very much」修飾。

 例句 那個女孩怕狗。

✗ The girl **was afraid for** the dog.

○ The girl **was afraid of** the dog.

 說明 「be afraid for」表示「為…擔心」;表示「害怕」則應該用「be afraid of」。

 例句 沒有什麼好怕的。

✗ There is nothing to **be afraid**.

○ There is nothing to **be afraid of**.

 說明 「be afraid」後接「that子句」和不定詞時不加「of」,後接名詞、代名詞或動名詞時應加「of」。

  after ['æftɚ] prep. ①在…之後　②在…後面　③追求,追尋

例句 她打算三天後去巴黎。

✗ She is going to Paris **after** three days.

○ She is going to Paris **in** three days.

她三天後就回來了。

✗ She came back in three days.

○ She came back after three days.

 與表示一段時間的詞連用時，「after」用於以過去時間為起點，「in」以現在時間為起點；「after」與過去時態連用，「in」多與將來時態連用。

 坐在我後面的人開始大叫。

✗ The man sitting after me started to shout.

○ The man sitting behind me started to shout.

 「after」表示「在…之後」多指時間或順序；「behind」一字則表示「在…背後」，多指方位。

 他們追求的是金錢。

✗ What they are for is money.

○ What they are after is money.

 「after」有「追尋，追求」之意，不能用「for」來代替。

 afternoon [ˌæftɚˈnun] n. 下午

 下午我們經常外出散步。

✗ Afternoon we used to go out for a walk.

○ In the afternoon we used to go out for a walk.

 「afternoon」是名詞，不可用作副詞，所以應說「in the afternoon」。

 我姊姊昨天下午回到家。

✗ My elder sister came home in yesterday afternoon.

My elder sister came home **yesterday afternoon**.

 今天下午有一個會議。

❌ There will be a meeting **on this afternoon**.

⭕ There will be a meeting **this afternoon**.

 當「afternoon」或「morning」「evening」前有「this」「that」「yester-day」「tomorrow」等修飾時，前面不用介系詞。

 史密斯一家人通常在星期六下午去公園。

❌ The Smiths usually go to the park **in Saturday afternoon**.

⭕ The Smiths usually go to the park **on Saturday afternoon**.

 在表示特定的某一天的上午、下午或晚上時，前面的介系詞應該用「on」，只有在表示泛指時才用「in」。

 again [ə'gɛn] adv. 再次，又一次

 他打算再買一輛車。

❌ He is going to buy a car **again**.

⭕ He is going to buy **another** car.

 中文的「再」不一定都能譯為「again」，「再買一輛」實際上是買「另外一輛」的意思，故應該用「another」。

 總統再次訪問該國。

❌ The President paid **another** visit to the country **again**.

⭕ The President paid a visit to the country **again**.

 「another」表示「再一，又一」，與「again」意思重疊。

請再重複一遍這個字。

❌ Please **repeat** the word **again**.

⭕ Please **repeat** the word.

「repeat」本身有「重複」「再做」「再說」的意思，「again」顯然是多餘的。

against [ə'gɛnst] prep. ①與…方向相反　②倚靠著…

一個梯子靠在樹上放著。

❌ A ladder was placed **on** the tree.

⭕ A ladder was placed **against** the tree.

用介系詞表示「靠在…之上」時，應該用「against」，而不用「on」。

age [edʒ] n. ①年齡，年紀　②時代，時期　③長時間

他 70 歲。

❌ His **age** is seventy **years old**.

⭕ He is seventy **years old**.

⭕ He is **at the age of** seventy.

⭕ His **age** is seventy.

「age」指「年齡」，「...year(s) old」指「…歲的」。這兩個詞在表示「年齡是多少」或「是幾歲」時不可並用。

有人說我們生活在電腦時代。

❌ Some people say that we are living **at the age of** computers.

⭕ Some people say that we are living **in the age of** computers.

説明 「at the age of...」表示「在某人…歲數時」；而「in the age of...」則表示「處於…時代」。

例句 他們花了很長時間修理腳踏車。

✗ They took **age** to repair the bike.

○ They took **ages** to repair the bike.

説明 表示「長時間」時，「age」要用複數形式。

ago [ə'go] adv. 以前

例句 這起事故是在兩小時之前發生的。

✗ The accident happened **ago two hours**.

○ The accident happened **two hours ago**.

説明 「ago」要放在表示時間的片語後面，不能置於這類片語之前。

例句 我十年前畢業的。

✗ I **graduated** ten years **before**.

○ I **graduated** ten years **ago**.

例句 約翰說他們在三週前見過面。

✗ John said that they **had met** three weeks **ago**.

○ John said that they **had met** three weeks **before**.

説明 「ago」的時間參照點是現在，指「過去的某個時間」，與過去式連用；而「before」的時間參照點是過去，指「過去的過去」，與過去完成式連用。

例句 一週前我回信給她。

- ✗ It is a week **ago since** I answered her letter.
- ○ It is a week **since** I answered her letter.
- ○ I answered her letter a week **ago**.

 說明 「since」前不用「ago」。

 agree [ə'gri] vt., vi. 同意，贊成，意見一致

 例句 在這個問題上，我不同意他的觀點。

- ✗ I do not **agree to** him on this subject.
- ○ I do not **agree with** him on this subject.

 例句 如果是那樣的情況，我們將同意你們的建議。

- ✗ In that case, we will **agree with** your proposal.
- ○ In that case, we will **agree to** your proposal.

 說明 表示「同意某人（的觀點、看法）」時，「agree」後接介系詞「with」；表示「同意某個計畫、建議、提議」時，「agree」後接介系詞「to」。

 例句 我父親同意買幾雙足球靴給我。

- ✗ My father **agreed buying** me some football boots.
- ○ My father **agreed to buy** me some football boots.

 說明 「agree」作「同意」解時其後只能接不定詞，不能接動名詞。

 例句 我們在這個問題上意見一致。

- ✗ We **agree with** the question.
- ○ We **agree on** the question.

說明 表示「關於…意見一致」要用「agree on」，不能用「agree with」。

aim¹ [em] n. 目標，目的

 我們希望用和平手段達成目標。

❌ We hope to **reach** our **aim** by peaceful means.

⭕ We hope to **achieve** our **aim** by peaceful means.

 「aim」不與「reach」連用，「reach」指到達一個具體的地方；表示「達成目標」可說「achieve one's aim」。

 我以當老師為目標開始學英語。

❌ I started to learn English **with the aim to become** a teacher.

⭕ I started to learn English **with the aim of becoming** a teacher.

 「with the aim of+動名詞」意為「旨在…」，不能把「of」改為不定詞「to」。

aim² [em] vi. ①（以…）瞄準；針對　②目標在於，志向

 他沒有仔細地瞄準靶子，所以沒打中。

❌ He did not **aim on** the target carefully so he missed it.

⭕ He did not **aim at** the target carefully so he missed it.

 表示「對…瞄準」用「aim at」，「at」指方向或目標。

 他的話不是針對你來的。

❌ His remarks were not **aimed toward** you.

⭕ His remarks were not **aimed at** you.

 表示「針對…」，可以說「aim at」，其中介系詞不能用「toward」。

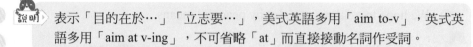

我們志在使自己精通英語。

- [✗] We **aim perfecting** ourselves in English.
- [O] We **aim to perfect** ourselves in English.
- [O] We **aim at perfecting** ourselves in English.

表示「目的在於…」「立志要…」，美式英語多用「aim to-v」，英式英語多用「aim at v-ing」，不可省略「at」而直接接動名詞作受詞。

air [ɛr] n. ①天空；大氣 ②擺架子 ③航空

別對我擺架子！

- [✗] Don't **put on airs to** me!
- [O] Don't **put on airs with** me!

「put on airs」是固定片語，表示「對…擺架子」，後面用介系詞「with」，不用「to」。

我們坐飛機旅行。

- [✗] We traveled **by the air**.
- [O] We traveled **by air**.

「by air」意為「搭飛機」，指交通方式，是固定片語，「air」前不加冠詞。

aircraft ['ɛr,kræft] n. 飛機，航空器，飛行器

大型飛行器的駕駛員是航空方面的專家。

- [✗] Pilots of large **aircrafts** are masters of aviation.
- [O] Pilots of large **aircraft** are masters of aviation.

「aircraft」（飛機，飛行器）單複數同形。

 alarm [ə'lɑrm] vt. 使驚慌

 人人聽到戰爭可能爆發的消息都感到恐慌。

✗ Everybody alarmed at the news that war might break out.

○ Everybody was alarmed at the news that war might break out.

 「alarm」是及物動詞，指「使驚慌」「使不安」，後面常接「sb」作受詞。如以「alarm」的對象在句中作主詞，須用被動語態。

 alert [ə'lɝt] n. 警戒（狀態）；警報

 我們得到指示要提防神態可疑的人。

✗ We have instructions to be on alert for a suspicious-looking character.

○ We have instructions to be on the alert for a suspicious-looking character.

 「on the alert」是固定片語，意為「注意」「提防」，其中的定冠詞「the」不可省略。

 alive [ə'laɪv] adj. 活著的，在世的，存在的

 一位敵軍士兵被活捉。

✗ An enemy soldier was caught living.

○ An enemy soldier was caught alive.

 「活捉」是「catch alive」，不可用「living」。

例句 對我們來說，活人比死人更重要。

> ✕ The alive are more important to us than the dead.

> ◯ The living are more important to us than the dead.

 說明 「alive」和「living」當形容詞時都表示「活著的」，但是只有「the living」能當名詞用，表示「活著的人」。

 例句 誰是當今最偉大的人物？

> ✕ Who is the greatest alive man?

> ◯ Who is the greatest man alive?

 說明 「alive」修飾名詞時必須置於其後。

 all¹ [ɔl] adj. ①一切的，所有的 ②全部的，整個的

 例句 她整個禮拜都在讀一本小說。

> ✕ She spent all the week reading a novel.

> ◯ She spent the whole [entire] week reading a novel.

 說明 「all」不與單數可數名詞連用，應改用「whole」或「entire」。

 例句 全部的力氣都用盡了。

> ✕ All strength were spent.

> ◯ All strength was spent.

說明 「all」作形容詞修飾複數可數名詞時，動詞用複數形式；修飾不可數名詞時，動詞須用單數形式。

例句 他在這個城市住了一輩子。

> ✕ He has lived in the city his all life.

⭕ He has lived in the city **all his life**.

 說明 「all」在句子中要放在冠詞、所有**格代名詞**和其他限定詞之前。

 例句 **整個夏天我都很忙。**
　❌ I was busy **in all** summer.
　⭕ I was busy **all** summer.

 說明 在表示時間的副詞片語裡如有「**all**」**修飾**，則前面一般不加介系詞。

 all² [ɔl] pron. 全部，全體，一切；大家

 例句 **他們每個人都說我們是好學生。**
　❌ Every one of them all says we are good students.
　⭕ Every one of them says we are good students.
　⭕ All of them say we are good students.

 說明 「every one」與「all」不可連用。

 例句 **你借給我的書我都看完了。**
　❌ I've read **all of** books you lent me.
　⭕ I've read **all of the** books you lent me.

說明 「all of」後接名詞時，所修飾的名詞前要加定冠詞、所有格代名詞等限定詞。

例句 **她全部的答案都不對。**
　❌ All of her answers are not correct.
　⭕ None of her answers are correct.

例句 他們全都沒去看展覽。

❌ All of them **didn't go** to the exhibition.

⭕ **None of** them **went** to the exhibition.

例句 我們的客戶對他們展出的商品全都不感興趣。

❌ Our clients do **not** have interest in **all of** their goods on display.

⭕ Our clients do **not** have interest in **any of** their goods on display.

說明 「not」和「all」構成的否定是部分否定,意思是「並不全都⋯」;表示完全否定「全都不⋯」須用「none」或「not any」。

例句 我只需要好好睡一覺。

❌ All what I need is a good sleep.

⭕ All that I need is a good sleep.

例句 你只要按一下按鈕就好了。

❌ All which you have to do is to press the button.

⭕ All (that) you have to do is to press the button.

說明 當「all」被關係代名詞為首的形容詞子句修飾時,關係代名詞用「that」而不用「which」「what」等。當「that」在子句中作受詞時(尤其在口語中)可省略。

例句 一切都準備好了。

❌ All are ready.

⭕ All is ready.

說明 代名詞「all」作主詞時,表示將全體視為一物,動詞要用單數形式。

例句 我們大家都在那裡了。

❌ All of us was there.

A
B
C
D
E
F
G
H
I
J
K
L
M
N
O
P
Q
R
S
T
U
V
W
X
Y
Z

 ○ All of us were there.

 說明 「all」用在可數名詞複數時，動詞要用複數形式。

 all³ [ɔl] adv. 完全，全然

 例句 我們都必須設法找到解決這個問題的方法。

✗ We all must try to find a solution to the problem.

○ We must all try to find a solution to the problem.

說明 「all」在句中習慣上放在第一個助動詞或情態動詞後面。

 allow [ə'laʊ] vt. 允許，許可（做某事）

 例句 我允許他去。

✗ I allowed him go.

○ I allowed him to go.

說明 表示「允許某人做某事」時，要用「allow sb to + v」句型。

 almost [ɔl'most, 'ɔl,most] adv. 幾乎，差不多；差一點就…

 例句 表演還沒有結束，但幾乎沒有觀眾在看了。

✗ Nearly no audience were still seeing it before the performance ended.

○ Almost no audience were still seeing it before the performance ended.

說明 在與「never, nobody, nothing, no, none, nowhere, no one」等否定意義的詞連用時，只用「almost」，不用「nearly」。

例句 他變了很多，我幾乎認不得他。

❌ He has changed so much that I **almost cannot** recognize him.

⭕ He has changed so much that I **can hardly** recognize him.

⭕ He has changed so much that I **can scarcely** recognize him.

說明 在肯定句中，「幾乎」可譯為「almost」。但「幾乎不」卻不能譯為「almost not」，應該用「hardly」或「scarcely」表示否定。

例句 房間裡幾乎沒有東西。

❌ There is **almost not anything in** the room.

⭕ There is **almost nothing in** the room.

說明 「almost」不與「not」連用，但可以和「no, none, nothing」以及「never」連用。

例句 她得了重感冒，嗓子都快啞了。

❌ She has a bad cold, she's **lost almost** her voice.

⭕ She has a bad cold, she's **almost lost** her voice.

說明 「almost」一般放在主要動詞前面或「be 動詞」後面。

alone [ə'lon] adj. ①獨自的，單獨的　②僅，只

例句 她獨自一人時，以茶和蛋糕為食。

❌ She lives on tea and cake when she's **lonely**.

⭕ She lives on tea and cake when she's **alone**.

例句 這個小女孩的母親把她留在家裡時，她感到很寂寞。

❌ The little girl felt **alone** when her mother left her at home.

⭕ The little girl felt **lonely** when her mother left her at home.

「alone」是「單獨」的意思；「lonely」是「寂寞」的意思。

 那個胖女孩只喝水。

❌ The fat girl drank alone water.

⭕ The fat girl drank water alone.

 「alone」當形容詞時，必須置於它所修飾的字詞之後。

 aloud [ə'laʊd] adv. 大聲地；高聲地

 誰發出那麼大的噪音？

❌ Who is making those aloud noises?

⭕ Who is making those loud noises?

 「aloud」（出聲地，大聲地）是副詞，與動詞連用；「loud」才是修飾名詞的形容詞。

 already [ɔl'rɛdɪ] adv. 早已，已經

 他們已經準備好發射太空船。

❌ They are already to launch the spaceship.

⭕ They are all ready to launch the spaceship.

 「already」是副詞，意為「已經」；「all ready」是形容詞，意為「準備好的」。

 她還沒有來。

❌ She is not already here.

⭕ She is not here yet.

例句> **你把演講稿寫好了嗎？**

❌ Have you finished the speech paper already?

⭕ Have you finished the speech paper yet?

說明> 「already」通常只用於肯定句中；在否定句和疑問句中用「yet」。

also [ˈɔlso] adv. 也，同樣，並且

例句> **如果你不簽字，我也不簽字。**

❌ If you do not sign, I shall not also.

⭕ If you do not sign, I shall not either.

例句> **我也不喜歡爵士樂。**

❌ I don't also like jazz.

⭕ I don't like jazz, either.

說明> 「also」只用於肯定句和疑問句；在否定句中要用「either」。

although [ɔlˈðo] conj. 儘管，雖然

例句> **儘管他非常用功，但還是考試不及格。**

❌ Although he has studied very hard, but he still failed in the examination.

⭕ Although he had studied very hard, he still failed in the examination.

⭕ Although he had studied very hard, yet he still failed in the examination.

說明> 「although」不可與「but」連用，但可以與「yet」連用。

例句> **雖然他很累，但他繼續工作。**

❌ Tired although he was, he went on working.

Tired as [though] he was, he went on working.

 說明 表示「雖然…但是」時，如採用部分倒裝的語序，則連接詞不能用「although」，而要用「as」或者「though」。

 例句 即使我不認識你，我也不會趕你走。

✖ **Even although** I don't know you, I'll not drive you away.

⭕ **Even though** I don't know you, I'll not drive you away.

 說明 「even though」是固定片語，意思是「即使」，不能用「although」代替「though」。

 例句 派對很精彩，不過他還是不開心。

✖ It was a wonderful party. He was not happy, **although**.

⭕ It was a wonderful party. He was not happy, **though**.

 說明 「though」可以作副詞，放在句尾表示「可是」「不過」「然而」；「although」卻不能作副詞，只能作連接詞。

 例句 儘管車子有些問題，我們旅途上還是玩得很愉快。

✖ **Although** the problem with the car, we enjoyed the journey very much.

⭕ **In spite of** the problem with the car, we enjoyed the journey very much.

 說明 「although」只接子句，不接名詞（片語）；而「in spite of」可接名詞（片語）。

 altitude ['æltə,tjud] n. 高度，海拔

例句 這座山的高度是兩千公尺。

✖ The **altitude** of the mountain is 2000 meters **high**.

⭕ The **altitude** of the mountain is 2000 meters.

The mountain is 2000 meters **high**.

 說明 「altitude」含有「height」的意思，所以句中再用「high」屬多餘。或者去掉「altitude」，則數詞後面可加「high」。

always [ˈɔlwez, ˈɔlwɪz] adv. 總是；永遠；一直

 例句 這工作一直很輕鬆。

 ✗ The job **always is** easy.

◯ The job **is always** easy.

例句 他並不是一直喜歡民歌。

✗ He **always doesn't** like folk songs.

◯ He **doesn't always** like folk songs.

例句 他總能為遲到找到藉口。

✗ He **always can** make excuses for being late.

◯ He **can always** make excuses for being late.

 說明 「always」放在一般動詞之前，「be 動詞」、助動詞或情態動詞之後。

 例句 我們永遠不會忘記他對我們的臨別贈言。

✗ We shall **always not forget** his parting advice.

◯ We shall **never forget** his parting advice.

◯ We shall **always remember** his parting advice.

 說明 「always not」不能表示「總是不」或「在任何時候都不」，所以「always not forget」應改為「never forget」或「always remember」。

 例句 我從未去過那裡。

✗ I haven't **always** been there.

I have **never** been there.

彼得上課從不遲到。

✗ Peter is **not always** late for class.

◯ Peter is **never** late for class.

說明 「not always」只表示部分否定，意思是「並不總是」，要表示全部否定「總是不」「從不」必須用「never」。

這個村子裡從未發生過什麼事。

✗ **Always nothing** happens in this village.

◯ **Nothing ever** happens in this village.

說明 「always」不可與「nothing」「nobody」「none」等字連用，表示全部否定。但可以將「always」換成「ever」，置於主詞後。

amaze [ə'mez] vt. 使大為吃驚，使驚訝

這些外賓對印度的迅速發展感到驚訝。

✗ The foreign guests **were amazed with** the rapid development of India.

◯ The foreign guests **were amazed at** the rapid development of India.

說明 「be amazed at sth」表示「對…感到驚訝」，其中介系詞「at」不可誤作「with」。

among [ə'mʌŋ] prep. 在…中間，為…所環繞

那位年輕的媽媽坐在那對雙胞胎中間。

✗ The young mother is sitting **among** the twins.

◯ The young mother is sitting **between** the twins.

說明 「among」是指三者或三者以上之間;而「between」則只用於兩者之間。

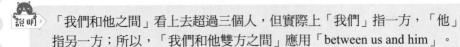 例句 **我們和他之間有一些分歧。**

✗ There is some disagreement **among** us and him.

◯ There is some disagreement **between** us and him.

 說明 「我們和他之間」看上去超過三個人,但實際上「我們」指一方,「他」指另一方;所以,「我們和他雙方之間」應用「between us and him」。

 例句 **他們幾個人中湯姆最高。**

✗ Among they, Tom is the tallest.

◯ Among them, Tom is the tallest.

 說明 「among」(在…中間)是介系詞,後接人稱代名詞時必須用受格。

 amount[1] [ə'maʊnt] vi. 總計,共達

 例句 **帳單金額總計 1500 元。**

✗ The bill **amounts** $1500.

◯ The bill **amounts to** $1500.

說明 「amount」作動詞時為不及物,不能直接接受詞。要表達「總計」「共達」的意思時,必須與介系詞「to」連用。

 amount[2] [ə'maʊnt] n. 量,數量

 例句 **這個學期必須看大量的書。**

✗ A large **amount of** books should be read this term.

◯ A large **number of** books should be read this term.

說明 「an amount of」後接不可數名詞；接可數名詞須用「a number of」。

amuse [ə'mjuz] vt. ①使人發笑，逗樂　②使消遣，娛樂

例句 **你下雨天作何消遣？**

✗ How do you **amuse** in rainy weather?

○ How do you **amuse yourself** in rainy weather?

例句 **我們大家都被他的笑話給逗樂了。**

✗ All of us **amused** his jokes.

○ All of us **were amused at** his jokes.

○ All of us **were amused by** his jokes.

說明 「amuse」是及物動詞，意思為「使…開心」「消遣」，用「sb, oneself」作受詞；「被…逗樂」須用被動語態，即「be amused at [by]」。

anger ['æŋgɚ] n. 怒氣，怒火

例句 **喬治氣得發抖。**

✗ George trembled **with angry**.

○ George trembled **with anger**.

說明 介系詞「with」後面應用名詞作受詞；「anger」是名詞，而「angry」是形容詞。

angry ['æŋgrɪ] adj. 憤怒的，生氣的

例句 **他聽了我的批評很生氣。**

✗ He **is angry with** my criticism.

☑ He **is angry at** my criticism.

 你是不是因為天氣不好而生氣？

✖ **Are** you **angry with** the bad weather?

☑ **Are** you **angry about** the bad weather?

 對「人」生氣用「be angry at [with] sb」；對「事」生氣用「be angry at [about] sth」，不能用「angry with sth」。

---

 annoy [əˈnɔɪ] vt. 使煩惱；使惱怒

 這個年輕人因他的兒子這麼調皮而生氣。

✖ The young man **annoyed with** his son for being so naughty.

☑ The young man **was annoyed with** his son for being so naughty.

 「annoy」（使…煩惱）是及物動詞。「對某人生氣」是「be annoyed with sb」；「因某人做了某事而惱火或生氣」用「be annoyed with sb for v-ing」。

 他因不停地被打斷發言而大為惱火。

✖ He **is** very **annoyed of** the constant interruptions.

☑ He **is** very **annoyed at** the constant interruptions.

☑ He **is** very **annoyed by** the constant interruptions.

 「對某事生氣」，用「be annoyed at [by] sth」，介系詞「at, by」不可誤作「of」。

another [əˈnʌðə] adj. 又一的，再一個的

再過一年我們的情況將怎樣？

✗ Where shall we be in another years?

◯ Where shall we be in another year?

說明 「another」後只能接單數名詞。

他要再學一種外語。

✗ He wanted to learn a foreign language again.

◯ He wanted to learn another foreign language.

說明 中文中的「再」並不完全等同於英語中的「again」。這裡「要再學一種外語」實際上是指在他已學的外語之外的另一種外語，在英語裡應為「another foreign language」。

answer[1] [ˈænsə] n. 回答；解答

這個問題的答案很簡單。

✗ The answer of this question is quite simple.

◯ The answer to this question is quite simple.

說明 表示「…的答案」時，介系詞應用「to」，不用「of」。

answer[2] [ˈænsə] vt., vi. ①回答，答覆 ②符合；適合

你能幫我解決這個問題嗎？

✗ Could you help me answer the problem?

◯ Could you help me solve the problem?

說明 當受詞是「problem」時，習慣上用「solve」與之搭配，而不用「answer」。

 例句 **你得對自己的疏忽負責。**

✖ You will have to answer to your carelessness.

◯ You will have to answer for your carelessness.

 說明 「對…負責」應該是「answer for...」；而「answer to...」的意思是「適合…」「對…有反應」。

 anticipate [æn'tɪsə,pet] vt. 預期，期望

 例句 **我沒預料到在這裡遇見你。**

✖ I didn't anticipate to meet you here.

◯ I didn't anticipate meeting you here.

 例句 **我期待接到你的邀請。**

✖ I anticipate to receive your invitation.

◯ I anticipate receiving your invitation.

◯ I anticipate that I shall receive your invitation.

 說明 「anticipate」表示「預料」「預期」「期待」時，常接名詞、代名詞、動名詞或子句作受詞，但不能接不定詞作受詞。

 anxious ['æŋkʃəs, 'æŋʃəs] adj. ①擔心的，憂慮的　②渴望的

 例句 **他渴望見你。**

✖ He was anxious for meeting you.

◯ He was anxious to meet you.

說明▶ 表示「渴望做某事」時用「anxious to」。

 例句▶ **我們擔心她的安全。**

☒ We were **anxious with** her safety.

◯ We were **anxious about [for]** her safety.

 說明▶ 「anxious」表示「為…擔心」時接介系詞「about, for」，不接「with」。

 any¹ ['ɛnɪ] adj. 任何，任一

 例句▶ **請借給我一枝筆，只要是你現在不用的都行。**

☒ Lend me **any** pen **which** you don't want to use now.

◯ Lend me **any** pen **that** you don't want to use now.

 說明▶ 用「any」修飾的詞或片語後面再接關係子句時，通常用「that」引導而不用「which」。

 例句▶ **你哪天來都行。**

☒ You may come **on any day**.

◯ You may come **any day**.

 說明▶ 「any」用於肯定句時表強調，意指「任何」。在表示時間的片語裡如有「any」修飾，則其前面一般不用介系詞。

 例句▶ **你在這裡有朋友嗎？**

☒ Do you have **some** friends here?

◯ Do you have **any** friends here?

 說明▶ 「any」一般用於否定句、疑問句及條件句中；「some」則多用於肯定句中。

any² ['ɛnɪ] adv. 有多少；絲毫

我再也不能往前走了。

✖ I can't go any far.

⭕ I can't go any farther.

「any」作副詞時，用於疑問句、否定句和條件句中，須與比較級或「different」「too」連用。

anyone ['ɛnɪ,wʌn] pron. 任何人，無論誰

這裡有誰抽煙嗎？

✖ Is there any one smoking here?

⭕ Is there anyone smoking here?

你可以借這些書中的任何一本。

✖ You may borrow anyone of these books.

⭕ You may borrow any one of these books.

我們之間任何人都能在幾分鐘內做完它。

✖ Anyone of us can finish it in a few minutes.

⭕ Any one of us can finish it in a few minutes.

「anyone」只用來指人，且其後不接「of」；「any one」可指人也可指物，其後常接「of」。

anything ['ɛnɪˌθɪŋ] pron. 任何東西，無論什麼

例句 在這裡你有沒有發現什麼有趣的事情？

❌ Have you found interesting anything here?

⭕ Have you found anything interesting here?

例句 今天的報紙上沒有任何重要新聞。

❌ There isn't important anything in today's newspaper.

⭕ There isn't anything important in today's newspaper.

說明 「anything」通常用於否定、疑問和條件句中，如果有形容詞修飾，該形容詞應放在「anything」之後。

anywhere ['ɛnɪˌhwɛr] adv. 什麼地方；在 [往] 任何地方

例句 我到處都找不到他。

❌ I can't find him in anywhere.

⭕ I can't find him anywhere.

說明 「anywhere」是副詞，相當於「介系詞＋any place」，因此「anywhere」前不可再加介系詞。

apologize [əˈpɑləˌdʒaɪz] vi. 道歉

例句 我稍後會向他道歉。

❌ I'll apologize him later.

⭕ I'll apologize to him later.

說明 「apologize」是不及物動詞，表示「向某人道歉」要用「apologize to sb」的形式，而不能在「apologize」後直接接「sb」。

 例句 服務生為自己的無禮向顧客道歉。

✗ The waiter **apologized to** the customer **in** being so rude.

○ The waiter **apologized to** the customer **for** being so rude.

 說明 表示「因…而道歉」，應該用「for」引出道歉的原因。

 appeal [ə'pil] vi ①懇求；訴諸　②吸引，引起…的興趣

 例句 遊客們被如畫的山景迷住了。

✗ The tourists **were appealed by** the picturesque scenery of the mountains.

○ The tourists **were fascinated [charmed] by** the picturesque scenery of the mountains.

○ The picturesque scenery of the mountains **appeal to** the tourists.

 說明 「appeal」作「引起興趣，有吸引力」解時，是不及物動詞，不能用於被動語態，且只能以事物作主詞；如以人作主詞，則應用「charm」和「fascinate」的被動語態。

 例句 他們為建造新大樓而請求捐款。

✗ They **appealed to** money to build a new building.

○ They **appealed for** money to build a new building.

 說明 「appeal to」表示「請求」「呼籲」；而要表示「為某事而懇求」時，應該說「appeal for sth」。

appear [ə'pɪr] vi. ①出現，顯現　②顯得，似乎

　他今天看起來很生氣。

- ✗ He appeared very angrily today.
- ◯ He appeared very angry today.

　「appear」作「看起來」解時，是連繫動詞，應與形容詞連用，而不與副詞連用。

　他顯得很傷心。

- ✗ He is appearing very sad.
- ◯ He appears very sad.

　「appear」後接形容詞時意指「似乎」「顯得」，通常不用進行式，而用現在簡單式表示目前的狀況。

appetite ['æpə,taɪt] n. ①欲望；（對…的）興趣　②胃口，食慾

　他的兒子求知慾很強。

- ✗ His son has a good appetite to learn.
- ◯ His son has a good appetite for learning.

　表示「對…的欲望」用「appetite for sth [v-ing]」，一般不用「appetite to-v」。

　不要吃任何會破壞你對正餐食慾的東西。

- ✗ Don't eat anything that will spoil your appetite of dinner.
- ◯ Don't eat anything that will spoil your appetite for dinner.

　表示「對…的食慾」時，應說「appetite for」，介系詞不能用「of」。

applause [ə'plɔz] n. 鼓掌，掌聲

> **例句** 用震耳的掌聲歡迎國外來的貴賓。

- ✗ **Shaking applause** greeted the distinguished guests from abroad.

- ◯ **Deafening applause** greeted the distinguished guests from abroad.

> **說明** 修飾「applause」可用「deafening, warm, thunderous, boisterous」等字，不能用「shaking」。

appoint [ə'pɔɪnt] vt. 任命，指派

> **例句** 他們指派他為經理。

- ✗ They **appointed** him **for** manager.

- ◯ They **appointed** him **as** manager.

- ◯ They **appointed** him **(to be)** manager.

> **說明** 表示「指派，任命某人為⋯」時，可以說「appoint sb as...」或「appoint sb (to be)...」，而不能用「appoint sb for...」。

appreciate [ə'priʃɪ,et] vt. 感激，感謝

> **例句** 你的再次來信將使我們不勝感激。

- ✗ We shall **appreciate to hear** from you again.

- ◯ We shall **appreciate hearing** from you again.

> **說明** 「appreciate」表示「感激」，其後不能接不定詞作受詞，可接名詞或動名詞作受詞。

A
B
C
D
E
F
G
H
I
J
K
L
M
N
O
P
Q
R
S
T
U
V
W
X
Y
Z

例句 如果你能幫我這個忙，我會非常感激。

✗ I would much **appreciate** if you could do me this favor.

○ I would much **appreciate it** if you could do me this favor.

說明 「appreciate」表示「感激」時為及物動詞，須接受詞，當沒有受詞時，會用「it」作虛受詞，「appreciate」後不可以「人」作受詞。

approach¹ [ə'protʃ] n. ①靠近，接近　②通路，入口；途徑

例句 通往那棟房子的路被堵住了。

✗ The **approach of** the house was blocked.

○ The **approach to** the house was blocked.

例句 這是一本很好的音樂入門書。

✗ This book provides a good **approach into** music.

○ This book provides a good **approach to** music.

說明 「approach」作名詞表示「通往…的道路」「…之入門」時，接介系詞「to」。

approach² [ə'protʃ] vt., vi. 接近，靠近

例句 我們走近那幢房子。

✗ We **approached to** the house.

○ We **approached** the house.

說明 「approach」作及物動詞表示「接近、靠近」時，直接接受詞，其後不能接任何介系詞。

approve [ə'pruv] v. ① vt., vi. 贊成，同意　② vt. 批准，通過

 她的父母絕不會同意她和那位中年男子結婚。

✗ Her parents will never approve her marriage to that middle-aged gentleman.

○ Her parents will never approve of her marriage to that middle-aged gentleman.

 「approve」表示「贊成，贊同」時，是不及物動詞，應與介系詞「of」連用。

 總統沒有批准這個計畫。

✗ The president did not approve of the plan.

○ The president did not approve the plan.

 「approve」作「批准，通過」解時是及物動詞，其後直接接受詞。

 她父親不同意她嫁給他。

✗ Her father didn't approve of her to marry him.

○ Her father didn't approve of her marriage to him.

○ Her father didn't approve of her marrying him.

 「approve of」後不能接不定詞及人稱代名詞，但可以用名詞或動名詞作簡單受詞。

argue [ˈɑrgju] v. ① vt., vi. 爭吵，辯論　② vt. 說服，勸說

 他們就如何花錢爭論了好長一段時間。

✗ They argued for ages for how money should be spent.

○ They argued for ages about how money should be spent.

說明 表示「就…爭論」時，介系詞用「about」或「over」。

例句 他勸我戒煙。

❌ He argued me to give up smoking.

⭕ He argued me into giving up smoking.

例句 他勸我不要接受那份工作。

❌ He argued me not to accept the job.

⭕ He argued me out of accepting the job.

說明 「說服某人做某事」用「argue sb into v-ing」；「說服某人不做某事」則用「argue sb out of v-ing」。

arise [əˈraɪz] vi. 出現；發生

例句 我們做這項工作時將會出現困難。

❌ It will arise difficulties as we do the work.

⭕ Difficulties will arise as we do the work.

說明 「arise」是「happen, appear」（產生，發生）的意思，只用作不及物動詞，不能直接接受詞。

例句 恐怕已經發生了困難。

❌ I'm afraid a difficulty has risen.

⭕ I'm afraid a difficulty has arisen.

說明 「arise (arose, arisen)」主要用於無形的事物，如困難、麻煩、矛盾等；「rise」通常用於有形的事物，表示「升起」。

arm [ɑrm] n. ①臂　②武器，軍火

 抱著孩子的那個婦女是我的阿姨。

❌ The woman who is carrying a child with her arms is my aunt.

⭕ The woman who is carrying a child in her arms is my aunt.

 「抱…」應說「carry...in one's arms」，其中介系詞不能用「with」，這裡表示的是狀態，而不是用某種工具。

 有人提供美國武器給這些士兵。

❌ These soldiers were provided with American arm.

⭕ These soldiers were provided with American arms.

 「arms」作「武器」解時，要用複數形式。

 arrange [ə'rendʒ] vt., vi. 安排；準備

 我已經安排好明天上午為他送行。

❌ I've arranged seeing him off tomorrow morning.

⭕ I've arranged to see him off tomorrow morning.

 「arrange」表示「安排做某事」時應接不定詞，不接動名詞。

 我已經安排好了一輛計程車。

❌ I've arranged to a taxi.

⭕ I've arranged for a taxi.

 「arrange」作「安排…」解時，應用「for」來引出受詞，而不能用「to」。

<u>arrival</u> [ə'raɪvl] n. ①到達，抵達　②到達者，到達物

他到倫敦時很意外沒找到他的朋友。

✗ At his arrival in Lodon, he was surprised not to find his friend.

◯ On [Upon] his arrival in Lodon, he was surprised not to find his friend.

說明　「on [upon] sb's arrival」是固定片語，其中介系詞「on, upon」不可換為「at」。

<u>arrive</u> [ə'raɪv] vi. ①到達，抵達　②達成

我們及時抵達電影院。

✗ We arrived the cinema in time.

◯ We arrived at the cinema in time.

他們前天平安地抵達倫敦。

✗ They arrived London safe and sound the day before yesterday.

◯ They arrived in London safe and sound the day before yesterday.

說明　「arrive」是不及物動詞，要表示「到達某地」，「arrive」後可用介系詞「at」或「in」。通常說來，到達「大地方」，如「國家、大城市等」，用「in」；到達「小地方」，如「機場、車站、電影院、旅館、小市鎮等」用「at」。

經過兩天的協商，我們終於達成了協議。

✗ We finally arrived an agreement after two days' negotiation.

◯ We finally arrived at an agreement after two days' negotiation.

說明　「arrive」作「達成」解時是不及物動詞，須與「at」連用再接受詞。

<u>ashore</u> [ə'ʃor] adv. 向岸上，向陸地；到岸上

例句 讓我們在這裡上岸吧。

　✗ Let's **ashore** here.

　◯ Let's **go ashore** here.

說明 「ashore」只是一個副詞，不能用來表示動作；表示動作時，「ashore」前應該相應加上「go」或「come」「climb」等恰當的動詞。

例句 他們上了岸。

　✗ They came **ashore the land**.

　◯ They came **ashore**.

說明 「ashore」本身就有「上岸」或「在岸上」的意思，因此在它後面不能加「the land」之類的受詞。

as if　好像是…

例句 他表現得好像是這地方的主人一樣。

　✗ He behaves **as if** he **owns** the place.

　◯ He behaves **as if** he **owned** the place.

說明 「as if」所引導的子句如果表示與事實相反的情況，則必須用假設語氣，此句中表示與現在事實相反，動詞用過去式。

<u>aspect</u> ['æspɛkt] n. 方面，觀點

例句 我們應該從各方面來考慮這個問題。

　✗ We should consider this problem **from all its aspects**.

We should consider this problem **in all its aspects**.

 「從某個方面」該用「in one aspect」表示，其中介系詞不能用「from」；「從各方面，全面地」，應該說「in all its aspects」。

 aspire [ə'spaɪr] vi. 渴望，追求

 他渴望成為這個政黨的領袖。

 He **aspired being** the leader of the party.

 He **aspired to** be the leader of the party.

 He **aspired to** the leadership of the party.

 他們渴求知識。

They **aspire for** knowledge.

They **aspire after** knowledge.

 表示「渴望」「渴求」時，「aspire」後可接不定詞或介系詞「to, after」，不可接動名詞。

assemble [ə'sɛmbḷ] vt., vi. 集合，聚集

 許多人聚集在廣場上，傾聽著一場振奮人心的演講。

A lot of people **assembled** on the square **together** and listened to an exciting speech.

A lot of people **assembled** on the square and listened to an exciting speech.

「assemble」意為「gather together」，所以不可再與「together」連用。

assign [ə'saɪn] vt. 分配；分派

 分派給你的工作必須在一星期內完成。

- ✗ The work assigned for you must be completed in a week.

- ◯ The work assigned to you must be completed in a week.

 表示「把⋯分配 [分派] 給⋯」時，動詞「assign」要與「to」連用，不能誤作「for」。

assist [ə'sɪst] vt., vi. 幫助，協助

 有人會協助你統計所收集的書籍數目。

- ✗ Someone will assist you to count the number of books collected.

- ◯ Someone will assist you in counting the number of books collected.

 「assist」不能接帶有不定詞的複合受詞，表示「協助某人做某事」時，可用「assist sb with sth」或「assist sb in v-ing」句型。

associate [ə'soʃɪ,et] vt. （使）聯合，合夥

 我們應該與大公司合作。

- ✗ We should associate the larger firm.

- ◯ We should associate ourselves with the larger firm.

說明 「associate」作「聯合」解時，是及物動詞，表示「自己與另一方聯合」時，要說「associate oneself with」，必須接受詞。

as soon as 一…就

我們一得出任何結論我就通知你。

❌ I will let you know **as soon as** we **will come** to any conclusion.

⭕ I will let you know **as soon as** we **come** to any conclusion.

說明 「as soon as」所引導的子句如果表示未來發生的情況，動詞必須用現在式（與條件子句相同）。

assume [əˈsum, əˈsjum] vt. 假定；以為

假定明天下雨，那我們該怎麼辦？

❌ **Assumed that** it rains tomorrow, what shall we do?

⭕ **Assuming that** it rains tomorrow, what shall we do?

說明 表示「假定…」是「assuming that...」，其中「that」也可省略，該片語等於「Let's assume that...」。

assumption [əˈsʌmpʃən] n. 假定，臆測

你就在他將和其他人一起來的假定下計畫一切吧。

❌ You are planning everything **at the assumption that** he is coming with the others.

⭕ You are planning everything **on the assumption that** he is coming with the others.

說明 「on the assumption that...」表示「在…的假定下」，是固定片語，「on」不可改為「at」。

assure [ə'ʃʊr] vt. 向（某人）保證；擔保

 他的醫生向我保證這一點。

　❌ His doctor assured me in it.

　⭕ His doctor assured me of it.

他向我們保證他會盡最大的努力。

　❌ He assured us of that he would do his best.

　⭕ He assured us that he would do his best.

 說明 「assure」表示「使確信」「向…保證」時，要用「assure...of...」句型，其中「of」引出保證的內容，如果直接受詞是子句則不用「of」。

 astonish [ə'stɑnɪʃ] vt. 使驚訝，使大為吃驚

他說的話使我們大家都很吃驚。

　❌ What he said was astonished at all of us.

　⭕ What he said astonished all of us.

　⭕ All of us were astonished at what he said.

 說明 「astonish」是及物動詞，表示「某事使某人吃驚」，以事情作主詞時，述語動詞用主動語態；以人作主詞時，述語動詞則要用被動語態。

 我們對這個噩耗感到驚訝。

　❌ We were astonished with the sad news.

　⭕ We were astonished at the sad news.

 說明 「對…感到驚訝」應該是「be astonished at...」，其中介系詞不能用「with」。

例句 聽到他死於一場意外中，他們都感到驚訝。

✗ They were astonished to hearing that he had died in an accident.

○ They were astonished to hear that he had died in an accident.

 說明 「聽到…而感到驚訝」應該是「be astonished to hear...」，而不應該說「be astonished to hearing」，因為「to」不是介系詞，而是不定詞。

 as well 而且，也

 例句 新世紀給我們帶來了新的希望，同時也帶來了新的焦慮。

✗ The new century brings us not only new hopes but also worries as well.

○ The new century brings us new hopes, and worries as well.

 說明 「also」與「as well」意思重疊，應刪去一個。

 as well as 不但…而且

 例句 空氣和水一樣都是植物生長所必需的。

✗ Air as well as water are needed to make plants grow.

○ Air as well as water is needed to make plants grow.

 例句 對於目前的僵局，不但工會應該負責，而部長也應該負責。

✗ The minister, as well as the trade unions, are responsible for the present impasse.

○ The minister, as well as the trade unions, is responsible for the present impasse.

 說明 當用「as well as」並列幾個名詞時，側重點在第一個名詞上，因此當這樣的名詞片語作主詞時，述語動詞在人稱和數上和第一個名詞一致。

attack [ə'tæk] n. 攻擊，襲擊

他們對敵人進行了突擊。

  ✖ They made a surprise **attack to** the enemy.

  ◯ They made a surprise **attack on** the enemy.

「attack」作名詞時，與「on, upon」連用，表示「對…進行的襲擊」。

attempt [ə'tɛmpt] n. ①試圖，嘗試　②企圖；企圖殺害

他們正開始進行解決這個問題的新嘗試。

  ✖ They are beginning a new **attempt of** solving the problem.

  ◯ They are beginning a new **attempt to** solve the problem.

表示「做某事的嘗試或企圖」時，「attempt」常接不定詞，而不與介系詞「of」連用。

他們沒有打算爬那座陡峭的山。

  ✖ They made no **attempt of** climbing the steep mountain.

  ◯ They made no **attempt at** climbing the steep mountain.

表示「企圖做某事」，可以說「make an attempt to-v」或「make an attempt at v-ing」，但不能說「make an attempt of v-ing」。

他企圖謀害他的妻子。

  ✖ He **made an attempt at** his wife's life.

  ◯ He **made an attempt on** his wife's life.

表示「試圖奪取（生命等）」應說「make an attempt on」，其中的介系詞不可誤作「at」。

attend [ə'tɛnd] v. ① vt. 參加;出席　② vi. 專心　③ vt., vi. 照顧

 我們現在一星期上五天課。

❌ We attend to school five days a **week** now.

⭕ We attend school five days a week now.

他昨天沒有出席會議,因為他病了。

❌ He didn't attend at the meeting yesterday, for he was ill.

⭕ He didn't attend the meeting yesterday, for he was ill.

說明 表示「參加」「出席」等意思時,「attend」為及物動詞,其後要求直接接受詞,而無須用「to」引出。

醫生照顧那個病人。

❌ The doctor attended to the patient.

⭕ The doctor attended the patient.

⭕ The doctor attended on [upon] the patient.

你應該專心於你的工作,否則就會被開除。

❌ You should attend your work, or you'll be fired.

⭕ You should attend to your work, or you'll be fired.

說明 表示「照料,看護(某人)」可以用「attend」或「attend on [upon]」,但不可用「attend to」;「attend to」的意思是「專心」「努力」「注意」等。

 attention [ə'tɛnʃən] n. 注意,留意;照料

 我們都得注意身體。

❌ We must all pay attentions to our health.

◯ We must all pay **attention** to our health.

說明 「attention」作「注意（力）」解時是不可數名詞。

例句 **我要引起他對此事的注意。**

✗ I want to **call [draw]** the matter **to his attention**.

◯ I want to **call [draw] his attention to** the matter.

說明 表示「引起某人對…的注意」應說「call [draw] one's attention to...」，不能說成「call [draw]...to one's attention」。

attitude ['ætəˌtjud] n. 態度；看法

例句 **你對這個問題的看法如何？**

✗ What is your **attitude of** this problem?

◯ What is your **attitude to** this problem?

說明 說「對某事或某人的態度 [看法]」用「attitude to [toward] sth [sb]」，其中的「to, toward」不能誤作「of」；而表示「某人的態度」用「attitude of sb」，也可用「sb's attitude」。

attraction [ə'trækʃən] n. 吸引，吸引力；引力

例句 **月亮對地球的引力引起潮汐。**

✗ The **attraction** of the moon **to** the earth causes the tides.

◯ The **attraction** of the moon **for** the earth causes the tides.

說明 表示「對…的吸引力」，介系詞用「for」。

attribute [ə'trɪbjut] vt. 認為⋯是；歸因於⋯

他們將巨大的成功歸因於努力工作。

✕ They contribute their great success to hard work.

◯ They attribute their great success to hard work.

「contribute sth to...」的意思是「把某物捐助給⋯」；而表示「把某事歸因於⋯」，應該說「attribute sth to...」。

他的成功歸因於他的努力。

✕ His success attributes to hard work.

◯ His success is attributed to hard work.

說「（某事）歸因於⋯」時常用被動語態「(sth) be attributed to...」；說「（某人）把某事歸因於⋯」時才用主動語態「(sb) attribute sth to...」。

authority [ə'θɔrətɪ] n. ①權力　②當局　③權威；專家

他是肺癌方面的權威。

✕ He is an authority of lung cancer.

◯ He is an authority on lung cancer.

表示「在⋯方面的權威」應說「an authority on」，而不是「an authority of」。

它已得到有關當局的證實。

✕ It has been confirmed by the authority concerned.

◯ It has been confirmed by the authorities concerned.

表示「當局」時，「authority」常用複數形式。

available [ə'veləbḷ] adj. ①可用的；可得到的 ②有效的

你的飛機票有效期為半年。

❌ Your plane ticket is **available in** half a year.

⭕ Your plane ticket is **available for** half a year.

「available」與「for＋一段時間」連用常指「有效的」，這時「for」不能改為「in」。

這裡有沒有店員？

❌ Is there any **available salesclerk** here?

⭕ Is there any **salesclerk available** here?

「available」多數情況下放在它所修飾的詞之後。

average ['ævərɪdʒ] n. 平均；平均數

我們平均每天收到五封信。

❌ **In average** we received five letters a day.

⭕ **On average** we received five letters a day.

平均來說，我一天花兩個小時進行正常的閱讀。

❌ **In the average**, I spend 2 hours on normal reading a day.

⭕ **On the average**, I spend 2 hours on normal reading a day.

表示「平均地」「平均來說」應該用「on (the) average」，其中介系詞用「on」，而不用「in」。

A

avoid [ə'vɔɪd] vt. 避開，避免

 你們應該盡量避免犯這麼幼稚的錯誤。

☒ You should do all you can to avoid to make such childish mistakes.

☑ You should do all you can to avoid making such childish mistakes.

☑ You should do all you can to avoid such childish mistakes.

 「avoid」後接名詞或動名詞，不可接不定詞；因此誤句中的「to make」應改為「making」，或是「avoid」後直接接受詞。

awake¹ [ə'wek] vi. 醒悟；察覺

 你很快會察覺到自己嚴重的錯誤。

☒ You will awake at your terrible mistake soon.

☑ You will awake to your terrible mistake soon.

 「awake」表示「察覺」時後接「to」，不接「at」。

awake² [ə'wek] adj. 醒著的，清醒的

 七點鐘時他完全清醒了。

☒ He was very awake at 7 o'clock.

☑ He was wide awake at 7 o'clock.

 修飾形容詞「awake」不能用「very」，而要用「wide」。

 凌晨一點鐘的時候你在這裡仍可找到許多清醒的人。

☒ You can still find many awake people here at one o'clock early in the morning.

☐ You can still find many waking people here at one o'clock early in the morning.

 說明 「awake」作形容詞時，不可放在名詞前修飾，「waking」則可。

 award[1] [ə'wɔrd] n. 獎品，獎金

 例句 奧運會獲勝者得到了金牌。

☒ The Olympic winner received a gold medal as a reward.

☐ The Olympic winner received a gold medal as an award.

說明 「award」指由於工作表現好或比賽等成績比別人出色，由上級或官方的決定而給予的「獎品」或「獎金」；而「reward」是指因工作或服務所給予或得到的「酬金」「報酬」等。

 award[2] [ə'wɔrd] vt. 授與，賞給，頒發

 例句 第一名頒給了我們的班長。

☒ The first prize was rewarded to our monitor.

☐ The first prize was awarded to our monitor.

說明 在作動詞時，「award」通常作「頒發（獎品、獎金、獎學金等）」解；「reward」則作「給予（報酬、酬謝等）」解。

 aware [ə'wɛr] adj. 意識到的，察覺到的；知道的

 例句 你察覺到這裡的危險嗎？

☒ Are you aware about the danger here?

☐ Are you aware of the danger here?

說明 「aware」常與介系詞「of」連用，表示「察覺到或意識到（某事）」，介系詞「of」不可誤作「about」。

例句 他這次計畫的失敗使他意識到在制定計畫中犯了一個大錯。

❌ His failure in the plan made him **aware of** that he had made a great mistake in working out the plan.

⭕ His failure in the plan made him **aware** that he had made a great mistake in working out the plan.

說明 「aware of...」表示「意識到…，察覺到…」，但接「that 子句」時，「of」須省略。

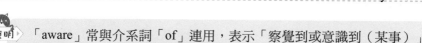

 away [ə'we] adv. 遠離，相隔一段距離

例句 你應該遠離火站著。

❌ You should stand **away** the fire.

⭕ You should stand **away from** the fire.

說明 「away」是副詞，不能直接接名詞；說「遠離某物或某人」，用「away from sth [sb]」，中間的「from」不能省略。

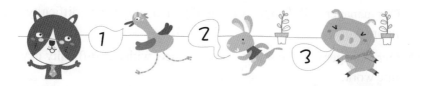

B

back¹ [bæk] n. 背，背部

 他仰臥著並凝視著天花板。

✗ He **lay to** his back and stared up at the ceiling.

○ He **lay on** his back and stared up at the ceiling.

說明 表示「仰臥」，應該說「lie on one's back」，介系詞用「on」不用「to」。類似的還有「lie on one's side」（側臥），「jump on one foot」（單腳跳）等。

back² [bæk] adv. 回原處

 我姊姊六點半會回來。

✗ My sister will **back** at half past six.

○ My sister will **be back** at half past six.

說明 「back」是副詞，不能單獨使用，必須與「be」連用。

back³ [bæk] v. ① vt., vi. （使）後退，（使）倒退　② vt. 支持

 如果你在今後的工作中碰到任何困難，我們經理都會支持你的。

✗ Our manager will **be back up you** if you meet with any difficulty in your future work.

○ Our manager will **back you up** if you meet with any difficulty in your future work.

「back sb up」（支持某人）是動詞片語，可直接使用。

bad [bæd] adj. ①壞的　②有害的

在暗處看書對眼睛有害。

❌ Reading in the dark is bad with your eyes.

⭕ Reading in the dark is bad for your eyes.

表示「有害於…」「對…不利」時，「bad」後接介系詞「for」，不接「with」。

badly ['bædlɪ] adv. ①壞地，惡劣地　②非常地，大大地

我們的外語教學方法極需改進。

❌ Our foreign languages teaching method is in a bad need of improvement.

⭕ Our foreign languages teaching method is badly in need of improvement.

表示「很需要…」應說「badly in need of...」；「in a bad need of...」不合習慣。

肉變質了。

❌ The meat has gone badly.

⭕ The meat has gone bad.

本句中「go」是連繫動詞，其後應接形容詞「bad」，而不可接副詞「badly」。

baggage ['bægɪdʒ] n. 行李

行李搬運員把我們的行李搬到火車上。

❌ A porter carried our **baggages** to the train.

⭕ A porter carried our **baggage** to the train.

「baggage」是不可數名詞，沒有複數形式。如：「a piece of baggage」（一件行李），「some baggage」（一些行李），「much baggage」（很多行李）等。

balance ['bæləns] n. 平衡，均衡

這個提案有利有弊，但仔細考慮之後，我認為採納它對我們會有益處。

❌ There are both advantages and disadvantages in this proposal, but **in the balance** I think we could benefit by adopting it.

⭕ There are both advantages and disadvantages in this proposal, but **on balance** I think we could benefit by adopting it.

「in the balance」是指「在變化未定的狀態下」「在緊要關頭」「在危險的局面」；而「on balance」才是指「權衡之下」「仔細考慮之後」。

ban [bæn] n. 禁止，禁令

電影院裡禁止吸煙。

❌ Smoking in cinemas has been **put a ban**.

⭕ Smoking in cinemas has been **put under a ban**.

表示「被置於禁令、禁止之下」，要說「be put under a [the] ban」，其中「under」不可省略。

bankrupt ['bæŋkrʌpt] adj. 破產的

聽說你們工廠破產了，我感到很遺憾。

- ✗ I'm sorry to hear that your factory **bankrupted**.
- ○ I'm sorry to hear that your factory **went bankrupt**.

「bankrupt」作動詞時是及物動詞，必須接受詞。例如「bankrupt sb」表示「使某人破產」；「bankrupt a factory」表示「使某家工廠破產」。要說「某人[某企業] 破產」通常用形容詞「bankrupt」，前面加「go」「become」等動詞。

barber ['bɑrbɚ] n. 理髮師

我朝理髮店裡看了一下，看見他在那裡。

- ✗ I looked into the **barber** and saw him there.
- ○ I looked into the **barber's (shop)** and saw him there.

「barber」意為「理髮師」，「理髮店」應是「barber's (shop)」。

base¹ [bes] vt. 把…建立在…，以…為基礎

我的希望建立在這個新計畫之上。

- ✗ My hope **based on** the new plan.
- ○ I **based** my hope **on** the new plan.

「base」是及物動詞，表示「建立在…之上」或「以…為基礎」時不能說「base on sth」，而必須用「be based on sth」或「(sb) base sth on sth」。

base² [bes] n. ①基礎　②基地，根據地

我失敗的最大原因是由於我的英語基礎不好。

❌ The first cause of my failure is that my base of English is poor.

⭕ The first cause of my failure is that I have a poor foundation in English.

說明 「base」作為名詞指具體有形的「基礎；根據地，基地」等；表示抽象的「基礎」須用「foundation」。

bathe [beð] n. 游泳，洗海水浴

他通常先洗個熱水澡，然後上床睡覺。

❌ He usually has a hot bathe, then goes to bed.

⭕ He usually has a hot bath, then goes to bed.

說明 「bathe」用作名詞時，指在室外如江河、湖泊或海裡「洗澡」；如要表示在室內的「洗澡」，應用「bath」。

be [bi] aux. v. 後接不定詞表示責任、意願、可能性等

此處禁止吸煙。

❌ You are not smoking here.

⭕ You are not to smoke here.

說明 「be+不定詞」可以表示一種命令或規則，也可用來表示安排要在將來做的事情，其中的不定詞不可換為動名詞。

我剛要出門時，電話響了。

❌ I was about going out when the telephone rang.

[O] I **was about to** go out when the telephone rang.

說明 「be about to」常用來表示即將發生的動作，是未來式的一種表達方式，其中的不定詞不可換成動名詞。

bear [bɛr] vt. ①忍受，容忍　②具有，懷有（感情）

例句 記住你要為自己的一切行為負責。

[X] **Bear of mind** that you are responsible for your own actions.

[O] **Bear in mind** that you are responsible for your own actions.

說明 「bear in mind」為固定片語，意為「記在心裡」「記住」。

beat [bit] vt. 打敗，擊敗

例句 我能在高爾夫球賽中輕易地贏他。

[X] I can easily **win** him at golf.

[O] I can easily **beat** him at golf.

例句 本隊打贏了昨天的比賽。

[X] Our team **beat** the match yesterday.

[O] Our team **won** the match yesterday.

說明 「win」指「贏了（比賽）」，「beat」則指「擊敗（對手）」；因此「贏了某人」應該用「beat」；「贏了一場球賽」「贏了比賽」等，應該用「win」。

because [bɪ'kɔz] conj. 因為

　因為下雨，所以我回來了。

❌ I came back because rain.

⭕ I came back because it rained.

⭕ I came back because of rain.

　「because」後接子句；「because of」後接名詞或名詞片語。

　因為他病了，所以他沒去上學。

❌ Because he was ill, so he didn't go to school.

⭕ Because he was ill, he didn't go to school.

⭕ He was ill, so he didn't go to school.

　中文說「因為…，所以…」，但在英語中，表原因的子句如果用「because」引導，主要子句中就不能用「so」；反之，主要子句中如果用「so」，子句就不用「because」。

　我懲罰她是因為她偷了我的錢。

❌ The reason why I punished her is because she stole my money.

⭕ The reason why I punished her is that she stole my money.

　中文可以說「…的原因是因為…」，而英文卻說「The reason why...is that...」，即「…的原因是…」，表原因的部分應是由「that」引導的子句，而不可以用連接詞「because」引導子句。

become [bɪ'kʌm] v. ① vi. 變為，成為　② vt. 適合

　婦女們變得更加獨立自主了。

❌ Women are becoming to be more independent.

Women are **becoming** more independent.

 「become」有「be 動詞」的作用，意同於「come [grow] to be」，後面直接接形容詞即可。

 他最近的遭遇如何？

✗ What has **become to** him lately?

◯ What has **become of** him lately?

 「become of」表示「使遭遇，降臨」，是固定片語，因此「of」不能用「to」代替。

 bed [bɛd] n. 床，床位

 我很疲倦，我要去睡了。

✗ I feel tired; I'm going to **the bed**.

◯ I feel tired; I'm going to **bed**.

 他來看我的時候，我還臥病在床。

✗ I was ill in **the bed** when he came to see me.

◯ I was ill in **bed** when he came to see me.

 片語「go to bed」，意為「就寢」。凡表示床的抽象用途時，「bed」前皆不加「the」，指具體意義「某張床」才須加「the」。

 before[1] [bɪˈfor, bɪˈfɔr] prep. ①在…前面 ②早於，在…以前

 我想我還是把書桌放在窗戶前面吧。

✗ I think I'll put the desk **before** the window.

◯ I think I'll put the desk **in front of** the window.

說明 除了在正式的場合，一般不用「before」來表示空間上的「在…前面」，而用「in front of」。

例句 不久我就收到了他的信。

- ✗ I received his letter long before.
- ○ I received his letter before long.

說明 「before long」是「很快」「不久」的意思；而「long before」的意思「很久以前」。

before² [bɪ'for, bɪ'fɔr] conj. 在…之前

例句 我現在就做這件事，以免忘掉。

- ✗ I will do it now before I'll forget it.
- ○ I will do it now before I forget it.

說明 在「before」引導的子句裡表示將來要發生的情況時，必須用簡單現在式表示未來。

beg [bɛg] vt., vi. ①乞討，乞求　②請求，懇求

例句 他向街上的小販乞討食物。

- ✗ He begged food of street vendors.
- ○ He begged food from street vendors.

例句 她來請我幫忙。

- ✗ She came to beg a favor from me.
- ○ She came to beg a favor of me.

說明 表示「向某人懇求某事」時，若「beg」的受詞是抽象名詞，其後的介系詞用「of」；若「beg」的受詞為物質名詞，其後的介系詞用「from」。

begin [bɪ'gɪn] vt., vi. 開始；著手

 例句 **戰爭開始的時候，我只是個小學生。**

❌ When the war begin to break out, I was only a pupil.

⭕ When the war began, I was only a pupil.

⭕ When the war broke out, I was only a pupil.

 說明 「begin」和「break out」意思幾乎相同，二者不能同時用在一個句子中。

 例句 **你能告訴我怎樣啟動這臺機器嗎？**

❌ Can you tell me how to begin the machine?

⭕ Can you tell me how to start the machine?

 說明 「begin」和「start」都表示「開始」，作「開始動手做某事」解時可以互換使用；但是表示「啟動（機器）；動身，出發」時，就必須用「start」。

beginning [bɪ'gɪnɪŋ] n. 開始，起點

 例句 **他們從頭到尾都認真聽他談話。**

❌ They listened attentively to his talk from the beginning to the end.

⭕ They listened attentively to his talk from beginning to end.

 說明 「from beginning to end」是固定片語，「beginning」和「end」前均不加冠詞。

剛上課的時候，老師考我們英文。

❌ In the beginning of the class, the teacher tested us in English.

⭕ At the beginning of the class, the teacher tested us in English.

 「in the beginning」與「at the beginning」意思相同，表示「開始，起初」，但「in the beginning」可單獨作副詞片語；「at the beginning」後面必須加上「of」。

 behavior [bɪ'hevjɚ] n. 行為；舉止；態度

他對我的態度不友善。

❌ His **behaviors** toward me is unfriendly.

⭕ His **behavior** toward me is unfriendly.

 「behavior」是不可數名詞，沒有複數形式。

 being ['biɪŋ] v. be 的現在分詞

因為他不在，所以她只好獨自做這工作。

❌ Being away, she had to do the work alone.

⭕ He being away, she had to do the work alone.

 在獨立分詞構句中的主詞和主句的主詞不同時，必須在分詞前面加主詞而不可省略。

因為我們是外地人，所以我們不得不問路。

❌ As being strangers, we had to ask our way.

⭕ Being strangers, we had to ask our way.

⭕ As we were strangers, we had to ask our way.

說明 「as 子句」改用分詞構句表達時，「as」省略。

 believe [bɪˈliv] vt., vi. 相信；認為

 例句 **我信任那個人。**

❌ I **believe** that man.

⭕ I **believe in** that man.

 說明 「believe sb」表示「相信某人說的話」；「believe in sb」才表示「信任某人」「認為某人可靠」。

 例句 **她信仰上帝。**

❌ She **believed** God.

⭕ She **believed in** God.

 說明 「信仰（主義、原則、宗教等）」須用「believe in...」表示，介系詞「in」不可省略。

 belong [bəˈlɔŋ] vi. 屬於；屬…所有

 例句 **這本書是我的。**

❌ This book **belongs** me.

⭕ This book **belongs to** me.

 說明 「belong」是不及物動詞，表示「屬於…所有」時其後須加介系詞「to」。

 例句 **這本書現在屬於我。**

❌ The book **is** now **belonging to** me.

◯ The book now *belongs to* me.

說明 「belong to」是靜態動詞，不能用於進行式。

beneficial [ˌbɛnəˈfɪʃəl] adj. 有利的，有益的，有幫助的

例句 **如果你戒煙，將對你的健康有益。**

✗ If you give up smoking, it will be *beneficial for* your health.

◯ If you give up smoking, it will be *beneficial to* your health.

說明 表示「對⋯有益處」，應該說「be beneficial to...」，其中介系詞「to」不能誤作「for」。

benefit [ˈbɛnəfɪt] n. 益處，好處

例句 **我告訴你那件事是為了你好。**

✗ I am telling you that *to* your own *benefit*.

◯ I am telling you that *for* your own *benefit*.

說明 表示「為了某人的利益」須說「for sb's benefit」，其中介系詞「for」不可換為「to」。

besides [bɪˈsaɪdz] prep. 除⋯之外（還有）

例句 **除了英語之外，他還懂得德語和法語。**

✗ *Besides* English, he *also* knows German and French.

◯ *Besides* English, he knows German and French.

說明 「besides」本身即可表示「除⋯之外（還有）」，加上「also」是多餘。

這本書除了是嚴謹的學術典範外，寫得也很生動有趣。

❌ **Besides to be a** model of scholarly thoroughness, this book is vivid and engrossing.

⭕ **Besides being a** model of scholarly thoroughness, this book is vivid and engrossing.

 「besides」作「除了…」解時是介系詞，後面不能接不定詞，而要接動名詞。

 除了煮飯以外，任何家事我都會做。

❌ I can do everything around the house **besides** cook.

⭕ I can do everything around the house **except** cook.

 「besides」和「except」都有「除了…以外」的意思，「besides」的意思是「除了…以外，還有…」，表示「包括」；「except」指「在整體中除去一部分後所剩下的」，表示「不包括」。

 better¹ ['bɛtɚ] n. 更好者；較優越者

 這是兩者之中較佳者。

❌ This is **the better between** the two.

⭕ This is **the better of** the two.

 「the better of...」表示「…中較好者」，其中介系詞「of」不可誤作「between」。

 better² ['bɛtɚ] adv. 更好地；更佳地

 如果你想天黑前到家，最好快點走。

❌ You **had better to** hurry up if you want to get home before dark.

You **had better** hurry up if you want to get home before dark.

 「had better」作「最好」解，表示勸告或建議，其後須接原形動詞。

 你進來時最好不要吵醒我。

 You **hadn't better** wake me up when you come in.

 You'**d better not** wake me up when you come in.

 「had better」的否定句型是直接將「not」置於「had better」之後。

 beware [bɪ'wɛr] vi., vt. 提防，當心

 經過那幢房子的時候要小心那隻狗。

 When passing that house, **beware** the dog.

 When passing that house, **beware of** the dog.

 「beware」為不及物動詞，其後不可直接接受詞，可說「beware of sb [sth]」。

 big [bɪg] adj. ①大的；年長的　②巨大的；激烈的

我姊姊大我兩歲。

You My sister is two years **bigger** than me.

My sister is two years **older** than me.

表示歲數「大」時，應用「old」，而不用「big」，後者通常指具體事物的大小。

昨天晚上下了一場大雪。

There was a **big** snow last night.

◯ There was a heavy snow last night.

 說明 表示「大雪」「大雨」時，通常不說「big snow」「big rain」，而說「heavy snow」「heavy rain」。

 bit [bɪt] n. ①一點點，少許　②小片；小塊

 例句 我有點累，想回家了。

✗ I'm a bit of tired. I think I'll go home.

◯ I'm a bit tired. I think I'll go home.

例句 請給我一小張紙。

✗ Please give me a bit paper.

◯ Please give me a bit of paper.

 說明 「a bit」修飾形容詞、副詞時，其後不可接介系詞「of」，但修飾名詞時須接「of」。

 black [blæk] n. 黑色；黑衣

 例句 他穿著黑色的衣服。

✗ He was dressed in the black.

◯ He was dressed in black.

 說明 表示「穿某種顏色的衣服」時，可用「in+表示顏色的字」，此時在表示顏色的字前不加冠詞。

blame [blem] vt. ①責備，責怪　②歸咎於

 他責備我沒有早點通知他那個消息。

✗ He **blamed** me **that** I hadn't informed him of the news earlier.

○ He **blamed** me **for** not having informed him of the news earlier.

 「blame」後面不能接「that 子句」，但可以說「blame sb for sth [(not) v-ing]」。

 她把失敗歸咎於她的丈夫。

✗ She **blamed** her failure **to** her husband.

○ She **blamed** her husband **for** her failure.

○ She **blamed** her failure **on** her husband.

 表示「因…而責怪某人，把…歸咎於某人」，可以說「blame sth on sb」或「blame sb for sth」，而不可說「blame sth to sb」。

blind [blaɪnd] adj. ①失明的　②不察覺的，不知道的

 他對自己的缺點視而不見。

✗ He **is blind of** his own defects.

○ He **is blind to** his own defects.

 表示「對…視而不見」可用「be blind to...」「turn a blind eye to...」等，其中介系詞「to」不可誤作其他介系詞。類似的有「be deaf to...」或「turn a deaf ear to...」（對…充耳不聞）。

bloom [blum] n. ①花　②開花期

紫丁香花正在盛開。

✗ Lilacs are in full blossom.

○ Lilacs are in full bloom.

「blossom」指果樹上成叢的花朵；「bloom」則指供觀賞的花。「in full bloom」意思是「盛開著」。

book¹ [bʊk] n. 書，書籍

他喜歡看科幻小說。

✗ He enjoys reading books of science fiction.

○ He enjoys reading books on science fiction.

「book」之後一般接介系詞「about」「in」或「on」表示書中談論的內容，但不可用「of」。

book² [bʊk] vt., vi. 預訂

我在希爾頓飯店為你訂了房間。

✗ I have booked you in the Hilton Hotel.

○ I have booked you in at the Hilton Hotel.

「book sb in」是動詞片語，表示「為某人預訂」，而「in」是副詞；在旅館名前則要加介系詞「at」。

born [bɔrn] adj. 出生的

 她已生了七個孩子。

❌ She has **born** seven children.

⭕ She has **borne** seven children.

 「bear」作「出生」解時，其過去分詞有兩種形式「borne」和「born」；一般來說，「borne」用於主動語態，而「born」用於被動語態。

borrow ['bɑro] vt., vi. 借，借入

 這本書我能借閱多久？

❌ How long can I **borrow** the book?

⭕ How long can I **keep** the book?

 「borrow」表示「借」時是瞬間動詞，不能和表示延續的時間連用，所以「借一段時間」常用動詞「keep」。

 我借給他十美元，但他一直沒有還給我。

❌ I **borrowed** him ten dollars and he never repaid me.

⭕ I **lent** him ten dollars and he never repaid me.

 我可以向你借些錢嗎？

❌ May I **borrow** some money **to** you?

⭕ May I **borrow** some money **from** you?

 「borrow」表示「借入」，一般後接「from sb」，表示跟某人借；「lend」表示「借出」，一般後接「to sb」，表示借給某人。

我可以借用你的電話嗎？

❌ May I **borrow** your telephone?

⭕ May I **use** your telephone?

 說明 當所借之物可以被拿走時，如鋼筆、雨傘等，用「borrow」；所借之物不能被拿走而只是借用時，如電話、房子等，應該用「use」。

 both¹ [boθ] adj. 兩者的

 例句 兩國都同意停火。

❌ **The both** countries have agreed to stop fighting.

⭕ **Both (the)** countries have agreed to stop fighting.

 例句 街道兩旁的樹木給予我們涼快的樹蔭。

❌ The trees along **the both** sides of the street gave us pleasant shade.

⭕ The trees along **both** sides of the street gave us pleasant shade.

 說明 「both」可和限定詞連用，兩者連用時其順序是「both the」，其中「the」常省略。

 both² [boθ] pron. 二者

 例句 我兩本書都喜歡。

❌ I like **both of** books.

⭕ I like **both of the** books.

⭕ I like **both the** books.

⭕ I like **both** books.

 說明 「both of」後接名詞時，名詞前要加定冠詞等來限定所指之物；「both」接名詞則限定或不限定皆可。

both³ [boθ] adv. 既…又…

他會說俄語，也會寫俄語。

✗ He **either** speaks **or** writes Russian.

○ He **both** speaks **and** writes Russian.

表示「兩者都…」用「both...and...」；而「either...or...」表示「兩者中任一者」「要不…，要不…」。

bottom ['bɑtəm] n. 底部，基部

她心裡從來沒有真正忘掉他。

✗ In her **bottom of her heart** she never really forgot him.

○ **At the bottom of her heart** she never really forgot him.

表示「從內心裡，在內心裡」說「at the bottom of one's heart」，其中介系詞「at」不可誤作「in」。

bound¹ [baʊnd] adj. 一定的，必定的

他一定會打贏這場比賽。

✗ He is **bound of winning** this game.

○ He is **bound to win** this game.

「bound」作為動詞「bind」的過去分詞，在表示「一定會」「必然」時，要說「be bound to-v」，這時「be bound」後面不能接「of v-ing」。

bound² [baʊnd] n. 界限，範圍

他壯志凌雲。

- ✗ His ambition knows no bound.
- ○ His ambition knows no bounds.

「bound」作「界限」「範圍」解時，用其複數形式「bounds」，片語「know no bounds」中的「bounds」也不可誤用單數。

brave [brev] adj. 勇敢的，英勇的

他徒手逼近敵人，真是勇敢。

- ✗ He was bravery to approach the enemy unarmed.
- ○ He was brave to approach the enemy unarmed.

「brave」是形容詞，用以修飾其後的名詞；而「bravery」是「brave」的名詞形式，不可用作形容詞。

bread [brɛd] n. 麵包

我每天早上吃兩片麵包。

- ✗ I eat two breads each morning.
- ○ I eat two slices [pieces] of bread each morning.

「bread」泛指「麵包」時是不可數名詞，沒有複數形式。「一片麵包」是「a piece of bread」或「a slice of bread」；「一條麵包」是「a loaf of bread」；「兩條麵包」是「two loaves of bread」。

break [brek] vt., vi. ①打破，弄壞 ②摔斷

 他在回家的路上摔了一跤，把左腿摔斷了。

 ✖ He had a fall on his way home and his left leg was broken.

 ◯ He had a fall on his way home and broke his left leg.

 「break」作「摔斷，跌傷」解時，除非特殊修辭需要（如在詩歌中），一般不用於被動語態。

 兩國之間爆發了一場戰爭。

 ✖ A war was broken out between the two countries.

 ◯ A war broke out between the two countries.

 「break out」指「（戰爭、災荒、疫病等）突然爆發」，是不及物動詞片語，不能使用被動語態。

breakfast ['brɛkfəst] n. 早餐

 我們早餐吃培根和煎蛋。

 ✖ We had bacon and eggs for the breakfast.

 ◯ We had bacon and eggs for breakfast.

 我到那裡時，他們還在吃早餐。

 ✖ They were still at the breakfast when I arrived there.

 ◯ They were still at breakfast when I arrived there.

 泛指一日三餐「breakfast, dinner, supper」時，其前不加「a」或「the」。

 那天八點吃早餐。

 ✖ The breakfast was had at eight o'clock that day.

We **had breakfast** at eight o'clock that day.

 說明 「have breakfast」通常只用於主動語態；這種用法也適用於「have lunch」「have supper」等。

 breath [brεθ] n. 氣息，呼吸

例句 **呼吸新鮮空氣。**

 Breath in fresh air.

 Breathe in fresh air.

說明 「breath」是名詞；「breathe」才是動詞。

例句 **我們到那裡時，已經氣喘吁吁了。**

 When we got there, we were already **out of the breath**.

 When we got there, we were already **out of breath**.

說明 「out of breath」是固定片語，意為「喘不過氣」，「breath」前不可加定冠詞。

 broad [brɔd] adj. 寬的，廣的，廣闊的

例句 **他的肩膀寬厚。**

He has **wide** shoulders.

He has **broad** shoulders.

說明 形容肩膀、心胸等「寬大、寬闊」用「broad」；而「wide」一般表示某物從一邊到另一邊的距離。

bulk [bʌlk] n.（巨大的）體積，容積

商品如果整批購買的話會便宜些。

- ✗ Goods are cheaper when they are bought as bulk.

- ○ Goods are cheaper when they are bought in bulk.

「in bulk」為固定片語，表示「整批地，大量地」，介系詞用「in」。

bump [bʌmp] v. ① vt., vi. 碰撞　② vi. 顛簸著前進

我昨天在街上偶然遇見路易斯。

- ✗ I bumped against Lewis in the street yesterday.

- ○ I bumped into Lewis in the street yesterday.

「bump against」表示「與…相撞」「撞在…上」；「bump into」才表示「偶然碰上」「不期而遇」。

burst [bɝst] vt., vi. ①爆炸，爆裂　②突然…起來

他們倆突然大笑起來。

- ✗ They both burst in laughter.

- ○ They both burst into laughter.

在場的人爆發出一片歡呼聲。

- ✗ All the people present burst forth a cry of joy.

- ○ All the people present burst into a cry of joy.

表示「突然發出…」可用「burst into...」；「burst in」意為「突然出現」；而「burst forth」是「突然冒出」的意思，且其後不可接受詞。

她一看到母親，就像小孩一樣突然大哭了起來。

❌ As soon as she saw her mother, she burst into crying like a child.

⭕ As soon as she saw her mother, she burst out crying like a child.

⭕ As soon as she saw her mother, she burst into tears like a child.

 「突然開始…」是「burst out＋v-ing」或「burst into＋n」，兩者不可混用。

---

 busy [ˈbɪzɪ] adj. ①忙碌的　②繁忙的；熱鬧的

 他忙於考試。

❌ He is busy for examinations.

⭕ He is busy with examinations.

 「busy」作「忙於某事」解，其後可接介系詞「about」「at」「over」「with」等，但不可接「for」。

 他昨天忙於記帳。

❌ He was busy to do the accounts yesterday.

⭕ He was busy doing the accounts yesterday.

 表示「忙於做某事」時，「busy」後不接不定詞，但可接「in＋v-ing」，「in」可省略，注意「in」不可誤用「about, at, over, with」。

---

 but [bət, bʌt] prep. 除…以外

 除了湯姆和吉姆，沒人知道這個祕密。

❌ Nobody but Tom and Jim know the secret.

⭕ Nobody but Tom and Jim knows the secret.

說明 在「nobody but...」句型中,「nobody」是主詞,其後的述語動詞用單數。

 例句 **我不得不放棄那份工作。**

✖ I **could not help but to** give up that job.

◯ I **could not (help) but** give up that job.

 例句 **除了呆坐盼望之外,我毫無辦法。**

✖ I could **do nothing but to** sit there and hope.

◯ I could **do nothing but** sit there and hope.

 說明 「but」後一般接帶「to」的不定詞,但當句子主要動詞為「do」時,「but」後接原形動詞,在「cannot [could not] but」後也要接原形動詞「to」。

 例句 **我是倒數第二個到那裡的。**

✖ I was **the second last to** arrive there.

◯ I was **the last but one to** arrive there.

 說明 表示「倒數第二」,應該說「the last but one」,即「除了一個外就是最後一個」。

 例句 **要是沒有她的幫助,我們就不可能獲勝。**

✖ **But for** her help, we **cannot** win the game.

◯ **But for** her help, we **could not** win the game.

 說明 「but for」表示「倘若沒有…,要不是…」,在句中用作副詞片語,其後常接已發生的事情,故句中的述語動詞應用過去式,而且一般和假設語氣連用。

buy [baɪ] vt., vi. 購買，購得

我要買這個。

❌ I'll **buy** this one.

⭕ I'll **take** this one.

說明 在商店裡說「我要買這件（東西）」時，習慣用「take」而不用「buy」。

他們以前常常在星期天出去買東西。

❌ They used to **go out to buy things** on Sunday.

⭕ They used to **go out shopping** on Sunday.

說明 「go to buy things」是中文式英語。

他花了 30 元買這些書。

❌ He **bought** these books **at** 30 dollars.

⭕ He **bought** these books **for** 30 dollars.

說明 表示「購買…一共花去多少錢」，應該用介系詞「for」，表示「所購之物中每件的單價」時才用「at」。

by [baɪ] prep. ①藉著　②不遲於；在…時候　③以…計

他們將坐火車去柏林。

❌ They will leave for Berlin **by the train**.

⭕ They will leave for Berlin **by train**.

他們將步行去上學。

❌ They will go to school **by foot**.

They will go to school **on foot**.

 說明 「by＋交通工具」表示「乘坐…」，表示交通工具的名詞前不加定冠詞，類似的片語還有：「by plane」（坐飛機），「by subway」（坐地鐵）等，但步行卻不可用「by foot」，須用「on foot」。

 例句 **你們必須在 11 點回到家。**

✗ You must be back **before** 11 o'clock.

◯ You must be back **by** 11 o'clock.

 說明 「by＋時間」表示「不遲於某時刻，到某時刻」，「by 11 o'clock」既含有「at 11 o'clock」的意思，又指「before 11 o'clock」。

 例句 **他按小時領薪水。**

✗ He was paid **for** the hour.

◯ He was paid **by** the hour.

 說明 表示「按小時［日，月，年］」，應該說「by the hour [day, month, year]」，其中介系詞用「by」不可換用「for」。

 例句 **房子用電照明。**

✗ The houses are lighted **with electric lights**.

◯ The houses are lighted **by electricity**.

 例句 **我們用眼睛看，用耳朵聽。**

✗ We see **by** our eyes and hear **by** our ears.

◯ We see **with** our eyes and hear **with** our ears.

說明 「by」和「with」都可以表示「用…方法」，但「by」強調方式、方法；「with」一般表示所利用的有形器具或身體的某一部位。

 calculate ['kælkjə,let] vt., vi. 計算，估計

 讓我們來算一算過去一週的費用。

> ✗ Let's **calculate for** our expenses for the past week.

> ○ Let's **calculate** our expenses for the past week.

 「calculate」表示「計算」時後面可直接接受詞。

 call [kɔl] v. ① vi. 拜訪　② vt. 命名　③ vt. 認為　④ vt., vi. 打電話

 我明天想拜訪您。

> ✗ I'd like to **call on your house** tomorrow.

> ○ I'd like to **call on you** tomorrow.

> ○ I'd like to **call at your house** tomorrow.

 表示「拜訪或探望某人」可以說「call on sb」，也可以說「call at sb's house」，但不能說「call on sb's house」。

 這個女孩子叫做蘇珊。

> ✗ The **name** of the girl **is called** Susan.

> ○ **The name** of the girl **is** Susan.

> ○ The girl **is called** Susan.

說明 表示「名字叫…」，以「name」作主詞時，通常使用「be 動詞」；當以「人」作主詞時，通常使用「call」，並且是被動語態。

 例句 他從紐約打電話給我。

✕ He **called to** me from New York.

○ He **called** me from New York.

 說明 表示「打電話給…」時，「call」作及物動詞，受詞前不用介系詞「to」。

 例句 **在開會之前，主席要求大家安靜。**

✕ The chairman **called** silence before he commenced the meeting.

○ The chairman **called for** silence before he commenced the meeting.

 說明 表示「請求」「要求」時，可說「call for sth」，「call」作不及物動詞。

 例句 **他稱得上是個天才。**

✕ He can **be called as** a genius.

○ He can **be called** a genius.

 說明 表示「稱某人是…」「認為某人是…」時，直接接名詞作受詞補語，即「call sb+n」，不用「as」引導。類似的字還有「declare, find, make, prove」等。

 can [kæn, kən] aux. v. ①能夠　②可以　③會

 例句 **他們將會在兩天後完成這項工作。**

✕ They **will can** finish the work in two days.

○ They **will be able to** finish the work in two days.

說明 「can」只能用於現在式和過去式中，不用於未來式；表示「將來有能力做…」，一般要用「will be able to」。

「我可以用一下你的電話嗎？」「當然可以。」

✗ "Could I use your telephone?""Yes, of course you **could**."

○ "Could I use your telephone?""Yes, of course you **can**."

 表示「允許某人做某事」，應該用「can」和「may」，不能用「could」或「might」；問句中為了使語氣更加婉轉則可使用「could」。

 儘管她很懶惰，我還是不由自主地喜歡她。

✗ I **cannot help like** her though she is very lazy.

○ I **cannot help liking** her though she is very lazy.

 我禁不住笑起來。

✗ I **could not but to** laugh.

○ I **could not but** laugh.

 「cannot help v-ing」和「cannot but v」表示「不得不…」或「禁不住…」，「help」後接動名詞，「but」後要接原形動詞。

 你能告訴我去車站的路嗎？

✗ **May you** tell me the way to the station?

○ **Could you** tell me the way to the station?

 當表示「請求別人做某事」時，一般不說「May you...」，而說「Could you...」，後者語氣婉轉、客氣。

 他不可能到學校去，因為今天是星期六。

✗ He **mustn't** have gone to school—It's Saturday.

○ He **can't** have gone to school—It's Saturday.

 「must」和「can」與完成式連用，表示過去情況的猜測；「must」只用於肯定句，「can」只用於疑問句和否定句。

母親說我可以去參加派對。

✗ Mother says that I **can** go to the party.

○ Mother says that I **may** go to the party.

 「can」的意思是「能，會」；「may」才表示「許可，可以，允許」。意指客觀上的許可，如能力許可、具有可行性或可能性時，要用「can」；指某人主觀意見上的許可時，則用「may」。

 canal [kə'næl] n. 運河

 蘇伊士運河是 1869 年開鑿的。

✗ **Suez Canal** was dug in 1869.

○ **The Suez Canal** was dug in 1869.

 「canal」與其他名詞一起構成專有名詞時，須與「the」連用。

 capable ['kepəbl] adj. ①有能力的，能幹的 ②做得出…的

 我認為他不會那麼卑鄙無恥。

✗ I don't think he is **capable to** be so mean and shameless.

○ I don't think he is **capable of** being so mean and shameless.

 表示「會…」時，「capable」後面不能接不定詞，可接「of+v-ing」句型。

 capacity [kə'pæsətɪ] n. 才能，能力

 他工作能力很強。

✗ He has a great **capacity of** work.

He has a great **capacity for** work.

「capacity」表示「能力」時與「for」連用。

 car [kɑr] n. 車，汽車

 你打算搭計程車還是搭你朋友的車回去？

✗ Are you going back by taxi or **by** your friend's **car**?

○ Are you going back by taxi or **in** your friend's **car**?

 表示「乘車」可以用「by car」，但是當「car」前加所有格或冠詞時，就應該用介系詞「in」。

 care[1] [kɛr] n. ①照顧，保護　②小心，注意

 好好照顧你自己。

✗ Take a good **care** of yourself.

○ Take good **care** of yourself.

 表示「照顧」時，英文應是「take care of」，「care」前不可加冠詞「a」或「the」。

 注意別把這個弄丟了。

✗ Take care of you do not lose this.

○ Take care **that** you do not lose this.

○ Take care **not to** lose this.

「take care」一般用於祈使句，可以單獨使用，也可接子句，表示「小心」「注意」。

care[2] [kɛr] vi. ①關心，在乎，介意 ②喜歡；願意

 他熱愛他的工作，不計較薪水多少。

✗ He loves his job, he does not **care** his wages.

○ He loves his job, he does not **care about** his wages.

 有些人對別人漠不關心。

✗ Some people do not **care** others.

○ Some people do not **care about** others.

 「關心」「介意」「計較」應說「care about」，不可遺漏介系詞「about」。

 我不喜歡純咖啡。

✗ I don't **care** black coffee.

○ I don't **care for** black coffee.

 表示「喜歡，想要」，應該說「care for」。

careful ['kɛrfəl] adj. 仔細的，小心的

 你應該更加注意自己的健康。

✗ You should **be** more **careful for** your health.

○ You should **be** more **careful about [of]** your health.

 表示「注意」「關心」要用「be careful about [of]」。

carry ['kærɪ] vt. ①運送，搬運　②攜帶；抱

我們的討論一直進行到晚上。

❌ We **carried** the discussion late into the night.

⭕ We **carried on** the discussion late into the night.

「carry on」才表示「繼續」「進行」的意思。

上星期天老師帶學生們去公園。

❌ The teacher **carried** her students to the park last Sunday.

⭕ The teacher **took** her students to the park last Sunday.

表示「將某人帶到某處」，應該說「take sb to some place」，其中「take」是「帶領」的意思；而「carry」則表示「抱」或「背」。

case [kes] n. ①事例，實例　②實情，事實

如果發生火災，就先擊破玻璃取出滅火器。

❌ **In the case of** fire, break the glass to remove the extinguisher.

⭕ **In case of** fire, break the glass to remove the extinguisher.

至於出發的時間，你可以自己決定。

❌ **In case of** the time for departure, you can decide on it yourself.

⭕ **In the case of** the time for departure, you can decide on it yourself.

「in case of...」與「in the case of...」的意思完全不同：「in case of」意為「萬一」「如果」；而「in the case of」則是「就⋯來說」「至於⋯」的意思。

catch [kætʃ] vt. ①抓住 ②撞見 ③著（火） ④（雨）襲擊

我抓住那小偷的手，把他扭送到警察局。

❌ I caught the thief's hand and took him to the police station.

⭕ I caught the thief by the hand and took him to the police station.

表示「抓住某人的手，胳膊或其他身體部位」，一般用「catch sb by sth」句型，「by」後面接「人體某部位」。

我遇到一場大雨。

❌ A heavy shower caught me.

⭕ I was caught in a heavy shower.

他們在回家的路上淋到雨。

❌ They were caught by the rain on their way home.

⭕ They were caught in the rain on their way home.

表示「淋雨」時，「catch」一般用被動語態，且介系詞用「in」，不用「by」。

我撞見那小偷在偷我的電視機。

❌ I caught the thief to steel my television set.

⭕ I caught the thief stealing my television set.

當表示「碰上，撞見某人正在做某事」時，「catch」後須接動名詞（片語）作受詞補語。

昨晚這棟木屋著火了。

❌ The wooden house caught a fire yesterday evening.

⭕ The wooden house caught fire yesterday evening.

「catch fire」表示「著火」「燃燒」時,「fire」前不加冠詞。

 cattle ['kætl] n. (總稱)牛

 他有一頭牛。

❌ He has a cattle.

⭕ He has a head of cattle.

 「cattle」為集合名詞,表示群體意義,不能用不定冠詞修飾,表示「一頭牛」,可說「a head of cattle」。

 他的農場有 20 頭牛。

❌ There are twenty cattles on his farm.

⭕ There are twenty cattle on his farm.

 牛在吃草。

❌ The cattle was grazing on the meadow.

⭕ The cattle were grazing on the meadow.

 「cattle」為集合名詞,作複數用。

 cause [kɔz] n. ①原因,起因 ②理由

 火災起因於一個煙蒂。

❌ The cause for the fire was a cigarette butt.

⭕ The cause of the fire was a cigarette butt.

 這個麻煩的原因為何?

❌ What is the cause for this trouble?

| O | What is the **cause of** this trouble? |

説明 「cause」表示「原因」「緣由」時一般與「of」連用。

---

certain ['sɝtṇ] adj. ①無疑的　②一定會

例句 一定會下雨。

| ✕ | It's **certain of [about]** raining. |
| O | It's **certain to** rain. |

説明 certain後接「of [about]＋v-ing」表示「某人對⋯深信不疑」，通常以人作主詞；如表示「某事一定會發生」，其後須接不定詞。

---

chalk [tʃɔk] n. 粉筆

例句 你能分給我一枝粉筆嗎？

| ✕ | Can you spare me **a chalk**? |
| O | Can you spare me **a piece of chalk**? |

説明 表示「一枝粉筆」或「許多枝粉筆」，不說「a chalk」或「many chalks」，可說「a piece of chalk」或「pieces of chalk」。

---

challenge ['tʃælɪndʒ] vt. 挑戰

例句 他向我挑戰賽跑。

| ✕ | He **challenged** me **with** a race. |
| O | He **challenged** me **to** a race. |

説明 「challenge sb to sth」表示「向某人挑戰某事」，介系詞用「to」，不用「with」。

chance [tʃæns] n. ①機會 ②偶然;運氣

 那個男孩迅速地做功課,希望來得及看兒童節目。

❌ The boy did his homework quickly **on the chance to** watch the program for children in time.

⭕ The boy did his homework quickly **on the chance of** watching the program for children in time.

 表示「希望能夠做某事」,可以說「on the chance of v-ing」,也可以說「on the chance that 子句」,但不能說「on the chance to-v」。

 我想藉這個機會對你為我們所做的一切表示感謝。

❌ I should like to take this **chance** to express our gratitude to you for what you have done for us.

⭕ I should like to take this **opportunity** to express our gratitude to you for what you have done for us.

 「chance」比「opportunity」語氣重,且帶更多的偶然性,「opportunity」指一般的「機會」,不帶有偶然因素,尤其用在正式場合中。

change[1] [tʃendʒ] vt., vi. ①改變;變化 ②換衣服

 因為她將去赴宴會,所以換上了一套新衣服。

❌ As she was going to dinner party, she **changed** a new suit.

⭕ As she was going to dinner party, she **changed into** a new suit.

⭕ As she was going to dinner party, she **put on** a new suit.

 表示「換上衣服」可以說「put on a suit」或「change into a suit」;「change a suit」表示「換下衣服」。

change² [tʃendʒ] n. ①改變，變化　②小額硬幣，零錢

對不起，我身上沒有零錢。

- ✗ I am sorry I haven't got any small changes on me.

- ○ I am sorry I haven't got any small change on me.

「change」表示「零錢」時是不可數名詞，沒有複數形式。

character [ˈkærɪktɚ] n. ①性格，個性　②人格，品行

他個性軟弱。

- ✗ He is of weak character.

- ✗ He has weak character.

- ○ He is of a weak character.

- ○ He has a weak character.

「character」泛指「性格，個性」時是不可數名詞，當其有形容詞修飾時，可加不定冠詞「a」。

他是個品行好的人。

- ✗ He is a man of a good character.

- ○ He is a man of good character.

「of...character」指「品行」「品格」時是不可數名詞。

charge¹ [tʃɑrdʒ] n. 掌管；照顧；責任

這是負責的老師。

- ✗ This is the teacher in charge of.

O This is the teacher **in charge**.

說明 沒有具體說明「負責某事」的時候,「in charge」後的介系詞「of」應該省略。

例句 **陳醫生負責這個病房。**

✕ Dr. Chen is **in the charge of** this ward.

O Dr. Chen is **in charge of** this ward.

例句 **這個嬰兒交給隔壁鄰居來照顧。**

✕ The baby was left **in charge of** her next-door neighbor.

O The baby was left **in the charge of** her next-door neighbor.

說明 「in charge of」的意思是「掌管…」「負責…」;而「in the charge of」的意思是「由…照顧 [管理]」。

charge² [tʃɑrdʒ] v. ① vt., vi. 索價,要價 ② vt. 控告

例句 **那個人被指控殺人。**

✕ The man was **charged for** murder.

O The man was **charged with** murder.

說明 表示「因某事或做某事而控告某人」,應該說「charge sb with sth [v-ing]」,其中介系詞用「with」,不用「of」或「for」。

例句 **修理工修理我的手錶,收了我十元。**

✕ The repairman **charged** me ten dollars **at** repairing my watch.

O The repairman **charged** me ten dollars **for** repairing my watch.

說明 表示「為某事或做某事而向某人索價」,應該說「charge sb for sth [v-ing]」,其中介系詞用「for」,而不用「at」。

例句 有些展示的襯衫價格很貴。

❌ Some of the shirts on display **charge** very **expensively**.

⭕ Some of the shirts on display **are** very **expensive [dear]**.

說明 表示「價格貴」不能說「charge expensively」，而應該說「be expensive」或「be dear」。

cheap [tʃip] adj. 價廉的，便宜的

例句 因為價格便宜，所以我把它買下來。

❌ I bought it because the price was **cheap**.

⭕ I bought it because the price was **low**.

說明 「cheap」表示「價廉的，便宜的」，只用來修飾某件東西，而不能用來修飾價格；價格應該用「high」「low」等來修飾。

cheat [tʃit] vt. 欺騙；騙取

例句 她被那個年輕人騙走了 1000 美元。

❌ She was **cheated** $1000 by the young man.

⭕ She was **cheated out of** $1000 by the young man.

說明 表示「騙某人的某物」時用「cheat sb out of sth」，而不用「cheat sb's sth」或「cheat sb for sth」。

child [tʃaɪld] n. ①小孩，兒童 ②子女，孩子

例句 她受不了粗重的工作，因為她懷孕了。

❌ She can't stand heavy work, because she **is with a child**.

⭕ She can't stand heavy work, because she **is with child**.

 那女人帶著一個孩子。

❌ The lady **is with child**.

⭕ The lady **is with a child**.

 「be with child」意為「懷孕」；「be with a child」意為「帶著一個孩子」。

 choose [tʃuz] vt., vi. 挑選，選擇

 百貨公司裡有許許多多商品供你挑選。

❌ In the department store there are a large variety of goods for you to **choose**.

⭕ In the department store there are a large variety of goods for you to **choose from**.

 表示「從⋯中挑選」，應說「choose from」；而「choose sth [sb]」表示「挑選某物 [人]」。

 Christmas [ˈkrɪsməs] n. 聖誕節

 他在聖誕節時送她一件漂亮的禮物。

❌ He gave her a beautiful present **in Christmas**.

⭕ He gave her a beautiful present **at [on] Christmas**.

 表示「在聖誕節時」可說「at [on] Christmas」，介系詞不可用「in」。

church [tʃɝtʃ] n. ①教堂　②禮拜儀式；禮拜

我的姑媽是個虔誠的基督徒，她過去每星期天都去做禮拜。

✗ My aunt, a pious Christian, went to the church every Sunday.

○ My aunt, a pious Christian, went to church every Sunday.

「到教堂去做禮拜」可說「go to church」，「church」前不加「the」；「go to the church」只表示「去某教堂」等。類似的有「go to bed」（去睡覺）和「go to the bed」（到床那裡去）；不加冠詞時突顯特定行為，加冠詞時側重名詞本身的含意。

circle ['sɝkl] n. ①圓，圓周　②圈子，…界

這位年輕的作家在文學界很活躍。

✗ The young writer is quite active in literary circle.

○ The young writer is quite active in literary circles.

「circle」作「…界」「…圈子」解時，習慣用複數形式。

circumstance ['sɝkəmˌstæns] n. ①環境，情況　②境遇

在這種情況下，他離開了崗位。

✗ In this circumstance, he left his post.

○ In these circumstances, he left his post.

○ Under the circumstances, he left his post.

「circumstance」表示「情況」時多用作複數，且與「in」或「under」連用。

你無論如何都不可單獨去。

❌ Under no circumstances you should go alone.

⭕ Under no circumstances should you go alone.

 「Under no circumstances」在句首時，句子須用倒裝語序。

 claim [klem] vt. ①聲稱，斷言 ②要求；奪去

 那次地震奪走了許多人的生命。

❌ The earthquake claimed for many lives.

⭕ The earthquake claimed many lives.

 「claim」表示「奪去」「索取」時是及物動詞，後面直接接受詞。

 class [klæs] n. ①班級，年級 ②上課

 請在課後讀幾遍課文。

❌ Please read the text several times after the class.

⭕ Please read the text several times after class.

 表示「下課後」，應該說「after class」，在「class」前不加定冠詞。

 我們將在課堂上聽寫。

❌ We are going to have dictation in the class.

⭕ We are going to have dictation in class.

 「in class」意為「課堂上」，不加冠詞。類似的片語還有「in school」「at home」「go to bed」「in prison」等。

classic¹ ['klæsɪk] adj. 最優秀的；（可作）典範的

> **例句** 他是白手起家的典範。
>
> ✗ He is a classical example of the self-made man.
>
> ○ He is a classic example of the self-made man.

> **說明** 「classic」表示「模範的，典型的」；而「classical」表示「古典的」。

classic² ['klæsɪk] n. 文學名著，經典作品，傑作

> **例句** 莎士比亞的戲劇都是經典。
>
> ✗ Shakespeare's plays were all classicals.
>
> ○ Shakespeare's plays were all classics.

> **說明** 「classic」可用作名詞表示「經典著作」「經典作品」；而「classical」則不可作名詞。

climb [klaɪm] vt., vi. 爬，攀登

> **例句** 我們乘纜車到了山頂。
>
> ✗ We climbed the peak by cable car.
>
> ○ We went up the peak by cable car.

> **說明** 表示「爬，登」，「climb」指用步行方式或手腳並用；「go up」指用其他方式或工具如「乘車」等。

> **例句** 我們忘了帶鑰匙，只好爬過大門。
>
> ✗ We forgot our key so we had to climb off the gate.
>
> ○ We forgot our key so we had to climb over the gate.

說明 表示「翻越」「爬過」時，「climb」須接「over」，不接「off」。

close [klos] adj. 接近的

例句 **我家離車站很近。**

❌ My house is quite **close from** the station.

⭕ My house is quite **close to** the station.

說明 表示「離⋯近」，應該說「close to...」，而不是「close from...」。

clothes [kloz, kloðz] n. 衣服，服裝

例句 **他今天早上買了兩套衣服。**

❌ He bought **two clothes** this morning.

⭕ He bought **two suits of clothes** this morning.

說明 「clothes」是複數名詞，可以用「these」「many」等字修飾，但不能用數詞修飾，「一套衣服」應為「a suit of clothes」。

clothing ['kloðɪŋ] n. 衣著，衣服

例句 **冬天人們穿著許多件衣服。**

❌ People wear **many clothing** in winter.

⭕ People wear **much clothing** in winter.

例句 **她買了一件衣服。**

❌ She bought **a clothing**.

⭕ She bought **an article of clothing**.

說明 「clothing」是衣服的總稱，是不可數名詞，沒有複數形式，也不能用「many」修飾，「一件衣服」可說「an article of clothing」。

cloud [klaʊd] n. 雲

例句 有一些學生在課堂上總是心不在焉。

✗ A few students always have their heads in the cloud in class.

○ A few students always have their heads in the clouds in class.

說明 「in the clouds」是固定片語，指「心不在焉，空想著」，「cloud」須用複數形式。

cold [kold] n. ①冷，寒冷　②感冒

例句 她因感冒而病倒了。

✗ She is down with cold.

○ She is down with a cold.

例句 昨天我們學校許多學生因感冒而缺課。

✗ Many students in our school were absent with cold yesterday.

○ Many students in our school were absent with colds yesterday.

說明 「cold」表示「感冒」是可數名詞，用作複數概念時，應在字尾加「-s」。

college ['kɑlɪdʒ] n. 大學，學院

例句 他在波士頓上大學。

✗ He went to the college in Boston.

○ He went to college in Boston.

說明 「上學」是「go to school」，「上大學」是「go to college」；加上定冠詞，則指「到某校去（辦事）」。

 color ['kʌlɚ] n. 顏色，色彩

 例句 「你的腳踏車是什麼顏色？」「綠色。」

❌ "What color is your bike?""It is green color."

⭕ "What color is your bike?""It is green."

 說明 「color」通常不會放在「green」「blue」等色彩詞後面。

 combat ['kɑmbæt, 'kʌmbæt] n. 戰鬥，格鬥，爭鬥

 例句 他們參加一對一的決鬥。

❌ They were engaged in a single combat.

⭕ They were engaged in single combat.

 說明 「single combat」指「一對一的決鬥」，是固定片語，「combat」前面不加冠詞。

 come [kʌm] vi. ①來，來到 ②變成，達到

 例句 他的夢想實現了。

❌ His dream came truely.

⭕ His dream came true.

 說明 「come」在此作連繫動詞，表示「變成」，接形容詞作補語。

例句 下課後學生都從教室裡出來了。

❌ All the students **came out from** the classroom after class.

⭕ All the students **came out of** the classroom after class.

說明 「come out of」意為「從…中出來」，注意不能用「from」代替「of」。

 例句 「你從哪裡來？」「我從火車站來。」

❌ "Where **do** you **come** from?""I **come** from the railway station."

⭕ "Where **did** you **come** from?""I **came** from the railway station."

說明 「Where do you come from?」表示「你是什麼地方的人」，是問別人的出身，表此意時還可說「Where are you from?」；而「Where did you come from?」則表示「你從哪裡來」。

 例句 他來過這裡三次。

❌ He **has come** here three times.

⭕ He **has been** here three times.

說明 「have come」（已經來），表示一個單程，即「人已經來了，現在就在這裡」；表示「曾到過」應該說「have been」，表示「人曾經在這裡」的意思。

 例句 我在街上遇到一位老朋友。

❌ I **came across with** an old friend in the street.

⭕ I **came across** an old friend in the street.

說明 「come across」表示「遇見」，用作及物動詞，直接接受詞，不需要再加介系詞「with」。

例句 恐怕沒什麼結果。

❌ Nothing **came from** it, I'm afraid.

O Nothing **came of** it, I'm afraid.

說明 「come from...」意為「出身於…」「來自…」等;「come of...」意為「起因於」「產生…結果」「由於」等。

comment¹ ['kɑmɛnt] vt., vi. 評論,批評

例句 **他沒有對選舉結果作出評論。**

✗ He didn't **comment** the election results.

O He didn't **comment on** the election results.

說明 「comment」通常只作不及物動詞,和介系詞「on」或「upon」連用;偶爾也作及物動詞,後接「that 子句」。

comment² ['kɑmɛnt] n. ①評論,批評 ②議論,閒話

例句 **她的行為引起了很多議論。**

✗ Her behavior caused a great deal of **comments**.

O Her behavior caused a great deal of **comment**.

說明 表示「議論」「閒話」時,「comment」是不可數名詞。

committee [kə'mɪtɪ] n. 委員會;全體委員

例句 **他是委員會的委員嗎?**

✗ Is he **in the committee**?

O Is he **on the committee**?

說明 表示「是委員會的委員」,一般說「on the committee」,不說「in the committee」。

例句 委員會打算下星期三召開第三次會議。

❌ The committee **is** going to have **their** third meeting next Wednesday.

⭕ The committee **is** going to have **its** third meeting next Wednesday.

⭕ The committee **are** going to have **their** third meeting next Wednesday.

說明 「committee」是可數集合名詞，視為整體時，述語動詞用單數，其相應的代名詞用「it」「its」；強調其成員時，述語動詞用複數，其相應的代名詞用「they」「their」。

common ['kɑmən] adj. 共同的

例句 這是我們兩國人民的共同願望。

❌ This is the **mutual** desire of our two peoples.

⭕ This is the **common** desire of our two peoples.

說明 「mutual」的意思是「相互的」；如表示「共同的」應該用「common」。

compare [kəm'pɛr] vt. ①比較　②喻為

例句 他們將他比喻作小老虎。

❌ They **compared** him **with** a little tiger.

⭕ They **compared** him **to** a little tiger.

例句 她把自己的答案與書上的做比較。

❌ She **compared** her answer **to** the one given in the book.

⭕ She **compared** her answer **with** the one given in the book.

說明 「compare...with...」與「compare...to...」的意思不同。「compare...with...」是「與…相比」的意思；「compare...to...」是「把…比作…」的意思。

compete [kəm'pit] vi. 競賽；競爭

他們互相競爭，以得到她的注意和歡心。

❌ They **competed** her attention and favor **with** each other.

⭕ They **competed** (with each other) **for** her attention and favor.

「compete」與「for」連用，表示「為…而競爭」，含有目的性；與「with」連用，表示「與…競爭」，僅指對象。

competent ['kɑmpətənt] adj. 有能力的；能勝任的

他有能力教英文文法。

❌ He **is competent of** teaching English grammar.

⭕ He **is competent to** teach English grammar.

⭕ He **is capable of** teaching English grammar.

表示「有能力做某事」時「competent」後面接不定詞，不可接「of」。表此意時，也可說「be capable of v-ing」。

competition [ˌkɑmpə'tɪʃən] n. ①比賽 ②競爭

我喜歡看拳擊比賽。

❌ I enjoy watching boxing **competition**.

⭕ I enjoy watching boxing **competitions**.

「competition」作「競爭」解時是不可數名詞；作「比賽」解時是可數名詞。

complain [kəm'plen] vi., vt. 抱怨，訴苦

 許多人抱怨惡劣的生活環境。

[✗] Many people **complain for** the miserable living condition.

[O] Many people **complain of** the miserable living condition.

 我們沒什麼可抱怨的。

[✗] We have nothing to **complain**.

[O] We have nothing to **complain of [about]**.

 「complain」作「抱怨」解時，常作不及物動詞，其後可接「of」或「about」，表示「抱怨…」。

 她向我抱怨他的粗魯。

[✗] She **complained** me of his rudeness.

[O] She **complained to** me of [about] his rudeness.

[O] She **complained to** me that he had been rude to her.

 表示「向某人抱怨某事」時可說「complain to sb of [about] sth」或「complain to sb＋that 子句」。

 comply [kəm'plaɪ] vi. 遵從，依從

 每個人都應該遵守這些規定。

[✗] Everyone should **comply** these rules.

[O] Everyone should **comply with** these rules.

 表示「照…辦」「遵從…」時，「comply」後須接介系詞「with」。

compose [kəm'poz] vt. 組成，構成

代表團由華僑和美國人組成。

❌ The delegation **composes of** overseas Chinese and Americans.

⭕ The delegation **is composed of** overseas Chinese and Americans.

說明 「compose」作「組成」解是及物動詞；表示「由…組成」則應該用被動語態「be composed of」。

conceal [kən'sil] vt. 隱藏；隱瞞

他長久以來一直對我隱瞞這個事實。

❌ He has been **concealing** the fact **to** me for a long time.

⭕ He has been **concealing** the fact **from** me for a long time.

他試圖對我隱瞞他花掉那麼多錢的事實。

❌ He tried to **conceal** me the fact that he had spent so much money.

⭕ He tried to **conceal from** me the fact that he had spent so much money.

說明 表示「對某人隱瞞某事」，應該是「conceal (sth) from sb」，而不是「conceal sth to sb」或「conceal sb sth」。

concentrate ['kɑnsən,tret, 'kɑnsɛn,tret] vt., vi. 專心於；集中

我無法集中注意力做家庭作業。

❌ I cannot **concentrate myself on** my homework.

⭕ I cannot **concentrate my attention on** my homework.

「concentrate」作「聚精會神於⋯，集中注意力於⋯」解時，用「concentrate sb's attention [energy, etc] on [upon]」句型，不能說「concentrate sb on [upon]」。

concern[1] [kən'sɝn] n. 憂慮；掛念，擔心；關懷

他關心地看著我。

❌ He looked at me with **concerns**.

⭕ He looked at me with **concern**.

「concern」表示「關心」時，是不可數名詞，無複數形式。

concern[2] [kən'sɝn] vt. ①與⋯有關，關係到　②關心，關切

這件事與我們大家都有關係。

❌ This matter **concerns about** all of us.

⭕ This matter **concerns** all of us.

⭕ This matter **is concerned with** all of us.

「concern」作及物動詞表示「與⋯有關」或「對⋯有重要性」時，後面直接接受詞，不加介系詞「about」，或用「be concerned with」句型，主詞通常是事物，而受詞通常是人。

至於他，一切都很順利。

❌ As far as he **concerned**, things were going well.

⭕ As far as he **was concerned**, things were going well.

「as far as...be concerned」為固定片語，表示「就⋯而言 [來說]」或「至於⋯」，其中「concern」應用被動語態。

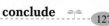

concerned [kən'sɜ·nd] adj. ①有關的　②擔心的，憂慮的

 他擔心地問我這個問題。

❌ He asked me the question with an **air concerned**.

⭕ He asked me the question with a **concerned air**.

 出席會議的都是相關部門的領導人員。

❌ Present at the meeting were leading members of the **concerned departments**.

⭕ Present at the meeting were leading member of the **departments concerned**.

 「concerned」置於名詞前表示「擔心的」；置於名詞後表示「有關的」。

conclude [kən'klud] v. ① vt., vi. 結束　② vt. 得出結論；斷定

 他以一個問題結束他的論文。

❌ He **concluded of** his article with a question.

⭕ He **concluded** his article with a question.

 「conclude」作「結束」解時可用作及物動詞，後面可直接接受詞。

 我們斷定他死了。

❌ We **concluded** him dead.

⭕ We **concluded** him **to** be dead.

⭕ We **concluded that** he was dead.

 「conclude」可接不定詞作受詞補語，也可接「that 子句」作受詞。

condition [kən'dɪʃən] n. 狀況，狀態；健康狀況

 史密斯先生的健康狀況越來越差。

❌ The **conditions** of Mr. Smith are getting worse.

⭕ The **condition** of Mr. Smith is getting worse.

 表示「健康狀況」，「condition」為不可數名詞，無複數形式。

 conduct ['kɑndʌkt] n. 舉止，行為，品行，操行

 他們因品德優良而受表揚。

❌ They were praised for their good **conducts**.

⭕ They were praised for their good **conduct**.

 「conduct」表示「行為，品行，舉止」時是不可數名詞，不用複數。

 confess [kən'fɛs] vt., vi. 承認，供認

 他承認說謊。

❌ He **confessed to tell** a lie.

⭕ He **confessed to telling** a lie.

 她承認與這案子有關。

❌ She **confessed to be** involved in the case.

⭕ She **confessed (to) being** involved in the case.

⭕ She **confessed that** she was involved in the case.

⭕ She **confessed herself to be** involved in the case.

「confess to」意為「承認」，其中的「to」不是不定詞，而是介系詞，且可省略，「confess」後還可接「that 子句」或以不定詞充當受詞補語的複合句型。

confidence ['kɑnfədəns] n. ①信心，自信　②心事，祕密

她缺乏自信心。

❌ She lacks **confidence for** herself.

⭕ She lacks **confidence in** herself.

表示「對…缺乏信心」可說「lack confidence in」，其中介系詞是「in」，不是「for」。

我們對未來有信心。

❌ We face the future **in confidence**.

⭕ We face the future **with confidence**.

「with confidence」表示「有信心」，介系詞用「with」，不用「in」。

我聽她講了一個小時的心事。

❌ I listened to her **confidence** for an hour.

⭕ I listened to her **confidences** for an hour.

「confidence」作「信心、相信」解時是不可數名詞；作「心事，祕密」解時是可數名詞。

confident ['kɑnfədənt] adj. 確信的，有信心的，自信的

他確信能通過考試。

❌ He was **confident to pass** the examination.

○ He was **confident of passing** the examination.

說明 表示「有信心做某事」，「confident」後面可接「of v-ing」，不可接「to-v」。

confront [kən'frʌnt] vt. ①面對，面臨　②迎面遇到，遭遇

例句 **她無法面對事實真相。**

✗ She could not bear to **be confronted to** the truth.

○ She could not bear to **be confronted with** the truth.

說明 表示「面對」「面臨」時可以用「be confronted with」或「be faced with」，介系詞「with」不可誤作「to」。

例句 **我們必須做好面對困難的準備。**

✗ We must be prepared to **confront with** difficulties.

○ We must be prepared to **confront** difficulties.

說明 「confront」表示「面對」時，是及物動詞，後面直接接「sth, sb」作受詞。

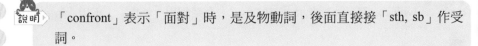

confuse [kən'fjuz] vt. ①使困惑，把…弄糊塗　②把…混淆，弄錯

例句 **我把你和你哥哥搞混了。**

✗ I **confused** you **and** your brother.

○ I **confused** you **with** your brother.

說明 表示「把…與…混淆」應說「confuse...with...」。

congratulate [kən'grætʃəˌlet] vt. 祝賀，道喜

我們祝賀他的巨大成就。

❌ We celebrated him on his tremendous achievement.

⭕ We congratulated him on his tremendous achievement.

他們慶祝這所大學 50 週年紀念日。

❌ They congratulated the fiftieth anniversary of the university.

⭕ They celebrated the fiftieth anniversary of the university.

說明 「celebrate」重在形式上的慶祝，如舉行慶祝會慶祝盛大節日、勝利、事件等；「congratulate」是「祝賀」的意思，只能以受祝賀對象作受詞，用介系詞「on」或「upon」引出祝賀的原因。

congratulation [kənˌgrætʃə'leʃən] n. ①祝賀，恭喜 ②賀詞

我們衷心向她祝賀。

❌ We offered her our heartiest congratulation.

⭕ We offered her our heartiest congratulations.

說明 「congratulation」作「祝賀詞」解，通常用複數形式。

connect [kə'nɛkt] vt., vi. 連接，連結

蘇伊士運河把非洲和亞洲連接起來。

❌ The Suez Canal connects Africa from Asia.

⭕ The Suez Canal connects Africa with Asia.

說明 ⟩ 表示「把…和…連接起來」，應說「connect...with...」，介系詞「with」
不可誤作「from」。

conscience ['kɑnʃəns] n. 良心

例句 ⟩ **我因弄丟了信而感到良心不安。**

✗ I have guilty conscience about losing the letter.

○ I have a guilty conscience about losing the letter.

說明 ⟩ 「conscience」是不可數名詞，但與形容詞連用時，可加不定冠詞「a」。

conscious ['kɑnʃəs] adj. 注意到的，察覺的

例句 ⟩ **我沒有察覺到他在場。**

✗ I was not conscious about his presence.

○ I was not conscious of his presence.

例句 ⟩ **他察覺到有人在注視著他。**

✗ He was conscious to be watched.

○ He was conscious of being watched.

說明 ⟩ 表示「察覺到…」，可用「be conscious of sth [v-ing]」句型，其中介系詞
用「of」，不用「about」；另外「be conscious」後面也不可接不定詞。

consent [kən'sɛnt] vi. 同意，答應

例句 ⟩ **他同意我們的建議。**

✗ He consented our proposal.

○ He consented to our proposal.

「consent」為不及物動詞，與介系詞「to」連用，表示「同意」，「consent to」之後可接名詞或動名詞。

 consequence [ˈkɑnsəˌkwɛns] n. ①結果，後果　②重要（性）

 此事不大重要。

✗ This matter is of few consequence.

○ This matter is of little consequence.

 「consequence」表示「重要性」時是不可數名詞，可用「little」（不可用「few」）修飾。

 consider [kənˈsɪdɚ] v. ① vt., vi. 考慮　② vt. 視為，認為

 那位足球選手正在考慮是否移居美國。

✗ The football player is considering to emigrate to the United States.

○ The football player is considering emigrating to the United States.

○ The football player is considering whether to emigrate to the United States.

 「consider」表示「考慮（做某事）」，後面可接動名詞、名詞或子句，而不可只接不定詞。

 他被認為是偉大的詩人。

✗ He is considered being a great poet.

○ He is considered as a great poet.

○ He is considered to be a great poet.

 「consider」表示「認為…」時，在被動語態中可接不定詞「to be」或「as＋名詞」作受詞補語，不接動名詞片語。

considerate [kən'sɪdərɪt] adj. 體貼的，體諒的

例句 你真體貼帶把傘給我。

❌ It is very **considerate for** you to bring me an umbrella.

⭕ It is very **considerate of** you to bring me an umbrella.

說明 在「It's considerate...to-v」句型中，「considerate」表示人的品行，故不定詞的邏輯主詞用「of」引出，而不用「for」。

consideration [kən,sɪdə'reʃən] n. ①考慮 ②要考慮的因素

例句 在這件事中，時間是一個很重要的考慮因素。

❌ Time is very important **consideration** in this case.

⭕ Time is **a** very important **consideration** in this case.

說明 當「consideration」作「考慮因素」解時為可數名詞。

例句 這個計畫正在考慮之中。

❌ The plan is **in consideration**.

⭕ The plan is **under consideration**.

說明 表示「正在考慮之中」，用「under consideration」。

consist [kən'sɪst] vi. ①組成，構成 ②在於，存在於

例句 本隊由 11 名隊員組成。

❌ Our team **is consisted from** eleven members.

⭕ Our team **consists of** eleven members.

⭕ Our team **is composed of** eleven members.

水由氫和氧組成。

 Water **is consisted of** oxygen and hydrogen.

 Water **is composed of** oxygen and hydrogen.

 Water **consists of** oxygen and hydrogen.

 表示「由…組成」可用「consist of」或「be composed of」來表達。

 他之所以成功在於努力工作。

Ⓧ His success **consists of** his hard work.

Ⓞ His success **consists in** his hard work.

 威尼斯的美麗主要在於它的古建築風格。

Ⓧ The beauty of Venice **consists of** the style of its ancient buildings.

Ⓞ The beauty of Venice **consists in** the style of its ancient buildings.

 「consist of」意思是「由…組成」；而「consist in」意思是「在於」。

 consult [kən'sʌlt] v. ① vt. 請教，諮詢 ② vi. 商議，商量

 我想請教一下律師。

Ⓧ I want to **consult with** the lawyer.

Ⓞ I want to **consult** the lawyer.

 他與事業合夥人商議這件事。

Ⓧ He **consulted** his business partner about the matter.

Ⓞ He **consulted with** his business partner about the matter.

 「consult」表示「請教」時是及物動詞；表示「商議」「商量」時是不及物動詞，其後常接「with」。

content¹ ['kɑntɛnt] n. 內容，所含之物

他手提箱裡裝的東西十分可疑。

✗ The **content** of his suitcase is doubtful.

○ The **contents** of his suitcase are doubtful.

「content」作「內裝 [包含] 的東西」解時，通常用複數形式。

content² [kən'tɛnt] adj. 滿足的，滿意的

她向他露出滿意的表情。

✗ She gave him **a content look**.

○ She gave him **a contented look**.

「content」和「contented」都是形容詞，且都表示「滿意的」，但「content」只能作敘述用法，不能置於名詞前；而「contented」既可以作限定用法，置於名詞前，也可以作敘述用法。

control¹ [kən'trol] vt. ①控制，支配　②克制，抑制

我幾乎控制不住我的感情。

✗ I could hardly **hold in** my feelings.

○ I could hardly **control** my feelings.

○ I could hardly **hold back** my feelings.

「控制感情」可以用「control one's feelings」，也可以說「hold back one's feelings」。

你可以提建議，但你不能控制他。

❌ You can advise and offer suggestions, but you cannot **control over** him.

⭕ You can advise and offer suggestions, but you cannot **control** him.

⭕ You can advise and offer suggestions, but you can have no **control over** him.

 「control」作及物動詞，後接受詞時不用介系詞，但「control」用作名詞時其後常接「over」，表示「對…的控制」。

 control² [kən'trol] n. 控制，支配，管理

 火勢很快被控制住了。

❌ The fire was soon **in control**.

⭕ The fire was soon **under control**.

這家店由他管理。

❌ He is **under control** of the store.

⭕ He is **in control** of the store.

 「in control」是「控制，管理」；「under control」才是「受控制」的意思。

 convenient [kən'vinjənt] adj. 方便的，便利的；合適的

 在你方便的時候請來看我們。

❌ Please come to see us when **you are convenient**.

⭕ Please come to see us when **it is convenient for you**.

 你星期二方便嗎？

❌ Will **you be convenient** on Tuesday?

Will Tuesday **be convenient for** you?

 說明 形容詞「convenient」的意思是「使人感到方便的」，不是「（自己）感到方便的」，因此只能用事物作主詞，而不用人作主詞。

 convince [kən'vɪns] vt. 使相信；使明白

 例句 **我們無法使他相信他有錯。**

 We couldn't **convince** his mistake.

 We couldn't **convince** him his mistake.

 We couldn't **convince** him **of** his mistake.

 說明 「使某人相信某事」的習慣用法是「convince sb of sth」，而不是「convince」後直接接雙受詞。

 cook [kʊk] n. 廚師

 例句 **她是個好廚師。**

She is a good **cooker**.

She is a good **cook**.

說明 「cook」用作名詞，意思是「廚師」；而「cooker」常指「煮飯用的器具」。

cope [kop] vi. 應付；對付；處理

例句 **電腦能幫助我們處理那些問題。**

Computers can help us to **cope** those problems.

Computers can help us to **cope with** those problems.

「cope」是不及物動詞，表示「處理某事」「應付某事」時多用「cope with sth」的形式。

 corner ['kɔrnɚ] n. 轉角；角落

 我已把我的地址寫在右上角處。

- [×] I have written my address **on the** top right hand **corner**.
- [O] I have written my address **in the** top right hand **corner**.

 她在街角開了一家食品雜貨店。

- [×] She owns a grocery store **in the corner** of the street.
- [O] She owns a grocery store **at the corner** of the street.
- [O] She owns a grocery store **on the corner** of the street.

 「在…角落內」要用「in the corner」；「在（路的）轉角處」用「at [on] the corner」。

 correspond [ˌkɔrə'spɑnd] vi. ①符合，一致　②通信

 他的言行一致。

- [×] His actions **correspond** his words.
- [O] His actions **correspond with** his words.

 「correspond」是不及物動詞，表示「與…一致」，應該說「correspond to [with]...」。

 我定期跟他通信。

- [×] I **correspond to** him regularly.
- [O] I **correspond with** him regularly.

說明 表示「與⋯通信」時，須用「correspond with」。

cost¹ [kɔst] vt. 價錢為；花費

例句 買那本詞典花了我五元。

- ✗ I cost five dollars on the dictionary.
- ○ The dictionary cost me five dollars.

說明 「cost」表示「（使某人）花費（金錢、時間、勞力等）」時，句子主詞通常是事物名詞或代替事物的代名詞，但不能是表示人的名詞或代名詞。

例句 那條項鍊值 500 歐元。

- ✗ The necklace is cost five hundred Euros.
- ○ The necklace costs five hundred Euros.

說明 「cost」不能用於被動語態，它可以用主動形式表示被動意義。

cost² [kɔst] n. 價格；成本；費用

例句 生活費用很高。

- ✗ The cost for living is very high.
- ○ The cost of living is very high.

說明 表示「⋯的費用 [價格]」用「the cost of」，其中「of」不能用「for」代替。

例句 費用不是很貴。

- ✗ The cost is not so expensive.
- ○ The cost is not so high.

說明 說「價錢貴」，不能用「expensive」，可用「high」。

course [kors, kɔrs] n. 課程，科目

例句 我正在上英語特別課程。

❌ I am taking special courses of English.

⭕ I am taking special courses in English.

說明 表示「某學科」時，「course」後接「in＋學科」，介系詞用「in」而不用「of」。

crash [kræʃ] vt.（使）猛撞，（使）撞毀

例句 計程車司機停不住車，與迎面而來的卡車相撞。

❌ The taxi driver couldn't stop and crashed with an oncoming truck.

⭕ The taxi driver couldn't stop and crashed into an oncoming truck.

說明 「與…猛撞」是「crash into (sth)」，其中介系詞不用「with」。

cross [krɔs] vt., vi. 穿過，越過，渡過

例句 據信他們的部隊已越過了邊界。

❌ It's believed that their troops have already gone cross the border.

⭕ It's believed that their troops have already gone across the border.

說明 「across」是介系詞，而「cross」是動詞，兩者詞性不同。

crowd [kraʊd] vt., vi. 群集，擁擠，擠滿，塞滿

街上擠滿了人群。

- [X] The street was crowded by people.
- [O] The street was crowded with people.

「be crowded with」表示「擠滿了…，塞滿了…」，這裡「crowded」不表被動含意，而是過去分詞作形容詞，介系詞用「with」，不用「by」。

cry [kraɪ] n. 呼喊聲，叫聲

她恐懼地大叫一聲。

- [X] She gave a loud cry for fear.
- [O] She gave a loud cry of fear.

聽，有人發出求救聲。

- [X] Listen, someone is making a cry of help.
- [O] Listen, someone is making a cry for help.

「cry」作「呼喊」解時，常常後接「of」，表示「以…方式呼喊」；「cry」後接「for」時，表示「要求得到…」。

cup [kʌp] n. 杯子

晚飯時我喝了一杯葡萄酒。

- [X] I drink a cup of wine at dinner.
- [O] I drink a glass of wine at dinner.

「cup」的意思是「（茶）杯」，指用陶器或金屬製成的飲用容器，通常用來裝熱飲；「glass」為玻璃製品，通常用來裝冷飲。

 cure¹ [kjʊr] n. ①治癒，治療　②藥物；療法

 這是目前治咳嗽的最好藥物。

❌ This is the best **cure of** cough at present.

⭕ This is the best **cure for** cough at present.

表示「用來治療某種疾病的藥物或療法」，應該說「a cure for...」，介系詞用「for」不用「of」。

 cure² [kjʊr] vt., vi. 治癒，治好

 那藥治好了他的病。

❌ That medicine **cured** him **from** his disease.

⭕ That medicine **cured** him **of** his disease.

 表示「治癒[治好]某人的病」，應該說「cure sb of one's disease [illness]」，其中介系詞用「of」，不用「from」。

 custom ['kʌstəm] n. 習慣，風俗，慣例

 抽煙是個壞習慣。

❌ Smoking is a bad **custom**.

⭕ Smoking is a bad **habit**.

 「habit」指個人的習慣；而「custom」指社會、民族的風俗習慣。

cut [kʌt] vt. 切；剪下；修剪

例句 我打算去理髮。

❌ I'm going to **cut** my hair.

⭕ I'm going to **have** my hair **cut**.

說明 「理髮」是指請別人做，而不是親自去做，故表示「請人理髮」應說「have one's hair cut」。

D

damage ['dæmɪdʒ] n. ①損失，損害　②損害賠償金

例句 **這次地震使村莊損失慘重。**

✗ The earthquake **made** great **damage** to the villages.

○ The earthquake **caused** great **damage** to the villages.

說明 與「damage」搭配的動詞是「cause」，不能用「make」。

例句 **這空前的洪水使北方許多地方損失慘重。**

✗ The unprecedented flood caused great **damages** to many places in North.

○ The unprecedented flood caused great **damage** to many places in North.

例句 **這筆賠償金總計 300 元。**

✗ The **damage** amount to three hundred dollars.

○ The **damages** amount to three hundred dollars.

說明 「damage」作「損害」「損失」解時是不可數名詞，不用複數形式；作「賠償金」解時常用複數形式。

例句 **大風雪對作物和牲畜造成的損害相當巨大。**

✗ The **damage of** the crop and livestock done by the snowstorm was enormous.

○ The **damage to** the crop and livestock done by the snowstorm was enormous.

說明 「damage」後所接的介系詞習慣上不用「of」，而用「to」。

dance¹ [dæns] n. ①跳舞，舞蹈　②舞會

例句 我可以和你跳舞嗎？

[✗] May I have a **dance for [to]** you?

[O] May I have a **dance with** you?

說明 「和…跳舞」用介系詞「with」，不用「for」或「to」。

例句 他們將在星期六晚上舉辦舞會。

[✗] They are going to give a **dance party** on Saturday evening.

[O] They are going to give a **dancing party** on Saturday evening.

[O] They are going to give a **dance** on Saturday evening.

說明 「dance」作名詞就有「舞會」的意思，所以不能說「a dance party」，但可以說「a dancing party」。

dance² [dæns] vi., vt. 跳舞

例句 有些人正隨著音樂跳舞。

[✗] Some are **dancing with** the music.

[O] Some are **dancing to** the music.

說明 「和某人跳舞」用「with sb」；「隨音樂跳舞」用「to the music」。

danger ['dendʒɚ] n. ①危險，危難　②危險物；危險的原因

例句 他年邁的父親有失明的危險。

[✗] His old father is **in a danger of** becoming blind.

[✗] His old father is **in the danger of** becoming blind.

- ⭕ His old father is **in danger of** becoming blind.

 「in danger of...」意為「處於…危險之中」，其中「danger」前不用「a」或「the」修飾。

 橋雖然有點搖晃，但走在上面還不會馬上有什麼危險。

- ❌ Though the bridge is a bit rickety, there is no immediate **danger to walk** over it.

- ⭕ Though the bridge is a bit rickety, there is no immediate **danger in walking** over it.

 「danger」不能接不定詞，可接「in [of]+v-ing」。

 dare [dɛr] v. ① vt. 敢；敢做　② aux. v. 敢，竟敢

 他敢指出我們的錯誤。

- ❌ He **dared** point out our mistakes.

- ⭕ He **dared to** point out our mistakes.

 在肯定句中，「dare」通常作一般動詞，有人稱、時態和數的變化，後接帶「to」的不定詞，句型為「dare to-v」。

 我不敢告訴老闆發生了什麼事。

- ❌ I **dare** not **to tell** the boss what has happened.

- ⭕ I **dare** not **tell** the boss what has happened.

 你敢對他那樣說嗎？

- ❌ **Dare** you **to say** that to him?

- ⭕ **Dare** you **say** that to him?

 「dare」作助動詞時，後接原形動詞，沒有人稱和數的變化。

例句 你敢問她這個問題嗎？

✗ Do you **dare ask** her the question?

○ Do you **dare to ask** her the question?

例句 他不敢告訴我。

✗ He does not **dare tell** me.

○ He does not **dare to tell** me.

例句 你怎麼敢這樣講呢？

✗ How **dare** you **to** say such a thing?

○ How **dare** you say such a thing?

說明 「dare」用於疑問句與否定句時既可作助動詞，又可作一般動詞；如果「dare」前有助動詞「do, does, don't, didn't」，就說明是一般動詞，後面只能接帶「to」的不定詞。

dark[1] [dɑrk] adj. ①黑暗的 ②黑色的，暗色的

例句 夏天要到八點以後才天黑。

✗ In summer it doesn't **become dark** until after eight.

○ In summer it doesn't **get dark** until after eight.

說明 表示「天黑 [亮] 了」，習慣上用「get」，不用「become」。

dark[2] [dɑrk] n. ①傍晚，黃昏 ②黑暗

例句 她天黑之前沒有回到家。

✗ She didn't come home **before the dark**.

○ She didn't come home **before dark**.

表示「天黑前」，應該說「before dark」，「dark」前沒有定冠詞。

 我不敢一個人走在黑暗中。

- [✗] I dare not walk **in dark** alone.

- [○] I dare not walk **in the dark** alone.

 表示「在黑暗中」，應該說「in the dark」，其中「dark」前必須接定冠詞。

 他沒有讓他的父母知道他的計畫。

- [✗] He **kept [left]** his parents **in dark** about his plan.

- [○] He **kept [left]** his parents **in the dark** about his plan.

 「keep [leave] sb in the dark」的意思是「不讓某人知道」「使某人蒙在鼓裡」，「dark」前的定冠詞「the」不能省略。

data ['detə, 'dætə, 'dɑtə] n. 資料，數據

 這全部的數據都是正確的。

- [✗] All these **datas** are correct.

- [○] All these **data is** correct.

- [○] All these **data are** correct.

 「data」是「datum」（拉丁文）的複數形式，作主詞時其述語動詞既可用單數形式也可用複數形式，與「data」連用的代名詞則須用複數形式。

dawn [dɔn] n. 黎明，拂曉

 例句 客人們在黎明時分離去。

✗ At the dawn the guests departed.

○ At dawn the guests departed.

 說明 在固定片語「at dawn」「before dawn」和「from dawn till dark」中「dawn」前均不可加「the」，但在「at the early dawn」「with the dawn」等片語中一定要加「the」。

 day [de] n. ①一天，一日　②白天，白晝　③節日

 例句 一天早上，我在上學的路上碰到她。

✗ One day morning, I ran into her on my way to school.

○ One morning, I ran into her on my way to school.

 說明 「一天早上」「一天晚上」應譯為「one morning」「one night」，不可再加「day」，它們既可以指過去的某天早上 [晚上]，也可指將來的某天早上 [晚上]。

 例句 你們準備怎樣慶祝母親節？

✗ How will you celebrate the Mother's Day?

○ How will you celebrate Mother's Day?

 說明 在含有「day」的節日名稱前，通常不加定冠詞「the」。如：「Labor Day」（勞動節），「Youth Day」（青年節），「Children's Day」（兒童節），「National Day」（國慶日），「Christmas Day」（聖誕節）等。

 例句 你將會在一兩天內收到她的信。

✗ You will receive her letter in one day or two.

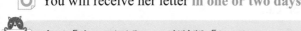
O You will receive her letter **in a day or two**.

O You will receive her letter **in one or two days**.

說明 表示「在一兩天內」，應該說「in a day or two」或「in one or two days」，但不能說「in one day or two」。

dead [dɛd] adj. 死的，去世的

例句 他的祖父已經去世了。

✗ His grandfather is **died**.

O His grandfather is **dead**.

說明 「dead」表示「死的」「去世的」，是形容詞；而「died」是「die」的過去式和過去分詞。

例句 那位駕駛在交通事故中喪生。

✗ The driver **was dead** in the traffic accident.

O The driver **died** in the traffic accident.

O The driver **was killed** in the traffic accident.

說明 「dead」是形容詞，常表狀態；要表示瞬間動作，只能用「die」或「kill」之類的動詞表達。

deaf [dɛf] adj. ①聾的 ②不聽的，不理的

例句 他不聽一切勸告。

✗ He was **deaf of** all advice.

O He was **deaf to** all advice.

說明 表示「拒聽…」時，「deaf」通常與「to」連用。

例句 他左耳聾了。

❌ He was **deaf to** his left ear.

⭕ He was **deaf in** his left ear.

說明 表示「某隻耳朵聾了」時，「deaf」通常與「in」連用。

deal [dil] n. ①交易；協議　②數量

例句 他給我許多書。

❌ He gave me **a great deal of** books.

⭕ He gave me **a great number of** books.

說明 「a great deal of」和「a great number of」都可表示「許多…」，但「a great deal of」只能接不可數名詞；「a great number of」才可接可數名詞。

例句 他有很多錢。

❌ He has a **large deal** of money.

⭕ He has a **great [good] deal** of money.

說明 「deal」用來表示「大量」「相當多」時不用「large」修飾，而習慣用「great」或「good」來修飾。

death [dεθ] n. 死，死亡

例句 這起相撞造成三人死亡。

❌ The collision resulted in three **death**.

⭕ The collision resulted in three **deaths**.

例句 為人民而死，死得其所。

❌ When we die for the people it is worthy **death**.

When we die for the people it is a worthy **death**.

 說明　「death」表示「某人之死」時為不可數名詞；但表示「某種類型的死」或「多少人的死」時，為可數名詞。

 debt [dɛt] n. 借款，債；債務

 例句　**我欠她的錢。**

❌ I **debt** her.

⭕ I am **in debt to** her.

⭕ I am **in** her **debt**.

 說明　「debt」是名詞，「欠某人的錢」英語用「be in debt to sb」或「be in one's debt」來表達。

 decide [dɪˈsaɪd] vt., vi. （使）下決心；（使）決定

 例句　**他決定再試一次。**

❌ He **decided trying** again.

⭕ He **decided to try** again.

 說明　「decide」可接不定詞作受詞，但不能接動名詞。

 例句　**他們已經決定了參觀的日期。**

❌ They have already **decided** the date for the visit.

⭕ They have already **decided on** the date for the visit.

 說明　「decide」後接受詞時，常須使用介系詞「on」。

例句 父親讓我自己決定我該做什麼工作。

- ✗ My father let me **decide of** what work I should do.

- ○ My father let me **decide** what work I should do.

 說明 「decide」作「決定…」解時，可直接接子句。

 <u>declare</u> [dɪˈklɛr] vt. 宣布，宣告；聲明

 例句 他們宣布投降。

- ✗ They **declared to** surrender.

- ○ They **declared that** they would surrender.

 說明 「declare」作及物動詞時，意為「聲稱」「聲明」「宣布」，其後不接不定詞，而接名詞或「that 子句」。

 例句 於是，美國向德國宣戰。

- ✗ Then, the United States **declared war with** Germany.

- ○ Then, the United States **declared war on** Germany.

- ○ Then, the United States **declared war against** Germany.

 說明 「向…宣戰」是「declare war on [against]」，不用介系詞「with」。

 <u>decline</u>[1] [dɪˈklaɪn] vt., vi. 拒絕，謝絕

 例句 他拒絕去那裡。

- ✗ She **declined go** there.

- ○ She **declined going** there.

- ○ She **declined to go** there.

說明 「decline」後可接動名詞，也可接不定詞，但不定詞不可省略「to」。

 decline[2] [dɪ'klaɪn] n. 下降；減少；衰退

 例句 人口正在減少。

✗ The population is **on decline**.

◯ The population is **on the decline**.

 說明 「on the decline」為固定片語，其中「the」不能省略。

 decrease ['dikris, ,di'kris] n. ①減小，降低　②減少（量）

 例句 銷售的大幅下降使這間店關門了。

✗ A big **decrease on** sale caused the store to close.

◯ A big **decrease in** sale caused the store to close.

 說明 「decrease」作名詞時須與介系詞「in」連用。

 例句 犯罪案件在減少中嗎？

✗ Is crime **on decrease**?

◯ Is crime **on the decrease**?

 說明 「on the decrease」為固定片語，其中「the」不可省略。

 deep[1] [dip] adj. ①深的　②位於深處的，縱深的

 例句 樹林深處有一棟木房子。

✗ There is a wooden house in the **deeply** woods.

There is a wooden house in the **deep** woods.

 說明 「deeply」為副詞，不可修飾名詞，修飾名詞時應用「deep」。

 deep² [dip] adv. ①深深地　②晚

 例句 **聽到那消息時，我們大家被深深地打動。**

❌ We were all **deep** moved when we heard the news.

 We were all **deeply** moved when we heard the news.

 說明 「deep」和「deeply」都可作副詞用，譯為「深深地」「深入地」；但在修飾形容詞時，只能用「deeply」，不用「deep」，在修飾具體動作時多用「deep」。

 例句 **他常常工作到深夜。**

❌ He often worked **deeply into** the night.

 He often worked **deep into** the night.

 說明 「deep into」習慣用「deep」，不用「deeply」。

 defense [dɪˈfɛns] n. ①防禦，保衛　②防禦工事

 例句 **他們決心為保衛城市而奮戰到底。**

❌ They are determined to fight to the last **in the defense of** the city.

 They are determined to fight to the last **in defense of** the city.

 說明 「in defense of」是固定片語，「defense」前不加「a」或「the」，其中「of」不能誤作其他介系詞。

例句 城堡堅固的城牆產生了抵禦侵略者的作用。

❌ The strong walls of the castle served as a good defense from the attackers.

⭕ The strong walls of the castle served as a good defense against the attackers.

 說明 「defense」一般與介系詞「against」連用，不接「from」。

 deficient [dɪˈfɪʃənt] adj. 缺乏的；有缺陷的

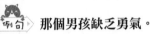

 例句 那個男孩缺乏勇氣。

❌ The boy is deficient of courage.

⭕ The boy is deficient in courage.

⭕ The boy is short of courage.

 說明 「be deficient」表示「缺乏」「不足」時須接介系詞「in」；如接「of」，則形容詞須改用「short」。

 delay [dɪˈle] vt. ①使耽擱，使延誤 ②使延期

 例句 我因為工作忙而延遲答覆他。

❌ I delayed answer him owing to pressure of work.

⭕ I delayed answering him owing to pressure of work.

 說明 delay作「遲遲未做某事」解時是及物動詞，可接動名詞，也可接不定詞。

 delight [dɪˈlaɪt] n. 愉快，高興

例句 他們愉快地歡迎客人的到來。

❌ They welcomed their guests in [with] delights.

They welcomed their guests **in [with] delight**.

 「in delight」表示情緒,「with delight」表示方式,其中「delight」是抽象名詞,不用複數形式。

 delighted [dɪˈlaɪtɪd] adj. 高興的

 他很高興聽到這個好消息。

 He was **delighted at hearing** the good news.

 He was **delighted to hear** the good news.

 「delighted」表示「非常高興的」,後面可接不定詞或子句,但不能接「at v-ing」。

 demand [dɪˈmænd] vt. 要求

 他們要求她告訴他們她所知道的一切。

 They **demanded** that she **told** them everything she knew.

 They **demanded** that she **(should) tell** them everything she knew.

 「demand」接子句時,子句中的述語動詞要用假設語氣,即「should+原形動詞」,在美式英語中,「should」通常省略不用。

 警察要那小偷出示身分證。

 The policeman **demanded** the thief **of** his identity card.

 The policeman **demanded** the identity card **of** the thief.

 「要求某人(做)某事」是「demand sth of [from] sb」,而不是「demand sb of sth」。

那位作家要求見編輯。

- [✗] The writer **demanded seeing** the editors.

- [○] The writer **demanded to see** the editors.

 「demand」的受詞可以是不定詞**或**名詞子句，但不能是動名詞，也不能是複合受詞。

---

 deny [dɪ'naɪ] vt. 否認

 她否認為他工作。

- [✗] She **denied to work** for him.

- [○] She **denied working** for him.

 「deny」作「否認」解時後接動名詞，不接不定詞。

 他否認撿了東西。

- [✗] He **denied** that he had picked up **something**.

- [○] He **denied** that he had picked up **anything**.

 「deny」後接的「that 子句」中用「anything」比用「something」語氣更強烈。

---

 depart [dɪ'pɑrt] vi. 離開；出發；（交通工具）開出

 她已經離開一年了。

- [✗] She has **departed** for a year.

- [○] She has **been away** for a year.

 「depart」為瞬間動詞，不能與表示一段時間的副詞連用。

depend [dɪˈpɛnd] vi. 依靠，依賴

 例句　萬物依賴太陽生長。

- ✗ All living things **depend** the sun for their growth.
- ◯ All living things **depend on** the sun for their growth.

說明　「depend」是不及物動詞，如要接受詞則須藉助介系詞「on, upon」。

 例句　小孩子一般都依賴父母。

- ✗ Children are usually **depend** their parents.
- ◯ Children are usually **dependent on** their parents.

說明　「depend」是動詞，「dependent」才是形容詞，說「依靠某人或某物」時可用「be dependent on」。

例句　這個慈善機構都是靠大眾慷慨捐助才得以生存。

- ✗ The charitable institution **depends** solely **on** the generosity of the public **as** its survival.
- ◯ The charitable institution **depends** solely **on** the generosity of the public **for** its survival.

說明　說「依靠…才得以…」，要用句型「depend on sth for sth」，其中介系詞「for」不可誤作「as」。

dependence [dɪˈpɛndəns] n. 依靠，依賴

例句　你應該對凡事都依賴傑克感到慚愧。

- ✗ You should be ashamed of your **dependence of** Jack for everything.
- ◯ You should be ashamed of your **dependence on** Jack for everything.

表示「對…的依賴」應為「the dependence on sb [sth]」，其中「on」不能用「of」代替。

description [dɪˋskrɪpʃən] n. 描寫，形容

 她對那情景作了生動的描述。

❌ She gave a vivid **description about** the scene.

⭕ She gave a vivid **description of** the scene.

 「description」作「對…的描寫」解時接「of」，不接「about」。

 這景色美得難以用筆墨形容。

❌ The scenery is beautiful **above description**.

⭕ The scenery is beautiful **beyond description**.

 「beyond description」是固定片語，意思是「無法形容」「難以描寫」。

desire [dɪˋzaɪr] vt. 希望，渴望

 她真的希望明年夏天去巴黎。

❌ She really **desires going** to Paris next summer.

⭕ She really **desires to go** to Paris next summer.

 「desire」表示「期望做某事」「渴望做某事」時接不定詞，不接動名詞。

desk [dɛsk] n. 書桌，辦公桌

 他坐在書桌邊。

❌ He **sat on** his desk.

[O] He **sat at** his desk.

> 說明 「desk」是「書桌」，人只可坐其旁而不可坐其上。

despair¹ [dɪˈspɛr] n. ①絕望　②使人絕望的人 [事物]

> 例句 他絕望地坐在那裡。

[✗] He sat there in **despairs**.

[O] He sat there in **despair**.

> 說明 「despair」作「絕望」解時為不可數名詞，沒有複數形式。

despair² [dɪˈspɛr] vi. 絕望；死心

> 例句 不要對未來感到絕望。

[✗] Don't **despair** the future.

[O] Don't **despair of** the future.

> 說明 「despair」只作不及物動詞，與「of」連用。

despite [dɪˈspaɪt] prep. 儘管，不管

> 例句 儘管生重病，他還是來開會。

[✗] He came to the meeting **despite of** his serious illness.

[O] He came to the meeting **despite** his serious illness.

> 說明 「despite」本身可作介系詞，不可再與「of」連用。

儘管天氣不好，他仍然去散步。

✗ **Despite** the weather, **but** he went for a walk.

○ **Despite** the weather, he went for a walk.

 「despite」不能與「but」連用。

 雖然在下大雨，他還是出去了。

✗ He went out **despite** it was raining heavily.

○ He went out **despite the fact that** it was raining heavily.

 「despite」是介系詞，不是連接詞，不可直接接「that 子句」作受詞。

 detail ['ditel, dr'tel] n. 細目，細節；瑣事

 他非常詳細地把這個故事告訴我。

✗ He told me the story **in** great **details**.

○ He told me the story **in** great **detail**.

 「in detail」為固定片語，其中「detail」不可用複數形式。

 他告訴我一個詳細的計畫。

✗ He told me a **detail** plan.

○ He told me a **detailed** plan.

 「detail」不可用作形容詞，「detailed」才是形容詞，意思是「詳細的」。

devote [dɪ'vot] vt. 把…奉獻（給…）；致力（於）…

 她一生致力於幫助無家可歸的孩子們。

✖ She **devoted** her life **to help** homeless children.

○ She **devoted** her life **to helping** homeless children.

說明 「devote...to...」意為「致力於…」，在這個句型中，「to」是介系詞，不是不定詞，其後須接名詞或動名詞。

 她忠於職守。

✖ She **devoted to** her duty.

○ She **devoted herself to** her duty.

○ She **was devoted to** her duty.

說明 「devote」作「忠於」「獻身於」「熱愛」解時須接反身代名詞「oneself」，或用「be devoted to」句型。

die [daɪ] vi. 死亡；枯萎

 他父親去世了。

✖ His father is **died**.

○ His father is **dead**.

說明 表示「某人去世」這一事實，強調狀態，用「be dead」；而「die」是不及物動詞，強調某時間點上發生的動作，不用於被動語態。

 他死了兩年了。

✖ He **has died** for two years.

○ He **died** two years ago.

○ He **has been dead** for two years.

 「die」屬瞬間動詞，不表示持續性動作，所以不能與表示一段時間的副詞連用；「dead」是形容詞，表示死亡狀態的延續，可與表示一段時間的副詞連用。

他因過勞而死。

✗ He **died of** overwork.

○ He **died from** overwork.

那位警察死於槍傷。

✗ The policeman **died of** a bullet wound.

○ The policeman **died from** a bullet wound.

「die of」用於因某種疾病、飢餓、寒冷而死；「die from」用於因外傷或其他原因而死。

在過去的 50 年中，很多稀有動物都已滅絕。

✗ A number of rare animals have **died** in the past fifty years.

○ A number of rare animals have **died out** in the past fifty years.

「die」表示「死亡、生命結束」；若表示「種族的滅絕或習慣等消失」，則須用「die out」。

 differ ['dɪfɚ] vi. ①不同，有異　②意見不合

智慧不同於狡猾。

✗ Wisdom **differs** cunning.

○ Wisdom **differs from** cunning.

 「differ」是不及物動詞，表示「不同於…」須與「from」連用。

他與她意見不同。

❌ He differs from her.

⭕ He differs with her.

⭕ He differs from her in opinion.

表示「與某人意見不同」須用「differ with sb」或「differ from sb in opinion」。

difference ['dɪfərəns] n. 差別，差異

你注意到他們風格上的差異了嗎？

❌ Have you noticed their difference of style?

⭕ Have you noticed their difference in style?

你能分辨這兩個形容詞的差別嗎？

❌ Can you tell the difference of these two adjectives?

⭕ Can you tell the difference between these two adjectives?

表示「（兩者之間的）差異」用「difference between」，表示「（在某方面的）差異」用「difference in」。

difficult ['dɪfəˌkʌlt, 'dɪfəkəlt] adj. 困難的，不容易的

這篇文章對我來說很難懂。

❌ I am difficult to understand the article.

⭕ It's difficult for me to understand the article.

「difficult」意為「難的，困難的」，不可以用「人」作主詞，要以事物作主詞，可以用「it」作虛主詞，即使用「it＋be difficult for sb to-v」句型。

要精通英語不容易。

- ✗ It is uneasy to master English.

- ○ It is difficult [hard] to master English.

- ○ It is not easy to master English.

 「easy」作「容易」解時,其反義詞是「hard」或「difficult」;作「安心」「舒適」等解時,其反義詞是「uneasy」。

 英語很難學。

- ✗ English is difficult to be learned.

- ○ English is difficult to learn.

 在「sth be difficult to-v」句型中,不定詞和句子的主詞有一種邏輯上的動詞與受詞的關係,因此不可使用被動語態。

 direction [dəˈrɛkʃən, daɪˈrɛkʃən] n. ①方向 ②指導

 槍聲使鳥兒四下飛散。

- ✗ The gunshot sent the birds flying to all directions.

- ○ The gunshot sent the birds flying in all directions.

 你將在她的指導下工作。

- ✗ You will beworking in her direction.

- ○ You will be working under her direction.

 「direction」指「方向」時,和介系詞「in」連用;作「在…的指導之下」解時與「under」連用。

dirt [dɝt] n. 污垢，灰塵

 他的大衣沾滿了污垢。

✗ His overcoat was covered with dirts.

○ His overcoat was covered with dirt.

說明 「dirt」表示「污物」「爛泥」「塵土」時是不可數名詞，無複數形式。

 disappear [ˌdɪsəˈpɪr] vi. 不見，消失

 窗外的吵鬧聲漸漸消失了。

✗ The noise out of the window gradually disappeared.

○ The noise out of the window gradually died away.

 說明 表示「逐漸看不見」用「disappear」；「逐漸聽不見」應用「die away」。

 disappoint [ˌdɪsəˈpɔɪnt] vt.（使）失望

 我為沒能阻止他做那件事感到失望。

✗ I disappointed at failing to prevent him from doing that.

○ I was disappointed at failing to prevent him from doing that.

 說明 「disappoint」是及物動詞，多用於被動語態「be disappointed at...」中，表示「對某事或做某事而感到失望」。

discount ['dɪskaʊnt] n. 折扣（額）

員工予以七折優待。

✗ Members of the staff **took** 30% **discount**.

✓ Members of the staff **were allowed** 30% **discount**.

說明 「discount」表示「打折」時一般與「allow, give」配合使用。

discourage [dɪs'kɝɪdʒ] vt. ①使氣餒；使沮喪　②打消；勸阻

我們勸他不要放棄工作。

✗ We **discouraged** him **to give** up his job.

✓ We **discouraged** him **from giving** up his job.

說明 表示「勸阻某人不要做某事」時的句型為「discourage sb from doing sth」。

discuss [dɪ'skʌs] vt. 談論，討論；商量

他們討論如何促進兩國的合作。

✗ They **discussed to** promote cooperation between the two countries.

✓ They **discussed how to** promote cooperation between the two countries.

說明 「discuss」後一般不直接接不定詞作受詞，但可以接由連接代名詞或連接副詞所引導的不定詞片語。

我們就是否應該把店關掉進行了討論。

✗ We **discussed if** we should close the store.

✓ We **discussed whether** we should close the store.

右側索引: A B C D E F G H I J K L M N O P Q R S T U V W X Y Z

說明 「discuss」後可接「whether 子句」，但不接「if 子句」。

例句 我父親總是與母親討論他的問題。

❌ My father always **discusses about** his problems with my mother.

⭕ My father always **discusses** his problems with my mother.

⭕ My father always **talks about** his problems with my mother.

說明 「discuss」和「talk」都表示「討論」或「談論」，但「discuss」是及物動詞，直接接受詞，不加介系詞「about」；「talk」作不及物動詞時後面可接介系詞「about」，表示「討論」「談論」。

disease [dɪ'ziz] n. 疾病

例句 現在癌症是一種難以對付的疾病。

❌ Cancer is a kind of **illness** that is difficult to deal with now.

⭕ Cancer is a kind of **disease** that is difficult to deal with now.

說明 「disease」與「illness」都表示「疾病」，但「disease」指具體的某一疾病；而「illness」指患病的狀態。

distance ['dɪstəns] n. ①距離，間距　②遠處，遠方

例句 可以看見遠處有一間房子。

❌ A house can be seen **from a distance**.

⭕ A house can be seen **in the distance**.

說明 「in the distance」表示「（某人 [物]）在遠處」；「from a distance」表示「從遠處」。

distant ['dɪstənt] adj.（時間或空間）遠的

 他的辦公室離家十公里遠。

　✗　His office **is at** 10 kilometers **distant** from his house.

　○　His office **is** 10 kilometers **distant** from his house.

 「be動詞」後可直接接數詞表示「離⋯有多遠」，不須加介系詞「at」。

 我家離學校很遠。

　✗　My home is **distant** from the school.

　○　My home is **far away** from the school.

 「distant」多用於修飾名詞或用於修飾具體的「距離」；表示「某地與某地相距遠」，常用「far away from」或「a long way from」。

 distinguish [dɪ'stɪŋgwɪʃ] vt., vi. 辨別，區別；有別於⋯

 思考使人類有別於動物。

　✗　Thinking **distinguishes** human beings and animals.

　○　Thinking **distinguishes** human beings **from** animals.

 「distinguish」的意思是「區分」，後面通常接介系詞「from」或「between...and...」。

 你應該能辨別是非。

　✗　You should be able to **extinguish** between right and wrong.

　○　You should be able to **distinguish** between right and wrong.

 「distinguish」作「區別」「區分」解；「extinguish」作「熄滅」「撲滅」解。

divide [dəˈvaɪd] vt., vi. 分割，劃分；分離，分開

 全班將分成四組。

❌ The class will be **divided in** four groups.

⭕ The class will be **divided into** four groups.

 「divide...into...」與「divide...in...」的區別是：介系詞「into」一般接量詞（如組、段等）；介系詞「in」一般接數詞（如一、二、二分之一等）。

 媽媽把蛋糕分成兩半。

❌ Mother **divided** the cake **into** two parts.

⭕ Mother **divided** the cake **in half [two]**.

 表示「把…分成兩半」要用「divide...in half」或「divide...in two」。

 太平洋把亞洲和美洲分開。

❌ The Pacific **divides** Asia from America.

⭕ The Pacific **separates** Asia from America.

 「divide」表示「把一個整體分成幾個部分」；「separate」才表示「把原來連在一起或緊密相連的部分分開」。

divorce [dəˈvors, dəˈvɔrs] vt., vi. 與…離婚

 他離婚了。

❌ He **divorced**.

⭕ He **has been divorced**.

 他和她離婚了。

❌ He **divorced with** her.

He **divorced** her.

 「divorce」通常用作及物動詞。

 doubtful ['dautfəl] adj. ①難以預測的 ②懷疑的;不確知的

 你懷疑他的成功嗎?

 Are you **doubtful in** his success?

 Are you **doubtful of [about]** his success?

 「doubtful」後接介系詞「of, about」,不接「in」。

 他能不能完成這項工作難以確定。

Ⓧ It is **doubtful that** he can finish this work.

Ⓞ It is **doubtful whether** he can finish this work.

 我根本不會懷疑我們有沒有足夠的食物。

Ⓧ I am **not doubtful whether** we shall have enough food.

Ⓞ I am **not doubtful that** we shall have enough food.

 「doubtful」在否定句或疑問句中接「that 子句」,在肯定句中接「whether [if] 子句」。

draft [dræft] n. 草稿,草案;草圖

信件的草稿留作日後參考。

Ⓧ The **draft to** the letter was kept for future reference.

Ⓞ The **draft for [of]** the letter was kept for future reference.

表示「…的草稿」用介系詞「for」或「of」,不用「to」。

E

each [itʃ] pron. 各個;每人

例句 **我的姊妹個個都嫁給生意人。**

✗ My sisters **each have** married businessmen.

○ My sisters **have each** married businessmen.

說明 如果句子的述語是一般動詞,「each」要放在一般動詞之前;如果句子的述語由「助動詞+一般動詞」組成,「each」要放在助動詞之後;如果句子的述語是「be 動詞」,「each」要放在「be 動詞」之後。

例句 **兩個人走了進來,手上都提著一個手提箱。**

✗ Two men entered. **Each were** carrying a suitcase.

○ Two men entered. **Each was** carrying a suitcase.

說明 「each」在句中作主詞時,述語動詞須用單數形式。

例句 **每個孩子都完成了自己的工作。**

✗ **Each of boys** has done his work.

○ **Each of the boys** has done his work.

說明 「each of」後面接複數名詞,在複數名詞前應該加上定詞,如定冠詞「the」或所有格代名詞「my」「your」「his」「her」「their」等,表示「每一個(人)」。

例句 **讓我們大家就座吧。**

✗ Let **each** of us take **their** places.

Let **each** of us take **his** place.

說明 代名詞「each」即使指「所有人」中的每一個，也是單數，與其對應的所有格代名詞為「his」「her」「its」。

例句 **我們誰也沒有雨傘。**

 Each of us did **not** have an umbrella.

 None of us had an umbrella.

 Neither of us had an umbrella.

說明 「each」不用於否定句，否定要用「neither」「no one」「none」。

each other pron. 互相，彼此

例句 **我們彼此知道對方想要什麼。**

 We know what **each other** wants.

 We **each** know what **the other** wants [= **the others** want].

說明 「each other」這個片語在句子中不能作主詞，但「each」有時可作主詞或主詞的同位語。

例句 **夫妻二人熱烈地交談著。**

 The couple spoke to **one another** earnestly.

 The couple spoke to **each other** earnestly.

例句 **六個學生正在激動地交談著。**

 The six students were conversing excitedly with **each other**.

 The six students were conversing excitedly with **one another**.

說明 「each other」與「one another」都可表示「互相」，前者強調的是兩者之間，後者用於三者及三者以上。

eager ['igə] adj. 熱切的，渴望的

例句 **他們急著和新同事見面。**

✗ They are **eager for meeting** their new colleague.

○ They are **eager to meet** their new colleague.

說明 表示「急於做某事」「渴望」「想得到」時，可用「be eager for+n」句型，或用「be eager to-v」句型。

ear [ɪr] n. ①耳，耳朵 ②聽力

例句 **他既不會欣賞音樂，也不會欣賞繪畫。**

✗ He has neither **ears** for music nor eyes for painting.

○ He has neither **ear** for music nor eye for painting.

說明 「ear」作「聽覺，聽力」解時為單數名詞。

例句 **他對老師的警告充耳不聞。**

✗ He **turned deaf ears** to his teacher's warning.

○ He **turned a deaf ear** to his teacher's warning.

說明 表示「對…充耳不聞」，可以說「turn a deaf ear to...」，在這個片語中，「ear」是單數，前面須帶冠詞「a」。

earth [ɝθ] n. ①地球 ②大地，陸地，地面

例句 **當時海倫被認為是世界上最美的女人。**

✗ At that time Helen was considered the most beautiful woman **on the earth**.

At that time Helen was considered the most beautiful woman **on earth**.

那裡究竟發生了什麼事？

✗ What **on the earth** is going on there?

○ What **on earth** is going on there?

「on earth」有二個意思，一是「在地球上」「世界上」，另一表示「究竟」，用在由疑問詞「what」「who」「when」等引導的特殊疑問句中，強調作用；而「on the earth」（在世上）是古典的用法，現已罕用。

east [ist] n. 東，東方

太陽從東方升起，西方落下。

✗ The sun rises **from** the **east to** the west.

○ The sun rises **in** the **east** and sets **in** the west.

太陽的升落習慣用介系詞「in」。

easy ['izɪ] adj. 容易的，簡單的

我的老闆很容易取悅。

✗ My boss is **easy to be pleased**.

○ My boss is **easy to please**.

「easy」後面所接不定詞中的及物動詞常常以主動形式表示被動意義，而不用被動語態不定詞。

他很輕易就買到了電影票。

✗ He was quite **easy to** get the film tickets.

○ **It was** quite **easy for** him **to** get the film tickets.

說明 「某人做起某事來容易」應該說「It is easy for sb to-v」。

eat [it] vt., vi. 吃，喝；吃飯

例句 醫生告訴他一天吃三次藥。

- ✗ The doctor told him to **eat** the **medicine** three times a day.
- ○ The doctor told him to **take** the **medicine** three times a day.

說明 表示「吃藥」一般說「take [have] medicine」，不說「eat medicine」。

economic [ˌikə'nɑmɪk] adj. 經濟的，經濟上的

例句 我的父親很會節約他的時間。

- ✗ My father is very **economic** of his time.
- ○ My father is very **economical** of his time.

說明 「economic」和「economical」都可以譯為「經濟的」，但表示「節儉的；節約的」時只用「economical」，而不用「economic」。

education [ˌɛdʒə'keʃən, ˌɛdʒʊ'keʃən] n. 教育；培養

例句 對年輕人的教育是一個重大的責任。

- ✗ **Education for** the young is a tremendous responsibility.
- ○ **Education of** the young is a tremendous responsibility.

說明 表示「對…的教育」時「education」後接「of」；表示「為…提供的教育」時後接「for」，如「education for citizenship」（為公民提供的教育）。

我從你的談吐判斷你是個受過一定教育的人。

✗ From your speech I judge you are a man of some **educations**.

◯ From your speech I judge you are a man of some **education**.

 「education」指普遍意義上的「教育」時多作不可數名詞;「education」用作可數名詞,其前加不定冠詞「an」時表示「一段教育」或「一種教育」。

 effect [ə'fɛkt, ɪ'fɛkt] n. 效果;影響

 新的稅制明年五月生效。

✗ The new system of taxation will be **taken into effect** next May.

◯ The new system of taxation will be **put [brought, carried] into effect** next May.

 他的計畫很快會生效。

✗ His plans will soon **be taken effect**.

◯ His plans will soon **take effect**.

 「(使⋯)生效」「(使)實現」可說「go [come, put, bring, carry] into effect」,也可說「take effect」,此時中間不加介系詞「into」,且主詞為「system」「plan」一類的名詞時不用被動語態。

 我們的警告對他根本沒有產生任何作用。

✗ Our warning produced no **effect to** him at all.

◯ Our warning produced no **effect on** him at all.

 天氣乾旱影響了水果的品質。

✗ The dry weather has **effected** the quality of the fruit.

◯ The dry weather has **affected** the quality of the fruit.

◯ The dry weather has had a bad **effect on** the quality of the fruit.

說明 「affect」作「影響」解時是動詞，而「effect」作「影響，結果」解時是名詞；表示「對…的作用 [影響]」時「effect」常與「on, upon」連用。

effort ['ɛfət] n. ①努力，盡力 ②努力的結果

例句 他盡了一切努力以贏得比賽。

✕ He **did** great **efforts** to win the game.

O He **made** great **efforts** to win the game.

說明 「作出努力」可說「make an effort」「make every effort」「make efforts」，不可說「do an effort」「do efforts」等。

例句 他們作出更大努力以加強團結。

✕ They make more **efforts at [in] strengthening** unity.

O They make more **efforts to strengthen** unity.

說明 片語「make an effort」（作出努力）後面通常接不定詞表示目的，而不用「at [in]＋v-ing」形式。

例句 他費了很大的力才搬開那塊石頭。

✕ He took the rock away with **big effort**.

O He took the rock away with **great effort**.

說明 「effort」不可用「big」修飾，「很大的力氣」可說「great effort」或「a lot of effort」。

either[1] ['iðə, 'aɪðə] conj. 或…或…，不是…就是…

例句 無論是他還是我都反對這項計畫。

✕ **Either** he or I **are** against the plan.

- ◎ **Either** he or I **am** against the plan.

 是他錯了還是你錯了？

- ✗ Is **either** you or he wrong?

- ◎ Are **either** you or he wrong?

 肯定句中，當用「either...or...」引出主詞時，其述語動詞的單複數形式必須與「or」後的主詞一致；在疑問句中，其述語動詞的單複數形式則與句子裡的最靠前的主詞一致。

 你可以吃蘋果，也可以吃柳丁。

- ✗ You may have **either** an apple **nor** an orange.

- ◎ You may have **either** an apple **or** an orange.

 「either...or...」及「neither...nor...」都是固定用法，「or」與「nor」不可換用。

 這位演講者不是緊張就是準備不充分。

- ✗ The speaker was **either** nervous **or** had not prepared well.

- ◎ The speaker was **either** nervous **or** not well-prepared.

 「either...or...」是並列連接詞片語，意為「或…或…」，所連接的兩個部分的詞性應該相同，「either」後面接形容詞時，「or」後面也應接形容詞。

 今天晚上不是演電影就是開音樂會。

- ✗ There will be **neither** a film **nor** a concert tonight.

- ◎ There will be **either** a film **or** a concert tonight.

 「either...or...」可譯為「不是…就是…」，表示部分否定；而「neither...nor...」則是「既不…也不…」，表示全部否定。本句顯然應用前者。

either² [ˈiðɚ, ˈaɪðɚ] adv. （用於否定句）也（不）

  他的同學沒通過期末考試，他也沒通過。

❌ His classmates didn't pass the final exam, and he didn't **too**.

⭕ His classmates didn't pass the final exam, and he didn't **either**.

  我昨天晚上去看電影，他也去了。

❌ I went to a movie last night, and he did **either**.

⭕ I went to a movie last night, and he did **too**.

  「either」和「too」都表示「也」，但「either」用於否定句，「too」用於肯定句。

either³ [ˈiðɚ, ˈaɪðɚ] pron. （兩者之中的）任何一個

  （你的）任何一本書都同樣有趣。

❌ **Either of books** is equally interesting.

⭕ **Either of the [your] books** is equally interesting.

  「either」作代名詞可以和「of」連用。「of」後接複數名詞或代名詞，但名詞前必須有定詞，如定冠詞、所有格代名詞、指示代名詞等。

  這兩幅畫，你拿哪幅都可以。

❌ You may take **any of** the two pictures.

⭕ You may take **either of** the pictures.

  「either of」指兩個當中的任何一個；「any of」則指三個以上中的任何一個。

elder ['ɛldɚ] adj. 較年長的

 他比妹妹大三歲。

✗ He is elder than his sister by three years.

○ He is older than his sister by three years.

 這臺機器比那臺老。

✗ This machine is elder than that one.

○ This machine is older than that one.

說明 「older」和「elder」都是「old」的比較級，但「elder」不能和「than」連用，它只用來指兄弟姊妹之間的排行先後或家庭成員中年齡較長的，只能用於人，不能用於物；而「older」既可以用於新舊的比較，也可以用於對兩者之間的年齡比較，既可以用於人，也可以用於物。

elect [ɪ'lɛkt] vt. （進行）選舉，推舉

 我們已選他擔任該協會的主席。

✗ We have elected him to be the chairman of the society.

○ We have elected him to be chairman of the society.

 他被選為班長。

✗ He was elected the monitor.

○ He was elected monitor.

說明 「選舉某人當…」可說「elect sb (to be)+職位」，這「職位」如果是唯一的，則其前不加定冠詞。

electric [ɪˈlɛktrɪk] adj. 電動的；電的

他的父親是個電機工程師。

✗ His father is an electric engineer.

○ His father is an electrical engineer.

說明 「electric」表示「用電作動力的，由電產生的」；「electrical」表示「與電 [電學] 有關的」。「電機工程師」應該說「electrical engineer」。

else [ɛls] adj., adv. 其他，另外

你的話比其他任何人的都有分量。

✗ Your words carry more weight than anybody else.

○ Your words carry more weight than anybody else's.

我錯拿了別人的錶。

✗ I have taken somebody's else watch by mistake.

○ I have taken somebody else's watch by mistake.

說明 表示「其他人」時，「else」常附在不定代名詞的後面，其所有格形式是「不定代名詞+else's」。

我認為今晚我們沒有其他的事需要討論了。

✗ I don't think there is else thing we need to discuss tonight.

○ I don't think there is anything else we need to discuss tonight.

你還想要什麼？

✗ Which else do you want?

○ What else do you want?

說明 「else」通常和一些不定代名詞，如「something, anything, nothing, every-thing, somebody, anybody, nobody, no one, everybody」連用，也可和一些副詞，如「somewhere, nowhere, anywhere, who, what, when, where, how, why, whose」連用，並且要放在這些詞後面，表示「其他的…」「別的…」，但不能用在「which」後面；在現代英語中，習慣用「whose else」，而不用「who else's」。

 emphasize ['ɛmfə,saɪz] vt. 強調

 例句 我們的作文老師強調寫作練習的重要。

✗ Our composition teacher **emphasizes on** the importance of writing practice.

○ Our composition teacher **emphasizes** the importance of writing practice.

說明 「emphasize」是及物動詞，後面直接接受詞，不須加介系詞「on」。

 empty ['ɛmptɪ] adj. ①空的 ②無的，缺少的

 例句 這個座位是空的。

✗ This seat is **empty**.

○ This seat is **not occupied**.

○ This seat is **not reserved**.

○ This seat is **not taken**.

 說明 「empty」可譯為「空的」，指裡面沒有東西，指物理空間；「occupied, reserved, taken」則表示「占用」，強調使用的狀態。

encourage [ɪnˈkɝɪdʒ] vt. 鼓勵；激勵

例句 老師鼓勵他參加寫作比賽。

> ✗ His teacher **encouraged that** he took part in the writing competition.

> ○ His teacher **encouraged** him **to** take part in the writing competition.

說明 「encourage」後面通常接「n（人）＋ to-v」的句型，不接「that 子句」。

end [ɛnd] n. ①端，尖，末端   ②終了，結束

例句 六個月後，麥克的俄語學得很好，能夠讀文章了。

> ✗ **In the end of** six months, Mike had learned enough to read articles in Russian.

> ○ **At the end of** six months, Mike had learned enough to read articles in Russian.

說明 「in the end」的意思是「最後，終於」，其後不接「of」；「at the end of」後面可以接表示時間或地點的名詞，意思是「在…末端」或「在…結尾」。

例句 到去年年底為止，已有六所新醫院在這個城市落成。

> ✗ **At the end of** last year, six new hospitals were set up in the city.

> ○ **By the end of** last year, six new hospitals had been set up in the city.

說明 「by the end of」是指從開始到結束的「一段時間」；而「at the end of」表示「在…末」，強調的是時間點。

例句 當他表演結束時，觀眾為他鼓掌。

> ✗ The audience clapped as he came to the **ending** of his performance.

> ○ The audience clapped as he came to the **end** of his performance.

例句 她喜歡看有美滿結局的小說。

❌ She likes to read novels with happy **ends**.

⭕ She likes to read novels with happy **endings**.

 說明 「end」用作名詞指時間或動作的「末尾」「結束」；而故事、小說、電影、戲劇等的「結尾」「結局」才用「ending」。

 例句 我們必須停止這種愚蠢的行為。

❌ We must **put an end of** this foolish behavior.

⭕ We must **put an end to** this foolish behavior.

 說明 「put an end to」的意思是「結束」「停止」，其中的介系詞「to」不能誤作「of」。

 engage [ɪn'gedʒ] v. ① vt., vi. （使）從事於… ② vt. 使訂婚

 例句 史密斯小姐和布朗先生訂婚了。

❌ Miss Smith **was engaged with** Mr. Brown.

⭕ Miss Smith **was engaged to** Mr. Brown.

 說明 「engage」作「使訂婚」解是及物動詞，「和…訂婚」可說「be engaged to...」，介系詞「to」不可誤作「with」。

 例句 他正在和一位朋友談話。

❌ He is **engaged to** conversation with a friend.

⭕ He is **engaged in** conversation with a friend.

例句 那時他正忙於翻譯。

❌ He was at the time **engaged to** translating.

⭕ He was at the time **engaged in** translating.

說明 「engage」作「從事…」解時，其後一般接「in＋sth [v-ing]」，其中介系詞「in」不可誤作「to」。

English ['ɪŋglɪʃ] n. 英語

例句 **他總是用英文寫信給朋友們。**

✗ He always writes letters to his friends with English.

◯ He always writes letters to his friends in English.

說明 「使用某種語言」介系詞用「in」，不用「with」。

enjoy [ɪn'dʒɔɪ] vt. 喜歡；欣賞；享受

例句 **舞會上你玩得非常愉快嗎？**

✗ Did you enjoy very much at the party?

◯ Did you enjoy yourself very much at the party?

說明 「enjoy」後面一定要有受詞，一般說到「玩得痛快」時，可以用「enjoy oneself」來表示。

例句 **我不喜歡在炎熱的夏季旅行。**

✗ I don't enjoy to travel in hot summers.

◯ I don't enjoy traveling in hot summers.

說明 「enjoy」後面可接名詞或動名詞作受詞，不可接不定詞。

enough[1] [ə'nʌf, ɪ'nʌf] adv. 足夠地，充分地

 例句 這間房間對你來說夠大嗎？

- [✗] Is this room **enough large** for you?

- [○] Is this room **large enough** for you?

 說明 「enough」用作副詞時可修飾形容詞或副詞，此時應置於所修飾的形容詞或副詞之後。

 例句 已經夠晚了，我們可以收工了。

- [✗] It is late **enough that** we can stop working.

- [○] It is late **enough for us to** stop working.

 說明 「enough」後面通常接「for 引導的邏輯主詞＋不定詞」，而不接子句。

enough[2] [ə'nʌf, ɪ'nʌf] adj. 足夠的

 例句 這樣一本詞典對我來說足夠了。

- [✗] One such dictionary **is enough to** me.

- [○] One such dictionary **is enough for** me.

 說明 「be enough for」是固定片語，意為「對…來說是足夠的」，其中的介系詞用「for」，不用「to」。

enter ['ɛntɚ] v. ① vt., vi. 進入，進去　② vt. 參加，加入，入學

 例句 她一聲不響地進房間。

- [✗] She **entered into** the room without making a sound.

- [○] She **entered** the room without making a sound.

> 約翰和他的朋友上同一所大學。

> ✗ John and his friend entered into the same college.

> ○ John and his friends entered the same college.

> 他們雙方開始談判。

> ✗ They entered negotiations with each other.

> ○ They entered into negotiations with each other.

> 「enter」表示「進入」時是及物動詞，直接接表示具體概念的名詞作受詞，而不須加介系詞「into」；但接抽象概念的名詞時，「enter」是不及物動詞，須與「into」或「upon」連用，意思是「開始⋯」。

equal[1] ['ikwəl] adj. ①相等的，同等的　②能勝任的，合適的

> 這個 12 歲男孩的智力已相當於成人。

> ✗ The twelve-year-old boy is equal as an adult in intelligence.

> ○ The twelve-year-old boy is equal to an adult in intelligence.

> 1 小時等於 60 分鐘。

> ✗ An hour is equal as sixty minutes.

> ○ An hour is equal to sixty minutes.

> 表示「等於」「相當於」時，「equal」一般與「to」連用，不與「as」連用。

> 這個年輕人很適合教書。

> ✗ The young man is quite equal to teach.

> ○ The young man is quite equal to teaching.

> ○ The young man is quite equal to the job of teaching.

說明 「be equal to...」表示「勝任…」「有…的能力」「等於…」，其中「to」是介系詞，其後必須接名詞或動名詞，不能接原形動詞。

 equip [ɪ'kwɪp] vt. 裝備，配備

 例句 **那時軍隊裝備很差。**

❌ The army was very poorly **furnished** then.

⭕ The army was very poorly **equipped** then.

 說明 「furnish」指裝備生活用品，尤指**家具**；而「equip」指為工廠、軍隊等提供裝置，如器材、設備、設施等。

 例句 **我們用現代化武器裝備了軍隊。**

❌ We **equipped** our army **by** the **modern** weapons.

⭕ We **equipped** our army **with** the **modern** weapons.

 說明 表示「用…裝備…」時介系詞應用「with」，而不用「by」。

 equipment [ɪ'kwɪpmənt] n. **設備，裝備**

 例句 **我們工廠有許多精密的設備。**

❌ Our factory has many fine **equipments**.

⭕ Our factory has much fine **equipment**.

 說明 「equipment」是不可數名詞，沒有複數形式，不能在字尾加「-s」。

escape [ə'skep, ɪ'skep] v. ① vi. 逃走，逃跑　②vt. 發出

 你洩露了祕密。

❌ The secret **escaped from your lips**.

⭕ The secret **escaped your lips**.

 「escape one's lips」意為「禁不住說出」「情不自禁地發出」，是固定片語，其中「escape」是及物動詞，後面不能加「from」。

 這個士兵從敵人的監獄裡逃了出來。

❌ The soldier **escaped** the enemy's prison.

⭕ The soldier **escaped from** the enemy's prison.

 表示「從…逃出」時「escape」是不及物動詞，後面要接介系詞「from」。

estimate ['ɛstə,met] vt., vi. 估計，估價

 到目前為止還沒有人估計出這場暴風雨所造成的損害。

❌ Nobody has as yet **estimated out** the damage done by the storm.

⭕ Nobody has as yet **estimated** the damage done by the storm.

 「estimate」作「估計」「評估」解是及物動詞，直接接受詞，不須接介系詞「out」。

 他們的全部損失估計為 1000 美元。

❌ Their total loss has been **estimated to** one thousand dollars.

⭕ Their total loss has been **estimated at** one thousand dollars.

說明 「estimate」表示「估計（損失額等）為多少錢」時是不及物動詞，其後的介系詞一般用「at」，不用「to」。

 even¹ ['ivən] adv. ①甚至，即使　②更加，愈加

 例句 **她連自己的生日都不記得。**

❌ She **even cannot** remember her own birthday.

⭕ She **cannot even** remember her own birthday.

 說明 「even」修飾動詞時要放在行為動詞之前，但要放在「be動詞」、助動詞或情態動詞之後。

 例句 **穿著那件藍色的外套，你看起來更漂亮了。**

❌ You look **even** beautiful in that blue coat.

⭕ You look **even more** beautiful in that blue coat.

 說明 「even」可用於加強比較，表示「更⋯」，此時該形容詞或副詞須用比較級。

 例句 **即使我成了百萬富翁，我也不會忘記我的窮朋友們。**

❌ **Even** I become a millionaire, I shall never forget my poor friends.

⭕ **Even if** I become a millionaire, I shall never forget my poor friends.

 說明 「even」不可作連接詞引導子句，引導讓步副詞子句可用「even though」或「even if」，「even」在此強調「though」或「if」。

 例句 **即使是辛苦的工作，我也喜歡。**

❌ I enjoy it, **even although** it's hard work.

⭕ I enjoy it, **even though** it's hard work.

說明 「though」和「although」引導讓步副詞子句時通常可以互換，但「even」一般不與「although」連用，只可說「even though」。

event [ɪ'vɛnt] n. 事件，大事

例句 **無論如何，命令必須執行。**

☒ **At any event**, the orders must be carried out.

☐ **In any event**, the orders must be carried out.

☐ **At all events**, the orders must be carried out.

說明 「in any event」和「at all events」是固定片語，表示「無論如何」，其中的「at」和「in」不能換用。

ever ['ɛvɚ] adv. ①曾經；從來　②究竟，到底

例句 **我曾去過東京。**

☒ I **have ever visited** Tokyo.

☐ I **have visited** Tokyo.

說明 「ever」可作「曾經」「任何時候」解，通常用於一般疑問句、否定句以及表示條件和比較的子句中，一般不用於肯定句。

例句 **我從來沒有去過那裡。**

☒ I have **not ever** been there.

☐ I have **never** been there.

說明 在一般情況下，習慣用「never」而不用「not ever」表示否定意義。

你到底想要什麼？

✗ **Whatever** do you want?

○ **What ever** do you want?

 「ever」用於特殊疑問句，是「到底、究竟」的意思，相當於「on earth」，常和「what, who, when, where, how, why」等連用，用以加強語氣；而「whatever」的意思是「無論什麼」，相當於「no matter what」。

 與瑪麗在一起的那個男子究竟是誰？

✗ **Whoever** was that man with Mary?

○ **Who ever** was that man with Mary?

 「whoever」是連接代名詞，可引導名詞性子句或副詞子句；而副詞「ever」常被加在疑問詞後，強調作用，表示說話者的情緒（如驚訝、憤怒、興奮等）。

 every ['ɛvrɪ, 'ɛvərɪ] adj. ①每一，每個　②每隔

 我們每星期天出去散步。

✗ We go for a walk **on every Sunday**.

○ We go for a walk **every Sunday**.

 「every Sunday [winter]」這類表示時間的名詞片語在句中作副詞時，「every」前不須加介系詞。

 我的錶每隔兩天上一次發條。

✗ I wind my watch **every two days**.

○ I wind my watch **every third day**.

○ I wind my watch **every three days**.

「每隔兩天」實際上是「每個第三天」或「每三天」，故可說「three」或「third」，「每一」在口語中常用「every other」或「every second」表示。

 每個學生都把練習本交上來了。

❌ Every of the students has handed in their exercise book.

⭕ Every student has handed in their exercise book.

⭕ Each of the students has handed in their exercise book.

 我們每個人都有自己的職責。

❌ Every of us has his own duty.

⭕ Each of us has his own duty.

⭕ Every one of us has his own duty.

⭕ Everyone has his own duty.

 「every」是形容詞，後面只能接名詞，如果後面要接人稱代名詞，則可以用「every one of」的形式，而「each」是代名詞，可加介系詞「of」構成片語作主詞或受詞。

 這個貪吃的小孩把每個芒果都吃掉了。

❌ The greedy boy ate everyone of the mangoes.

⭕ The greedy boy ate every one of the mangoes.

 「everyone」只能指人，其後不接「of」，而「every one」常與「of」連用，後接代名詞或名詞，既可指人，又可指物。

 everyday ['ɛvrɪ'de] adj. 每天的，日常的

 他每天工作 14 個小時。

❌ He works as long as fourteen hours everyday.

He works as long as fourteen hours **every day**.

 「everyday」的意思是「日常的，每天的」，作形容詞用，副詞是「every day」。

 everyone [ˈɛvrɪˌwʌn] pron. 每人，人人，各人

 大家都不說一句話。

 Everyone didn't say a word.

 No one said a word.

 Nobody said a word.

 「everyone」與「not」連用，只表示部分否定，意為「不是每一個人都」；如表示全部否定，應該用「no one」「nobody」等。

 兩個男子走進商店，每人都買了一把傘。

 Two men came into the shop and **everyone** bought an umbrella.

 Two men came into the shop and **each** bought an umbrella.

 「each」用以指兩個或兩個以上的人或物中的「每一個」；「everyone」（包括「everybody」「every one」）用以指三個或三個以上的人或物中的「每一個」。

 每個人都應該遵守規則。

 Everyone should **all** obey the rules.

 Everyone should obey the rules.

 「everyone」「everybody」及「everything」都不能與「all」連用。

 你們每個人都可以選擇你們想要的東西。

 Everyone of you can choose what you want.

○ **Every one of** you can choose what you want.

例句 > 他給了每個女孩子一盒巧克力。

✗ He gave a box of chocolates to **everyone of** the girls.

○ He gave a box of chocolates to **every one of** the girls.

說明 > 「everyone」與「every one」均有「每人,人人」之意,但用法不盡相同:「everyone」是複合代名詞,作「每人」解,著重指每個人都包括在內,後面不能接「of 片語」,只指人而不指物;「every one」是「每個(人或東西)」的意思,著重指單個的人或物,其後常可接「of片語」。

everything ['ɛvrɪˌθɪŋ] pron. 每件事,一切事物

例句 > 到昨天為止,這家商店已經把一切好東西全部賣出去了。

✗ The shop had sold out **good everything** by yesterday.

○ The shop had sold out **everything good** by yesterday.

說明 > 「everything」「something」「anything」「nothing」和「all」屬於不定代名詞,由形容詞修飾時,形容詞要放在這些不定代名詞的後面。

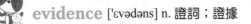

evidence ['ɛvədəns] n. 證詞;證據

例句 > 你必須用更多的證據來證實你的論點。

✗ You must support your argument with more **evidences**.

○ You must support your argument with more **evidence**.

說明 > 「evidence」作「證據」解時是不可數名詞,沒有複數形式。

exact [ɪg'zækt] adj. 正確的，確切的，精確的

那些是他的原話嗎？

✗ Are those his words in exact?

○ Are those his exact words?

「exact」作「確切的」「精確無誤的」解時是形容詞，不可誤作名詞。

examine [ɪg'zæmɪn] vt. 考試；測驗

我們明天將考數學。

✗ We'll examine mathematics tomorrow.

○ We are being examined in mathematics tomorrow.

「考（某一科目）」常用「examine sb in＋科目」這種句型，也可以說「examine sb on the knowledge of＋科目」，「examine」的受詞應為人，而不是「科目」。

examination [ɪg,zæmə'neʃən] n. 考試；測驗

他們今天考過歷史了。

✗ They had an examination of history today.

○ They had an examination in history today.

「某科目的考試」可說「examination in＋科目」，口語中還可直接說「科目＋examination」。

example [ɪg'zæmpl] n. ①例子，實例　②榜樣

例句 他有許多嗜好，例如釣魚、集郵。

❌ He has many hobbies, **for examples**, fishing and stamp collecting.

⭕ He has many hobbies, **for example**, fishing and stamp collecting.

說明 「for example」是固定片語，表示舉例說明許多東西中的一種或多種，儘管所舉之例在一個以上，「example」也不能用複數形式。

例句 他早到辦公室，為其他人樹立榜樣。

❌ He arrived at the office early to **set a** good **example for** the others.

⭕ He arrived at the office early to **set a** good **example to** the others.

說明 「為…樹立榜樣」可說「set [give] an example to sb」，其中介系詞用「to」，不可誤作「for」。

except [ɪk'sɛpt] prep. 除…之外

例句 除了讓他生氣外，它沒有任何作用。

❌ It had no effect **except** make him angry.

⭕ It had no effect **except to** make him angry.

說明 前面主要子句的述語動詞如果是「do」或助動詞時，「except」後面常接原形動詞；如果述語動詞是「do」以外的動詞，「except」則順接「to」。

例句 除了喬治以外，我們都能去。

❌ **Except** George, we can all go.

⭕ **Except for** George, we can all go.

「except for」引導的片語可放在句首，也可放在句子中間，而「except」引導的片語一般放在句子中間。

 除了必修課外，他還選修了美國文學史。

✕ He took a course in the History of American Literature **except** the compulsory courses.

◯ He took a course in the History of American Literature **besides** the compulsory courses.

 「besides」和「except」都作「除…之外」解，但「besides」相當於「in addition to」「as well as」，表示「除…之外還有…」，即「加上」；而「except」相當於「not including」「but not」，表示「…不在其中」，即「除去」。

 除了褲子太長之外，這套西裝挺適合我的。

✕ This suit fits me well **except** the trousers are too long.

◯ This suit fits me well **except (that)** the trousers are too long.

 除了需要幫助，他從不來訪。

✕ He never comes **except** he needs help.

◯ He never comes **except when** he needs help.

◯ He never comes **unless** he needs help.

 「except」跟「that」「what」「when」連用可構成複合從屬連接詞，「that」常可省略，「what」和「when」一般不省略。

 exchange[1] [ɪksˈtʃendʒ] vt. ①交換，互換　②兌換

 我在什麼地方可以把美元換成英鎊？

✕ Where can I **exchange** my dollars **with** pounds?

◯ Where can I **exchange** my dollars **for** pounds?

他們彼此交換了名片。

❌ They **exchanged** visiting card **for** each other.

⭕ They **exchanged** visiting card **with** each other.

「以…兌換…」應該說「exchange...for...」，不可以說「exchange...by...」；「和（某人）換…」才用「exchange...with (sb)」。

 exchange^2 [ɪks'tʃendʒ] n. 交換，互換

 他給了我一本書，我給他一枝鋼筆作為交換。

❌ He gave me a book and I gave him a pen **as exchange**.

⭕ He gave me a book and I gave him a pen **in exchange**.

「作為交換」可說「in exchange (for)」，不能說「as exchange」。如果用「as」，「exchange」前通常要加不定冠詞「an」。

 excite [ɪk'saɪt] vt. 使興奮，使激動

 聽到這個消息他感到興奮。

❌ He **was excited by** hearing the news.

⭕ He **was excited at** hearing the news.

「對…感到興奮」一般用「be excited at...」表示，介系詞用「at」，不可誤作「by」。

 excuse^1 [ɪk'skjuz] vt. 原諒，寬恕

 噢，對不起，我踩到你的腳了。

❌ Oh, **excuse me**, I stepped on your foot.

Oh, **sorry**, I stepped on your foot.

 在要打擾別人或想要引別人注意時一般用「excuse me」，當要說的話或要做的事可能會引對方不快時，通常也用「excuse me」；而「sorry」則用於說錯話或做錯事，表示歉意。

 請原諒我誤拆了你的信。

✗ Please **excuse** me **to** have opened your letter by mistake.

○ Please **excuse** me **for** having opened your letter by mistake.

○ Please **excuse** my **opening** your letter by mistake.

 「excuse」是及物動詞，後面直接接受詞，但不能接含不定詞的複合句型，若表示「原諒某人做某事」，可用「excuse sb for v-ing」或「excuse sb's doing (sth)」句型。

 原諒我沒有跟你說真話。

✗ **Excuse me that** I didn't tell you the truth.

○ **Excuse me for** not having told you the truth.

 請原諒我遲到了。

✗ Please **excuse me that** I am late.

○ Please **excuse me for** being late.

 「excuse me」後不可接「that 子句」作原因，可接「for v-ing」。

 excuse² [ɪkˈskjus] n. 理由，藉口，辯解

 頭痛成了他不去上學的藉口。

✗ His headache becomes an **excuse of** not going to school.

○ His headache becomes an **excuse for** not going to school.

說明 表示「…的藉口」「…的理由」應說「excuse for sth [v-ing]」，介系詞用「for」，而不用「of」。

例句 他以生病作為失敗的藉口。

✗ As excuse of his failure he said he had been ill.

○ In excuse of his failure he said he had been ill.

說明 表示「作為…的藉口」應說「in excuse of」，不可說「as excuse of」。

exercise ['ɛksə͵saɪz] n. 運動

例句 如果你想要身體健康，你必須每天早上運動。

✗ If you want to enjoy good health, you must take an exercise every morning.

○ If you want to enjoy good health, you must take exercise every morning.

說明 「take exercise」意為「運動」，此時「exercise」為不可數名詞，「exercise」前不可加冠詞「an」。

例句 你必須多做運動。

✗ You must make more exercise.

○ You must take more exercise.

說明 「做運動」應說「take exercise」，不可說「make exercise」。

exist [ɪg'zɪst] vi. 生存，活著

例句 他們靠茶和麵包過活。

✗ They exist by tea and bread.

☑ They **exist on** tea and bread.

 表示「靠⋯生存」時，「exist」後接介系詞「on」，而不用「by」。

 expense [ɪk'spɛns] n. 經費，支出金額

 我們在做決定前，必須考慮旅費問題。

✗ Before we make any decision, we have to take our traveling **expense** into consideration.

☑ Before we make any decision, we have to take our traveling **expenses** into consideration.

 「expense」作「經費」「開支」解時必須用複數。

expensive [ɪk'spɛnsɪv] adj. 昂貴的，花錢的

 這套衣服的價錢太貴了。

✗ The **price** of this suit of clothes is too **expensive**.

☑ The **price** of this suit of clothes is too **high**.

☑ This suit of clothes is too **expensive**.

 「物」的貴賤，一般用「expensive」「dear」或「cheap」等表示；「價格高低」通常用「high」或「low」表示。

 experience [ɪk'spɪrɪəns] n. ①經驗，體驗 ②經歷，閱歷

 我在非洲期間有許多有趣的經歷。

✗ I had a lot of interesting **experience** during my stay in Africa.

☑ I had a lot of interesting **experiences** during my stay in Africa.

例句 那位資深的老師累積了豐富的教學經驗。

✗ The veteran teacher has accumulated rich teaching experiences.

○ The veteran teacher has accumulated rich teaching experience.

說明 「experience」作「經歷」解時是可數名詞，可用複數形式；作「經驗」解時，為不可數名詞，沒有複數形式。

experiment [ɪk'spɛrəmənt] vi. 做實驗；試驗

例句 他最近在對猴子做實驗時作出了一些有趣的發現。

✗ He made several interesting discoveries when he experimented a monkey recently.

○ He made several interesting discoveries when he experimented on [upon] a monkey recently.

說明 「experiment」作「做實驗」解時是不及物動詞，實驗的對象須用介系詞「on」或「upon」引出。

expert ['ɛkspɚt] n. 專家，能手

例句 吳教授是位經濟學家。

✗ Professor Wu is an expert of economics.

○ Professor Wu is an expert in [on, at] economics.

說明 「…的專家」後面的介系詞用「on」「in」「at」都可以，但不可接「of」。

explain [ɪk'splen] vt., vi. ①說明，解釋　②說明…的原因；辯解

請向我解釋你為什麼遲到。

[✗] Please **explain me** why you were late.

[○] Please **explain to me** why you were late.

[○] Please **explain** why you were late **to me**.

教授向我解釋了文法的困難點。

[✗] The professor **explained me** the difficult point of grammar.

[○] The professor **explained** the difficult point of grammar **to me**.

「explain」不能接雙受詞，其間接受詞應用介系詞「to」引出。

explode [ɪk'splod] vt., vi（使）爆炸

劫機者威脅說要炸掉飛機。

[✗] The highjackers threatened to **explode** the plane.

[○] The highjackers threatened to **blow up** the plane.

「explode」和「blow up」都可指「爆炸」，其區別是：前者指引爆炸彈、炸藥等，後者指炸毀飛機、橋樑、建築物等。

express [ɪk'sprɛs] vt. 表達，表示；敘述

這個小女孩太小，還不能用英文表達自己的意思。

[✗] The little girl is too young to **express her** in English.

[○] The little girl is too young to **express herself** in English.

「表達自己的意思」應該用「express oneself」。

eye [aɪ] n. ①眼睛　②眼光，觀察力　③見解，觀點

例句 我們用眼睛看。

❌ We see with our eye.

⭕ We see with our eyes.

說明 「用眼睛」可說「with one's eyes」，本片語中「眼睛」通常用複數。

例句 不論是對女人還是對繪畫作品，他都有審美能力。

❌ He has an eye about beauty, whether it be women or paintings.

⭕ He has an eye for beauty, whether it be women or paintings.

說明 「have an eye for」表示「有欣賞…的能力」，介系詞用「for」，不可誤作「about」。

例句 我很高興在這個問題上你和我看法一致。

❌ I'm glad you see eye in eye with me on this matter.

⭕ I'm glad you see eye to eye with me on this matter.

說明 「與某人意見一致」可說「see eye to eye with sb」，其中的介系詞「to」不可誤作「in」。

例句 她叫我注意一下烤箱裡的蛋糕。

❌ She told me to keep an eye to the cake in the oven.

⭕ She told me to keep an eye on the cake in the oven.

說明 「注意某人 [某物]」可說「keep an eye on sb [sth]」，其中介系詞用「on」，不可誤作「to」。

F

face¹ [fes] vt. 面臨，面對

例句 **你必須面對現實。**

❌ You must **face to** reality.

⭕ You must **face** reality.

說明 「face」作「面對」解，是及物動詞，其後無須加介系詞「to」，可直接接受詞。

例句 **英國面臨著嚴重的失業問題。**

❌ Britain **faces** the serious problem of unemployment.

⭕ Britain **is faced with** the serious problem of unemployment.

說明 「face」用於主動語態表示「正視，面對」，含有主觀意願和主動性；「be faced with」是「面臨著，遭遇到」的意思，表示被動性，其中介系詞「with」不能誤作「by」或「at」。

face² [fes] n. ①臉，面孔 ②厚臉皮

例句 **我很驚訝你竟然有臉再來要錢。**

❌ I'm surprised that you **have the face asking** again for money.

⭕ I'm surprised that you **have the face to ask** again for money.

說明 片語「have the face」後通常接不定詞，不接「v-ing」形式。

例句 兩個男孩坐在桌邊不吃飯，反而互相扮鬼臉。

　✗ Instead of eating, the two boys sat at the table **making faces to** each other.

　○ Instead of eating, the two boys sat at the table **making faces at** each other.

 說明 「make a face [faces] at」意為「朝⋯扮鬼臉」「向⋯皺眉頭」，其中介系詞「at」不可誤作「to」。

 fact [fækt] n. ①事實，真相　②真實

 例句 你生病的事，他們都非常擔心。

　✗ They were all very much worried over **a fact** that you were sick.

　○ They were all very much worried over **the fact** that you were sick.

 說明 「fact」後接同位語子句時，「fact」前須加定冠詞「the」，不可加不定冠詞「a」。

 例句 你生病的事讓我們很擔心。

　✗ **The fact which** you were ill worried us very much.

　○ **The fact that** you were ill worried us very much.

 說明 「the fact」後的同位語子句通常用「that」引導。

 例句 沒人相信，但事實上，瑪麗的成績單上確實得了個「A」。

　✗ No one believed it, but **in the fact**, Mary did get an A on her report.

　○ No one believed it, but **in fact**, Mary did get an A on her report.

 說明 「事實上」「實際上」是「in fact」，這是一個固定片語，不能在「fact」前加定冠詞「the」。

事實上，你進來時我們正在談論你。

❌ *As matter of fact*, we were just talking about you when you came in.

⭕ *As a matter of fact*, we were just talking about you when you came in.

 「as a matter of fact」表示與「in fact」同樣的意思，即「事實上」，其中不定冠詞「a」不能省略。

 fail[1] [fel] v. ① vi. 失敗　② vi. 缺乏　③ vt. 未能

 雖然他一句話也沒說，可是他心裡感到自己失敗了。

❌ Though he didn't say a word, at heart he felt he **was failed**.

⭕ Though he didn't say a word, at heart he felt he had **failed**.

 「fail」在此作不及物動詞，不能用被動語態。

 他野心勃勃，但缺乏恆心。

❌ He is an ambitious man, but **fails** determination.

⭕ He is an ambitious man, but **fails in** determination.

 「fail」表示「缺乏」時是不及物動詞，不能直接接受詞。

 他未聽從我們的忠告。

❌ He **failed following** our advice.

⭕ He **failed to follow** our advice.

 「fail」不接動名詞作受詞，可接不定詞，表示「未能做某事」。

 我所嘗試的一切都失敗了。

❌ I've **failed to [from]** everything I've tried.

⭕ I've **failed (in)** everything I've tried.

說明 「fail」表示「在…方面失敗」時，其後可接介系詞「in」，但不接「to」或「from」。

 fail² [fel] n. 務必

 例句 **我一定會把那本書帶給你。**

☒ I shall bring you that book without failure.

☒ I shall bring you that book without a fail.

☐ I shall bring you that book without fail.

說明 「without fail」是固定用法，意為「一定」「肯定地」「務必」「必定」等，不可說「without failure」，也不可說「without a fail」。

 failure ['feljɚ] n. ①失敗　②（考試）不及格

 例句 **他考試不及格使我們吃驚。**

☒ His failure of passing the examination surprised us.

☐ His failure to pass the examination surprised us.

 說明 「failure」表示未能做的事時不可數，其後接「to-V」。

 fair [fɛr] adv. 公正地，光明正大地

 例句 **他被對手指責沒有公平地比賽。**

☒ He was accused by his opponents for not playing fairly.

☐ He was accused by his opponents for not playing fair.

 說明 在片語「play [fight] fair」中，「fair」作副詞，不能誤作「fairly」，意思是「按規則比賽」「公平比賽」。

fairly ['fɛrlɪ] adv. 相當地

 這件紅色襯衫很適合你。

- ✗ The red shirt fits you **rather** well.

- ◯ The red shirt fits you **fairly** well.

 「fairly」常和「well」「brave」「wonderful」等褒義形容詞、副詞連用，表示說話者肯定的、贊同的想法；「rather」常和「ill」「dirty」「badly」「ugly」等貶義形容詞、副詞連用，表示說話者否定的、不贊同的想法。

 這是一個相當好的問題。

- ✗ This is **fairly a** good question.

- ◯ This is **a fairly** good question.

 副詞「fairly」意為「相當地」「頗有幾分」，一般放在形容詞或副詞前作修飾以表示程度，但如果句中有不定冠詞，不定冠詞要放在「fairly」前面。

 春天到了，天氣變得相當暖和了。

- ✗ Spring has come and it is getting **fairly warmer**.

- ◯ Spring has come and it is getting **rather warmer**.

- ◯ Spring has come and it is getting **fairly warm**.

 「fairly」和「rather」都有「相當」「很」的意思，但「fairly」不能修飾形容詞和副詞的比較級，而「rather」可以。

faith [feθ] n. 信任；信仰；信心

 絕不要對實驗失去信心。

❌ Never **lose your faith of** the experiment.

⭕ Never **lose your faith in** the experiment.

 「對…失去信心」應該說「lose one's faith in...」，其中介系詞「in」不能換用其他介系詞。

 fall[1] [fɔl] vi. ①跌倒　②變為；進入…狀態

 她摔倒在地板上，昏了過去。

❌ She **fell unconsciously** on the floor.

⭕ She **fell unconscious** on the floor.

 「fall」作「變成…」「進入…狀態」解時為連繫動詞，後面通常接形容詞而不接副詞作補語。

 老朋友見面，開始談論起在學校的那些日子。

❌ The old friends met and **fell to talk** about their school days.

⭕ The old friends met and **fell to talking** about their school days.

 片語「fall to」作「開始（做某事）」解，「to」是介系詞，而不是不定詞，所以後面要接名詞或動名詞。

 那嬰兒從高腳椅上摔下來。

❌ The baby **fell off from** its high chair.

⭕ The baby **fell off** its high chair.

⭕ The baby **fell from** its high chair.

說明 「從…跌落」可以用「fall from」或「fall off」，但不能將「off」和「from」並列使用。

fall² [fɔl] n. 《美》秋天

例句 **我可能在秋天回家。**

❌ I may be going back **in fall**.

⭕ I may be going back **in the fall**.

說明 在美式英語中「fall」作名詞可作「秋天」解，在「in the fall」這個片語裡，一般要加定冠詞。

familiar [fə'mɪljɚ] adj. 熟悉的；通曉的

例句 **他對這個題目相當熟悉。**

❌ He is quite **familiar to** this subject.

⭕ He is quite **familiar with** this subject.

例句 **他的名字為我們這裡的每個人所熟知。**

❌ His name is **familiar with** everyone of us here.

⭕ His name is **familiar to** everyone of us here.

說明 若事物當主詞，作「為人所熟悉」解時，與「to」連用；但人當主詞，作「熟悉某事物」解時，則與「with」連用。

family ['fæməlɪ] n. 家庭；家人

例句 **我的家人都很高。**

❌ My **family is** all tall.

My **family are** all tall.

 說明 「family」是集合名詞，在指家庭成員時，述語動詞通常用複數。

 例句 **我家是一個大家庭。**

 My **family are** very large.

 My **family is** very large.

說明 「family」被看成是一個整體時，述語動詞通常用單數。

 例句 **他拋棄了舒適的家。**

❌ He abandoned his cosy **family**.

⭕ He abandoned his cosy **home**.

說明 「家」是「home」，指一個人出生和居住的處所；「家庭」是「family」，指家庭成員的集體或個體。

---

 famous ['feməs] adj. 著名的，有名的

 例句 **身為一位科學家，他以其學問而聞名於世。**

❌ As a scientist, he **is famous by** his knowledge in the world.

⭕ As a scientist, he **is famous for** his knowledge in the world.

 說明 「be famous for」是固定片語，表示「以⋯而著名」，其中介系詞「for」不能改為「by」。

 例句 **這個有錢人以吝嗇、貪婪出名。**

❌ The rich man is **famous** for his miserliness and greediness.

⭕ The rich man is **notorious** for his miserliness and greediness.

說明 「famous」通常為褒義，是「聞名遐邇」的意思；「notorious」通常為貶意，是「惡名昭彰，聲名狼藉」的意思。

fancy[1] ['fænsɪ] n. 喜愛

例句 他喜歡紅色領帶。

✗ He has a **fancy of** red ties.

○ He has a **fancy for** red ties.

說明 表示「喜愛某物」時「fancy」與介系詞「for」連用，不與「of」連用。

fancy[2] ['fænsɪ] vt. 想要，喜歡

例句 我不喜歡生活在吵雜的城市裡。

✗ I don't **fancy to live** in the noisy city.

○ I don't **fancy living** in the noisy city.

說明 「fancy」作動詞時可接動名詞或名詞作受詞，不可接不定詞。

far [fɑr] adv. ①遠地，遙遠地　②到很大程度；很，極

例句 我們走了很遠。

✗ We walked **far**.

○ We walked **a long way**.

說明 「far」通常用於否定句、疑問句；肯定句大多用「a long way」。

例句 我家離學校兩公里遠。

✗ My home is **two kilometers far** from my school.

My home is **two kilometers** from my school.

 My home is **two kilometers away** from my school.

說明 「far」不能用在表示距離單位的名詞之後。

 從電影院到火車站有多遠？

✗ How **long** is it from the movie theater to the railway station?

○ How **far** is it from the movie theater to the railway station?

 他們一直走到教堂。

✗ They walked as **long** as the church.

○ They walked as **far** as the church.

 你等多久了？

✗ How **far** did you wait?

○ How **long** did you wait?

說明 「far」一般表距離遠近；「long」一般指時間長短。

 farther ['fɑrðɚ] adj. ①更遠的，較遠的 ②更多的，進一步的

 我們在等待有關那個事件更進一步的消息。

✗ We are waiting for **farther** news of the incident.

○ We are waiting for **further** news of the incident.

 說明 「farther」和「further」都是「far」作形容詞和副詞用的比較級形式，指距離時一般可通用。「farther」表示實際的空間上和時間上的距離，可譯為「距離更遠」；而「further」常用來表示引申和抽象的意義，譯為「更進一步」「更多」等。

fashion ['fæʃən] n. 流行，時尚

  現在流行短裙。

- [X] Short skirts are now in a fashion.

- [O] Short skirts are now in fashion.

  「be in fashion」和「be out of fashion」是固定片語，「fashion」前面不用加「a」。

fast [fæst] adv. 快，迅速地

  海倫打字又快又有效率。

- [X] Helen types fastly and efficiently.

- [O] Helen types fast and efficiently.

  「fast」既可作形容詞表示「quick, firm」的意思，又可作副詞表示「quickly, firmly」的意思，它的形容詞和副詞形式相同，英語中沒有「fastly」這個字。

fat [fæt] n. 脂肪，油脂

  透過運動減肥是一種趨勢。

- [X] It is a tendency to lose fat through physical exercises.

- [O] It is a tendency to lose weight through physical exercises.

  「fat」作「脂肪」解，「weight」作「體重」解，在英語中「減肥」一般說「lose weight」。

fault [fɔlt] n. ①缺點，缺陷，毛病　②過失，過錯

例句 我想不起來了。

❌ My memory is in fault.

⭕ My memory is at fault.

例句 是誰的過錯？

❌ Who is at fault?

⭕ Who is in fault?

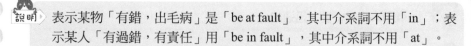

說明 表示某物「有錯，出毛病」是「be at fault」，其中介系詞不用「in」；表示某人「有過錯，有責任」用「be in fault」，其中介系詞不用「at」。

例句 不要總是對他人吹毛求疵。

❌ Don't always find fault of others.

⭕ Don't always find fault with others.

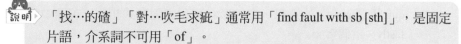

說明 「找⋯的碴」「對⋯吹毛求疵」通常用「find fault with sb [sth]」，是固定片語，介系詞不可用「of」。

favor ['fevɚ] n. ①善意；歡心；贊成　②恩惠

例句 你贊成我的建議嗎？

❌ Are you in the favor of my suggestion?

⭕ Are you in favor of my suggestion?

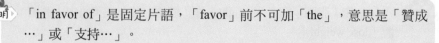

說明 「in favor of」是固定片語，「favor」前不可加「the」，意思是「贊成⋯」或「支持⋯」。

例句 他確信形勢對他有利。

❌ He is confident that the odds are **on his favor**.

⭕ He is confident that the odds are **in his favor**.

 說明 「in sb's favor」是固定片語，表示「對某人有利」「得到某人的好感」，其中介系詞「in」不可誤作「on」。

 例句 你能幫我個忙嗎？

❌ Would you **do a favor** to me?

⭕ Would you **do** me **a favor**?

 說明 表示「幫某人一個忙」，要說「do sb a favor」或「do a favor for sb」，不可說「do a favor to sb」。

 favorite ['fevərɪt] adj. 最喜愛的

 例句 這是她最喜歡的一部英文小說。

❌ This is her **most favorite** English novel.

⭕ This is her **favorite** English novel.

 例句 藍色是我最喜歡的顏色。

❌ Blue is my **most favorite** color.

⭕ Blue is my **favorite** color.

 說明 「favorite」本身作「最喜歡的」解，不能再加「most」修飾。

 feed [fid] vt. 餵養，為…提供食物

例句 我厭煩等他。

❌ I'm **fed up to** wait for him.

○ I'm **fed up (with)** waiting for him.

 說明 「be fed up」作「厭煩」「不高興」等解時,其後不接不定詞,常接「with +名詞」或「(with+)動名詞」。

feel [fil] vt. 感覺到;覺得

 例句 **你感覺到房子在震動嗎?**

✕ Did you **feel** the house **to shake**?

○ Did you **feel** the house **shake**?

 例句 **他覺得他們是對的。**

✕ He **felt** them **be** right.

○ He **felt** them **to be** right.

 例句 **我感到心在狂跳。**

✕ I can **feel** my heart **to beat** wildly.

○ I can **feel** my heart **beat** wildly.

○ I can **feel** my heart **beating** wildly.

 說明 「feel」作「感到」「感覺」解時,其複合受詞中的不定詞前通常不加 「to」;但若動詞是「be動詞」,則「to」不可省略,用於被動語態時, 「feel」後的不定詞也要加「to」。

 例句 **我感到有隻蟲子正沿著我的腿往上爬。**

✕ I'm **feeling** an insect crawling up my leg.

○ I **feel** an insect crawling up my leg.

○ I **can feel** an insect crawling up my leg.

說明 「feel」作「感到」「感覺」解時不用於進行式,但可以用「can feel」表 示某一特定時間的感覺。

我常常想換工作。

❌ I often **feel like to change** my job.

⭕ I often **feel like changing** my job.

說明　「feel like」意為「想要」，其中「**like**」是介系詞，後面可接名詞或動名詞，不能接不定詞。

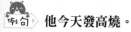

fever ['fivɚ] n. 發燒，發熱

他今天發高燒。

❌ He **has** high **fever** today.

⭕ He **has a** high **fever** today.

說明　「fever」沒有複數形式，但可與「a」連用，「發燒」通常說「have a fever」。

few [fju] adj. 幾乎沒有的，很少的

我將離開幾天。

❌ I'll be away for **few** days.

⭕ I'll be away for **a few** days.

他的理論很高深，但有些人能懂。

❌ His theory is very difficult, but **few** people understand it.

⭕ His theory is very difficult, but **a few** people understand it.

政策幾乎沒有變化。

❌ Changes in policy were **a few**.

⭕ Changes in policy were **few**.

「few」一般帶有否定意思，表示「幾乎沒有」；「a few」通常帶有肯定意思，表示「有一些」。

你在沙漠中幾乎找不到水。

❌ You can find **few** water in the desert.

⭕ You can find **little** water in the desert.

我對政治沒什麼興趣。

❌ I have **few** interest in politics.

⭕ I have **little** interest in politics.

「few」和「little」都表示否定意義，修飾不可數名詞用「little」，修飾複數可數名詞時用「few」。

field [fild] n.（作某種用途的）場地，場所

附近有一個草地網球場。

❌ There is a lawn **tennis field** in the neighborhood.

⭕ There is a lawn **tennis court** in the neighborhood.

網球場一般稱「tennis court」；用「field」或「ground」表示「場地」的有「football」「cricket」「baseball」等。

figure ['fɪgjɚ, 'fɪgɚ] n. ①數字；價格　②計算

她拙於計算，所以不得不請會計師來處理她的所得稅問題。

❌ She is so poor at **figure** that she has to have an accountant to take care of her income taxes.

⭕ She is so poor at **figures** that she has to have an accountant to take care of her income taxes.

我很幸運以低價買到這個花瓶。

[✗] I was lucky to have bought this vase at a low **figures**.

[O] I was lucky to have bought this vase at a low **figure**.

 當「figure」作「symbol」「digit」「number」「numeral」解 時，須 加「-s」；當「figure」作「price」理解時，不能加「-s」。

 fill [fɪl] v. ① vt., vi.（使）充滿，（使）裝滿　② vt. 使充滿（感情）

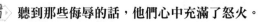

 聽到那些侮辱的話，他們心中充滿了怒火。

[✗] They were **filled by** anger at hearing the insults.

[O] They were **filled with** anger at hearing the insults.

 本句是「fill」的過去分詞「filled」作補語，這種補語句型沒有被動意義，不能用「by」來代替「with」。

 司機用汽油裝滿了油箱。

[✗] The driver **fills** gasoline **into** the tank.

[O] The driver **fills** the tank **with** gasoline.

 「用…裝滿…」應該說「fill...with...」，其中「fill」的受詞是某種容器等，「with」的受詞是填充物。

 find [faɪnd] vt. ①找到，發現　②發覺

 她發現其他人在嘲笑她。

[✗] She **found** others **to laugh** at her.

[O] She **found** others **laughing** at her.

士兵們發現橋被毀了。

- ❌ The soldiers **found** the bridge **to destroy**.
- ⭕ The soldiers **found** the bridge **destroyed**.

 「find」後面不能接由不定詞構成的複合受詞，但可以接現在分詞、形容詞或過去分詞構成的複合受詞。

 他發覺戒煙很難。

- ❌ He **finds** to stop smoking **difficult**.
- ⭕ He **finds it difficult** to stop smoking.

 「find」的受詞如為不定詞，而受詞補語為形容詞時，須使用「it」作前導受詞，而把不定詞置於形容詞之後，即：「find＋it＋adj.＋to-v」。

 在你來以前，我一直在找詞典。

- ❌ I had been **finding** a dictionary before you came.
- ⭕ I had been **looking for** a dictionary before you came.
- ⭕ I had been **trying to find** a dictionary before you came.

 「find」表示找尋的結果，即「發現」或「找到」，是終止性動詞（terminative verb），不能用進行式；「look for」和「try to find」才表示「尋找的過程（可能還未找到）」，可以用進行式。

 finger ['fɪŋgɚ] n. 手指

 不許你動他一根寒毛！

- ❌ Don't you dare **lay your finger on** him!
- ⭕ Don't you dare **lay a finger on** him!

 她不能明確指出那是什麼時候開始的。

- ❌ She could not **put a finger** definitely **on** the moment when it began.

She could not **put her finger** definitely **on** the moment when it began.

 「lay a finger on」和「put a finger on」是同義固定片語，表示「觸碰」「動…一根寒毛」；「lay one's finger on」和「put one's finger on」也是同義固定片語，表示「明確地指出」。

 finish ['fɪnɪʃ] vt., vi. 結束；完成

 我在一點鐘寫完了信。

✗ I **finished to write** the letter at one o'clock.

○ I **finished writing** the letter at one o'clock.

 當我們吃完後，服務生拿來了帳單。

✗ When we **finished to eat**, the waiter brought the bill.

○ When we **finished eating**, the waiter brought the bill.

 「finish」作「完成」解時後面可接名詞、代名詞和動名詞作受詞，不能接不定詞。與「finish」類似的字還有「avoid」「deny」「enjoy」「mind」「suggest」等。

 fire [faɪr] n. ①火　②火災；失火

 無火不起煙；無風不起浪。

✗ There is no smoke without **fires**.

○ There is no smoke without **fire**.

 「fire」泛指抽象的火時是不可數名詞，不能用複數形式。

 昨天農場發生了一場火災。

✗ There was big **fire** on the farm yesterday.

There was **a** big **fire** on the farm yesterday.

 「fire」表示「一場火災」這樣具體的意義時是可數名詞，可加不定冠詞「a」，也有複數形式。

 他的房子昨晚失火了。

 His house **got fire** last night.

 His house **caught [took] fire** last night.

His house was **on fire** last night.

 「著火，失火」英文用「catch [take] fire」或「on fire」表示，其中在「fire」前不加任何冠詞，類似的片語還有「under fire」「open fire」「strike fire」「hang fire」等。

 在故事結尾，那瘋女人放火把房子燒了。

At the end of the story the mad woman **put fire** to the house.

At the end of the story the mad woman **set fire** to the house.

說明 「放火燒」在英語中是「set fire to」或「set...on fire」，片語中用動詞「set」。

<u>**first**</u> [fɝst] adj. 第一的；最初的；最先的

 我已經讀完了前面兩章。

I have read the **two first** chapters.

I have read the **first two** chapters.

說明 與數量詞連用時，序數詞應置於基數詞的前面。

 首先，我不知道什麼職業適合我。

At the first place, I don't know what profession would suit me.

In the first place, I don't know what profession would suit me.

 表示「首先」的固定片語為「in the first place」，介系詞「in」不可誤作「at」。

 起初他在課堂上有些害羞，但現在的表現自然多了。

✗ **First** he was a little shy in class, but now he acts more natural.

○ **At first** he was a little shy in class, but now he acts more natural.

 「first」一般用來說明順序，意思為「in the first place」或「first of all」；表示「開始」「起初」時應該用「at first」，等於「in the beginning」。

 fish [fɪʃ] n. ①魚　②魚肉

 母親告訴我們晚餐有魚。

✗ Mother told us that we would have **fishes** for supper.

○ Mother told us that we would have **fish** for supper.

 「fish」作「魚肉」解時是物質名詞，不可數。

 魚生活在水裡。

✗ **Fishes** live in water.

○ **Fish** live in water.

 「fish」泛指魚時單複數同形；「fishes」主要用來指個別的魚或不同種類的魚。

fit [fɪt] vt., vi. （使）適合

 黑白兩色是很適合我的顏色。

ⓧ White and black are colors that **fit** me very well.

Ⓞ White and black are colors that **suit** me very well.

 這衣服的款式適合年輕女性。

ⓧ The style of the dress **fits** young ladies.

Ⓞ The style of the dress **suits** young ladies.

 我的鞋不合腳。

ⓧ I'm not **fitted by** my shoes.

Ⓞ My shoes don't **fit** me.

 指「（顏色、款式等）相配、適合」，一般用「suit」；指「（大小、尺寸）合適、適合於」，用「fit」。

flock [flɑk] n. （羊、鳥的）群

 他有一群羊和一群牛。

ⓧ He has **a flock of** sheep and cattle.

Ⓞ He has **a flock of** sheep and **a herd of** cattle.

 羊群、鳥群或人群用「flock」表示；而牛群用「herd」表示。

floor [flor, flɔr] n. 樓，層

 這棟新大樓有 15 層高，只有 8 樓在使用。

ⓧ The new building is fifteen **floors** high and only eight **stories** are used.

The new building is fifteen **stories** high and only eight **floors** are used.

 從外部看建築物有多少層時用「story」，而不用「floor」；從建築物內部看，表示「樓的一層」用「floor」，不用「story」。

 他住在三樓。

 She lives **in** the third **floor**.

 She lives **on** the third **floor**.

 談到樓層（住第幾層樓）時，通常不用「in」而用「on」。

 flow [flo] vi. 流，流動；氾濫

 河水氾濫了。

 The river **flowed out of** its bank.

 The river **flowed over** its bank.

 「河水氾濫」習慣說「flow over」或直接用動詞「overflow」，不用「flow out of」。

 focus ['fokəs] vt., vi. 集中（注意力）於

 你應該把注意力集中在工作上。

 You should **focus** your attention **in** your work.

 You should **focus** your attention **on** your work.

 「把（注意力等）集中在…上」應該說「focus (one's attention, etc.) on...」，其中介系詞「on」不能誤作「in」。

follow ['falo] v. ① vt., vi. 跟隨；接著　② vt. 順著…行走

結果如下。

❌ The results are as follow.

⭕ The results are as follows.

「as follows」表示「如下」，是固定片語，無論其主詞是單數還是複數，「follow」後都要加「-s」。

沿著這條街一直走就可以到購物中心。

❌ Along the street and you will get to the shopping center.

⭕ Follow the street and you will get to the shopping center.

「along」和「follow」都有「沿著、順著」之意，但「along」是介系詞不是動詞，必須和「walk」或「go」之類的動詞一起使用。

fond [fand] adj. 喜歡的，喜愛的

事實上，我很喜歡做家事。

❌ As a matter of fact, I very fond housework.

⭕ As a matter of fact, I'm very fond of housework.

「fond」是形容詞，不是動詞，通常要和「be動詞」以及介系詞「of」連用，表示「喜歡」「愛」，後面接名詞或動名詞等，其中「of」不能省略。

food [fud] n. ①食物，糧食 ②食品

我不喜歡這間餐廳供應的食物。

❌ I don't like the **foods** served in this restaurant.

⭕ I don't like the **food** served in this restaurant.

人口增加需要更多的食物。

❌ More **foods are** necessary for an increasing population.

⭕ More **food is** necessary for an increasing population.

食物的統稱用單數形式「food」，只有在強調不同的食品時，才用複數形式「foods」。在比喻說法中，也只用單數。例如：「His remarks gave us much food for thought.」（他的意見提供給我們很多可以思考的問題）。

fool [ful] n. 愚人，傻瓜

這些男孩子捉弄那個老人，真是太殘忍了。

❌ It is very cruel of these boys to **make a fool at** that old man.

⭕ It is very cruel of these boys to **make a fool of** that old man.

「捉弄」「欺騙」「愚弄」是「make a fool of」，其中的「of」不能誤作「at」。

我做那件事真是蠢。

❌ I was **a fool** enough to do that.

⭕ I was **fool** enough to do that.

「fool」是名詞，放在「enough」前當形容詞用，其前不用冠詞「a」。

他真蠢，竟然會同意。

   ✗ He **was foolish enough to** agree.

   ○ He **was fool enough to** agree.

 「be fool enough to-v」是固定片語，此時「fool」相當於「foolish」，但是不可誤作「foolish」。

---

 foot [fʊt] n. ①腳，足；腳步　②底部；（山）腳　③英尺

 人是兩足動物。

   ✗ Man is a two-**feeted** animal.

   ○ Man is a two-**footed** animal.

 他身高六呎二吋。

   ✗ He is six-**feet**-two.

   ○ He is six-**foot**-two.

 「foot」構成複合詞時應該用單數形式「foot」。

 我喜歡走路上學。

   ✗ I like to go to school **by foot**.

   ○ I like to go to school **on foot**.

 「步行」應該用「on foot」，而不用「by foot」。

 我出生的那個小村莊座落在山腳下。

   ✗ My native village stands **at the feet of** the mountain.

   ○ My native village stands **at the foot of** the mountain.

說明 「在底部，在基部」應該是「at the foot of」；「at the feet of」意思是「在某人腳下（或控制下）」。

football ['fʊt,bɔl] n. 美式足球；橄欖球

男孩子們喜歡踢足球，而女孩子們喜歡拉小提琴。

❌ Boys like playing the football while girls like playing the violin.

⭕ Boys like playing football while girls like playing the violin.

 表示球類運動的名詞前不加冠詞，例如「play basketball」「play volley-ball」。

for¹ [fɔr] prep. ①為了 ②給；適於 ③對於

她搬到紐約去，為的是找份更好的工作。

❌ She moved to New York for getting a better job.

⭕ She moved to New York to get a better job.

他去英國學英語。

❌ He went to England for learning English.

⭕ He went to England to learn English.

 「for」不能接「v-ing」形式表示「目的」，應改為不定詞或「for＋n」；「for」與「v-ing」連用時，表示某物的用途。

他病了四天了。

❌ He has been ill since four days.

⭕ He has been ill for four days.

 「since」與某一動作開始的確切時間的日期、子句連用，而接一段時間應該用「for」。

我早餐吃麵包。

❌ I had bread **for the breakfast**.

⭕ I had bread **for breakfast**.

 「for breakfast」表示「作為早餐」或「早餐（吃…）」，中間不加冠詞；類似的還有「for lunch」「for dinner」等。

 他說錢對他而言並不重要。

❌ He said that money was not important **for** him.

⭕ He said that money was not important **to** him.

 當事人對某事的主觀看法，用介系詞「to」，不可誤作「for」。

 水果對我們有好處。

❌ Fruit **is good to** us.

⭕ Fruit **is good for** us.

 她一直對我很好。

❌ She has always **been** very **good for** me.

⭕ She has always **been** very **good to** me.

 「be good to」意為「對…好」；如果表示「對…有好處」，應該用「be good for」。

 這段文章我們聽了兩遍。

❌ We listened to the passage **for two times**.

⭕ We listened to the passage **twice**.

 這本書我已讀了三遍了。

❌ I have read the book **for three times**.

⭕ I have read the book **three times**.

表示「次數」的「two times」「three times」等片語之前不用介系詞「for」。

 他昨天離開香港去日本了。

❌ He left Hong Kong to Japan yesterday.

⭕ He left Hong Kong for Japan yesterday.

 表示「去某地」時用介系詞「for」，不用「to」。

 我們剛到就要離開了。

❌ We barely arrived than it was time for leave.

⭕ We barely arrived than it was time to leave.

 是上學的時候了。

❌ It's time to school.

⭕ It's time for school.

 「是…的時候了」「該…的時間了」可以用「It's time to-v」這個句型表示，其中的「to」不是介系詞而是不定式助詞，因此後面不能直接接名詞，同樣的意思，可以用「It's time for＋名詞」來表達。

 我一定在哪裡看過他，但是一時記不起他的名字。

❌ I must have seen him somewhere, but his name has escaped me for a moment.

⭕ I must have seen him somewhere, but his name has escaped me for the moment.

 「for a moment」意為「一會兒」；「for the moment」才是「目前，暫時」的意思。

for² [fɔr] conj. 因為，由於

 例句 我累了，所以就回來了。

❌ **For** I was tired I came back.

⭕ **Because [As]** I was tired I came back.

⭕ I came back, **for** I was tired.

 說明 「for」作並列連接詞所引導的子句不解釋行為發生的原因，而只對前面的現象補充說明，因此只能放在所解釋內容的後面，置於句首的句子應把「for」改成「because」或「as」，或者整句子句移到後面去。

 例句 為什麼你現在不能做？—— 因為我很忙。

❌ Why can't you do it now? — **For** I'm too busy.

⭕ Why can't you do it now? — **Because** I'm too busy.

 說明 「for」不能用來回答「why」的問題，應改為「because」。

forbid [fɚ'bɪd] vt. 禁止

 例句 他禁止上班時間抽煙。

❌ He **forbids to smoke** during office hours.

⭕ He **forbids smoking** during office hours.

 說明 「forbid」可接動名詞作受詞，不接不定詞，但如果「forbid」後面有受詞時，只能接不定詞，句型為「forbid sb to do sth」，例如：「He forbids us to smoke during office hours.」（他禁止我們上班時間抽煙）。

force¹ [fɔrs, fors] n. ①力；力量　②暴力　③效力　④兵力

這些規定仍然有效。

☒ These rules are still **with force**.

☐ These rules are still **in force**.

「有效」「有作用」要說「in force」，本片語中的「in」不能誤作「with」。

那些規定下星期開始生效。

☒ Those regulations will **put into force** next week.

☐ Those regulations will **be put into force** next week.

下個月將採用並實施新的規定。

☒ The new regulation will introduce and **put into force** next month.

☐ The new regulation will **be** introduced and **put into force** next month.

「put into force」作「使生效」解時，應以人作主詞；如果以物作主詞，則應用被動語態。

你不能強迫別人信任你。

☒ You cannot make others believe in you **with force**.

☐ You cannot make others believe in you **by force**.

警察強行把他帶到警察局。

☒ The police took him to the station **with force**.

☐ The police took him to the station **by force**.

「強行，強迫，憑藉暴力」應該用「by force」，而不用「with force」。

例句 鮑伯正在空軍服役。

- [X] Bob is serving in the U.S. Air **Army**.
- [O] Bob is serving in the U.S. Air **Force**.

說明 在英文裡，陸、海、三軍分別為：「the Army」，「the Navy」，「the Air Force」。

force² [fors] vt. 強迫，逼迫

例句 他強迫她說出事情的真相。

- [X] He **forced** her **tell** the truth.
- [O] He **forced** her **to tell** the truth.

說明 「強迫某人做某事」應譯為「force sb to-v」，用作受詞補語的不定詞須帶「to」。

forget [fɚˈɡɛt] vt., vi. 忘記

例句 他忘了帶傘，所以全身溼透了。

- [X] He had **forgotten bringing** his umbrella and he was wet through.
- [O] He had **forgotten to bring** his umbrella and he was wet through.

說明 「forget」後面接動名詞表示忘記曾經做過或發生的事；如果忘記去做某事（即尚未做或尚未發生），則要用不定詞。

例句 他把照相機忘在船上了。

- [X] He **forgot** his camera on the ship.
- [O] He **left** his camera on the ship.

說明▶ 表示「忘記…」，如果有具體的地點，不能用「forget」，要用「leave」來表示。

 forgive [fɚ'gɪv] vt., vi. 原諒；饒恕

 例句▶ **請你原諒我打擾你好嗎？**

✖ Would you please **forgive** me **to** interrupt you?

◯ Would you please **forgive** me **for** interrupting you?

◯ Would you please **forgive** my interrupting you?

 說明▶ 「forgive」作「原諒」「寬恕」解時可用於「forgive sb for v-ing」或「forgive one's v-ing」句型中，不能用於「forgive sb to-v」句型中。

 fortunate ['fɔrtʃənɪt] adj. 幸運的，僥倖的

 例句▶ **你真幸運逃過懲罰。**

✖ You are **fortunate at** escaping punishment.

◯ You are **fortunate to** (have) escape(d) punishment.

 例句▶ **她一生都很幸運。**

✖ She has been **fortunate at** life.

◯ She has been **fortunate in** life.

 說明▶ 「fortunate」一般不與「at」連用，它可以接不定詞或介系詞「in」引導的片語。

 例句▶ **貝蒂很幸運沒有在這場車禍中受傷。**

✖ Betty was **fortunate for** escaping being injured in the traffic accident.

◯ Betty was **fortunate in** escaping being injured in the traffic accident.

| O | Betty was **fortunate to** escape being injured in the traffic accident.

說明 「fortunate」一般接「in sth [v-ing]」，或接不定詞，但不接「for」。

fortunately ['fɔrtʃənɪtlɪ] adv. 幸運地；幸虧

例句 **幸運的是，他在這次事故中沒有受傷。**

| X | He was not injured in the accident, **fortunately**.

| O | **Fortunately**, he was not injured in the accident.

說明 「fortunately」作副詞時，通常放在句首。

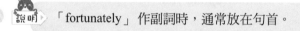

fortune ['fɔrtʃən] n. ①運氣；幸運　②財產

例句 **他在石油業發了財。**

| X | He made **fortune** in oil.

| O | He made a **fortune** in oil.

說明 「fortune」指「幸運的事」「錢財」「財產」時一般為可數名詞，故「fortune」前面要加上不定冠詞「a」。

例句 **他運氣好，當時在場。**

| X | It was his good **fortunes** to be present at the time.

| O | It was his good **fortune** to be present at the time.

說明 「fortune」指「幸運」「運氣」（good luck）時為抽象名詞，不可數。

forward ['fɔrwəd] adv. ①向前地　②將來

我期待很快能見到你。

✗ I **look forward to see** you soon.

◯ I **look forward to seeing** you soon.

「look forward to」意為「期望」，其中「to」是介系詞，其後可接動名詞，但不可接不定詞。

free [fri] adj. ①自由的　②隨意的

去還是留，由你自己決定。

✗ You **are free going** or staying.

◯ You **are free to go** or to stay.

「自由地去做某事」習慣上用「be free to-v」。

friend [frɛnd] n. 朋友

他和這個老人做朋友。

✗ He **made friend with** the old man.

◯ He **made friends with** the old man.

「和…做朋友」至少涉及兩個人，所以要用「make friends with...」；同樣地，「和…是朋友」要用「be friends with...」。

喬治是湯姆的一個好朋友。

✗ George is a good **friend of Tom**.

◯ George is a good **friend of Tom's**.

說明 要表示「某人的一個朋友」應該用「a friend of sb's」，「of」後面要用所有格代名詞或名詞所有格，而不能直接用名詞。

 friendly ['frɛndlɪ] adj. 友善的，友好的；親切的

 例句 那水手友好地握我的手。

   ✗ The sailor took my hand **friendly**.

   ◯ The sailor took my hand **in a friendly manner**.

 例句 她雖然很有名，但和別人講話總是很親切。

   ✗ Famous as she is, she always talks with people **friendly**.

   ◯ Famous as she is, she always talks with people **in a friendly way**.

 說明 「friendly」是形容詞，不可誤作副詞。表示「友好地」通常用「in a friendly way」或「in a friendly manner」。

 frighten ['fraɪtn̩] vt. ①（使）驚恐   ②嚇唬…使其…

 例句 他嚇唬老太太使她在紙上簽了字。

   ✗ He **frightened** the old lady **to sign** the paper.

   ◯ He **frightened** the old lady **into signing** the paper.

 說明 表示「嚇唬某人做某事」應說「frighten sb into v-ing」，而不是「frighten sb to-v」。

 例句 他一想到即將來臨的考試就害怕。

   ✗ He was **frightening** at the thought of his coming exam.

   ◯ He was **frightened** at the thought of his coming exam.

說明 現在分詞「frightening」有主動的意思，作「令人害怕或恐懼的」解；而過去分詞「frightened」有被動的意思，作「害怕的」「受驚的」解。

 from [強 frɑm, frʌm；弱 frəm] prep. ①從⋯，自⋯　②來自⋯

 例句 **他從上星期天就病了。**

✖ He has been ill **from** last Sunday.

◯ He had been ill **since** last Sunday.

 說明 「from」只表示起始的時間，不表示延續至今的概念，因此表示「自⋯以來」，應該用「since」。

 例句 **有些例證是從教科書中摘錄出來的。**

✖ Some of the illustrations are taken **out from** our textbook.

◯ Some of the illustrations are taken **out of** our textbook.

 例句 **朝窗外看，天空出現一道彩虹。**

✖ Look **out from** the window, there is a rainbow in the sky.

◯ Look **out of** the window, there is a rainbow in the sky.

 說明 「out」常和「of」連用，而不用「from」。

 例句 **這班火車從巴黎開往法蘭克福。**

✖ This train goes **from** Paris **till** Frankfurt.

◯ This train goes **from** Paris **to** Frankfurt.

 說明 表示時間上的「從⋯到⋯」可用「from...till」或「from...to」；但表示空間上的「從⋯到⋯」只能用「from...to」。

front [frʌnt] n. 前面

大樓前有棵大樹。

✗ There is a tall tree **in the front of** the building.

O There is a tall tree **in front of** the building.

她坐在車子的前座。

✗ She is sitting **in front of** the car.

O She is sitting **in the front of** the car.

「in front of」表示「在…的前面」，兩個物體是分開的，即一物體在另一物體之外；而「in the front of」表示「在…的前部」，兩個物體是一體的，即一物體在另一物體內。

fruit [frut] n. ①水果　②成果，結果

你喜歡吃水果嗎？

✗ Do you like **fruits**?

O Do you like **fruit**?

「fruit」作「水果」解時是集合名詞，常用作單數；只有在強調不同品種的水果時「fruit」才用作複數。

他們正享受著勝利的成果。

✗ They're enjoying the **fruit** of victory.

O They're enjoying the **fruits** of victory.

「fruit」表示「成果，結果」時習慣上用其複數形式，例如：「fruits of one's labor(s)」（勞動成果），「fruits of industry」（辛勤的收穫），「fruits of virtue」（美德的報酬）。

full [ful] adj. 滿的;充滿的

 他們充滿了喜悅。

❌ They were **full with** joy.

⭕ They were **full of** joy.

⭕ They were **filled with** joy.

 樓下的房間已經擠滿了人。

❌ The downstairs rooms were already **full with** people.

⭕ The downstairs rooms were already **full of** people.

⭕ The downstairs rooms were already **filled with** people.

 表示「充滿」可以用「be full of」或「be filled with」,但不能用「be full with」。

 fun [fʌn] n. ①樂趣,娛樂 ②玩笑

 我們在公園裡玩得真開心!

❌ What **a fun** we had in the park!

⭕ What **fun** we had in the park!

 他們在晚會上玩得很高興。

❌ They had a lot of **funs** at the evening party.

⭕ They had a lot of **fun** at the evening party.

 「fun」作「娛樂,樂趣」解時是不可數名詞,前面不可以用不定冠詞修飾,也沒有複數形式。

 不要取笑他。

❌ Don't **make fun at** him.

Don't **make fun of** him.

Don't **poke fun at** him.

 說明　表示「嘲笑，取笑」，可用「make fun of」，還可用「poke fun at」或「laugh at」。

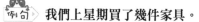
furniture ['fɜ·nɪtʃə·] n. 家具

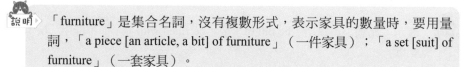 例句　**我們上星期買了幾件家具。**

✗ We bought **several furnitures** last week.

○ We bought **several pieces of furniture** last week.

 說明　「furniture」是集合名詞，沒有複數形式，表示家具的數量時，要用量詞，「a piece [an article, a bit] of furniture」（一件家具）；「a set [suit] of furniture」（一套家具）。

future ['fjutʃə·] n. 將來，未來

 例句　**誰知道將來會發生什麼事？**

✗ Who can tell what will happen **in future**?

○ Who can tell what will happen **in the future**?

 例句　**今後，在工作上就更要謹慎了。**

✗ **In the future**, be more careful with your work.

○ **In future**, be more careful with your work.

說明　「in future」是「從現在」「今後」的意思，強調時間點；而「in the future」是「在未來」「在將來」的意思，強調時間的延伸。

G

game [gem] n. ①遊戲　②獵物

在這個保護區內不允許打獵。

✕ People are not allowed to hunt any **games** in the protective area.

○ People are not allowed to hunt any **game** in the protective area.

「game」表示「獵物」時屬集合名詞，沒有複數形式。

gather ['gæðɚ] vt. ①（使）聚集；集合　②收集

她的愛好是集郵。

✕ Her hobby is **gathering** stamps.

○ Her hobby is **collecting** stamps.

「collect」一般指「收集」；「gather」一般指「採集（花等）」。

湯姆和約翰相聚在一起。

✕ Tom and John **gathered together**.

○ Tom and John **got together**.

「gather」表示「聚集在一起」，其後無須加「together」；另外，兩個人聚在一起也不能用「gather」，應該用「get together」。

我們期盼能再次聚會。

✕ We are looking forward to our **gathering** again.

○ We are looking forward to our **meeting** again.

○ We are looking forward to getting together again.

說明 親朋好友間的聚會多用「meet」或「get together」。

general¹ ['dʒɛnərəl] adj. 普遍的，全體的，一般的

例句 一般說來，父母都愛自己的孩子。

✗ General speaking, parents love their children.

○ Generally speaking, parents love their children.

說明 修飾「speaking」應該用「generally」。

general² ['dʒɛnərəl] n. 將軍

例句 一般而言，你的計畫是好的。

✗ For general, your plan is good.

○ In general, your plan is good.

說明 「in general」是固定片語，意思是「一般而言」，介系詞用「in」不用「for」。

genius ['dʒinjəs] n. 天才，天賦

例句 他有繪畫的天賦。

✗ He has genius for painting.

○ He has a genius for painting.

說明 指某一方面的天才或有形容詞修飾時，「genius」前可加不定冠詞「a」。

get [gɛt] v. ① vt., vi. 使…成為　② vi. 到達，去　③ vt. 搭乘

 他們比我們早一點抵達車站。

❌ They **got** the station a little earlier than we did.

⭕ They **got to** the station a little earlier than we did.

 「get」表示「到達」時是不及物動詞，接受詞時必須先加介系詞「to」。

 再十分鐘我們就要下火車了。

❌ We will be **getting out of** the train in ten minutes.

⭕ We will be **getting off** the train in ten minutes.

 她小心翼翼地搭上了一輛計程車。

❌ She **got on [onto]** the taxi carefully.

⭕ She **got in [into]** the taxi carefully.

 「上 [下] 公車、火車、飛機、大船」是「get on(to)...」和「get off...」；「上 [下] 汽車、計程車或小船」是「get in(to)...」和「get out of...」。

 我下一站下公車。

❌ I'll **get down** the bus at the next stop.

⭕ I'll **get off** the bus at the next stop.

 比賽結束時，騎士下了馬。

❌ When the race was over, the jockey **got down** the horse.

⭕ When the race was over, the jockey **got off** the horse.

 「下車 [馬]」是「get off the bus [horse]」，不用「get down the bus [horse]」。

既然我們已經在處理這件事了，我希望今天能解決。

　❌ I'll like to get it to settle today while we are at it.

　⭕ I'll like to get it settled today while we are at it.

 「get＋受詞＋過去分詞」表示「使某事發生」，此時過去分詞構成受詞補語，表示受詞的被動承受意義，因此要用過去分詞。

 她和在倫敦結識的一名男子結了婚。

　❌ She got married a man she met in London.

　⭕ She got married to a man she met in London.

　⭕ She married a man she met in London.

 「marry」後面可以接直接受詞，但「get married」須加「to」後才能接指人的名詞或人稱代名詞受格。

 我們剛到這裡。

　❌ We just got to here.

　⭕ We just got here.

 「get to」常用來表達「到達」的意思，但如果後面是副詞，則不加「to」。

 gift [gɪft] n. ①禮物，贈品　②天賦，天才

 我有一件禮物要送給你。

　❌ I have a gift to you.

　⭕ I have a gift for you.

 她有演戲的天分。

　❌ She has a gift to acting.

She **has a gift for** acting.

說明 「have a gift for sb」表示「有一件禮物送給某人」；「have a gift for v-ing」則表示「在…方面的天賦」。

give [gɪv] v. ① vt., vi. 給予；贈送 ② vt. 供給，提供

例句 **她撿起書，然後遞給他。**

 She picked up the book and **gave** him **it**.

 She picked up the book and **gave it to** him.

說明 「give」後面可以接雙受詞，即「give sb sth」，其間接受詞也可由「to」引出，即「give sth to sb」，但「it」為「所贈與之物」時，「it」不可置於句尾。

例句 **他戒煙了。**

 He **gave up to smoke**.

 He **gave up smoking**.

說明 「give up」有「放棄…」「戒除…」等意思，接名詞或動名詞作受詞，而不接不定詞。

glad [glæd] adj. 高興的

例句 **我們都為他的成功感到高興。**

 We are all **glad for** his success.

 We are all **glad of** his success.

說明 「對…感到高興」是「be glad of [about]...」，這裡的介系詞不可誤作「for」。

glass [glæs] n. ①玻璃　②眼鏡

 籃球將那扇窗戶的玻璃打破了。

❌ The basketball broke all the **glasses** of the window.

⭕ The basketball broke all the **glass** of the window.

 這石頭打破了一塊玻璃。

❌ The stone broke **a glass**.

⭕ The stone broke **a piece of glass**.

 「glass」作「玻璃」解時屬不可數名詞，沒有複數形式，「一塊玻璃」應說「a piece of glass」；只有用來指玻璃杯時，「glass」才是可數名詞。

 這副眼鏡是我的。

❌ This **glass** is mine.

⭕ This **pair of glasses** is mine.

 「glasses」表示「眼鏡」時沒有單數形式，「一副眼鏡」是「a pair of glasses」，「兩副眼鏡」是「two pairs of glasses」。

 go [go] vi. ①去，出去　②變成　③消失

 你去過德國幾次？

❌ How many times **have** you **gone to** Gemany?

⭕ How many times **have** you **been to** Gemany?

說明 「have gone to...」表示「已經去了…」，含有此時某人已出發，甚至已到了目的地的意思；「have been to...」表示「已到過…」，指人已回來或已不在某地。

下週我們去跳舞吧。

✘ Let's go to dancing next week.

◯ Let's go dancing next week.

 「去從事某活動」應說「go v-ing」，而不是「go to-v」。

 我回來時，我的車不見了。

✘ When I came back, my car had gone.

◯ When I came back, my car was gone.

 誰也不知道珍到哪裡去了。

✘ Nobody knows where Jane was gone.

◯ Nobody knows where Jane has gone.

 表示「某人或某物已消失、用完或不再存在」時，常用「be gone」；表示動作或動作的方向或目的地時，常用「have gone」。

 秋天到了，樹葉變成棕色了。

✘ Autumn comes and leaves get brown.

◯ Autumn comes and leaves go brown.

 「go」和「get」後面都可以接形容詞來表示「變成」的意思，與表示顏色的詞連用時用「go」，「get」一般不與表示顏色的詞連用。

 繼續研讀下去你就會成功。

✘ Go on to study and you will succeed.

◯ Go on studying and you will succeed.

 「go on v-ing」和「go on to-v」都表示「繼續做某事」，但「go on v-ing」指不停地或稍停後「繼續原來的事」；而「go on to-v」指完成某事後「接著做另一件事」。

我好睏，我要去睡覺了。

> ✗ I am sleepy; I will **go to sleep**.

> ○ I am sleepy; I will **go to bed**.

 他太累了，一坐下便睡著了。

> ✗ He was very tired. He **went to bed** as soon as he sat down.

> ○ He was very tired. He **went to sleep** as soon as he sat down.

 「go to bed」和「go to sleep」都有「睡覺」的意思，但「go to bed」指「就寢」「上床去睡」這個動作；而「go to sleep」指「入睡」「進入夢鄉」這個過程。

 他要作一次長途旅行。

> ✗ He is **going to** a long **journey**.

> ○ He is **going on** a long **journey**.

 「去（作一次）旅行」是「go on a journey」，介系詞「on」不可誤作「to」。

 gold [gold] adj. 金製的

 她有一頭金髮。

> ✗ She has **gold** hair.

> ○ She has **golden** hair.

 他送給妻子一隻金錶，作為她的 30 歲生日禮物。

> ✗ He gave his wife a **golden** watch as a gift for her thirtieth birthday.

> ○ He gave his wife a **gold** watch as a gift for her thirtieth birthday.

 「gold」和「golden」都可修飾名詞。「gold」是「金製的」；「golden」是「金色的」「寶貴的」。

good¹ [gʊd] adj. ①好的;令人滿意的　②有益的　③擅長的

　她擅長英語。

　❌ She is **good on** English.

　⭕ She is **good at** English.

　「good」接「at n [v-ing]」表示「擅長於」,其中介系詞「at」不可誤作「on」。

　他英語說得好。

　❌ He speaks **well** English.

　⭕ He speaks **good** English.

　只有在談論健康時「well」才用作形容詞,其他情況下「well」用作副詞。

　新鮮空氣對你的健康有好處。

　❌ Fresh air is **good at** your health.

　⭕ Fresh air is **good for** your health.

　「good at」表示「擅長於」;「good for」表示「有益於」「適合於」。

good² [gʊd] n. ①美德,善　②好處,利益

　輕易發怒是沒有用的。

　❌ It's **no good to get** angry at once.

　⭕ It's **no good getting** angry at once.

　「It is no good」在表示普遍情況時多接動名詞。

例句 我會永遠記得你。

❌ I'll remember you **for the good**.

⭕ I'll remember you **for good**.

 說明 「for good」表示「永遠，永久」，「good」前無冠詞。

 例句 把它喝了，對你有好處。

❌ Drink it down. It will **do good for** you.

⭕ Drink it down. It will **do good to** you.

⭕ Drink it down. It will **do** you **good**.

 說明 「對某人有好處」可以說「do sb good」，如果把間接受詞「sb」往後移，則應該加介系詞「to」而不用「for」，即「do good to sb」。

 gossip ['gɑsəp] n. 流言，閒話

 例句 她對我說了許多關於她所有親戚的閒話。

❌ She told me **gossips** about all her relatives.

⭕ She told me a lot of **gossip** about all her relatives.

 說明 「gossip」作「閒話，流言蜚語」解時是不可數名詞，沒有複數形式。

 grab [græb] vt., vi. 抓住，攫取

 例句 那女孩抓住她母親的手。

❌ The girl **grabbed** her mother **to** the hand.

⭕ The girl **grabbed** her mother **by** the hand.

 說明 「grab」後接指人體或物體部位的名詞時，介系詞用「by」，不用「to」。

graduate ['grædʒʊ,et] vi. 畢業

他大學畢業二年了。

- ❌ He **graduated** from the university **for** two years.

- ⭕ He **graduated** from the university two years ago.

「graduate」是瞬間動詞，不能與表示延續一段時間的副詞連用。

他畢業於文學系。

- ❌ He **graduated from** Literature.

- ⭕ He **graduated in** Literature.

「graduate」與「in」連用時表示「畢業於…科系」，與「from」連用時表示「畢業於…學校」。

grain [gren] n. 穀物，穀類

最為人們所熟知的穀類是小麥、大麥、燕麥、黑麥和玉米。

- ❌ The best known **grain** are wheat, barley, oats, rye and maize.

- ⭕ The best known **grains** are wheat, barley, oats, rye and maize.

「grain」作「穀物」解時為不可數名詞，但表示不同種類的穀物時，「grain」可用複數形式。

grateful ['gretfəl] adj. 感激的，感謝的

我們感激你們的邀請。

- ❌ We **are grateful with** you **of** your invitation.

- ⭕ We **are grateful to** you **for** your invitation.

說明 「為某事而感激某人」應說「be grateful to sb for sth」，而不是「be grate-
ful with sb of sth」。

ground [graʊnd] n. ①地面　②場所　③理由

例句 他以健康狀況不佳為由婉拒了他們的邀請。

❌ He declined their invitation on ground of ill health.

⭕ He declined their invitation on grounds of ill health.

說明 「ground」作「理由」「根據」解時通常用複數形式。

例句 他從馬背上摔到了地上。

❌ He was thrown off the horse's back onto the grounds.

⭕ He was thrown off the horse's back onto the ground.

例句 他們擁有自己的漁場。

❌ They have their own fishing ground.

⭕ They have their own fishing grounds.

說明 「ground」作「地面」解時為不可數名詞；「ground」作「場地」解時為
可數名詞，通常用複數形式。

grow [gro] v. ① vt., vi. 成長；栽培　② vt. 留（頭髮）

例句 那個年輕人喜歡留長髮。

❌ The young man likes to grow long hair.

⭕ The young man likes to grow his hair long.

說明 「留長髮」是「grow one's hair long」，片語中的「one's」不可省。

他是在鄉下長大的。

- ✗ He **was grown up** in the countryside.

- ○ He **grew up** in the countryside.

 「grow up」表示「成長」是不及物動詞的用法，沒有被動語態。

 她在屋後種了些蔬菜。

- ✗ She **plants** vegetables behind her house.

- ○ She **grows** vegetables behind her house.

 「grow」和「plant」都有「種植」的含意，但「grow」多用於種植糧食、經濟作物等，而「plant」則常用於「種樹」。

guarantee [ˌgærən'ti] n. 保證；保證書

 這臺電視機只買了一年，還在保固期內。

- ✗ The TV set is only one year old and still **in guarantee**.

- ○ The TV set is only one year old and still **under guarantee**.

 「be under guarantee」表示「在保固期間」，介系詞「under」不可誤作「in」。

guard [gɑrd] n. 警戒；看守

 如果我們放鬆警戒，就會被欺騙。

- ✗ If we drop our **guards**, we shall be fooled.

- ○ If we drop our **guard**, we shall be fooled.

 「guard」表示「警戒」時是不可數名詞，前面不能加不定冠詞「a」，也不能用複數形式。

guess [gɛs] vt., vi. ①猜測；猜想　②想，認為

　我想它是錯的。

　　❌ It's wrong, **I guess it**.

　　⭕ It's wrong, **I guess**.

　一般情況下句子中的代名詞不可省略，但是在「I guess」片語中，通常省略「it」。類似這樣的還有「I know, I remember, I think, I suppose, I believe, I imagine」等等。

guest [gɛst] n. ①客人，賓客　②旅客；房客

　我們邀請了兩位客人來家裡吃飯。

　　❌ We invited two **customers** to dinner in our house.

　　⭕ We invited two **guests** to dinner in our house.

　商店裡擠滿了顧客。

　　❌ The store was filled with many **guests**.

　　⭕ The store was filled with many **customers**.

　「guests」指「家庭的訪客」「旅館的旅客」等；「customers」指在商店中購買物品的人，即「顧客」。

guide[1] [gaɪd] n. 指南，手冊

　這是一本巴黎旅遊指南。

　　❌ This is **a guide of** Paris.

　　⭕ This is **a guide to** Paris.

「⋯的指南」應說「a guide to...」，其中介系詞「to」不可誤作「of」。

guide[2] [gaɪd] vt. 指導

老師應當指導學生做功課。

✗ Teachers should **guide** students **to** study.

○ Teachers should **guide** students **in** their studies.

「指導某人做某事」應該說「guide sb in sth [v-ing]」，而不用不定詞。

guilty ['gɪltɪ] adj. 有罪的，犯⋯罪的

他被證明犯殺人罪。

✗ He was proved to **be guilty for** murder.

○ He was proved to **be guilty of** murder.

「犯⋯罪」應該是「be guilty of...」，其中的介系詞「of」不可誤作「for」。

H

habit ['hæbɪt] n. 習慣

例句 他養成仔細閱讀的習慣。

✗ He has formed the **habit to read** carefully.

○ He has formed the **habit of reading** carefully.

說明 「habit」後面不可用不定詞,而須用「of + v-ing」。

hair [hɛr] n. ①頭髮 ②（一根一根的）毛髮

例句 她正在梳頭髮。

✗ She is brushing her **hairs**.

○ She is brushing her **hair**.

例句 我在她的肩膀上發現了幾根白頭髮。

✗ I found some gray **hair** on her shoulders.

○ I found some gray **hairs** on her shoulders.

說明 「hair」作「整頭毛髮」解時是不可數名詞,用單數;作「幾根毛髮」解時可用複數。

例句 他打算去理髮。

✗ He is going to **cut** his **hair** at the barber's.

○ He is going to **have** his **hair cut** at the barber's.

她打算去剪頭髮。

> ❌ She is going to **have** her **hair cut** at the hairdresser's.

> ⭕ She is going to **have** her **hair done** at the hairdresser's.

 男子理髮用「have one's hair cut」；女子剪髮用「have one's hair done」。

 half^1 [hæf, hɑf] n. ①半，一半　②（時間的）半，三十分

 我把蛋糕切成兩半。

> ❌ I cut the cake **into half**.

> ⭕ I cut the cake **into halves**.

> ⭕ I cut the cake **in half**.

 「（切成）兩半」用「in half」「into halves」表示，但不可說「into half」。

 現在是九點半。

> ❌ It's nine **half**.

> ⭕ It's **half past** nine.

 表示「幾點半」時習慣用「half past...」。

 half^2 [hæf, hɑf] adj. 一半的，半個的

 桌子上留下一顆半的梨子。

> ❌ **One and a half pear** are left on the table.

> ⭕ **One and a half pears** are left on the table.

 「one and a half」後接複數名詞，述語動詞用複數形式。

hand [hænd] n. 手

慶祝的日子接近了。

❌ The day of celebration is **in hand**.

⭕ The day of celebration is **at hand**.

片語「at hand」意思是「在手邊，即將到來」；「in hand」表示「在手裡」。

hang [hæŋ] vt., vi. ①懸，掛　②（被）絞死，吊死

兇手被捕，已處絞刑。

❌ The murderer was caught and **hung**.

⭕ The murderer was caught and **hanged**.

「hang」作「懸，掛」解時，過去式與過去分詞都是「hung」；作「絞死」解時，過去式與過去分詞都是「hanged」。

happy ['hæpɪ] adj. 幸福的；愉快的，高興的

她收到那封信感到很高興。

❌ She is quite **happy with** the letter.

⭕ She is quite **happy at [about]** the letter.

表示「因…而感到高興」時，介系詞用「about」或「at」，不可誤作「with」。

hard [hɑrd] adj. 嚴厲的;無情的

他對我很兇。

| ✕ | He is **hard with** me. |
| ✓ | He is **hard on** me. |

 表示「對某人嚴厲」時,介系詞用「on」,不用「with」。

hardly ['hɑrdlɪ] adv. 幾乎沒有,幾乎不

我剛開始工作,就開始下雨。

| ✕ | I had **hardly** begun to work **than** it started to rain. |
| ✓ | I had **hardly** begun to work **when [before]** it started to rain. |

 表示「剛…就…」的意思時,「hardly」常與「when」或「before」連用,而不與「than」連用。

我剛閉上眼,電話就響了。

✕	Hardly I had closed my eyes when the telephone rang.
✓	Hardly had I closed my eyes when the telephone rang.
✓	I had hardly closed my eyes when the telephone rang.

 「hardly」位於句首時,要用倒裝句。

我幾乎看不見天上的飛機。

| ✕ | I **couldn't hardly** see the plane in the sky. |
| ✓ | I **could hardly** see the plane in the sky. |

 「hardly」本身具有否定的意思,不與「not」連用,但可與「but」連用。

harm [harm] n. 損害，危害；傷害

連續不斷的豪雨已對農作物造成損害。

❌ The continuous downpour has **done** crops the **harm**.

⭕ The continuous downpour has **done** crops **harm**.

「對…有害」一般用「do...harm」，「harm」前面不加定冠詞。

空氣污染對人民的健康造成很大的傷害。

❌ Air pollution **does** great **harm for** the people's health.

⭕ Air pollution **does** great **harm to** the people's health.

「給…帶來（極大的）傷害」「大大地損害了…」是「do (great) harm to...」，介系詞「to」不可誤作「for」。

和他商量這件事沒有什麼害處。

❌ There is no **harm to discuss** the matter with him.

⭕ There is no **harm in discussing** the matter with him.

「做…沒有什麼害處」用「There be no...in」句型，其中「in」接動名詞或名詞。

hate [het] vt. ①憎恨；厭惡　②不願

母親不願搬離這麼好的社區。

❌ Mother **hated moving** from such a nice community.

⭕ Mother **hated to move** from such a nice community.

我討厭說謊和被欺騙。

❌ I **hate to lie** and **cheat**.

I **hate lying** and **cheating**.

 「hate」接不定詞通常表示一次性動作，接動名詞通常表示經常性動作。

 have [hæv] vt. ①有　②吃，喝　③患（病）　④使，讓

 我們今天晚餐吃魚。

 We **have** fish **as** dinner today.

 We **have** fish **for** dinner today.

 表示「某餐吃…」用「have sth for」，其中介系詞不可誤作「as」。

 我很快會讓她和我一起住。

I'm going to **have** her **to live** with me soon.

I'm going to **have** her **live** with me soon.

 使役動詞「have」之後的受詞補語要用不帶「to」的不定詞，意思為「讓或請某人做某事」。

 每天有人把報紙送到你門口，那真不錯。

It's nice to **have** a newspaper **deliver** to your door each day.

It's nice to **have** a newspaper **delivered** to your door each day.

使役動詞「have」後面可接「名詞＋過去分詞」句型，表示「讓別人完成某事」。

我是否可以看一下電話簿？

May I **have look** at the telephone directory?

May I **have a look** at the telephone directory?

head¹

> **說明** 動詞「have」可以和有動詞意義的名詞相結合構成動詞片語，表示一種活動或某個動作，這時通常在名詞前加不定冠詞「a, an」，也可加其他修飾語，例如：「have a [another] try」「have a walk」等。

> **例句** **我們不是每天都上英語課。**
>
> ❌ We **haven't** English lessons every day.
>
> ⭕ We **don't have** English lessons every day.

> **說明** 「have」作為一般動詞，構成疑問句和否定句時，要用助動詞「do」。

> **例句** **我頭痛。**
>
> ❌ I'm **having** a headache.
>
> ⭕ I **have** a headache.

> **說明** 「have」表示「擁有」「患（病）」等意義時，為靜態動詞，不用進行式。

head¹ [hɛd] n. ①頭，頭部　②頭腦，智力　③（牛、羊等）頭數

> **例句** **他們賣了 600 萬頭馬、牛和羊到這個國家。**
>
> ❌ They sold 6 million **heads** of horses, cattle and sheep to the state.
>
> ⭕ They sold 6 million **head** of horses, cattle and sheep to the state.

> **說明** 「head」用來表示數量，作「（…）頭（牲畜）」等解時，不管前面的數字為多少，「head」的複數形式與單數形式相同。

> **例句** **三個臭皮匠勝過一個諸葛亮。**
>
> ❌ Two **head** are better than one.
>
> ⭕ Two **heads** are better than one.

說明 「head」作「頭腦；頭」等解時為可數名詞，有複數形式。

 例句 **他被打中頭部。**

✗ He was hit on his head.

◯ He was hit on the head.

 說明 「hit on the head」表示「打中頭部」，其中「the」不能換成人稱代名詞。

 head² [hɛd] vt., vi. 朝⋯行進

 例句 **他們正前往芝加哥。**

✗ They are all heading to Chicago.

◯ They are all heading for Chicago.

 說明 「head」表示「開往或前往（某地）」時，其後可接介系詞「for」表示目的地。

 headache [ˈhɛdˌek] n. 頭痛

 例句 **我昨天頭痛。**

✗ I had headache yesterday.

◯ I had a headache yesterday.

 說明 「headache」是可數名詞。

 heal [hil] vt., vi.（使）痊癒，治癒

例句 **傷口尚未痊癒。**

✗ The wound is not yet cured.

The wound is not yet **healed**.

 說明 「cure」表示「治療」；而「heal」表示「治癒，痊癒」。

 hear [hɪr] vt. ①聽到，聽見　②聽說，得知

 例句 我聽到這個消息有兩週了。

　　✘ I've **heard** the news **for** two weeks.

　　◯ I **heard** the news two weeks ago.

　　◯ It's two weeks since I **heard** the news.

例句 我是上個星期二聽到這個消息的。

　　✘ I've **heard** the news **since** last Tuesday.

　　◯ I **heard** the news last Tuesday.

說明 「hear」作「聽到」解時為非延續性動詞，其現在完成式的肯定句不與「for」所引導的時間副詞連用，也不與「since＋時間」句型連用。

 例句 我聽說你父親病得很嚴重。

　　✘ I **hear to say** that your father is seriously ill.

　　◯ I **hear say** that your father is seriously ill.

 說明 在片語「I hear say」與「I hear tell」中，「say」和「tell」前不加不定詞「to」。

 heir [ɛr] n. 繼承人

 例句 他是一大筆財產的繼承人。

　　✘ He is **heir of** a large fortune.

　　◯ He is **heir to** a large fortune.

說明 表示「是…的繼承人」用「be heir to」，介系詞「to」不可誤作「of」。

 helpful ['hɛlpfəl] adj. 有幫助的，有益的

 例句 **你的鼓勵對我很有幫助。**

  ❌ Your encouragement **is** very **helpful for** me.

  ⭕ Your encouragement **is** very **helpful to** me.

 說明 「be helpful to sb」表示「對…有幫助」，其中介系詞「to」不可誤作「for」。

 hinder ['hɪndɚ] vt. 阻礙；妨礙

 例句 **人群使他無法脫身。**

  ❌ The crowd **hindered** him **to leave**.

  ⭕ The crowd **hindered** him **from leaving**.

 說明 表示「阻礙」時用「hinder...from v-ing」，而不說「hinder...to-v」。

 historic [hɪs'tɔrɪk, hɪs'tɑrɪk] adj. 歷史上有名的

 例句 **許多人懷疑，歷史上是否真有羅賓漢這個人。**

  ❌ Many people doubt whether Robin Hood was a **historic** character.

  ⭕ Many people doubt whether Robin Hood was a **historical** character.

說明 「historic」的意思是「具有悠久歷史的」「具有歷史意義的」「歷史上有名的」；「historical」的意思是「與歷史有關的」「歷史的」。

home[1] [hom] adv. 在家；回家，到家

他不知道是要等下去還是回家。

❌ He didn't know whether to wait or go to home.

⭕ He didn't know whether to wait or go home.

接在「come, go, arrive, get, send, take, bring」等動詞後面的「home」為副詞，其前不應加介系詞。

home[2] [hom] n. ①家；住宅　②家庭

住在家裡可以幫學生省下很多錢。

❌ Living home would save the student a lot of money.

⭕ Living at home would save the student a lot of money.

「at home」表示「在家」。

他出生於醫生家庭。

❌ He was born into a doctor's home.

⭕ He was born into a doctor's family.

「be born into...home」不一定說明出身；而「be born into...family」才表示某人的出身。

hope[1] [hop] vt., vi. 希望，期待

我希望明天下雨。

❌ I hope it would rain tomorrow.

⭕ I hope it will rain tomorrow.

說明 「hope」表「希望某事發生 [成真]」，其後的子句不接含「假設語氣」的「would」。

 例句 **我希望你成功。**

- ✗ I **hope** your success.

- ○ I **hope for** your success.

 說明 「hope」「long」「wish」等動詞表示「期望得到…」時，其後常接「for」。

 hope² [hop] n. ①希望，期望　②有希望的人 [事物]

 例句 **我運動是希望晚上能睡個好覺。**

- ✗ I exercised **in hope of** getting a good night's sleep.

- ○ I exercised **in the hope of** getting a good night's sleep.

- ○ I exercised **in hopes of** getting a good night's sleep.

 說明 「懷有…的希望」用「in the hope of...」或「in hopes of...」，其中的「hope」為可數名詞。

 例句 **他們幾乎沒有成功的希望。**

- ✗ They have little **hope to** succeed.

- ○ They have little **hope of** success [succeeding].

 說明 「hope」後一般用「of」表示「…的希望（或可能性）」，不用「to」。

hopeful ['hopfəl] adj. 懷著希望的；充滿希望的

例句 **我對成功抱有希望。**

✗ I **feel hopeful for** success.

○ I **feel hopeful of** success.

○ I **feel hopeful about** success.

說明 「對…抱有希望」應說「feel hopeful of [about]...」，其中介系詞「of」或「about」不可誤作「for」。

例句 **希望我們星期二能再見面。**

✗ **Hopeful**, we will meet again on Tuesday.

○ **Hopefully**, we will meet again on Tuesday.

說明 「hopeful」是形容詞，「hopefully」是副詞，放在句首作句子副詞時，應用「hopefully」，而不可誤作「hopeful」。

I

 I [aɪ] pron. （用作句子的主詞）我

 例句 **我和他認識已經十年了。**

❌ **I and he** have known each other for ten years.

⭕ **He and I** have known each other for ten years.

 說明 單數不同人稱的代名詞選用，次序一般是「you and I」「you and he」「he and I」「you, he and I」；複數人稱代名詞的次序一般是「we and you」「you and they」「we, you and they」；但是在承認錯誤時通常先說「I」，例如：「I and my brother made the mistake.」。

 例句 **要去德國的是我。**

❌ It is **I** who **is** leaving for Germany.

⭕ It is **I** who **am** leaving for Germany.

 說明 關係代名詞在子句中作主詞時，子句中述語動詞的人稱和數取決於先行詞的人稱和數。

 ice [aɪs] n. 冰，冰塊

 例句 **她把兩塊冰塊加到飲料中。**

❌ She added two **ices** to the drink.

⭕ She added two **cubes of ice** to the drink.

說明　「ice」泛指「冰」時是不可數名詞，沒有複數形式。「一塊冰」可說「a cube of ice」。

 if [ɪf] conj. ①如果，假如　②是否

 例句　如果他來參加我們的聚會，我們會非常高興。

✖ If he **will come** to our party, we will feel very happy.

〇 If he **comes** to our party, we will feel very happy.

 例句　如果出什麼問題的話，我會告訴你的。

✖ If anything **will go** wrong, I'll let you know.

〇 If anything **goes** wrong, I'll let you know.

 說明　由「if」引導的條件副詞子句中，即使所指的行為或狀態屬於一般未來式的範疇，通常也用現在式來代替未來式。

 例句　如果我會開車，我就開車去那裡了。

✖ If I could drive, I'**ll go** there by car.

〇 If I could drive, I **would go** there by car.

例句　如果我成了有錢人，我會環遊世界。

✖ If I **get** rich, I would travel a round the world.

〇 If I **got** rich, I would travel a round the world.

 說明　「if」引導的條件副詞子句，如果是與現在事實相反或是對不可能發生的事的一種假設，應該用假設語氣，「if子句」的述語動詞用過去式，主要子句的述語動詞用「would [should] do」。

 例句　如果我是你，我立刻就動身。

✖ If I **was** you, I would start right now.

〇 If I **were** you, I would start right now.

「if」引導的假語子句中使用「be動詞」時，不論主詞為第幾人稱、單數或複數，動詞一律用「were」。

 告訴我你是否要來。

❌ Let me know **if** you are coming.

⭕ Let me know **whether** you are coming.

 引出間接問句時一般要用「whether」而不用「if」，特別是在正式文體中。

 如果他接受了我的忠告，他就不會犯這麼大的錯誤了。

❌ **If** he had accepted my advice, he would not **make** such a big mistake.

⭕ **If** he had accepted my advice, he would not **have made** such a big mistake.

 「if」引導的副詞子句，如果是與過去事實相反，或是對根本沒有發生過的事情的一種假設，應該用假設語氣，「if子句」的述語動詞用過去完成式，主要子句的述語動詞用「would [should] have p.p.」。

 他談起話來，好像什麼都知道。

❌ He talks **as if** he **knows** everything.

⭕ He talks **as if** he **knew** everything.

 「as if」或「as though」引導副詞子句常用假設語氣。表示對目前情況的假設時，子句的述語動詞要用過去式；表示對過去情況的假設時，子句的述語動詞要用過去完成式。

 我們討論人們是否同意這項計畫。

❌ We discussed **if** the people agree the plan.

⭕ We discussed **whether** the people agree the plan.

說明 某些動詞如「discuss」「argue」等後面不能接「if」引導的受詞子句,應將「if」換成「whether」。

 例句 我想知道她是否發現了什麼。

- ✗ I wonder **if** she found **something**.
- ○ I wonder **if** she found **anything**.

 說明 「if」引導的子句中,通常用「any, anything, anybody, anywhere」作受詞,而不用「some, something, somebody, somewhere」。

 例句 我不知道他喜歡還是不喜歡。

- ✗ I don't know **if** he likes it **or not**.
- ○ I don't know **whether** he likes it **or not**.

 例句 他問我是否想替行李保險。

- ✗ He asked **if or not** I wanted to insure my baggage.
- ○ He asked **whether or not** I wanted to insure my baggage.

 說明 「if」和「whether」都可以引導受詞子句,但「if」不能接「or not」。

 例句 我不知道寫信好,還是打電話好。

- ✗ I wonder **if to write** or phone.
- ○ I wonder **whether to write** or phone.

說明 「if」後面不能直接接不定詞,但「whether」可以。

 例句 我擔心我是否傷害了她的感情。

- ✗ I worry **about if** I hurt her feelings.
- ○ I worry **about whether** I hurt her feelings.

說明 介系詞後面不能接「if」引導的子句,應該改為「whether」。

他不知道是該笑還是該哭。

❌ He wasn't sure **if** he ought to laugh **or** cry.

⭕ He wasn't sure **whether** he ought to laugh **or** cry.

 強調選擇時，一般不用「if...or」，而用「whether...or」。

 ill [ɪl] adj. 生病的，不舒服的

 老闆因為流行性感冒病了一個星期。

❌ The boss has been **ill of** flu for the last week.

⭕ The boss has been **ill with** flu for the last week.

 表達「生…病」時，用「be ill with...」句型，介系詞「with」不可誤作「of」。

 那個生病的學生已缺課兩天了。

❌ The **ill** student has been absent from school for two days.

⭕ The **sick** student has been absent from school for two days.

 「ill」作「有病的」解時，只能作限定用法，不置於名詞前；「sick」才可置於名詞前。

 illness ['ɪlnɪs] n. 病，疾病

 不要告訴他，他得了心臟病。

❌ Don't tell him that he has heart **illness**.

⭕ Don't tell him that he has heart **disease**.

說明 「disease」和「illness」都表示疾病，但「illness」泛指病或生病的狀態；而「disease」則指具體某種疾病，例如：「contagious disease」（傳染病），「epidemic disease」（流行病）。

 <u>imaginary</u> [ɪ'mædʒə,nɛrɪ] adj. 想像中的，假想的，虛構的

 例句 **神仙是想像中的人物。**

  ✗ The fairy is an **imaginative** creature.

  ○ The fairy is an **imaginary** creature.

 說明 「imaginative」意思是「有想像力的」；「imaginary」意思是「僅僅存在於想像中的」。

 <u>imagine</u> [ɪ'mædʒɪn] vt. 想像；猜想

 例句 **我無法想像沒有電的生活。**

  ✗ I can't **imagine to live** without electricity.

  ○ I can't **imagine living** without electricity.

 說明 「imagine」是及物動詞，可接名詞、代名詞、動名詞或「that 子句」作受詞，但不接不定詞。

 <u>impact</u> ['ɪmpækt] n. 影響（力）；衝擊

 例句 **這本書對讀者產生了巨大的影響。**

  ✗ The book has made a great **impact to** its readers.

  ○ The book has made a great **impact on** its readers.

「impact」表示「對…的影響」時，其後通常接介系詞「on」或「upon」，但不接「to」。

impatient [ɪm'peʃənt] adj. ①不耐煩的；急躁的　②急切的

不要對孩子不耐煩。

❌ Don't be **impatient at** the child.

⭕ Don't be **impatient with** the child.

「be impatient with」接「sb」作受詞；「be impatient at [of, about]」接「sth」作受詞。

這學生急著想知道考試結果。

❌ The student is **impatient of** the result of the examination.

⭕ The student is **impatient for** the result of the examination.

「impatient」作「急切的」「迫切的」解時，相當於「eager」，後面通常接介系詞「for」，而不接「of」。

importance [ɪm'pɔrtn̩s] n. 重要（性）

這個問題對她無關緊要。

❌ The question **is of** no **importance with** her.

⭕ The question **is of** no **importance to** her.

「be of importance to...」表示「對…是重要的」，是固定片語，介系詞「to」不可誤作「with」。

important [ɪm'pɔrtn̩t] adj. 重要的，重大的

　我們應該用功念書，這很重要。

❌ It is important that we must study hard.

⭕ It is important that we (should) study hard.

　在「It is important that...」的句型中，「that 子句」中的述語動詞應該用假設語氣「should＋原形動詞」，或省略「should」直接用原形動詞。

　學生們在閒暇時間所從事的活動非常重要。

❌ What the students do in their spare time is of great important.

⭕ What the students do in their spare time is of great importance.

　「be of＋n」（但不接形容詞）可用來說明主詞的性質、狀態等，中間可以加「great」「little」「no」等以示程度。

impossible [ɪm'pɑsəbl] adj. 不可能的，辦不到的；不可能發生的

　他們不可能一夜之間創造出奇蹟來。

❌ They are impossible to work wonders overnight.

⭕ It is impossible for them to work wonders overnight.

　「impossible」通常修飾「事」，不修飾「人」，不能以「人」當主詞，必須用「it」作主詞。

impression [ɪm'prɛʃən] n. ①印象　②想法，看法，感覺

　他的演講給我們留下深刻的印象。

❌ His lecture gave us a deep impression.

His lecture **left** a deep **impression on** us.

His lecture **made** a deep **impression on** us.

說明 「給…留下印象」可用「leave [make]...on...」，動詞不能用「give」。

例句 **我的印象是：整體而言，英國是一個可愛的國家。**

 In my impression Britain is, on the whole, a lovely country.

My impression is that Britain is, on the whole, a lovely country.

To my mind, Britain is, on the whole, a lovely country.

說明 「我的印象」可用「my impression」或「to my mind」表示，不能用「in my impression」。

 improve [ɪmˈpruv] vt., vi. 改善，改進

例句 **我提不出比這更好的建議。**

 I am unable to **improve** the suggestion.

I am unable to **improve on** the suggestion.

例句 **我要求你把那件作品改得更好些。**

I want you to **improve in** that piece of work.

I want you to **improve on** that piece of work.

說明 「improve」用作及物動詞，表示「改善或改進」。如表示「做出比…更好的東西」應說「improve on [upon]...」，此時「improve」是不及物動詞。

in [ɪn] prep. ①在…裡面 [內，中]　②在…時候；在…之後

法國革命爆發於 1789 年。

❌ The French Revolution broke out **at** 1789.

⭕ The French Revolution broke out **in** 1789.

水稻於 3 月和 11 月收割。

❌ The rice harvest is reaped **on** March and November.

⭕ The rice harvest is reaped **in** March and November.

我們在下午上繪畫課。

❌ We have our painting lessons **at** the afternoon.

⭕ We have our painting lessons **in** the afternoon.

説明 在「年份、季節、月份」及「一天的早晨、下午、晚上」前通常使用介系詞「in」。

今天晚上你們要工作嗎？

❌ Are you working **in this evening**?

⭕ Are you working **this evening**?

我的知心好友將於下星期結婚。

❌ My close friend is getting married **in next week**.

⭕ My close friend is getting married **next week**.

説明 在表示時間的名詞前，如有「this」「that」「next」等字時，該名詞前不能再加介系詞。

星期一早上他來看過我。

❌ He came to see me **in** Monday morning.

⭕ He came to see me **on** Monday morning.

說明 泛指「早上」「下午」「晚上」時說「in the morning [afternoon, evening]」，但指特定日子及星期幾的「早上」「下午」「晚上」時，則介系詞「in」應改為「on」。

 例句 **我出生於 1990 年 6 月 14 日。**

× I was born **in** June 14, 1990.

○ I was born **on** June 14, 1990.

 說明 「在某年 [某月]」介系詞都用「in」，但提到特定日期時，介系詞就要用「on」。

 例句 **史密斯一家每週都去看史密斯先生的父母。**

× The Smiths go to see Mr. Smith's parents **in every week**.

○ The Smiths go to see Mr. Smith's parents **every week**.

 說明 由「every」修飾的名詞前，一般都不加介系詞。

 例句 **在課堂上老師必須大聲說話。**

× The teacher has to speak **with** a loud voice in class.

○ The teacher has to speak **in** a loud voice in class.

 說明 表示用大聲、小聲、高聲、低聲等方式說話時，介系詞用「in」，不用「with」。

 例句 **我住在公園大道 20 號。**

× I live **in** 20 Park Avenue.

○ I live **at** 20 Park Avenue.

 說明 談到街名時通常可以用「in」（美式英語中用「on」），但有具體門牌號碼時，則須用「at」。

例句 他們上午九點抵達紐約。

❌ They **arrived at** New York at 9 a.m.

⭕ They **arrived in** New York at 9 a.m.

說明 「arrive at」和「arrive in」都表示「抵達⋯」，但一般說來「at」後面接較小場所，如鎮、家、店等；而「in」接較大的地方，如國家、大都市等。

例句 她正好趕上公車。

❌ She was **on time** for the bus.

⭕ She was **in time** for the bus.

例句 那輛公車從來沒有準時到過。

❌ That bus never arrives **in time**.

⭕ That bus never arrives **on time**.

說明 「in time」表示「及時」，不一定指有計畫的行動；「on time」表示「準時」，多指按時間、有計畫的行動。

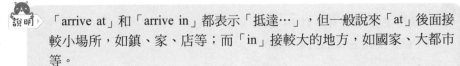

incident ['ɪnsədənt] n. 事件

例句 他今天上課遲到了，因為在來學校的路上遇到了交通事故。

❌ He was late for class today, because he had met with a traffic **incident** on his way to school.

⭕ He was late for class today, because he had met with a traffic **accident** on his way to school.

說明 「accident」指意料之外的事故；「incident」指普通的小事件，也指政治上或國際間引起的糾紛以至於戰爭的重大事件。

include [ɪnˈklud] vt. 包括，包含

例句 本大學有 23 個科系，包括兩個研究所。

❌ Our university consists of 23 departments, **included** two graduate schools.

⭕ Our university consists of 23 departments, **including** two graduate schools.

⭕ Our university consists of 23 departments, two graduate schools **included**.

說明 「include」可作「including」，當介系詞用，也可用「included」當獨立分詞用，此時須置於名詞之後。

例句 我發現目前這個計畫包含了我絕大多數的建議。

❌ I find that now the plan **is including** most of my suggestions.

⭕ I find that now the plan **includes** most of my suggestions.

說明 「include」是靜態動詞，通常不用進行式。

increase¹ [ɪnˈkris] vi., vt. 增加，增多；增大

例句 今年的產量已經增加了 20%。

❌ The production of this year has **increased** 20 percent.

⭕ The production of this year has **increased by** 20 percent.

說明 「increase」 用作及物動詞時，受詞是具體事物，不是數字；用作不及物動詞時，表達增長的數字須加介系詞「by」。

increase[2] ['ɪnkris] n. 增加，增大

例句 人口不斷地在增加。

✗ There was a steady **increase of** population.

○ There was a steady **increase in** population.

說明 「increase」表示「在…方面有增加」要用「in」，不用「of」；「decrease」（減少），「drop」（下降），「rise」（增長），「fall」（下跌）等字之後要用「in」。

indeed [ɪn'did] adv. 的確，確實，真正地

例句 我真的很高興收到你的信。

✗ I was **pleased indeed** to get your letter.

○ I was **very pleased indeed** to get your letter.

說明 「indeed」可接在「very adj [adv]」後以加強語氣，表示「真的」「的確很…」，其中的「very」不可省略。

independent [ˌɪndɪ'pɛndənt] adj. 獨立的，自立的

例句 她不依賴雙親生活。

✗ She is **independent from [on]** her parents.

○ She is **independent of** her parents.

○ She is not **dependent on** her parents.

例句 我 18 歲就不依賴父母生活了。

✗ When I was eighteen years old I was **independent on** my parents.

○ When I was eighteen years old I was **independent of** my parents.

說明 「be dependent on」接「依賴對象」；「be independent of」表示「從⋯獨立」。

 index ['ɪndɛks] n. 索引

 例句 **這本書的索引幫我省去了許多時間和麻煩。**

❌ The **index of** this book saves me much time and trouble.

⭕ The **index to** this book saves me much time and trouble.

說明 「index」後面的介系詞用「to」，不用「of」。

 indoor ['ɪnˌdor, 'ɪnˌdɔr] adj. 室內的，戶內的

 例句 **下雨天我們只好待在室內。**

❌ We have to stay **indoor** when it is raining.

⭕ We have to stay **indoors** when it is raining.

 說明 「indoors」是副詞；而「indoor」是形容詞。

 industry ['ɪndəstrɪ] n. ①工業；製造業　②勤勉，勤奮

 例句 **底特律是個工業城市。**

❌ Detroit is an **industry** city.

⭕ Detroit is an **industrial** city.

 說明 「industry」是名詞；而「industrial」是形容詞。

 例句 **他靠勤勞致富。**

❌ He got rich by means of **industries**.

○ He got rich by means of **industry**.

 說明▷ 「industry」作「勤勞」解時是抽象名詞，不可數，沒有複數形式。

 inferior [ɪnˈfɪrɪɚ] adj. 低等的，下級的；較差的

 例句▷ **女人不比男人差。**

✗ Women are not **inferior than** men.

○ Women are not **inferior to** men.

例句▷ **她總是感到比姊姊差。**

✗ She always felt **inferior than** her elder sister.

○ She always felt **inferior to** her elder sister.

 說明▷ 「inferior」通常與介系詞「to」連用，而不與「than」連用。

 influence [ˈɪnfluəns] n. 影響；感化（力）

 例句▷ **他受到妻子的影響。**

✗ He was **the influence of** his wife.

○ He was **under the influence of** his wife.

說明▷ 「受…的影響」用「under the influence of...」。

例句▷ **在他的童年時代，他母親對他的影響很大。**

✗ His mother **made a** strong **influence on** him in his childhood.

○ His mother **had a** strong **influence on** him in his childhood.

 說明▷ 「對某人有影響」應說「have [exert] an influence on sb」，動詞不用「make」。

inform [ɪnˈfɔrm] vt., vi. 告知，通知

 我會把我抵達的日期用電報通知你。

> ❌ I'll **inform** you the date of my arrival by telegram.

> ⭕ I'll **inform** you **of** my arrival by telegram.

 他來信說，他將不會出席下個月召開的會議。

> ❌ He wrote to **inform** that he would not attend the conference to be held next month.

> ⭕ He wrote to **inform us** that he would not attend the conference to be held next month.

說明 「inform」作「告知某人某事」解時，須用「inform sb of sth」或「inform sb that...」句型。

 information [ˌɪnfəˈmeʃən] n. 消息；資料；通知；報告

 他們獲得了研究工作中所需要的第一手資料。

> ❌ They obtained first-hand **informations** that they needed in their research work.

> ⭕ They obtained first-hand **information** that they needed in their research work.

 我希望你能提供一些有關這所大學的資料給我。

> ❌ I hope you will give me some **informations** about the university.

> ⭕ I hope you will give me some **information** about the university.

說明 「information」作「消息，資訊，情報，資料」解時是不可數名詞，不用複數形式。「一則消息」是「a piece of information」，「許多資訊」是「many pieces of information」。

你能告訴我們有關此事的消息嗎？

   ❌ Can you give us any **information of** this matter?

   ⭕ Can you give us any **information about [on]** this matter?

 「information」後接「about」或「on」表示「關於…的資訊」，其中的介系詞不可誤作「of」。

 inquire [ɪnˈkwaɪr] vt., vi. 打聽，詢問

 我向他詢問過這件事。

   ❌ I **inquired** him about it.

   ⭕ I **inquired of** him about it.

   ⭕ I **asked** him about it.

 我問他需要什麼。

   ❌ I **inquired** him what he wanted.

   ⭕ I **inquired of** him what he wanted.

 「ask」之後可以直接接人作受詞；但「inquire」後要加「of」才可接人作受詞。

 inside [ɪnˈsaɪd] prep. 在…裡面

 他待在房子裡。

   ❌ He stayed **inside** the house.

   ⭕ He stayed **inside (of)** the house.

 「inside」作介系詞時，在美式英語中，常使用「inside」或「inside of」；英式英語中，只會用「inside」。

insist [ɪnˈsɪst] vt., vi. ①堅決主張，堅持 ②堅決要求

例句 她執意要走，因為太晚了。

❌ She **insisted to leave** because it was so late.

⭕ She **insisted on leaving** because it was so late.

說明 「insist」後面不能用不定詞作受詞。表示「堅持做某事」應說「insist on [upon] v-ing」，其中「insist」是不及物動詞，介系詞用「on」或「upon」，不可用「in」。

例句 她堅持要我們在那裡吃晚飯。

❌ She **insisted on that** we should have supper there.

⭕ She **insisted that** we should have supper there.

說明 「insist」後接「that子句」作受詞時，不能再加介系詞「on」，此時「insist」是及物動詞，表示「堅決要求，一定要」。

instant [ˈɪnstənt] n. 片刻，頃刻，剎那

例句 他對她一見鍾情。

❌ The **instant when** he saw her he fell in love.

⭕ The **instant** he saw her he fell in love.

說明 「the instant」後省略「that」，作連接詞用，表示「一…就…」，不需要再加「when」。

instead [ɪn'stɛd] adv. 代替；頂替；更換

例句 **我要這本書而不是那一本。**

  ❌ I will take this book instead that one.

  ⭕ I will take this book instead of that one.

  ⭕ I will not take that book. Instead I'll take this one.

例句 **我們可以用這個代替肥皂。**

  ❌ We may use this instead soap.

  ⭕ We may use this instead of soap.

說明 「instead」是副詞，後面不能直接接受詞，在表示「作為代替…」時，通常是先否定一種情況，再以「instead」引出另一種情形；「instead of」是介系詞，後面可接名詞、代名詞、動名詞等作受詞，意為「代替…」。

intelligence [ɪn'tɛlədʒəns] n. 智力；理解力

例句 **他顯然是個很聰明的人。**

  ❌ He's obviously a man of a very high intelligence.

  ⭕ He's obviously a man of very high intelligence.

例句 **老師對她的聰明的小學生們所表現出的聰明才智感到高興。**

  ❌ The teacher was delighted with the intelligences shown by her bright young pupils.

  ⭕ The teacher was delighted with the intelligence shown by her bright young pupils.

說明 「intelligence」指「智力」「頭腦」是不可數名詞，前面不能加不定冠詞，也沒有複數形式，用作主詞時動詞要用單數形式。

intend [ɪn'tɛnd] vt. 意欲，打算

喬伊打算出去買東西。

- ✗ Joy **was intending** to go shopping.
- ○ Joy **intended [was about]** to go shopping.

說明 「intend」一般不用進行式。

intention [ɪn'tɛnʃən] n. 意圖，意向；目的

他們不打算停止討論。

- ✗ They have no **intention to stop** the discussion.
- ○ They have no **intention of stopping** the discussion.

說明 當「intention」前有否定詞（no, little 等）修飾時，後面會接「of + v-ing」。

interest[1] ['ɪntərɪst, 'ɪntrɪst] vt. 使…感興趣

讀你上一封信，讓我覺得很有趣。

- ✗ I was very **interesting** in reading your last letter.
- ○ I was very **interested** in reading your last letter.

說明 說明某人對某事感興趣時用「interested」；談論使我們感興趣的那個人或事物時用「interesting」。

我在報上讀到科學家們已發現宇宙是怎樣產生的，覺得很有趣。

- ✗ I was **interested in reading** in the paper that scientists have found out how the universe began.

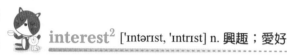

| ⭕ | I was **interested to read** in the paper that scientists have found out how the universe began. |

說明 「be interested to v」表示「覺得…很有趣」；「be interested in v-ing」表示「想做…」。

interest² [ˈɪntərɪst, ˈɪntrɪst] n. 興趣；愛好

例句 **她對音樂和繪畫有濃厚的興趣。**

| ❌ | She **takes** great **interest at** music and painting. |
| ⭕ | She **takes** great **interest in** music and painting. |

說明 「對…感興趣」應說「take [have] interest in...」，其中介系詞「in」不可誤作「at」。

例句 **我希望你會覺得這本書很有趣。**

| ❌ | I hope you will find the book **interest**. |
| ⭕ | I hope you will find the book **of interest**. |

例句 **我不想聽你的意見，我對它們毫無興趣。**

| ❌ | I have no wish to hear your opinions, they are no **interest** to me. |
| ⭕ | I have no wish to hear your opinions, they are **of** no **interest** to me. |

說明 名詞「interest」前面可以加介系詞「of」，用來表示特徵，相當於形容詞「interesting」，但介系詞「of」不可省略。

interfere [ˌɪntəˈfɪr] vi. ①干預，干擾 ②妨礙

例句 **沒有人想打擾你。**

| ❌ | No one wants to **interfere in** you. |

○ No one wants to interfere with you.

 我希望你不要干涉我的事。

✗ I wish you would not interfere my business.

○ I wish you would not interfere in my business.

 「interfere with」表示「打擾，妨礙，干涉」，可接「sb」，也可接「sth」；而「interfere in」表示「干涉」，只接「sth」。

 introduce [ˌɪntrəˈdjus] vt. 介紹，引見

 我可以把她介紹給你嗎？

✗ May I introduce her you?

○ May I introduce her to you?

 「將某人或某事介紹給某人」應說「introduce sb [sth] to sb」。

 你能推薦一本英漢詞典給我嗎？

✗ Would you introduce me an English-Chinese dictionary?

○ Would you recommend me an English-Chinese dictionary?

 「introduce」表示「介紹（某人與某人相識）」；「recommend」表示「推薦（某人、工作、職位等）」。

introduction [ˌɪntrəˈdʌkʃən] n. ①介紹　②前言，序文

我已經寫完了這本書的序言。

✗ I have finished my introduction of the book.

○ I have finished my introduction to the book.

說明 「introduction」指「書或演講的引言，導言，序」時，後面不能接介系詞「of」而應該用「to」，同樣，指「入門（書）」時，也用「to」。

invent [ɪn'vɛnt] vt. 發明；創造

 例句 **電話是貝爾發明的。**

　❌ Telephone was **discovered** by Bell.

　⭕ Telephone was **invented** by Bell.

 說明 「discover」意為「發現」，指原來已存在的東西被發現；而「invent」意為「發明」，指原來沒有的東西被人發明出來。

invisible [ɪn'vɪzəbl] adj. 看不見的

 例句 **微生物是肉眼看不見的。**

　❌ Microbes are **invisible of** the naked eye.

　⭕ Microbes are **invisible to** the naked eye.

 說明 「invisible」指「看不見的」「無形的」，接介系詞「to」。

invitation [ˌɪnvə'teʃən] n. ①邀請　②請帖，邀請函

 例句 **他叔叔邀請他去東京，他拒絕了。**

　❌ He refused his uncle's **invitation of going** to Tokyo.

　⭕ He refused his uncle's **invitation to go** to Tokyo.

 說明 名詞「invitation」後面通常接不定詞或「to sth」，而不接「of v-ing」。

invite [ɪn'vaɪt] vt. 邀請

她邀請我參加她的生日宴會。

✗ She **invited** me **toward** her birthday party.

○ She **invited** me **to** her birthday party.

「邀請某人做某事」是「invite sb to-v」;「邀請某人去某處」是「invite sb to a place」。

involved [ɪn'vɑlvd] adj. ①複雜的 ②有牽連的;有關係的

相關人士被逮捕了。

✗ The **involved people** were arrested.

○ The **people involved** were arrested.

這是一種複雜的解釋。

✗ This is an **explanation involved**.

○ This is an **involved explanation**.

「involve」作「受牽連的」解時,放在所修飾的名詞後面;作「複雜的」解時,放在所修飾的名詞前面。

island ['aɪlənd] n. 島,島嶼

兔子在這個島上被視為有害的動物。

✗ Rabbits are regarded as vermin **in** this **island**.

○ Rabbits are regarded as vermin **on** this **island**.

表示「在島上」時,介系詞用「on」,不用「in」。

it [ɪt] pron. 它，牠

 天愈來愈黑了。

　❌　The sky is getting darker and darker.

　⭕　It is getting darker and darker.

 這裡離最近的修車廠有三英里。

　❌　There is three miles to the nearest garage.

　⭕　It is three miles to the nearest garage.

 表示時間、距離、天氣時，一般用非人稱代名詞「it」作主詞。

 你犯下這麼嚴重的錯誤，真是太粗心了。

　❌　It was careless for you to make such a serious mistake.

　⭕　It was careless of you to make such a serious mistake.

 「it」作虛主詞，不定詞作真正主詞時，如果修飾語的形容詞是「careless, careful, kind, clever, foolish, rude」等說明主詞性質、特徵的形容詞時，不定詞的邏輯主詞則用「of」引導。

 我原以為你會和我們在一起的。

　❌　I took for granted that you would stay with us.

　⭕　I took it for granted that you would stay with us.

 「it」經常在句子中充當虛受詞，代替不定詞片語、動名詞片語或是「that」引導的受詞子句，此時「it」不可以省略。

 這是你借給我的錢。

　❌　Here is the money that you lent it to me.

　⭕　Here is the money that you lent to me.

關係代名詞「that」「which」可以代替人稱代名詞「it」，但它們不能同時使用在一個句子中。

 他說他有寫過信給我，但是我沒有收到。

☒ He said he had written to me, but I didn't receive it.

☐ He said he had written to me, but I didn't receive his letter.

 所代表的詞在上文中並未出現時不能用「it」。

 its [ɪts] pron. 它的；牠的

 這本書已經沒有封面了。

☒ The book has lost it's cover.

☐ The book has lost its cover.

 「it」的所有格是「its」，「it's」是「it is」的縮寫形式，二者絕不可相混。

 itself [ɪt'sɛlf] pron. ①（反身用法）它自己　②（強調用法）它本身

 談話內容本身不錯，但是太長了。

☒ The talk was all right by itself but it was too long.

☐ The talk was all right in itself but it was too long.

 「by itself」指「獨立地」或「單獨地」；而「in itself」表示「本身」。

J

jail [dʒel] n. 監獄；入獄

例句 **他被判處監禁 90 天。**

✗ He was sentenced to 90 days **in the jail**.

○ He was sentenced to 90 days **in jail**.

說明 表示「坐牢」「監禁」時，「jail」前一般不加冠詞，其用法相當於「prison」；如指「監獄」這一建築物則可與冠詞連用。

jealous ['dʒɛləs] adj. 妒忌的，猜忌的；羨慕的

例句 **他們妒忌我們的成功。**

✗ They are **jealous on** our success.

○ They are **jealous of** our success.

例句 **她嫉妒她姊姊的美貌。**

✗ She was **jealous about [for]** her sister's beauty.

○ She was **jealous of** her sister's beauty.

說明 在「envious」「jealous」等表示「嫉妒的」形容詞之後一般用「of」。

jewelry ['dʒuəlrɪ] n. 寶石，珠寶

例句 **小偷偷了她所有的珠寶。**

✗ The thief stole all her **jewelries**.

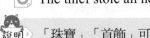

The thief stole all her **jewelry**.

The thief stole all her **jewels**.

「珠寶」「首飾」可以用「jewelry」，也可以用「jewel」，但「jewelry」
是珠寶的總稱，是不可數名詞；「jewel」才是可數名詞。

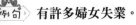 **job** [dʒɑb] n. 工作

有許多婦女失業。

Many women are **out of job**.

Many women are **out of a job**.

Many women are **out of work**.

「job」作「工作」「職業」解時是可數名詞，而「work」是不可數名
詞，「失業」可說「out of a job」，也可說「out of work」。

join [dʒɔɪn] vt., vi. 加入，參加，和⋯一起做

他聽到同學們在唱歌，便走過去一起唱起來。

When he heard his classmates singing, he went over and **took part in**.

When he heard his classmates singing, he went over and **joined in**.

片語「take part in」中的「in」是介系詞，「in」須接受詞，故不可置於
句尾；而「join in」中的「in」可以是介系詞，也可以是副詞，作副詞用
時可以置於句尾。

我們加入了鄉村俱樂部。

We **joined in** the country club.

We **joined** the country club.

例句 你知道他們之中有多少人參加這項研究計畫嗎？

❌ Do you know how many of them joined the research project?

⭕ Do you know how many of them joined in the research project?

說明 「加入黨派、團體、協會等組織」用「join」，不用「join in」；說「加入遊戲、討論等活動」用「join in」，不用「join」。

journey ['dʒɝ·nɪ] n. 旅行；行程

例句 祝你旅行愉快。

❌ I hope you had a good travel.

⭕ I hope you had a good journey.

說明 具體的某一次旅行應說「a journey」；而「travel」是泛指旅行，且不可與不定冠詞連用。

joy [dʒɔɪ] n. ①歡樂，高興　②使人高興的事

例句 看見他如此健康，真是一件令人高興的事。

❌ It's joy to see him so healthy.

⭕ It's a joy to see him so healthy.

說明 「joy」在表示具體的「令人高興的人 [事]」時是可數名詞。

jump [dʒʌmp] vi. ①跳，躍　②驚跳

例句 火車還沒有完全停穩，他就跳了下來。

❌ He jumped off from the train before it had quite stopped moving.

⭕ He jumped off the train before it had quite stopped moving.

說明 「跳離⋯」是「jump off」，「off」是介系詞，其後直接接受詞而不須再接「from」。

 例句 **他們跳上馬，飛馳而去。**

✗ They **jumped on** their horses and dashed away.

○ They **jumped onto** their horses and dashed away.

 說明 「跳上⋯」是「jump onto [on to]」；而「jumped on their horses」是「在馬的身上跳」。

 例句 **聽到這個消息，我們高興得跳起來。**

✗ We **jumped with** joy at the news.

○ We **jumped for** joy at the news.

 說明 「高興得跳起來」是「jump for joy」，「for」在這裡表示原因，不可換為「with」。

K

keen [kin] adj. ①鋒利的 ②熱中的，熱心的；渴望的

例句 她渴望再次見到他。

- ✗ She **is keen in** seeing him again.
- ✓ She **is keen on** seeing him again.
- ✓ She **is keen to** see him again.

例句 我的妹妹熱中集郵。

- ✗ My sister **is keen in** collecting stamps.
- ✓ My sister **is keen on** collecting stamps.

說明 「渴望⋯」「熱中於⋯」可用「be keen to-v」，也可用「be keen on v-ing」，但不可用「be keen in v-ing」。

keep [kip] vt., vi. （使）保持；（使）繼續

例句 她想聽廣播，可他卻滔滔不絕地說話。

- ✗ She wanted to listen to the radio, but he **kept on to talk**.
- ✓ She wanted to listen to the radio, but he **kept on talking**.

說明 「繼續做某事」著重於動作反覆多次時，須用「keep on」，其後通常接動名詞，而不接名詞或不定詞。

例句 我一直在想她正在做什麼。

- ✗ I **kept to wonder** what she was doing.

O I **kept wondering** what she was doing.

 說明 「keep」後面不能接不定詞,而要接動名詞,表示「重複或繼續做某事」。

 例句 **她讓我等了兩個小時。**

X She **kept me to wait** for two hours.

O She **kept me waiting** for two hours.

 說明 「keep」表示「使…處於某種狀態」時,可以使用「keep sb [sth] v-ing」句型;根據需要,「v-ing」部分也可以換成名詞、形容詞、介系詞片語或過去分詞,但不能用不定詞。

 例句 **很抱歉讓你等了這麼久。**

X I am sorry to have **kept** you **to wait** so long.

O I am sorry to have **kept** you **waiting** so long.

 說明 誤句中用「to wait」表示「wait」的動作尚未發生;用不定詞完成式「to have kept...waiting」才表示「wait」這一動作或狀態已發生了。

 例句 **他要孩子們保持安靜。**

X He told the children to **keep quietly**.

O He told the children to **keep quiet**.

例句 **她知道她必須保持鎮定。**

X She knew she must **keep calmly**.

O She knew she must **keep calm**.

 說明 「keep」表示「保持,繼續(處於某種狀態)」時是「連繫動詞」,接形容詞作補語,不能用副詞。

這老師說得太快，我跟不上。

> ✗ I can't **keep with** the teacher who speaks so fast.

> ○ I can't **keep up with** the teacher who speaks so fast.

 表示「跟上」「不落在…後面」要用「keep up with」。

 沒有什麼能阻止我愛她。

> ✗ Nothing can **keep me to** love her.

> ○ Nothing can **keep me from** loving her.

 下雨使我們出不了門。

> ✗ The rain **kept us going** out.

> ○ The rain **kept us from** going out.

 「阻止某人做某事」應說「keep sb from v-ing」，而不能說「keep sb to-v」，也不可與「keep sb v-ing」混淆。

 key [ki] n. ①鑰匙　②解答；線索

 這是你房間的鑰匙。

> ✗ This is the **key in** your room.

> ○ This is the **key to [of]** your room.

他掌握著這起謀殺案的線索。

> ✗ He holds the **key of** this murder case.

> ○ He holds the **key to** this murder case.

 「key」表示「…的鑰匙」時，應說「key to...」或「key of...」；用於比喻意義，表示「…的線索」「…的關鍵」「…的答案」時，後面用介系詞「to」，不用「of」。

kill [kɪl] vt. 殺死；致死

許多人死於心臟病。

✗ Many people were **murdered** by heart disease.

○ Many people were **killed** by heart disease.

「kill」和「murder」都有「殺害」的意思，但「kill」是普通用語，可表示「殺」的各種方式；而「murder」表示「有預謀地非法殺害」。

kind¹ [kaɪnd] n. 種類

你想要哪種書？

✗ What **kind of a book** do you want?

○ What **kind of book** do you want?

我喜歡這種車。

✗ I like **this kind of a car**.

○ I like **this kind of car**.

龍是一種奇異的動物。

✗ Dragon is **a kind of** peculiar **animals**.

○ Dragon is **a kind of** peculiar **animal**.

「a kind of」「this kind of」「that kind of」「what kind of」之後均須接單數名詞，而且不用冠詞。

各式各樣的花卉都展示出來了。

✗ All **kinds of flower** were on show.

○ All **kinds of flowers** were on show.

說明 「kinds of」後面須接複數名詞或者不可數名詞。

 例句 **這樣的書很貴。**

✗ Books **of** this **kind is** quite expensive.

○ Books **of** this **kind are** quite expensive.

說明 在「n+of kind」的句型中,「of kind」修飾名詞,所以述語動詞的數取決於被修飾的名詞。

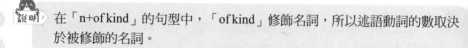 kind² [kaɪnd] adj. 親切的,和藹的,仁慈的

 例句 **你來幫忙我們真是太好了。**

✗ It is very **kind for** you to help us.

○ It is very **kind of** you to help us.

 例句 **你這麼說我很感激。**

✗ It is very **kind for** you to say so.

○ It is very **kind of** you to say so.

 說明 「It is kind of」是固定用法,介系詞不可改為「for」。

 例句 **人們總是對我很好。**

✗ People have always been **kind with** me.

○ People have always been **kind to** me.

 說明 「對…友好 [和藹]」要用「be kind to」來表示,介系詞「to」不可誤作「with」。

knock [nɑk] vi. 敲，擊，打

進來之前敲一下門。

☒ **Knock** the door before you enter.

☐ **Knock at [on]** the door before you enter.

「knock」雖然可以作及物動詞用，但說「敲門」時還是用作不及物動詞，介系詞「at」或「on」不可省略。

know [no] v. ① vt., vi. 知道；懂得　② vt. 認識；了解；熟悉

這不是什麼祕密；人人都知道此事。

☒ This is no secret; it is **known for** all.

☐ This is no secret; it is **known to** all.

表示「某事為某人所了解」用「be known to sb」，其中「to」不可誤作「for」。

我會做蛋糕。

☒ I **know to** make the cake.

☐ I **know how to** make the cake.

他們知道如何表達自己的想法。

☒ They **knew to** express what they thought.

☐ They **knew how to** express what they thought.

「know」後面不能直接接不定詞，而應接帶連接副詞（或連接代名詞）的不定詞。

例句 你知道這附近有一家百貨公司嗎？

   ✗ Do you **know** a department store near here?

   ○ Do you **know of** a department store near here?

例句 我從來沒有見過他，但我聽說過他。

   ✗ I have never seen him, but I **know** him.

   ○ I have never seen him, but I **know of** him.

說明 「know of」表示「聽說過」「知道有（某人或某事）」；如果指直接了解，即「認識（某人）」「知道」「懂得」，則用「know」。

 knowledge ['nɑlɪdʒ] n. ①了解；理解　②知識

例句 我在電子學方面所知有限。

   ✗ I have little **knowledge in** electricity.

   ○ I have little **knowledge of** electricity.

說明 「對於…的了解」「關於…的知識」是「knowledge of...」，其中介系詞「of」不可誤作「about」或「in」。

例句 為了獲得更多的知識，我讀了很多的書。

   ✗ I read many books in order to gain more **knowledges**.

   ○ I read many books in order to gain more **knowledge**.

例句 學生們應該盡可能多增加知識。

   ✗ Students should gain as **many knowledges** as possible.

   ○ Students should gain as **much knowledge** as possible.

 說明 「knowledge」是不可數名詞，沒有複數形式。

他學到不少生物學的知識。

  ✗ He has **learned** a good **knowledge** of biology.

  ◯ He has **acquired** a good **knowledge** of biology.

 他已經學得一點英語知識。

  ✗ He has **learned** a little **knowledge** of English.

  ◯ He has **acquired** a little **knowledge** of English.

  ◯ He has **learned** a little English.

  ◯ He **has** a little **knowledge** of English.

 雖然中文說「學習，得到知識」，但英文不能說「learn [get] knowledge」，動詞應該用「acquire」「gain」。

L

 labor ['lebɚ] n. ①勞動；工作 ②勞工，工人

 這個國家沒有足夠的技術勞工。

> ✗ The country has not enough skilled labors.

> ○ The country has not enough skilled labor.

 說明 「labor」作「工人」或「勞工」解時是總稱，為不可數名詞。

 lack¹ [læk] vt. 缺少，沒有

 他很聰明，但缺乏經驗。

> ✗ He's clever, but he lacks of experience.

> ○ He's clever, but he lacks experience.

 說明 「lack」作及物動詞，後面可直接接受詞，而不需要介系詞「of」。

 她缺乏智慧。

> ✗ She is lacking wisdom.

> ○ She lacks wisdom.

 說明 「lack」表示「缺乏」時不可用進行式。

lack² [læk] n. 缺乏；缺少

因為缺錢，我不能買它。

❌ I can not buy it because of my **lack for** money.

⭕ I can not buy it because of my **lack of** money.

「lack」作名詞時，後面要接介系詞「of」，而不接「for」。

language ['læŋgwɪdʒ] n. ①語言 ②（某國的）本國語，…語

語言是溝通的工具。

❌ **The language** is an instrument for communication.

⭕ **Language** is an instrument for communication.

「language」通稱語言時，前面一般不加「the」。

last [læst] adj. ①最後的 ②最近的；上一個的

他是最後一個離開的人。

❌ He was **last** person to leave.

⭕ He was **the last** person to leave.

「last」用作形容詞作「最後的」解時，相當於序數詞，因而要與「the」連用。

你有什麼最新消息告訴我嗎？

❌ Do you have any **last** news to tell me?

⭕ Do you have any **latest** news to tell me?

說明▷ 「last」表示「最後一個的」；而「latest」表示「最新的」，預示將來還會有新的發生。

 例句▷ **我們昨天上午上了四節課。**

　✗　We had four classes **last morning**.

　○　We had four classes **yesterday morning**.

 說明▷ 表示「昨天晚上」可用「last night」，但要表示「昨天上午 [下午，傍晚等]」應說「yesterday morning [afternoon, evening]」。

 例句▷ **他最後的兩週是在醫院度過的。**

　✗　He spent the **two last** weeks in the hospital.

　○　He spent the **last two** weeks in the hospital.

 說明▷ 「last」和數字連用時，須放在數字之前。

 例句▷ **她上週安全抵達了。**

　✗　She arrived safely **the last week**.

　○　She arrived safely **last week**.

 說明▷ 從說話時算的「上週（last week），上個月（last month），去年（last year）等」，「last」前都不加定冠詞「the」。

 例句▷ **我們相遇於去年。**

　✗　We met **in last year**.

　○　We met **last year**.

 說明▷ 「last」作「上一個」解時，其前不加任何介系詞。

late [let] adj. 遲的，晚的；遲到的

例句 **叫他開會不要遲到。**

✗ Tell him not to **be late at** the meeting.

○ Tell him not to **be late for** the meeting.

說明 「be late for」是固定片語，表示「**做某事遲到**」，其中介系詞「for」不可誤作「at」。

lately ['letlɪ] adv. 近來，最近

例句 **你最近在做什麼？**

✗ What **are** you doing **lately**?

○ What **have** you **been** doing **lately**?

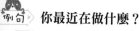

例句 **他最近要出國。**

✗ He will go abroad **lately**.

○ He will go abroad **soon**.

說明 「lately」表示「近來」「最近」時通常與完成式或過去式連用，不與現在進行式連用，也不與未來式連用。

laugh [læf] v. ① vi. 笑　② vt. 笑（至某種狀態）

例句 **他受到同事們的嘲笑。**

✗ He was **laughed** by his colleagues.

○ He was **laughed at** by his colleagues.

説明　「laugh at」是固定片語，意為「嘲笑」，無論用在主動語態還是被動語態中，介系詞「at」都不能去掉。

例句　**他的笑話常常使我們笑出眼淚來。**

❌　His jokes often make us **laugh to tears**.

⭕　His jokes often make us **laugh ourselves to tears**.

説明　表示「使（某人）笑出眼淚」，應說「laugh oneself to tears」，其中「laugh」是及物動詞，不能漏掉其受詞「oneself」。

laughter ['læftɚ] n. 笑；笑聲

例句　**這沒什麼好笑的。**

❌　In this case there is no cause for **a laughter**.

⭕　In this case there is no cause for **laughter**.

説明　「laughter」表示抽象或概括的「笑聲」時是不可數名詞，前面不可加不定冠詞「a」。

launch [lɔntʃ, lɑntʃ] vt. 發動；發出；發射

例句　**煙火放出後，像流星一樣劃過天空。**

❌　Soon after **launching**, the fireworks were shooting across the sky like meteors.

⭕　Soon after the fireworks were **set off**, they shot across the sky like meteors.

説明　「launch」作「發射」解時，一般與表示「人造衛星」「導彈」或「太空船」等現代武器或科學儀器的詞語搭配；而表示「放煙火」可說「set off [shoot off, let off] fireworks」。「launch」一般不與「fireworks」搭配使用。

law [lɔ] n. ①法律；法學　②規定，規則

 你將從事法律還是醫學？

　❌　Will you go in for **the law** or medicine?

　⭕　Will you go in for **law** or medicine?

 「law」作「法律學科」解時，前面一般不加定冠詞。

 遊戲規則告訴人們怎樣玩。

　❌　The **law** of a game tells people how to play it.

　⭕　The **laws** of a game tell people how to play it.

 「law」作「規則」或「規定」解時，一般為可數名詞且常用複數形式。

 lay [le] vt. 放置；使躺下

 他喝醉了躺在大街上。

　❌　He was drunk and **laid** in the street.

　⭕　He was drunk and **lay** in the street.

 「laid」是「lay」（放置）的過去式和過去分詞，而表示「躺」應該說「lie」，它的過去式和過去分詞分別是「lay」和「lain」。

 玩具四散在地板各處。

　❌　The toys were **laying** about on the floor.

　⭕　The toys were **lying** about on the floor.

 我剛才把這本書放在書架上。

　❌　I **lay** the book on the bookshelf a moment ago.

　⭕　I **laid** the book on the bookshelf a moment ago.

說明　「lay」是及物動詞，表示「把…放（在某處）」；「lie」是不及物動詞，表示「躺在（某處）」。

 lead [lid] vt., vi. 導致；使得…

 例句　什麼使他逃跑了？

❌ What led him run away?

⭕ What led him to run away?

 說明　「lead」作「使得」「導致」解時，後面要接帶「to」的不定詞。

 lean [lin] vt., vi. 倚，靠

 例句　由於筋疲力盡，她只好靠在牆上來支撐身體。

❌ Because of weak with exhaustion, she leaned to the wall for support.

⭕ Because of weak with exhaustion, she leaned against the wall for support.

 說明　表示「靠在…上」，用介系詞「against」。

 learn [lɚn] vt., vi. ①學習，學；學會　②得知，獲悉；聽說

 例句　我聽說他在新加坡做生意。

❌ I learned him to be in business in Singapore.

⭕ I learned that he was in business in Singapore.

 說明　「learn」作「聽說」「知道」解時，後面不能接不定詞，往往接「that子句」。

他已學會游泳了。

❌ He has **learned swimming**.

⭕ He has **learned to swim**.

 「learn v-ing」表示「學習做某事」，通常側重於學習的過程；而「learn to-v」表示「學會做某事」，強調學習的結果。

 我聽說過那起事故的情況。

❌ I **learned** the accident.

⭕ I **learned of** the accident.

 「learn」表示「學習」；「learn of [about]」表示「獲悉」「得知」。

 leave [liv] v. ① vt., vi. 離開；出發　② vt. 把⋯留下

 我沒有剩下什麼錢了。

❌ I haven't got any **left money**.

⭕ I haven't got any **money left**.

 「leave」的過去分詞「left」作「剩下的」或「沒有用完的」解時，通常位於所修飾的名詞之後而不是之前。

 我們下個月要去法國。

❌ We're **leaving** France next month.

⭕ We're **leaving for** France next month.

 「leave a place」是指「離開某個地方」；如表示「前往，動身去⋯」，應該說「leave for...」。

我叔叔上星期離開倫敦到巴黎去。

✗ My uncle **left from** London **for** Paris last week.

○ My uncle **left** London **for** Paris last week.

 「離開…去…」要用「leave...for...」，「leave」之後不再用「from」。

 lend [lɛnd] vt., vi. 把…借給

 如果你能明天還我，我就借給你 20 美元。

✗ I'll **borrow** you $20 if you can pay me back tomorrow.

○ I'll **lend** you $20 if you can pay me back tomorrow.

 「borrow」表示「借，借入」，如表示「借出，借給」，應該用「lend」。

他把他的鋼筆借給我了。

✗ He **lent** his pen **for** me.

○ He **lent** his pen **to** me.

○ He **lent** me his pen.

 表示「借給…」時，要用「lend sth to sb」，或者用雙受詞「lend sb sth」。

 less [lɛs] adj. 較少的，更少的

 她花在讀課文上的時間比我少。

✗ She spent **fewer** time reading the text than I did.

○ She spent **less** time reading the text than I did.

 「fewer」和「less」都表示「更少」，但「fewer」只修飾可數名詞，如修飾不可數名詞則要用「less」。

他還不到 30 歲就墮落了。

❌ He was less than thirty, but he was ruined.

⭕ He was under thirty, but he was ruined.

 表示「不到多少歲」，英語習慣用「under」而不用「less than」。

 let [lɛt] vt. 允許，讓

 我們不能讓汙染繼續下去。

❌ We can't let the pollution to go on.

⭕ We can't let the pollution go on.

 「let」作「讓」解時，其後的受詞補語用原形動詞。

 lie¹ [laɪ] n. 謊言

 他從不撒謊。

❌ He never says a lie.

⭕ He never tells a lie.

 表示「說謊」一般說「tell a lie」或「tell lies」，不說「say a lie」或「say lies」。

 lie² [laɪ] vi. 說謊

 對於此事，他向我撒了謊。

❌ He lied me about it.

⭕ He lied to me about it.

lie³ [laɪ] vi. 躺，臥

例句 **他仰臥著，眼睛盯著天花板。**

✗ He **lay to** his **back** and stared up at the ceiling.

○ He **lay on** his **back** and stared up at the ceiling.

說明 「lie on one's back [side]」表示「仰 [側] 臥」，習慣上用「on」，而不用
「to」。

life [laɪf] n. ①生命　②性命　③一生　④生活

例句 **生命是如何起源的？**

✗ How did **the life** begin?

○ How did **life** begin?

例句 **城市生活或鄉村生活，你比較喜歡哪一種？**

✗ Which do you prefer, **a** town **life** or **a** country **life**?

○ Which do you prefer, town **life** or country **life**?

例句 **有些人無所事事地度過一生。**

✗ Some people spent their **life** in idleness.

○ Some people spent their **lives** in idleness.

例句 **在這場森林大火中，100 多人喪生。**

✗ Over a hundred people lost their **life** in the big forest fire.

○ Over a hundred people lost their **lives** in the big forest fire.

說明▶ 「life」泛指「生命」「生活」時，用作不可數名詞，不與冠詞連用；作「一生」解時，多用作可數名詞；作「（人的）性命」解時是可數名詞。

 例句▶ **在倫敦生活費用很昂貴。**

:x: In London **the cost of life** is very expensive.

:o: In London **the cost of living** is very expensive.

 說明▶ 「the cost of life」的意思是「生命的代價」；「the cost of living」的意思是「生活費用」。

 light [laɪt] n. 光；光線；光亮

 例句▶ **暴露在光線下的植物長得快。**

:x: Plants grow rapidly when exposed to **lights**.

:o: Plants grow rapidly when exposed to **light**.

 說明▶ 「light」作「光線」「光亮」解時多用作不可數名詞。

 like¹ [laɪk] v. ① vt., vi. 喜歡，喜愛　② vt. 想要

 例句▶ **他喜歡喝濃咖啡。**

:x: He **likes** his coffee **strongly**.

:o: He **likes** his coffee **strong**.

 說明▶ 在上面的句子中，形容詞修飾受詞，表示結果或方式，不修飾動詞「like」。

 例句▶ **我非常喜歡游泳。**

:x: I **like to swim** very much.

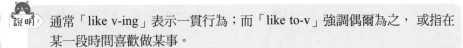

O I **like swimming** very much.

說明▷ 通常「like v-ing」表示一貫行為；而「like to-v」強調偶爾為之，或指在某一段時間喜歡做某事。

例句▷ **我喜歡文學甚於哲學。**

✕ I **like** literature **more** than philosophy.

O I **like** literature **better** than philosophy.

說明▷ 修飾動詞「like」的程度副詞通常是：「very much」「better」「best」，而不是「much」「more」「most」。

例句▷ **你願意和我們一起踢足球嗎？**

✕ **Would** you **like playing** football with us?

O **Would** you **like to play** football with us?

說明▷ 「would like」（第一人稱可用「should like」）表示「想，願意」時，後面只能接不定詞，不能接動名詞。

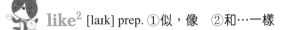

like² [laɪk] prep. ①似，像　②和…一樣

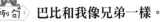

例句▷ **巴比和我像兄弟一樣。**

✕ Bobby and I **like** brothers and sisters.

O Bobby and I **are like** brothers and sisters.

說明▷ 「like」作「像」解是介系詞而不是動詞，前面要加「be動詞」。

例句▷ **尼克的舉止就像她一樣。**

✕ Nick acts **like she**.

O Nick acts **like her**.

「like」作「像」解時是介系詞，後面的代名詞應該用受格。

 他告訴我們要照他做的樣子去做每一件事。

❌ He told us to do everything **like** he did.

⭕ He told us to do everything **as** he did.

 「like」和「as」都有「像…一樣」的意思，但「like」是介系詞，後接名詞，若接句子，則應用連接詞「as」。

 今天天氣如何？

❌ What's the weather today?

⭕ What's the weather **like** today?

 在詢問天氣情況時，應說「What (be) ... like?」，且「like」不能省略。

 limit ['lɪmɪt] n. 界限；限度；限制

 我的耐心是有限度的。

❌ There is **a limit of** my patience.

⭕ There is **a limit to** my patience.

 表示「對…的限度」，應該說「a limit to...」，其中介系詞「to」不能誤作「of」。

 literature ['lɪtərətʃɚ] n. 文學；文學作品

 我對英國文學很感興趣。

❌ I am very interested in **the English literature**.

⭕ I am very interested in **English literature**.

說明 表示「某國文學」，如「Chinese literature」「English literature」等，其前面不用冠詞。「literature」的複數形式「literatures」指不同語言的文學。

 例句 **她從童年起就養成了讀文學作品的習慣。**

❌ She has formed the habit of reading literary books since childhood.

⭕ She has formed the habit of reading literature since childhood.

⭕ She has formed the habit of reading literary works since childhood.

 說明 「literature」既可表示「文學」，也可表示「文學作品」。此外，「文學作品」還可說「literary works」，不能說「literary books」。

---

 litter ['lɪtɚ] n. 廢紙屑，垃圾

 例句 **野餐後記得把垃圾都撿起來。**

❌ Remember to pick up all the litters after your picnic.

⭕ Remember to pick up all the litter after your picnic.

 說明 「litter」作「垃圾」解時為不可數名詞。

---

 little ['lɪtl] pron. 少量；一點點

 例句 **他想得多而做得少。**

❌ He thinks a lot but does a little.

⭕ He thinks a lot but does little.

 說明 「a little」表示肯定意義，與「but」不協調。

locate ['loket, lo'ket] vt. （在…）設置，使…座落於

  工廠位於河邊。

  ✗ The factory **locates** beside the river.

  ○ The factory **is located** beside the river.

  表示「位於」時用「be located」。

lucky ['lʌkɪ] adj. 幸運的，好運的

  你住在這裡真幸運。

  ✗ **It's lucky of you** to be living here.

  ○ **You are lucky** to be living here.

  ○ **It's lucky that** your're living here.

  「lucky」作「幸運的」解時可直接用人或物作主詞，也可用「it」作虛主詞，後面接「that 子句」，但不用「It's lucky of sb＋不定詞」的句型。

luggage ['lʌgɪdʒ] n. 《英》行李

  別忘記把這兩件行李帶著。

  ✗ Don't forget to take the **two luggages** with you.

  ○ Don't forget to take the **two pieces of luggage** with you.

  「luggage」是不可數名詞，表示「一件行李」，應該說「a piece of luggage」。

luxury ['lʌkʃərɪ] n. ①奢侈，奢華　②奢侈品

 我沒有把錢花費在奢侈品上。

❌ I don't have any money to spend on **luxury things**.

⭕ I don't have any money to spend on **luxuries**.

⭕ I don't have any money to spend on **luxury goods**.

⭕ I don't have any money to spend on **luxury items**.

 「奢侈品」一般可說「luxuries」「luxury goods」或「luxury items」，不說「luxury things」。

M

machinery [mə'ʃinərɪ] n. （總稱）機器

例句 我們工廠已引進了許多新機器。

[✗] **Many** new **machineries** have been introduced into our factory.

[O] **Much** new **machinery** has been introduced into our factory.

[O] **Many** new **machines** have been introduced into our factory.

說明 「machinery」是「機器」的總稱，用作不可數名詞，沒有複數形式。表示「許多機器」，應用「much machinery」或「many machines」。

mad [mæd] adj. 發瘋的，發狂的

例句 她孩子的去世使她發瘋了。

[✗] The death of her children have **driven** her **to be mad**.

[O] The death of her children have **driven** her **mad**.

說明 「使某人發瘋」英語用「drive sb mad」來表示。

mail [mel] n. ①郵政制度；郵遞　②郵件

例句 這個星期他收到許多郵件。

[✗] He received **many mails** this week.

[O] He received **a lot of mail** this week.

說明 「mail」表示「一般的信件或郵件」是不可數名詞。

我用航空郵寄了那份公文。

- ❌ I sent the document **by the air mail**.

- ⭕ I sent the document **by air mail**.

 表示「透過航空郵寄」，應說「by air mail」，其中「air mail」前不用定冠詞。

 make [mek] vt. ①製造，做　②使得

 他說得很清楚，他不會接受我們的邀請。

- ❌ He **made clear that** he would not accept our invitation.

- ⭕ He **made it clear that** he would not accept our invitation.

 「make」可接「名詞或代名詞＋形容詞」作其複合受詞，如果名詞或代名詞部分是「that子句」時，則通常用「it」作虛受詞，將「that子句」置於形容詞之後。

 我替你準備一些新鮮的茶。

- ❌ I'll **make** some fresh tea **to you**.

- ⭕ I'll **make you** some fresh tea.

- ⭕ I'll **make** some fresh tea **for you**.

 「make」作「準備」「製造」解時，可以接「make sb sth」句型或「make sth for sb」句型，其中的「for」不能誤作「to」。

 這張桌子是木頭做的。

- ❌ The desk **is made from** wood.

- ⭕ The desk **is made of** wood.

說明 「be made of」和「be made from」都表示「用（某種原料）製成」，但前者往往表示從成品中能看出原料（物理變化），後者表示看不出原料（化學變化）。

man [mæn] n. ①人　②人類

例句 **人終有一死。**

- ✘ **A man** is mortal.
- ◯ **Man** is mortal.

說明 「man」作「人」「人類」的總稱解時多為單數，前面不加冠詞。

例句 **人類完成了許多奇妙的事情。**

- ✘ **Men have** achieved wonderful things.
- ◯ **Man has** achieved wonderful things.

說明 「man」作「人」「人類」的總稱解，且用作主詞時，用單數形式，述語動詞用第三人稱單數。

例句 **現今，人類對環境完全不關心。**

- ✘ Nowadays, **man** is totally indifferent to **their** environment.
- ◯ Nowadays, **man** is totally indifferent to **his** environment.

說明 「man」雖指「全體人類」，但常用「he」「his」一類的代名詞來指代。

manage ['mænɪdʒ] vt., vi. 設法做好

例句 **我設法買一張電影票，但沒有辦到。**

- ✘ I **managed to** buy a film ticket, but failed to get one.
- ◯ I **tried to** buy a film ticket, but failed to get one.

說明 「manage to-v」表示「設法做成某事」，表示動作已經成功；「try to-v」表示「設法做某事」，但不一定成功。

 例句 **她設法在沒有我們的幫助下完成任務。**

❌ She **managed in completing** the task without our help.

⭕ She **managed to complete** the task without our help.

 說明 表示「設法做某事」時「manage」後接不定詞，不接「in＋v-ing」。

 mankind [mæn'kaɪnd] n. 人類

 例句 **人類要比過去幸福多了。**

❌ **Mankind** is much happier than **he** was.

⭕ **Mankind** is much happier than **it** was.

 說明 「mankind」作「人類」解時，通常用作單數，前面不加冠詞，而且句中與「mankind」有關的動詞及代名詞都應保持第三人稱單數的形式。如動詞用「has」「does」，而不用「have」「do」；代名詞用「it」「its」「itself」，而不用「they」「their」「them」「themselves」。

 manner ['mænɚ] n. ①方式，方法　②態度　③禮貌，規矩

 例句 **她繼續以一種敵對的態度對待我。**

❌ She continued to behave in hostile **manners** toward me.

⭕ She continued to behave in a hostile **manner** toward me.

說明 「manner」作「態度」解時是可數名詞，常用單數形式，其前須加冠詞「a」。

注意禮貌。

✗ Mind your **manner**.

○ Mind your **manners**.

 「manner」作「禮貌」解時，須用複數形式。

 many ['mɛnɪ] adj. 許多的，多的

 他教學經驗不太豐富。

✗ He hasn't **many** experience of teaching.

○ He hasn't **much** experience of teaching.

 「many」不可用來修飾不可數名詞。

 許多船隻在那個區域失事。

✗ Many a ship **have** been wrecked in that area.

○ Many a ship **has** been wrecked in that area.

 「many a」表示「許多」，後面接可數名詞的單數形式，述語動詞也必須用單數。

 在去旅館的路上，我問了他很多問題。

✗ On our way to the hotel, I asked him **a good many of** questions.

○ On our way to the hotel, I asked him **a good many** questions.

 「a good many」表示「許多」，後面接一個非限定的複數可數名詞時，不需要加介系詞「of」。

 有這麼多新書，令我難以選擇。

✗ There are **such many** new books that I can't choose.

| O | There are so many new books that I can't choose. |

 說明 在修飾「many [much]＋名詞」時，用「so」，而不用「such」。

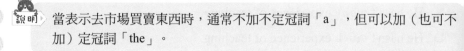
market ['mɑrkɪt] n. 市集，市場

 例句 她去市場買食物。

| X | She went to a market to buy food. |
| O | She went to (the) market to buy food. |

說明 當表示去市場買賣東西時，通常不加不定冠詞「a」，但可以加（也可不加）定冠詞「the」。

例句 這種手錶將很快上市銷售。

| X | This type of watch will shortly be in the market. |
| O | This type of watch will shortly be on the market. |

說明 表示「上市」應用「on the market」，其中介系詞不用「in」。

marriage ['mærɪdʒ] n. 結婚，婚姻

 例句 婚姻是一件很嚴肅的事情。

| X | Marriage are a very serious thing. |
| O | Marriage is a very serious thing. |

 例句 由於意外的情況，婚禮不得不中止。

| X | Owing to unexpected circumstances, the marriage had to be suspended. |
| O | Owing to unexpected circumstances, the wedding had to be suspended. |

 說明 「marriage」是指男女法律上的結合，是一個抽象的概念，是不可數名詞；「wedding」常作「具體的婚禮」解，是可數名詞。

married ['mærɪd] adj. 結婚的，已婚的

我姊姊嫁給一位醫生。

✗ My sister **got married with** a doctor.

○ My sister **got married to** a doctor.

說明 表示「與⋯結婚」可說「get [be] married to」，不可說「get [be] married with」。

marry ['mærɪ] vt., vi. （與⋯）結婚；娶；嫁

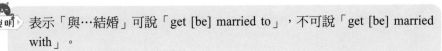

約翰將和珍結婚。

✗ John is going to **marry with** Jane.

○ John is going to **marry** Jane.

說明 「marry」作「嫁」「娶」解時可用作及物動詞，其後直接接受詞；「marry」用作不及物動詞時，通常有副詞修飾。

你結婚多久了？

✗ How long have you **got married**?

○ How long have you **been married**?

他們結婚已經五年了。

✗ They **have married** for five years.

○ They **married** five years ago.

說明 「marry」和「get married」都表示瞬間性動作，不能與表示一段時間的副詞連用。

match [mætʃ] vt., vi.（與…）相配（和…）調和

例句 她的襯衫和裙子不相配。

✗ Her blouse does not **match with** her skirt.

○ Her blouse does not **match** her skirt.

說明 「match」作「與…相配」解時，是及物動詞，後面無須接介系詞。

mathematics [ˌmæθəˈmætɪks] n. 數學

例句 數學是她最弱的科目。

✗ **Mathematics are** her weakest subject.

○ **Mathematics is** her weakest subject.

說明 「mathematics」表示「數學」，可以用作單數，也可用作複數，當它作為學科名稱時，應該視為單數，述語動詞也用單數。

matter[1] [ˈmætɚ] n. ①物質　②事情；問題　③毛病，麻煩

例句 物質世界是由物質組成的。

✗ The physical world is composed of **matters**.

○ The physical world is composed of **matter**.

例句 有幾件事要在會議中討論。

✗ There are several **matter** to be dealt with at the meeting.

○ There are several **matters** to be dealt with at the meeting.

說明 「matter」作「物質」解時是不可數名詞；作「事情」解時，是可數名詞。

你怎麼啦？

✕ What's **the matter to** you?

○ What's **the matter with** you?

 收音機沒有什麼毛病。

✕ There wasn't any **matter with** the radio.

○ There was nothing **the matter with** the radio.

 「the matter with」是固定片語，表示「…出了毛病」。

may [me] aux v. ①可以，許可　②也許，可能　③但願

 願上帝保佑你！

✕ God **may** bless you!

○ **May** God bless you!

 「may」用以表示祝願時，常放在句首。

 你認為有可能下雨嗎？

✕ **May** it rain, do you think?

○ Is it **likely to** rain, do you think?

○ Do you think it **will** rain?

 「may」不能用於提問「是否可能」的疑問句中。

 今天你可以早一點離開辦公室嗎？

✕ **May** you leave the office a little earlier today?

○ **Can** you leave the office a little earlier today?

 在表示「許可」時，「may」只用在主詞為第一人稱的疑問句中；此處主詞為第二人稱，因此不能用「may」，而應用「can」。

例句 他一個人回來了。你不應該讓他那麼做，他可能會迷路的。

❌ He came back alone. You shouldn't have let him do that; he **may** have got lost.

⭕ He came back alone. You shouldn't have let him do that; he **might** have got lost.

說明 「may＋不定詞的完成式」和「might＋不定詞的完成式」都可用來表示對過去發生事情的推斷，但當表示過去的事情可能發生但卻沒有發生時，要用「might」，不用「may」。

maybe ['mebɪ] adv. 或許，大概

例句 那人可能是個老師。

❌ The man **maybe** a teacher.

⭕ The man **may be** a teacher.

說明 「maybe」是副詞，不能當動詞用；情態動詞「may＋be」 可表示「可能是」。

例句 他們也許遺失了我們的地址。

❌ **May be** they have lost our address.

⭕ **Maybe** they have lost our address.

說明 「maybe」是副詞，在句中作副詞組；「may be」是動詞詞組，在句中作述語。

mean [min] vt. ①有⋯的意思　②意圖，打算

例句 如果這意味著要耽擱一個多星期，我就不等了。

❌ I won't wait if it **means to delay** more than a week or so.

I won't wait if it **mean delaying** more than a week or so.

說明 表示「意味著」時，「mean」後面接動名詞（或名詞），不接不定詞。

例句 **他不是故意打破她的花瓶。**

❌ He did not **mean** to break her vase **on purpose**.

⭕ He did not **mean** to break her vase.

⭕ He did not break her vase **on purpose**.

說明 「mean」還可表示「有…意圖[目的]，打算」，與「on purpose」意思重複。

means [minz] n. 方法，手段

例句 **每種可能的方法都試過了。**

❌ Every possible **means have** been tried.

⭕ Every possible **means has** been tried.

說明 「means」表示「方法，手段」時單複數同形，用作主詞時其後的述語動詞的單、複數需根據句意而定。

例句 **她不會說話，但能透過手勢讓人家明白她的意思。**

❌ She could not speak, but made her wishes known **by the means of** signs.

⭕ She could not speak, but made her wishes known **by means of** signs.

說明 表示「透過…」，應該用「by means of...」，在「means」前不可加定冠詞「the」。

medicine ['mɛdəsn̩] n. 藥，內服藥

 農民們使用各種藥物除蟲。

| ✗ | Farmers use various **medicines** to kill insects. |

| ○ | Farmers use various **chemicals** to kill insects. |

 「medicine」作「藥物」解時，是治癒人或動物用的；對付昆蟲或植物的藥物用「chemicals」（化學藥品）。

 他總是吃各式各樣的藥。

| ✗ | He is always **eating medicines**. |

| ○ | He is always **taking medicines**. |

 「take medicine」表示「吃藥」，是固定片語，「take」不可誤作「eat」。

---

meet [mit] vt., vi. 遇到，碰見

 我要你見見我的一些朋友。

| ✗ | I want you to **meet with** some of my friends. |

| ○ | I want you to **meet** some of my friends. |

 「meet」表示「遇見（某人），與（某人）相會」，是及物動詞，可以直接接受詞，不需要加介系詞「with」。

 他開車回家時碰到一起車禍。

| ✗ | He **met** an accident while driving home. |

| ○ | He **met with** an accident while driving home. |

 表示「遭遇」，應用「meet with」。

<u>mend</u> [mɛnd] vt. 修理，修補

我得把手錶修一修。

✗ I'll have my watch mended.

○ I'll have my watch repaired.

他母親正在修補他的襯衫。

✗ His mother is repairing his shirt.

○ His mother is mending his shirt.

「mend」和「repair」都可表示「修補，修理」，常常可以互換使用。但表示「修理手錶、機器」等時多用「repair」；「mend」多指可以透過縫紉進行修補。

<u>mention</u> ['mɛnʃən] vt. 提及，說到

他沒有提到你的建議。

✗ He didn't mention of your suggestion.

○ He didn't mention your suggestion.

「mention」意為「提及…」「說到…」，是及物動詞，後面直接接受詞，不須加介系詞「of」；而「mention」用作名詞時，可以加「of」。

<u>merchandise</u> ['mɝtʃənˌdaɪz] n. 商品，貨物

我們買賣各種商品。

✗ We deal in all merchandises.

○ We deal in all kinds of merchandise.

「merchandise」是貨物或商品的總稱，是不可數名詞。

middle ['mɪdl] n. 中央，正中；中部

彼得在中午回來。

- ✖ Peter came back in the **center** of the day.

- ○ Peter came back in the **middle** of the day.

「middle」和「center」都有「中間」「中央」的含意，但「middle」表示的範圍較大，是大致中心位置或中心區域，也可用於時間；「center」表示正中心。

這個城市是國家的商業中心。

- ✖ The city is the commercial **middle** of the whole country.

- ○ The city is the commercial **center** of the whole country.

「center」可以用於比喻；而「middle」則不可以。

midnight ['mɪd,naɪt] n. 午夜

這嬰兒總是在半夜哭鬧。

- ✖ The baby always cries **at the midnight**.

- ○ The baby always cries **at midnight**.

表示「在半夜」，應該說「at midnight」，「midnight」前沒有定冠詞。類似的如「before midnight」（在午夜前），「after midnight」（在午夜後），「at dawn」（在黎明時），「at noon」（在中午）等。

mind¹ [maɪnd] vt., vi. 介意；反對

幫我關上門好嗎？

❌ Would you **mind to close** the door for me?

⭕ Would you **mind closing** the door for me?

「mind」作「介意」「在乎」解時，後面常接動名詞或子句，而不接不定詞。

別擔心天氣，今晚來看我。

❌ **Don't mind** the weather; come and see me this evening.

⭕ **Never mind** the weather; come and see me this evening.

「mind」用於否定的祈使句時，習慣上只可說「Never mind...」，而不說「Don't mind...」。

mind² [maɪnd] n. 想法，意見

他們認為考試作弊不是什麼可恥的事。

❌ **In** their **minds**, cheating at examinations is not something shameful.

⭕ **To** their **minds**, cheating at examinations is not something shameful.

表示「認為」，可用「to one's mind」，其中的「to」不能誤作「in」。

minus ['maɪnəs] prep. （表示運算）減

10 減 3 等於 7。

❌ Ten **minus** three **are** seven.

⭕ Ten **minus** three **is** seven.

說明 「minus」是介系詞,不是連接詞,所以句子的主詞只有一個,即「ten」,述語動詞與其一致,應該用單數,而不是複數。

minute ['mɪnɪt] n. ①分鐘 ②瞬間,片刻

例句 **他馬上就來幫我。**

❌ He will come to give me his hand **in the minute**.

⭕ He will come to give me his hand **in a minute**.

說明 表示「馬上,立刻」,應該說「in a minute」,而不是「in the minute」。

mirror ['mɪrɚ] n. 鏡子

例句 **她照鏡子。**

❌ She looked at herself **through the mirror**.

⭕ She looked at herself **in the mirror**.

說明 表示「照鏡子」英語要說「look at oneself in the mirror」。

miss [mɪs] vt. 錯過;未趕上

例句 **我沒看到那部電影。**

❌ I **missed to see** that movie.

⭕ I **missed seeing** that movie.

說明 「miss」作「錯過」解時,是及物動詞,接名詞、代名詞或動名詞作其受詞,不能接不定詞。

例句 **他們在森林裡迷了路。**

✖ They **missed** their **way** in the forest.

○ They **lost** their **way** in the forest.

說明 「miss」和「lose」都有「迷失」的含意，但在固定片語「lose one's way」中不能換成「miss」。

 mist [mɪst] n. 霧

例句 **在濃霧中，什麼東西都看不見。**

✖ Nothing was visible in the heavy **mist**.

○ Nothing was visible in the heavy **fog**.

說明 表示「濃霧」，應用「fog」；「mist」的意思是「薄霧」。

 mistake [mə'stek] n. 錯誤，過失

例句 **我們犯了很多錯。**

✖ We have **done** many **mistakes**.

○ We have **made** many **mistakes**.

○ We have **committed** many **mistakes**.

說明 表示「犯錯，做錯」，「do」不與「mistake」搭配，而須用「make」或「commit」。

例句 **我錯拿了他的包包。**

✖ I took his bag **for mistake**.

○ I took his bag **by mistake**.

說明> 「by mistake」意為「由於差錯而…」，其中的「by」不可換成其他的介系詞。

mix [mɪks] vt., vi. 混合，攪和

例句> 不要把這個問題與那個問題弄混。

✗ Don't **mix** this problem **with** that one.

○ Don't **mix up** this problem **with** that one.

說明> 「mix...with...」表示「把…和…混合在一起」；如表示「把…和…搞混」，應該說「mix up...with...」。

moment ['momənt] n. ①瞬間，片刻　②時刻，時機

例句> 她馬上就來。

✗ She will come **at the moment**.

○ She will come **in a moment**.

說明> 「at the moment」意為「此刻」；「in a moment」意為「立刻，馬上」；「at every moment」意為「不斷地」；「at any moment」意為「隨時」；「for the moment」意為「暫時」。

例句> 老師一進來，學生們就都站了起來。

✗ **The moment when** the teacher came in, all the students stood up.

○ **The moment** the teacher came in, all the students stood up.

說明> 「moment」與定冠詞連用可以用來引導副詞子句，表示「一…就…」。但在「the moment」的後面不能接關係副詞「when」，只能接關係代名詞「that」，而「that」又常常省略，所以在使用中見到的多是在「the moment」後直接接子句。

mood [mud] n. 心情，情緒

例句 他現在沒有心情開玩笑。

✗ He is **in no mood of** jokes at the moment.

○ He is **not in the mood for** jokes at the moment.

○ He is **in no mood to** joke at the moment.

說明 表示「沒有心情做某事」應用「be not in the mood for sth [to-v]」或「be in no mood for sth [to-v]」，其中的「for」不可誤作「of」。

moral ['mɔrəl, 'mɑrəl] n. 道德；品行

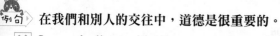

例句 在我們和別人的交往中，道德是很重要的。

✗ In our dealings with others, **moral** are of great importance.

○ In our dealings with others, **morals** are of great importance.

說明 「moral」作「道德」解時習慣用複數。

morning ['mɔrnɪŋ] n. 早晨；上午

例句 他出生於 1963 年 6 月 14 日上午。

✗ He was born **in the morning** of June the 14th, 1963.

○ He was born **on the morning** of June the 14th, 1963.

說明 泛指「在上午」時，介系詞用「in」，特指具體的某個上午時，介系詞用「on」。

例句 他直到昨天上午才回來。

✗ He didn't come back **yesterday morning**.

⭕ He didn't come back until yesterday morning.

🐱 說明 「morning」前有「this」「that」「yesterday」「tomorrow」等修飾時其前一般不用「on」「in」「at」等介系詞，不過根據語意需要，可以與「after」「before」「by」「from」「until」等連用。

🐱 例句 **他清晨就離開家了。**

❌ He left home early in morning.

⭕ He left home early in the morning.

🐱 說明 「early in the morning」表示「一大早」，其中的「the」不能省略。

🐱 **most**[1] [most] adj. 大部分的

🐱 例句 **大多數人都有害怕的東西。**

❌ Most of the people are afraid of something.

⭕ Most people are afraid of something.

🐱 說明 「most of the people」是「這些人中的大多數」；「most people」才表示「大多數人」。

🐱 **most**[2] [most] pron. 大部分，大多數

🐱 例句 **她的大部分論據是以事實為基礎的。**

❌ The most of her arguments are founded on fact.

⭕ Most of her arguments are founded on fact.

🐱 說明 「most of」前面不用定冠詞。

他們最多將在兩個星期後完成任務。

✗ They will fulfill the task in two weeks **at very most**.

○ They will fulfill the task in two weeks **at the very most**.

○ They will fulfill the task in two weeks **at (the) most**.

表示「至多」，可以說「at the very most」或「at (the) most」；在「at the very most」中，定冠詞不能少，而在「at (the) most」中的定冠詞可有可無。

mother ['mʌðɚ] n. ①母親，媽媽　②根源，起源

太陽是光和熱的根源。

✗ The sun is the **mother to** warmth and light.

○ The sun is the **mother of** warmth and light.

名詞「child」「father」「mother」「son」等用作比喻義時，其後一般都用「of」，不用其他介系詞。

move [muv] v. ① vt., vi. 移動；搬動　② vi. 搬家，遷移

史密斯一家搬到紐約已經兩個月了。

✗ The Smiths **has moved** to New York for two months.

○ The Smiths **moved** to New York two months ago.

○ **It has been** two months since the Smiths **moved** to New York.

「move」是瞬間動詞，不與表示一段時間的副詞連用。

movie ['muvɪ] n. ①電影　②電影院

我昨天去看電影了。

❌ I went to movie yesterday.

⭕ I went to the movie yesterday.

⭕ I went to the movies yesterday.

說明 「movie」「theater」「concert」等表示娛樂場所的名詞前一般須加定冠詞。

much¹ [mʌtʃ] adj. 許多的，大量的

他當醫生賺好多錢。

❌ As a doctor he earns much money.

⭕ As a doctor he earns a lot of money.

說明 「much」主要用於否定句或疑問句中。

很抱歉給你添了這麼多麻煩。

❌ I am sorry to give you so lot of trouble.

⭕ I am sorry to give you so much trouble.

說明 當前面有「how」「too」「so」「very」等修飾語，而且所修飾的為不可數名詞時，儘管是在肯定句中，也要用「much」。

much² [mʌtʃ] adv. ①非常，很　②大大地，非常地

事故發生時，他車開得實在太快了。

❌ He was driving too much fast when the accident happened.

He was driving **much too** fast when the accident happened.

 說明 「too much」常用來修飾名詞；「much too」則可用來修飾形容詞或副詞。

 例句 我很高興再次見到你。

I'm **much** glad to see you again.

I'm **very** glad to see you again.

 例句 我在那裡所目睹的跟報紙上的報導大不相同。

What I saw there was **much different** from what was reported in the newspaper.

What I saw there was **very different** from what was reported in the newspaper.

 例句 這是一篇更有趣的故事。

This is a **very more** interesting story.

This is a **much more** interesting story.

 說明 當修飾原級形容詞時須用「very」，不用「much」，但修飾形容詞的比較級時須用「much」。

 music ['mjuzɪk] n. 音樂；樂曲

例句 他們正隨著音樂跳舞。

They are **dancing with the music**.

They are **dancing to the music**.

說明 「隨著音樂跳舞」是「dance to the music」，「和著音樂唱歌」是「sing to the music」，其中介系詞「to」不能用「with」來代替。

例句 他用鋼琴演奏了幾首美妙的樂曲。

❌ He played some wonderful **musics** on the piano.

⭕ He played **several pieces of** wonderful **music** on the piano.

說明 「music」作「樂曲」解是不可數名詞，無複數形式，「幾首樂曲」可說「several pieces of music」。

must [mʌst, məst] aux. v. ①必須　②必定

例句 因為女兒生病，她昨天下班後必須匆匆忙忙地離開。

❌ She **must** leave in a hurry after work yesterday, because her daughter was ill.

⭕ She **had to** leave in a hurry after work yesterday, because her daughter was ill.

例句 因為我覺得不舒服，所以必須提早離開。

❌ I **must** leave early because I wasn't feeling well.

⭕ I **had to** leave early because I wasn't feeling well.

說明 「must」僅用於表示「現在或將來必須做的事」，沒有過去式；表示「過去必須做的事」時要用「had to」。

例句 那不可能是郵差——現在才七點。

❌ That **mustn't** be the postman—it's only seven o'clock.

⭕ That **can't** be the postman—it's only seven o'clock.

說明 對於未知的事情有所推測，肯定句用「must」，否定句用「cannot」。「mustn't」一般指「不許，禁止（做某事）」。

例句 我必須在十點前回來嗎？——不，你不用。

❌ Must I come back before 10 o'clock? —No, you **mustn't**.

Must I come back before 10 o'clock? —No, you needn't.

 說明 在回答由「must」提出的疑問句時，其否定回答應該說「No, you needn't.」。「mustn't」表示「不許，禁止（做某事）」；而「needn't」才表示「不必」。

 例句 他們一定做完工作了，是嗎？

 ✗ They must have finished their work, mustn't they?

 ○ They must have finished their work, haven't they?

 說明 「must」表示推測時，其附加問句的構成應根據「must」後面的動詞形式而定。「must＋have＋過去分詞」與明確的過去時間連用時，附加問句要用「didn't＋主詞」，沒有具體的過去時間時，則用「haven't [hasn't]＋主詞」。

 myself [mar'sɛlf] pron. （「I」的反身形式）我自己

 例句 愛麗絲和我本人都願意去工廠工作。

 ✗ Alice and myself are willing to work in the factory.

 ○ Alice and I myself are willing to work in the factory.

 說明 反身代名詞一般不可用來替代人稱代名詞，但可用來加強語氣。

 例句 我走進去，隨手關上了門。

 ✗ I went in, closing the door behind myself.

 ○ I went in, closing the door behind me.

 說明 在表示地點的介系詞片語中，介系詞的受詞通常用人稱代名詞，而不用反身代名詞。

例句　**我自己做自己的衣服。**

❌ **Myself** makes my own clothes.

⭕ **I myself** make my own clothes.

 說明　反身代名詞不能作句子的主詞，但可以作主詞的同位語或受詞。

N

nap [næp] n. 小睡，打盹；午睡

例句 他中午總要睡一會兒。

❌ He always **sleeps a nap** at noon.

⭕ He always **takes a nap** at noon.

⭕ He always **has a nap** at noon.

說明 與「nap」搭配使用的動詞是「take」或「have」，一般不用「sleep」。

nationality [ˌnæʃən'ælətɪ] n. 國籍

例句 告訴我你的國籍好嗎？

❌ Can you tell me what your **nation** is?

⭕ Can you tell me what your **nationality** is?

說明 「nation」表示「國家」；而「nationality」才表示「國籍」。

例句 他有雙重國籍：波蘭籍和美國籍。

❌ He has **two nationalities**: Polish and American.

⭕ He has **dual nationality**: Polish and American.

說明 「雙重國籍」是「dual [double] nationality」。

near [nɪr] adv. ①臨近，接近　②幾乎，差不多

例句 **國慶日就要到了。**

✗ National Day is drawing **nearly**.

○ National Day is drawing **near**.

說明 「near」和「nearly」都作副詞，「near」指時間或空間上的「近，鄰近」，而「nearly」表示「幾乎，差不多」。

例句 **她差一點殺死了他。**

✗ She **came near to kill** him.

○ She **came near to killing** him.

說明 「come near to」表示「差一點…」，「to」在此為介系詞，不是不定詞，故其後應接名詞或動名詞。

necessity [nəˈsɛsətɪ] n. ①必要（性），需要　②必需品

例句 **沒有必要匆忙。**

✗ There are no **necessities** to hurry.

○ There is no **necessity** to hurry.

說明 「necessity」作「必要（性）」解時是不可數名詞。

例句 **衣食是生活必需品。**

✗ Food and clothing are **necessity** of life.

○ Food and clothing are **necessities** of life.

說明 「necessity」作「必需品」解時是可數名詞，前面可以加「a」，也可以用複數形式。

need¹ [nid] vt. 需要

我需要讓人把我的上衣補一補。

- ❌ I **need** my coat **mending**.
- ⭕ I **need** my coat **mended**.
- ⭕ I **need** my coat **to be mended**.

「need」後可接不定詞或過去分詞作受詞補語，但不能用現在分詞作受詞補語。

這些鞋子需要修理。

- ❌ These shoes **need repaired**.
- ⭕ These shoes **need repairing**.
- ⭕ These shoes **need to be repaired**.

本句儘管在意義上是被動的，但須用主動形式的動名詞，如用不定詞，則須用被動語態。

need² [nid] aux. v. 必須

我們必須現在做嗎？——不，你們不必。

- ❌ Must we do it now?—No, you **mustn't**.
- ⭕ Must we do it now?—No, you **needn't**.

當「must」作「必須」解時，其否定形式是「needn't」（不必），不是「mustn't」。「mustn't」是「禁止；一定不可」的意思。

你不必這麼早動身。

- ❌ You **needn't to set** off so early.

- ⭕ You **don't need to set** off so early.
- ⭕ You **needn't set** off so early.

說明 「need」表示「必須，必要」用在否定、疑問句中時，可以是情態動詞，也可以是實義動詞。用作情態動詞形式為：「needn't＋原形動詞」；用作實義動詞形式為：「(don't [doesn't]) need＋to-v」。

例句 他需要去看病。

- ❌ He **need** see the doctor.
- ⭕ He **needs to** see the doctor.

例句 他必須寫下譯文嗎？

- ❌ **Need** he **to** write down his translation?
- ⭕ **Need** he write down his translation?

說明 「need」作實義動詞表「必須；需要」時接帶「to」的不定詞或名詞；作情態動詞表示「必須；需要」時只用於否定句或疑問句，不用於肯定句。

need³ [nid] n. ①需要，必要　②需要的東西，需求

例句 他需要一位助手。

- ❌ He is **in the need of** an assistant.
- ⭕ He is **in need of** an assistant.

說明 「in need of」「in urgent need of」等片語中，「need」為名詞，但不加定冠詞修飾。

例句 他有必要每天運動。

- ❌ He has **needs** to exercise daily.
- ⭕ He has **need** to exercise daily.

例句 **他們有足夠所需的食物和衣服。**

✗ They had food and clothing sufficient for their **need**.

○ They had food and clothing sufficient for their **needs**.

 說明 「need」作名詞表示「需要」「必要」時是不可數名詞，但當「need」作「需要的東西」「需求」解時則是可數名詞。

 neglect [nɪˈglɛkt] vt. 疏忽；忽略；遺漏

 例句 **她忘了寫信回家。**

✗ She **neglected the letter** to her family.

○ She **neglected to write** home.

○ She **neglected writing** home.

 說明 表示「漏掉或忘記做某事」時，「neglect」後可接不定詞，也可接動名詞，但不可接名詞。

 nerve [nɝv] n. ①神經　②勇氣，膽量

 例句 **他開車時，你要有足夠的膽量才可坐在他旁邊。**

✗ You'll need plenty of **nerves** to sit beside him when he is driving.

○ You'll need plenty of **nerve** to sit beside him when he is driving.

 說明 表示「勇氣」「膽量」時，「nerve」為不可數名詞。

 never [ˈnɛvɚ] adv. ①從未，從來沒有　②絕不

 例句 **我們永遠不會忘記老師給我們的臨別贈言。**

✗ We shall **always not** forget the parting advice of our teacher.

❌ We shall **forever not** forget the parting advice of our teacher.

⭕ We shall **never** forget the parting advice of our teacher.

例句 他上學從不遲到。

❌ He is **often not** late for school.

⭕ He is **never** late for school.

說明 「never」表示「永遠不」或「從未」,「always not」「forever not」和「often not」都無此意。

例句 我從來沒有遇到過這麼怪的人。

❌ **Never I have** met such a strange person.

⭕ **Never have I** met such a strange person.

說明 「never」用於句首時,句子要倒裝。

例句 他從不承認錯誤。

❌ He **admits never** his mistakes.

⭕ He **never admits** his mistakes.

說明 「never」一般置於行為動詞之前,但如果述語動詞是「be 動詞」,則放在「be 動詞」之後;另外,如述語部分有助動詞時,「never」應放在助動詞之後,行為動詞之前。

例句 我從不擅長於數學。

❌ I **wasn't never** good at maths.

⭕ I **was never** good at maths.

說明 通常情況下,句子中用了「never」,就不再用含否定意義的「not」「no」「nothing」等字。

new [nju] adj. 陌生的；不熟悉的

 我們對自己的職責還不熟悉。

❌ We are still **new with** our duties.

⭕ We are still **new to** our duties.

 這項工作對我來說很生疏。

❌ The work is **new for** me.

⭕ The work is **new to** me.

 「new」常與「to」連用，表示「⋯對某人來說是陌生的」或「某人對⋯不熟悉」，其中的介系詞「to」不可誤作「for」。

 news [njuz] n. 新聞；消息

 這消息振奮人心。

❌ The **news are** inspiring.

⭕ The **news is** inspiring.

 「news」是不可數名詞，在句中作主詞時，述語動詞應該用單數形式。

 我聽到這個消息是多麼高興啊！

❌ How happy I was at **these news**!

⭕ How happy I was at **this news**!

 有一個好消息告訴你。

❌ Here are **a** good **news** for you.

⭕ Here is **a piece of** good **news** for you.

說明 「news」是不可數名詞，前面可用「this」「that」等修飾，不可用「these」「those」「several」等修飾。表示「一則或一條消息」可說「a (n) item [piece] of news」。

newspaper ['njuz,pepɚ, 'njus,pepɚ] n. 報紙

例句 我很有興趣研究在報紙上刊登的地圖。

❌ I took a keen interest in studying maps that appeared on the newspapers.

⭕ I took a keen interest in studying maps that appeared in the newspapers.

說明 表示「在報紙上（看到報導）」，要用「in the newspaper」。

next [nɛkst] adj. ①緊接在後的，次於的　②最近的，隔壁的

例句 我期待著下星期天與你見面。

❌ I am looking forward to seeing you on next Sunday.

⭕ I am looking forward to seeing you next Sunday.

說明 當「next」與名詞組成時間片語時，前面通常不用介系詞。

例句 我的房間緊鄰著他的房間。

❌ My room is next his.

⭕ My room is next to his.

例句 他住在我們隔壁的房子裡。

❌ He lives in the house next ours.

⭕ He lives in the house next to ours.

說明 「next to」表示「接近…」「在…隔壁」，「to」不可省。

nice [naɪs] adj. ①美好的，愉快的　②親切的；體貼的

他在晚宴上對我不太親切。

❌ He was not very **nice with** me at the dinner party.

⭕ He was not very **nice to** me at the dinner party.

表示「對…親切」，應該說「be nice to...」，其中介系詞「to」不能誤作「with」。

他真好，送給我一張生日賀卡。

❌ It was **nice for** him to send me a birthday card.

⭕ It was **nice of** him to send me a birthday card.

在「It is [was] nice of...」的句型中，「of」用來引出不定詞的邏輯主詞，不能用「for」來代替。

night [naɪt] n. 夜，夜晚

昨晚我十點鐘睡覺。

❌ I went to bed at ten **yesterday night**.

⭕ I went to bed at ten **last night**.

「昨晚」英語習慣上說「last night」，但表示「昨天早上 [下午]」，則說「yesterday morning [afternoon]」，「昨天傍晚」可說「yesterday evening」，也可說「last evening」。

夜裡風颳得更大了。

❌ The wind blew harder **at the night**.

⭕ The wind blew harder **at night**.

說明 「at night」表示「在夜裡」，「night」前不帶定冠詞。

 例句 他星期天晚上來。

- ✘ He came **in Sunday night**.

- ✔ He came **on Sunday night**.

 說明 「night, morning, afternoon, evening」和「Sunday, Monday, Tuesday...」或特定的日子連用時，其前用「on」。

 nobody ['no‚bɑdɪ, 'no‚bʌdɪ] pron. 沒有人

 例句 誰也不願受責備。

- ✘ **Nobody were** willing to take the blame.

- ✔ **Nobody was** willing to take the blame.

 說明 「nobody」作主詞時，其後述語動詞用單數。

 例句 在那次意外中，沒有一個小孩受傷。

- ✘ **Nobody of** the children was hurt in the accident.

- ✔ **None of** the children was hurt in the accident.

 說明 「nobody」後面一般不接「of+（表示群體的）代名詞 [名詞]」句型，可改用「none of [not one of] +代名詞 [名詞]」。

 例句 今天沒有人缺席。

- ✘ **No body** is absent today.

- ✔ **Nobody** is absent today.

- ✔ **No one** is absent today.

說明 「nobody」表示「沒有人」，不能分開寫。「no one」與「nobody」同義。

noise [nɔɪz] n. ①噪音；喧嘩聲　②聲音，響聲

例句 **不要那麼吵鬧。**

✗ Don't make so many **noises**.

○ Don't make so much **noise**.

例句 **那些奇怪的聲音是什麼？**

✗ What are those strange **noise**?

○ What are those strange **noises**?

說明 「noise」作「喧鬧聲」解時，一般用作不可數名詞；在表示各種不同的聲音時用「noises」。

例句 **孩子們，別吵鬧。**

✗ Don't make noise, boys.

○ Don't make a noise, boys.

說明 「make a noise」為固定片語，「a」不可省略。

none [nʌn] pron. ①沒有人　②一個也沒有；毫無

例句 **這兩個女孩子都不大喜歡運動。**

✗ **None** of the two girls cares much for sports.

○ **Neither** of the two girls cares much for sports.

例句 **我們大家都沒得滿分。**

✗ **Neither** of us have got full marks.

> ✅ None of us have got full marks.

> 說明 「none」用於表示對三個以上的人或物的否定;「neither」是用於對兩個人或物的否定。

> 例句 這些書中沒有一本是我想要的。

> ❌ No one of the books was what I wanted.

> ✅ None of the books was what I wanted.

> 說明 「no one」相當於「nobody」,泛指「沒有人」,後面不能接「of 片語」,而且只能指人不能指物;「none」強調具體範圍,既可以指人也可以指物。

> 例句 沒有什麼香煙是完全無害的。

> ❌ None cigarette is completely harmless.

> ✅ No cigarettes are completely harmless.

> ✅ None of the cigarettes is completely harmless.

> 說明 「none」是代名詞,不能直接接名詞,必須換用「no」,或改成「none of」。

nonsense ['nɑnsɛns] n. 胡說八道,廢話

> 例句 你以為我會相信你的胡說八道嗎?

> ❌ Do you think I'll believe your nonsenses?

> ✅ Do you think I'll believe your nonsense?

> 例句 他說的話全是胡言亂語。

> ❌ What he says is all nonsenses.

> ✅ What he says is all nonsense.

說明 「nonsense」是抽象名詞，有時可在前面加「a」，但不用複數形式。

 nor [nɔr, nɚ] conj. 也不

例句 A: 我不會說德語。B: 我也不會。

❌ A: I can't speak German. B: Nor I can.

⭕ A: I can't speak German. B: Nor can I.

例句 這（也）不是他所說的一切。

❌ Nor this was all he said.

⭕ Nor was this all he said.

說明 「nor」用於句首時，句子須倒裝；「nor」作為連接詞引導子句時，子句亦須倒裝。

例句 我再也沒有見過他，也沒有聽到過他的消息。

❌ I never saw him again, or did I hear from him.

⭕ I never saw him again, nor did I hear from him.

說明 「nor」與「never」或「no」等否定詞連用；「or」用於肯定句中與「either」連用。

not [nɑt] adv. 不，沒

例句 睡眠不足對你的健康有害。

❌ Getting not enough sleep is harmful to your health.

⭕ Not getting enough sleep is harmful to your health.

例句 由於不知道發生了意外，他像往常一樣去上班了。

❌ Having not known about the accident, he went to work as usual.

O Not having known about the accident, he went to work as usual.

說明 構成非述語動詞的否定形式須在前面加「not」。

例句 我求你不要走。

✗ I beg you to not go.

O I beg you not to go.

說明 不定詞的否定式是「not to-v」。

例句 我兩個都不要。

✗ I don't want both of them.

O I don't want either of them.

說明 「either」用於「not」後面，表示全部否定，而「not」用於否定「all, every＋名詞，everyone, both」等時，表示部分否定。

例句 我幾乎不能相信這件事。

✗ I cannot almost believe it.

O I can hardly believe it.

說明 表示「幾乎不」用「hardly」或「scarcely」，「almost」可以修飾「no」「none」「nothing」等字，但不能修飾「not」。

例句 他不僅作出了承諾，而且履行了諾言。

✗ Not only he made a promise, but also he kept it.

O Not only did he make a promise, but also he kept it.

O He not only made a promise, but also he kept it.

說明 「not only」用在句首，第一個子句應倒裝。

例句 **他不僅彈鋼琴，而且還拉小提琴。**

❌ He **not only plays** the piano, **but also** the violin.

⭕ He plays **not only the piano**, **but also the violin**.

例句 **他不但會說英語，還會說法語。**

❌ He **not only speaks** English **but also** French.

❌ **Not only does** he **speak** English, **but** (he **speaks**) French as well.

⭕ He speaks **not only English but also French**.

⭕ **Not only does** he **speak** English **but also** he **speaks** French.

說明 「not only...but also...」所連接的內容在形式上要前後對稱。

例句 **不只這些書，這本詞典也是我的。**

❌ **Not only** the books **but also** the dictionary **belong** to me.

⭕ **Not only** the books **but also** the dictionary **belongs** to me.

說明 用「not only...but also...」連接兩個部分作主詞時，其述語動詞的單、複數要與「but」後的主詞保持一致。

note [not] n. ①筆記，摘記　②短信，短箋

例句 **他做了上課筆記。**

❌ He made [took] (a) **note** of the lecture.

⭕ He made [took] **notes** of the lecture.

例句 **她寄了封感謝信給主人。**

❌ She sent **notes** of thanks to her host.

⭕ She sent **a note** of thanks to her host.

說明 「note」作「筆記」解時，常用複數形式；而作為「書信」解時，常用單數形式。

例句 我要把你所告訴我的記錄下來。

❌ I will **take note of** what you have told me.

⭕ I will **take a note of** what you have told me.

說明 「take a note of」表示「記錄」；而「take note of」表示「注意」。

nothing ['nʌθɪŋ] pron. 沒有什麼，無物 [事]

例句 他除了整天睡覺以外什麼也不做。

❌ He does **nothing but to sleep** all day.

❌ He does **nothing but sleeping** all day.

⭕ He does **nothing but sleep** all day.

說明 「do」與「nothing but」連用時，其後須用原形動詞。

例句 我沒有什麼有趣的事要告訴你。

❌ I have **interesting nothing** to tell you.

⭕ I have **nothing interesting** to tell you.

說明 當形容詞修飾「something」「everything」「anything」「nothing」「some-body」「anywhere」等字時，形容詞必須置於其後。

例句 我確定他與那件事無關。

❌ I'm sure he **has nothing with** the matter.

⭕ I'm sure he **has nothing to do with** the matter.

說明 「have nothing to do with ...」為固定片語，表示「和…無關」。

number ['nʌmbɚ] n. ①數，數字 ②數目，數量

 學生的人數在增加。

❌ Students are increasing **in their number**.

⭕ Students are increasing **in number**.

 「in number」表示在「在數目上」，「number」前不加冠詞。

工作的數量在增加。

❌ **The number of** jobs **are** increasing.

⭕ **The number of** jobs **is** increasing.

 車站有許多人。

❌ There **is a** large **number of** people at the station.

⭕ There **are a** large **number of** people at the station.

 「the number of＋複數名詞」意為「…的數目」，動詞用單數形式；「a number of＋複數名詞」相當於「many [some] ＋複數名詞」，動詞通常用複數形式。

obey [ə'be, o'be] vt., vi. 服從；聽從；遵守

例句 學生在課堂上必須聽老師的話。

☒ Students should **obey to** their teachers in class.

◯ Students should **obey** their teachers in class.

說明 「obey」表示「服從某人，遵循某制度」時用作及物動詞，其後不加「to」。

object [əb'dʒɛkt] v. ① vi. 反對；抗議　② vt. 提出…作為反對的理由

例句 他們反對離開學校去工作。

☒ They **objected to leave** school and **go** to work.

◯ They **objected to leaving** school and **going** to work.

說明 「object」表示「反對」「不贊成」時是不及物動詞，與介系詞「to」連用，後接名詞或動名詞。

例句 她的母親反對她晚上在外面待到很晚才回家。

☒ Her mother **objected that** she stayed out until very late at night.

◯ Her mother **objected to** her staying out until very late at night.

說明 「object+that子句」表示「提出某事作為反對的理由或根據」，可以譯為「反對說…」；而「object to (v-ing)」表示「反對做（某事）」。

oblige [əˈblaɪdʒ] vt. 感激

我們非常感激你的幫助。

✗ We oblige you for your help very much.

◯ We are (very) much obliged to you for your help.

「oblige」表示「使⋯感激」時，固定的句型為「be obliged to sb for...」，意為「因某事而對某人表示感激」。

observe [əbˈzɝv] vt. 看到；注意到

他們沒有注意到湯姆進來並上樓了。

✗ They did not observe Tom to come in and go upstairs.

◯ They did not observe Tom come in and go upstairs.

◯ They did not observe Tom coming in and go upstairs.

「observe」作「注意到」「看到」解時，其後的述語動詞可用原形，也可用「v-ing」形式，但不用「to-v」形式。

obstacle [ˈɑbstəkl] n. 障礙（物），阻礙

缺乏教育是成功的阻礙。

✗ Lack of education is an obstacle of success.

◯ Lack of education is an obstacle to success.

這艱難的任務有許多阻礙。

✗ There are many obstacles to fulfil the difficult task.

◯ There are many obstacles to fulfilling the difficult task.

說明▶ 表示「…的障礙」，應該說「obstacle to...」，其中介系詞「to」不能誤作「of」，「to」後面應接名詞或動名詞，不能接不定詞。

occasion [əˈkeʒən] n. 時刻，場合

例句▶ **他偶爾寫信給我。**

❌ He writes me letters **on occasions**.

⭕ He writes me letters **on occasion**.

說明▶ 「on occasion」是固定片語，表示「有時，偶爾」，其中「occasion」不能用複數形式。

occur [əˈkɜ] vi. ①發生　②被發現，想到 [起]

例句▶ **我突然想起我還沒有交論文。**

❌ **It occurred me** suddenly that I had not handed in my paper.

⭕ **It occurred to me** suddenly that I had not handed in my paper.

說明▶ 「occur」是不及物動詞，後面不能直接接受詞，表示「使某人想起」，應該用「It occurred to sb」句型。

o'clock [əˈklɑk] adv. …點鐘

例句▶ **現在是八點十分。**

❌ It's ten past **eight o'clock**.

⭕ It's ten past **eight**.

說明▶ 「o'clock」表示「…點鐘」，前面應是表示整點的名詞，例如「eight o'clock」；如果表示的時間不是整點，就不能加「o'clock」。

到晚上七點，孩子已找到了。

❌ By seven o'clock p.m. the child had been found.

⭕ By seven p.m. the child had been found.

⭕ By seven o'clock in the evening the child had been found.

 「o'clock」（…點鐘）不能和「p.m.」（下午；晚上）或「a.m.」（上午）一同使用。誤句中「o'clock」應去掉，或者把「p.m.」改成「in the evening」。

 of [ɑv, ʌv, əv] prep. …的；屬於…的

 他是我哥哥的一個朋友。

❌ He is a friend of my brother.

⭕ He is a friend of my brother's.

 當「of片語」表示總體中的一部分時，「of」後的名詞要用所有格，代名詞要用名詞性的所有格代名詞，構成一種雙重所有格。

 運動對人們很有益。

❌ Sports and games are great value to people.

⭕ Sports and games are of great value to people.

 「be of＋名詞」的句型相當於「be＋形容詞」的句型，說明主詞的性質、狀態、特徵等。

 這是我父親的房子。

❌ This is the house of my father.

⭕ This is my father's house.

 「's」的所有格形式和「of」所有格形式常可互換使用，但如果其中一個是有生命的，而另一個又屬於其所有物時則不能使用「of」所有格形式。

我們倆都喜歡打棒球。

❌ Both us like playing baseball.

⭕ Both of us like playing baseball.

表示「我們倆都…」，應該說「both of us ...」。「both」在此是代名詞，「of」不可省略。

off [ɔf] prep. ①離開… ②從…脫落

那個嬰兒從高腳椅上跌了下來。

❌ The baby fell off from its high chair.

⭕ The baby fell off its high chair.

「fall off」表示「從…摔落」時，「off」是介系詞，後面須接名詞。

告示牌上寫著：「請勿踐踏草地」。

❌ "Keep of the grass", the sign says.

⭕ "Keep off the grass", the sign says.

「off」表示「離開…」；「of」表示「從屬，說明」。

office ['ɔfɪs, 'ɑfɪs] n. ①辦公室 ②公職，官職；職位

他在辦公室。

❌ He is at office.

⭕ He is at the office.

「office」作「辦公地點」或「辦公室」解時常與「the」或所有格代名詞連用。

史密斯太太打算在她的孩子們自立後就馬上退休。

❌ Mrs. Smith plans to retire **from the office** as soon as all her children are self-supporting.

⭕ Mrs. Smith plans to retire **from office** as soon as all her children are self-supporting.

 「office」作「公職」「職位」解時，前面一般不加所有格代名詞或冠詞。

哪一個黨派會在下次大選之後執政還不得而知。

❌ It's still unknown which party will **be in the office** after the next general election.

⭕ It's still unknown which party will **be in office** after the next general election.

 表示「執政」，應該說「be in office」，其中「office」前沒有定冠詞。

often [ˈɔfən, ˈɔftən] adv. 常常，時常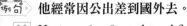

他經常因公出差到國外去。

❌ He **travels often** abroad for business.

⭕ He **often travels** abroad for business.

 「often」一般放在行為動詞之前，「be 動詞」、助動詞或情態動詞之後，但在強調「be 動詞」、助動詞或情態動詞時例外。

你多久寫一次信給你的父母？

❌ How **long** do you write to your parents?

⭕ How **often** do you write to your parents?

 「how long」指一種行為持續的時間；而「how often」則表示「多久一次」，即某種行為發生的頻率。

oil [ɔɪl] n. ①油　②石油　③油畫；油畫顏料

　我們國家有許多石油。

✗ Our country has **many oil**.

○ Our country has **plenty of oil**.

　「oil」是不可數名詞，不能用「many」來修飾，應該換用修飾不可數名詞的詞或詞組，如「much」「plenty of」「a great deal of」「a large amount of」等。

　一幅油畫常常遠看比較好看。

✗ A painting in **oil** often looks better at a distance.

○ A painting in **oils** often looks better at a distance.

　「oil」作「油畫顏料」解時，常用複數形式。

old [old] adj. ①老的，年老的　②…歲的

　那個三歲的孩子能自己穿衣服了。

✗ The **three years old** boy can dress himself.

○ The **three-year-old** boy can dress himself.

　當「一以上的基數詞＋表時間 [年齡] 的名詞＋ old」句型用作形容詞時，其名詞一般用單數形式，且字與字之間須有連字符號。

　得獎的學生是一個 19 歲的女孩。

✗ The student who won the prize was a girl **of nineteen years old**.

○ The student who won the prize was a girl **of nineteen**.

　用「of+數字」表達年齡時，數字後不接「years old」。

身為一個政界元老，他很受尊敬。

☒ As an **older** statesman, he is held in great respect.

◯ As an **elder** statesman, he is held in great respect.

 表示「資格老，地位高」，不能用「older」，而要用「elder」。

 我比我弟弟大三歲。

☒ I'm **elder** than my younger brother by three years.

◯ I'm **older** than my younger brother by three years.

 就年齡的大小進行比較時，應該用「older」，而不是「elder」。

 老人不了解年輕人。

☒ The old **does** not understand young people.

◯ The old **do** not understand young people.

 「the old」泛指「老人」，述語動詞應該用複數。

 on [ɑn] prep. ①在…上　②在…；…就　③關於…

 一到那個城市，他就打電話給瑪麗。

☒ **In** reaching the city, he called up Mary.

◯ **On** reaching the city, he called up Mary.

 「on＋v-ing」意為「一…就」或「當…時」，表示兩個動作緊接著發生；「in＋v-ing」意為「在…期間」，表示一段時間。

 我讀到一篇有關英國工業問題的文章。

☒ I read an article **about** British industrial problems.

◯ I read an article **on** British industrial problems.

「on」和「about」均可表示「有關…」或「論及…」。「on」表示書、文章的學術性和專業性，可供專門研究這一問題的人閱讀；「about」則表示內容的普及性，大眾化。

 大部分的人在星期六下午一點結束工作。

✕ Most people finish work at one o'clock **at** Saturday.

◯ Most people finish work at one o'clock **on** Saturday.

 表示具體的某一天，包括節日的名稱及各週日的名稱前要用介系詞「on」，而不是「at」或「in」。

 我們下星期二會面。

✕ We are to meet **on next** Tuesday.

◯ We are to meet **next** Tuesday.

 表示「星期幾」時要用介系詞「on」，但詞組中有「next」或「last」時，介系詞通常省略。

 我看見兩個人騎在馬上。

✕ I saw two men **on the horseback.**

◯ I saw two men **on horseback.**

 「on horseback」意思是「騎馬」，表示方式、狀態，「horseback」前不加定冠詞。

once[1] [wʌns] conj. 一旦… ; 一…就…

 一旦你懂得了這規則，你就不再有困難了。

✕ **Once** you **will** understand this rule, you will have no further difficulty.

◯ **Once** you understand this rule, you will have no further difficulty.

說明 「once」表示「一旦…」，引導一個條件副詞子句，可用現在式表示將來。

 once² [wʌns] adv. ①一次 ②曾經，昔日

 例句 我曾到過那裡一次。

✗ I have been there **one time**.

◯ I have been there **once**.

 說明 「一次」，英文用「once」，而不用「one time」，「兩次」是「twice」，「三次」則用「three times」，依此類推。

 例句 我希望你再來一次。

✗ I hope you will come here **once and again**.

◯ I hope you will come here **once again**.

 說明 「once again」意思是「再一次」；「once and again」意思是「再三」或「一而再」。

 one¹ [wʌn] pron. 一個人；任何人；人

 例句 一個人如果不努力嘗試，就不會成功。

✗ **One** can't succeed if **you** don't try hard.

◯ **One** can't succeed if **he** doesn't try hard.

 說明 「one」用來指代（泛指）人時，通常用第三人稱單數。

 例句 有人在敲門。

✗ **One** is knocking at the door.

O Someone is knocking at the door.

說明 「one」泛指「任何人」，而表示「不知身分的某人」應用「someone」。

例句 你的筆很好寫，我可以用嗎？

X Your pen writes very well. May I use one?

O Your pen writes very well. May I use it?

說明 「one」表示「任何一個」是泛指的意義，不能代替前面提到的那一個東西；而「it」卻是一種特指，指代前面提到的一個單數名詞。

例句 我的一位朋友死於車禍。

X One of my friends were killed in a traffic accident.

O One of my friends was killed in a traffic accident.

說明 在「one of+複數名詞」的句型中，「one」是主體，用作主詞時，其述語動詞要與「one」一致，使用單數形式。

例句 你瓶子裡的牛奶比我瓶子裡的多。

X The milk in your bottle is much more than one in mine.

O The milk in your bottle is much more than that in mine.

說明 「one」與「that」都可以用來代替前面已出現過的名詞，以避免重複。「one」代替可數名詞；而「that」代替不可數名詞。

例句 我們班的女生比你們班的女生更活躍。

X The girls in our class are more active than ones of your class.

O The girls in our class are more active than those of your class.

說明 在這裡，雖然「ones」和「those」都是前面提到的複數名詞，但如果這個代名詞後有一個介系詞片語修飾，則習慣用「those」。

one² [wʌn] adj. ①一個的;一人的　②某一

我已經等了一個半小時。

✗ I've been waiting for **one and a half hour**.

○ I've been waiting for **one and a half hours**.

「one and a half」這一片語後須接複數名詞。

他要在這裡等一兩個小時。

✗ He will wait here for **one** hour **or two**.

○ He will wait here for **an** hour **or two**.

○ He will wait here for **one or two** hours.

表示「一、兩個…」這一概念時,要用「a [an]+名詞+or two」或「one or two+複數名詞」,兩者不可混用。上列片語作主詞時,述語動詞可用單數形式,也可用複數形式。

去年夏天的某一天他們去鄉間旅行。

✗ **Some day** last summer they made a trip to the country.

○ **One day** last summer they made a trip to the country.

「one day」用於過去式的句子中,表示「有一天」,用於未來式的句子中,表示「將來有一天」;而「some day」只用於表示將來的句子中,不與過去式連用。

only¹ ['onlɪ] adv. 只有;才

過了三個月之後,我才再次見到她。

✗ **Only** after three months I **saw** her again.

○ **Only** after three months **did I see** her again.

只有在開始下雨時，他才注意到他把雨衣忘在什麼地方了。

✗ Only when did it start to rain he noticed that he had left his raincoat somewhere.

○ Only when it started to rain did he notice that he had left his raincoat somewhere.

 「only」放在句首表示強調時，一般用倒裝語序，在複合句中使用倒裝語序時，只有主要句倒裝，而子句不必倒裝。

 我只有一個女兒。

✗ I only have one daughter.

○ I have only one daughter.

 「only」可用作形容詞，修飾名詞，也可用作副詞，修飾形容詞、動詞、副詞或是句子。無論用作形容詞還是用作副詞，都須緊靠所修飾的詞語。

 我要是有更多的錢就好了，那我可以買些新衣服了。

✗ Only I had more money, I could buy some new clothes.

○ If only I had more money, I could buy some new clothes.

 「if」與「only」連用（通常後面用過去式或過去完成式），可表達強烈的願望或遺憾。

 不僅你錯了，他也錯了。

✗ Not only you but also he are wrong.

○ Not only you but also he is wrong.

 「not only...but also...」連接兩個並列主詞時，述語動詞須和後面的主詞一致。

 我不僅聽說過它，我還見過它。

✗ Not only I heard about it, but I saw it.

☒ **Not only did I heard** about it, but I saw it.

 說明 「not only」置於句首時，後面的子句要用倒裝句。

 only² ['onlɪ] adj. ①唯一的，僅有的　②單獨的，只有一個的

 例句 這是我唯一喜歡的一本書。

☒ It is the **only one** book that I really like.

☑ It is the **only** book that I really like.

說明 「only」用作形容詞，表示「唯一的」時，可以直接修飾名詞，其中不要再插入「one」。

 open ['opən, 'opn̩] adj. ①開著的；開放的　②坦率的；無偏見的

 例句 商店開門了嗎？

☒ Are the shops **opened** yet?

☑ Are the shops **open** yet?

說明 表示一種狀態須用「be open」，「open」是形容詞。

 例句 這個花園開放給民眾。

☒ The garden **is open for** the public.

☑ The garden **is open to** the public.

說明 表示「向…開放」時，要用「be open to ...」，不用「be open for ...」。

 例句 我願開誠布公地跟你談那件事。

 ☒ I will **be open to** you about it.

 ☑ I will **be open with** you about it.

說明 ▷ 表達「對某人坦白，無隱瞞的，開誠布公的」，用「be open with sb」，而不能用「be open to sb」。

operate [ˈɑpəˌret] vi. 動手術

例句 ▷ **醫生決定立即為我動闌尾炎手術。**

❌ The doctor decided to **operate on** my appendicitis soon.

⭕ The doctor decided to **operate on** me **for** appendicitis soon.

說明 ▷ 「operate on」的受詞只能是人，而不是某種病症，表示「因⋯為某人動手術」，應該說「operate on sb for sth」。

operation [ˌɑpəˈreʃən] n. 手術

例句 ▷ **醫生將替他動手術。**

❌ The doctor will **make an operation** on him.

⭕ The doctor will **perform an operation** on him.

說明 ▷ 「動手術」是「perform an operation」，不可受中文的影響而用「make [do] an operation」。

opinion [əˈpɪnjən] n. 意見，看法；主張

例句 ▷ **據他看來，這是本好書。**

❌ **According to his opinion**, this is a good book.

⭕ **In his opinion**, this is a good book.

⭕ **According to him**, this is a good book.

說明 表達「根據某人的看法、意見」須用「in one's opinion」或者「according to sb」。

 例句 你對這位新老師的印象如何？

 ❌ **How** is your **opinion** of the new teacher?

 ⭕ **What** is your **opinion** of the new teacher?

 說明 對「opinion」提問須用「What」。

 例句 我認為這些新的圖樣比舊的好多了。

 ❌ I **am in the opinion that** the new designs are much better than old ones.

 ⭕ I **am of the opinion that** the new designs are much better than old ones.

 說明 表示「認為…」，可以說「be of the opinion that...」，其中介系詞「of」不能誤作「in」。

 oppose [ə'poz] vt. 反對；阻礙

 例句 他反對這項計畫。

 ❌ He **opposed to** the plan.

 ⭕ He **opposed** the plan.

 ⭕ He **was opposed to** the plan.

 說明 「oppose」表示「反對」時可作及物動詞，後面直接接受詞，無須用介系詞「to」；如果使用形容詞「opposed」，則要用「be opposed to sth」。

 例句 他們都反對延後會議。

 ❌ They **are** all **opposed to put** the meeting off.

 ⭕ They **are** all **opposed to putting** the meeting off.

說明 在「be opposed to」這個片語中，「to」是介系詞，須接「v-ing」而不接「to-v」。

 opposite [ˈɑpəzɪt] prep. 在⋯對面

 例句 **那家飯店在教堂的對面。**

  ✖ The hotel is **opposite from** the church.

  ◯ The hotel is **opposite** the church.

 說明 「opposite」用作介系詞，意為「在⋯對面」，無須再加介系詞「from」。

 or [ɔr, ɚ] conj. ①或，或者　②否則，要不然　③⋯和⋯都不

 例句 **他不喝酒也不抽煙。**

  ✖ He **neither** drinks **or** smokes.

  ◯ He **neither** drinks **nor** smokes.

 說明 「either...or」「neither...nor」是固定句型，不能互相交換。

 例句 **他不喝酒也不抽煙。**

  ✖ He does not drink **nor** smoke.

  ◯ He does not drink **or** smoke.

 說明 在兩個連接詞的簡單句（否定句）中用「or」，不用「nor」。

 例句 **月球上既沒有水也沒有空氣。**

  ✖ There is **no** air **and** water on the moon.

  ◯ There is **no** air **or** water on the moon.

說明〉當一系列並列的事物處於否定句中時，用「or」去連接表示全部否定，而用「and」去連接表示部分否定。

 例句〉**不是你就是她在撒謊。**

　✕　Either you or she **have** been lying.

　○　Either you or she **has** been lying.

 說明〉「either...or...」用作主詞時述語動詞的單、複數與「or」後的人稱代名詞一致。

 例句〉**我們走吧，要不然就趕不上火車了。**

　✕　Let's get moving, **but** we will miss the train.

　○　Let's get moving, **or** we will miss the train.

 說明〉在「祈使句＋簡單句」的句型中，祈使句的作用相當於一個條件副詞子句，簡單句前用並列連接詞連接，「but」表示「轉折」，「or」表示「假設」。

 例句〉**是老闆還是他的助理在辦公室？**

　✕　**Are** the boss or his assistants in the office?

　○　**Is** the boss or his assistants in the office?

 說明〉如「or」連接的名詞都是單數，動詞也用單數；當「or」連接兩個或兩個以上的名詞作主詞，其中既有單數名詞也有複數名詞時，應採用就近原則，即：述語動詞單、複數的變化應該與最靠近它的那個名詞一致。

 oral ['orəl, 'ɔrəl] adj. 口頭的，口述的

 例句〉**他的英語口語十分流利清晰。**

　✕　His **oral** English is very fluent and clear.

| O | His **spoken** English is very fluent and clear.

 說明 「oral」表示「口頭的，口述的」，可用於與學術相關的片語中，如：「oral skills」（口說技能），「oral test」（口試）；但是，表示「英語口語」須用「spoken English」。

order[1] ['ɔrdə-] n. ①命令　②訂購，訂貨；訂單

例句 **他們向那間工廠訂購了 100 臺電視機。**

| X | They **placed an order of** one hundred TV sets **for** the factory.

| O | They **placed an order for** one hundred TV sets **with** the factory.

說明 表達「向…訂購…」，常用「place an order for sth with sb」。

例句 **他走進花園想看看花。**

| X | He went into the garden **in order to** he might look at the flowers.

| O | He went into the garden **in order that** he might look at the flowers.

說明 「in order to」和「in order that」都可以引導目的副詞組，但「in order to」後接原形動詞，「in order that」後接子句。

例句 **我現在就要出發，以免錯過開頭部分。**

| X | I'm going to start now, **in order to not** miss the beginning.

| O | I'm going to start now, **in order not to** miss the beginning.

說明 「in order to」表示「為了…」，在表示否定意義時，否定詞「not」要加在「to」前。

order[2] ['ɔrdɚ] vt. 命令；囑咐

 我命令門必須鎖上。

❌ I **ordered that** the gate **must** be locked.

⭕ I **ordered that** the gate **(should)** be locked.

 當「order」作「命令」「囑咐」解時，後面「that 子句」中的述語動詞要用假設語氣，即用「（should+）原形動詞」。

 醫生要求他臥床休息。

❌ The doctor **ordered** him **stay** in bed.

⭕ The doctor **ordered** him **to stay** in bed.

 表達「命令某人做某事」，用「order sb to-v」這一句型，其中「to」不可省略。

other[1] ['ʌðɚ] pron. ①其他的 [別的] 人 [物]　②其餘的人 [事物]

 兩個學生在練習講英語。一個在提問，另一個在回答。

❌ Two students are practicing speaking English. **One** is asking questions, **another** is answering him.

⭕ Two students are practicing speaking English. **One** is asking questions, **the other** is answering him.

 指兩個人或兩個事物中的另一個，用「the other」；指三個以上的另一個，用「another」。

 倫敦是個大城市，紐約也是個大城市。

❌ London is a great city, and New York is **the other**.

⭕ London is a great city, and New York is **another**.

說明 「the other」用於表示兩個中的第二個；而「another」用於表示幾個或許多個以外的另一個。

例句 那門課程的一些讀物相當有趣，而另一些則會使我入睡。

❌ Some of the readings for that course were very interesting; other put me to sleep.

⭕ Some of the readings for that course were very interesting; others put me to sleep.

說明 談到許多人或東西，泛指「一些怎樣，另一些又怎樣」時，通常用「some...others」。如泛指「其餘的人」或「其餘的東西」時，則用「the others」，或「the other＋可數名詞的複數形式」。

other² ['ʌðɚ] adj. ①其他的，另外的　②（兩個中的）另一個

例句 只有你的背包在這裡。其他的行李在什麼地方？

❌ Only your bag is here. Where is the other baggage?

⭕ Only your bag is here. Where is the rest of the baggage?

說明 「the other」只和可數名詞單、複數連用。「baggage」是行李的總稱，是不可數名詞，「其餘的行李」可以說「the rest of the baggage」。

例句 在所有的作家中，他是最受歡迎的一位。

❌ Of all the other writers, he is the most popular one.

⭕ Of all the writers, he is the most popular one.

說明 當比較的範圍包括其本人在內時，不能用「other」，即句中的「he」也屬「所有的作家」這一範疇。

例句 當珍妮和佩特到來時，我又點了兩杯咖啡。

❌ When Jane and Pat arrived, I ordered two other cups of coffee.

When Jane and Pat arrived, I ordered two more cups of coffee.

說明 「two more」表示比原來多兩杯，側重數量；「two other」表示另外兩杯，側重種類。

 ough [ɔt] aux. v. 應該；應當

例句 我理應去的，但是又去不了。

 I ought go, but cannot go.

 I ought to go, but cannot.

說明 「ought」在任何情況下都不能省略其後的「to」。對於「can」或「cannot」來說，如前面已有原形動詞，則可省略後面的原形動詞。

 out [aʊt] adv. 向外，在外；外出

例句 她從房間裡跑了出來。

 She ran out from the room.

 She ran out of the room.

 She ran from the room.

說明 表示「從…裡面向外」，可說「out of」或「from」，不可說「out from」。

 outside ['aʊt'saɪd] n. 外面，外部

例句 他們從正在著火的那幢大樓裡跑了出來。

 They ran from the burning building to outside.

 They ran from the burning building to the outside.

「outside」用作名詞時，其前面要加「the」。

over ['ovɚ] prep. ①在…的正上方，在…的上方　②越過

飛機正飛過丹麥的上空。

❌ The plane was flying **above** Denmark.

⭕ The plane was flying **over** Denmark.

儘管「above」與「over」都可表示「在…上方」，但表示「越過…」時，通常用「over」。

owe [o] vt., vi. ①欠…債　②應把…歸功於

我們還欠 100 美元車款。

❌ We still **owe** one hundred dollars **to** the car.

⭕ We still **owe** one hundred dollars **on** the car.

「欠…的款」介系詞用「on」，不用「to」。

由於用功，他通過了考試。

❌ **Owe to** his hard study, he passed the exam.

⭕ **Owing to** his hard study, he passed the exam.

「owing to」是固定的介系詞片語，表示原因，和「because of」同義，其中「owing」不可誤作「owe」。

我欠裁縫 50 美元。

❌ I **owe** $50 **for** my tailor.

⭕ I **owe** my tailor $50.

◯ I **owe** \$50 **to** my tailor.

 說明 表示「欠某人…」可以用雙受詞句型，即「owe sb sth」或「owe sth to sb」。

 own¹ [on] adj. 自己的

 例句 **對此我有自己的看法。**

✗ I have **an own** opinion about it.

◯ I have **my own** opinion about it.

 說明 「own」會放在所有格代名詞後，不會放在「an」或「the」後面。

 own² [on] pron. 自己的所有物

例句 **這些大學教授們有自己的見解。**

✗ These college professors had opinions **on their own**.

◯ These college professors had opinions **of their own**.

說明 「n + of one's own」表示「…自己的…」，是固定用法；「on one's own」意思是「靠自己」「獨立」。

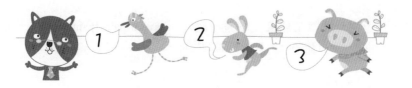

P

page [pedʒ] n. 頁；張

例句 **請把書翻到第 101 頁。**

❌ Please turn your books **on page** 101.

⭕ Please turn your books **to page** 101.

⭕ Please open your books **at page** 101.

說明 「將書翻到某頁」或「打開書本第幾頁」，要用介系詞「at」或「to」，不用「on」。

pain[1] [pen] n. ①痛苦　②身體某部分的疼痛　③辛勞；苦心

例句 **她頭痛。**

❌ She has a **headpain**.

⭕ She has a **headache**.

說明 「pain」一般不與表示「身體部位」的字構成複合詞，構成複合詞時一般用「ache」。

例句 **我的腳痛。**

❌ I **have pain** in my foot.

⭕ I **have a pain** in my foot.

說明 表示「人身體某個部位疼痛」應說「have a pain [pains] in...」，其中「pain」是可數名詞，表示具體的疼痛。

老師很辛苦地批改學生們的考卷。

❌ The teacher took great **pain** in correcting the pupils' papers.

⭕ The teacher took great **pains** in correcting the pupils' papers.

 「pain」作「辛苦」解時，習慣上用複數。

 他做這樣的蠢事使他母親很痛苦。

❌ He gave his mother **many pains** by acting in such a foolish way.

⭕ He gave his mother **much pain** by acting in such a foolish way.

 「pain」作「痛苦」解時，是不可數名詞，不可用「many」修飾，但可用「much」修飾。

 painting ['pentɪŋ] n. ①繪畫；畫法　②畫，水彩畫，油畫

 格林先生教我們繪畫。

❌ Mr. Green teaches us **paintings**.

⭕ Mr. Green teaches us **painting**.

 她詳細地講述了這兩幅畫的相似之處。

❌ She dwelt at length upon the similarities of the two **painting**.

⭕ She dwelt at length upon the similarities of the two **paintings**.

 「painting」作「繪畫」解時，是不可數名詞；作「畫作」解時，才是可數名詞。

 pair [pɛr, pær] n. 一副，一條；一雙，一對

 他穿著一條骯髒的藍色牛仔褲。

❌ He wore **a** dirty blue jeans.

> [O] He wore **a pair of** dirty blue jeans.

說明 ▶ 表示「一條…」「一雙…」「一對…」等須用「a pair of (sth)」句型，「of」後的名詞要用複數形式。

例句 ▶ **在床下找到了一雙襪子。**

> [✗] **A pair of** socks **were** found under the bed.

> [O] **A pair of** socks **was** found under the bed.

說明 ▶ 「a pair of (sth)」用作主詞時，述語動詞常用單數。

 pants [pænts] n. 褲子

例句 ▶ **我的褲子腰圍變得太小了。**

> [✗] My **pant is** getting too small round the waist.

> [O] My **pants are** getting too small round the waist.

說明 ▶ 在英語習慣上有些服裝名稱，如「長褲」（trousers）、「短褲」（shorts）、「褲子」（pants）、「睡衣」（pajamas）等均用複數形式。

 paper ['pepɚ] n. ①紙 ②報紙

例句 ▶ **這些杯子和盤子都是紙做的。**

> [✗] These cups and plates are all made of **papers**.

> [O] These cups and plates are all made of **paper**.

例句 ▶ **我的筆記本裡還有五張紙。**

> [✗] I still have **five papers** in my notebook.

> [O] I still have **five sheets [pieces] of paper** in my notebook.

說明 「paper」表示「紙」時是不可數名詞，表示「五張紙」，須說「five sheets [pieces] of paper」。

 例句 **有關明天的天氣報紙是怎麼說的？**

❌ What does **paper** say about tomorrow's weather?

⭕ What does **the paper** [do **the papers**] say about tomorrow's weather?

 例句 **她帶了份晚報給我。**

❌ She brought me **evening paper**.

⭕ She brought me **an evening paper**.

 說明 「paper」作「報紙」解時，是可數名詞，可用複數形式。

 pardon ['pɑrdn̩] vt. 寬恕，原諒

 例句 **對不起，我可以用你的筆嗎？**

❌ **Pardon me**, may I use your pen?

⭕ **Excuse me**, may I use your pen?

 說明 「Pardon me」通常用於做錯了事向某人道歉，也用於談話中向某人提出異議前或沒聽清對方的話，希望能再重複一遍；而「Excuse me」適用於問路、借東西、中途退席、插話或表異議等場合，是客套語。

 例句 **原諒我打擾你。**

❌ **Pardon** me **to interrupt** you.

⭕ **Pardon** me **for interrupting** you.

⭕ **Pardon** my **interrupting** you.

 說明 「pardon」之後不能接不定詞，但可以接「for v-ing」，也可以用「pardon one's v-ing」這一句型。

part¹ [pɑrt] n. ①部分　②參與；關係

造成耽擱的部分原因是我記不起把車停在哪裡了。

❌ **The part of** the delay is that I can't remember where I parked the car.

⭕ **A part [Part] of** the delay is that I can't remember where I parked the car.

表示「一部分」可說「part of」或「a part of」，前者較常見，但不可說「the part of」。

我們應該參與原子能的和平應用。

❌ We should **take the part in** the peaceful uses of atomic energy.

⭕ We should **take part in** the peaceful uses of atomic energy.

「take part in」中「part」前不加冠詞，若「part」受形容詞修飾，則要加冠詞。

麵包已部分發霉。

❌ **Part of** the bread **have** gone moldy.

⭕ **Part of** the bread **has** gone moldy.

一部分的教科書已經送到了。

❌ **A part of** the textbooks **has** arrived.

⭕ **A part of** the textbooks **have** arrived.

「part of＋名詞」作主詞時，其述語動詞的單、複數要與該名詞一致。

participate [pɚˈtɪsəˌpet, pɑrˈtɪsəˌpet] vi. 參加，參與

 現在越來越多的人積極參加政治活動。

❌ Now more and more people are actively **participating** politics.

⭕ Now more and more people are actively **participating in** politics.

說明 「participate」表示「參加，參與」時是不及物動詞，不能直接接受詞，須加介系詞「in」。

particular [pɚˈtɪkjələ] adj. ①特別的　②講究的，挑剔的

 他非常講究吃。

❌ He's very **particular of** what he eats.

⭕ He's very **particular about [over]** what he eats.

 她講究衣著。

❌ She's **particular with** her clothes.

⭕ She's **particular about [over]** her clothes.

說明 「particular」作「講究的」解時，須和「about」或「over」連用，不與「of」或「with」連用。

pass [pæs] vt., vi. ①度過　②通過，批准

 該提案已經由委員會批准通過。

❌ The motion has **been passed by** the committee.

⭕ The motion has **passed** the committee.

⭕ The committee has **passed** the motion.

說明〉「pass」表示「批准，通過」時，不能用於被動語態。

 例句〉**我們在一家廉價旅館過夜。**

✗ We **passed** the night at a cheap hotel.

◯ We **spent** the night at a cheap hotel.

 說明〉表示「度過（某一段時間）」，通常說「spend (a time)」，不說「pass (a time)」。

 例句〉**我十點半睡覺。**

✗ I go to bed at **half pass ten**.

◯ I go to bed at **half past ten**.

 說明〉「十點半」要用「at half past ten」來表示，因為「pass」是動詞，「past」才是介系詞。

 passion ['pæʃən] n. 愛好，熱愛

 例句〉**我熱愛繪畫。**

✗ I have a **passion of** painting.

◯ I have a **passion for** painting.

 說明〉「passion」作「熱愛」解時，其後常接介系詞「for」，不接「of」。

 past [pæst] n. 過去；往事

 例句〉**這種爭論過去常發生。**

✗ Such controversies often occured **in past**.

◯ Such controversies often occured **in the past**.

說明 「past」用作名詞時，常和定冠詞「the」連用。

patient ['peʃənt] adj. 忍耐的，有耐心的

例句 醫生對病人應該要有耐心。

- ✗ Doctors should be patient to their patients.
- ○ Doctors should be patient with their patients.

說明 表示「對…有耐心」，應說「be patient with...」，其中介系詞「with」不可誤作「to」。

pay¹ [pe] n. 薪資

例句 上班族中很少有人賺大錢的。

- ✗ Very few office workers get a good pay.
- ○ Very few office workers get good pay.

說明 「pay」作「薪資，薪水」解時，是不可數名詞，前面不能加「a」。

pay² [pe] v. ① vt., vi. 付給；支付　② vt. 給予，注意

例句 他付給我十塊錢。

- ✗ He paid for me ten dollars.
- ○ He paid me ten dollars.

說明 「pay」表示「付某人多少錢」時，接雙受詞，不用介系詞「for」。

例句 要多注意你的發音。

- ✗ Much attention should be paid on your pronunciation.

[O] Much attention should be **paid to** your pronunciation.

說明 「pay attention to」是固定片語，表示「注意…」，其中介系詞「to」不可誤作「on」。

例句 **我已經為這臺相機付了 100 元。**

[✗] I have **paid** 100 dollars this camera.

[O] I have **paid** 100 dollars **for** this camera.

說明 「付…的錢」或「為…付錢」，要接用介系詞「for」引導的片語。

peace [pis] n. ①和平　②安靜；平靜

例句 **這些國家和平相處。**

[✗] The states are **peaceful** with each other.

[✗] The states are **in peace** with each other.

[O] The states are **at peace** with each other.

例句 **請讓我安靜地工作。**

[✗] Please let me do my work **at peace**.

[O] Please let me do my work **in peace**.

說明 「at peace」和「in peace」都是固定片語，前者表示「處於和平狀態」，後者表示「處於安靜狀態」或「靜靜地」。

pen [pɛn] n. 筆；鋼筆；原子筆

例句 **請用鋼筆填寫此表。**

[✗] Please fill in the form **with pen**.

[O] Please fill in the form **in pen**.

Please fill in the form **with a pen**.

 「pen」與「in」連用，側重的是一種書寫方式而非具體工具；而「pen」與「with」連用則用來指具體的工具，此時「pen」前面須加冠詞「a」。

 percent [pɚˈsɛnt] n. 百分之…，百分比

 40%的貨物在運送中損壞。

 Forty **percent of** the goods **has** been damaged in transportation.

 Forty **percent of** the goods **have** been damaged in transportation.

 「percent of+n」作主詞時，述語動詞應與「of」後的名詞單、複數一致。

 permit [pɚˈmɪt] v. ① vt. 允許，許可 ② vi. 容許

 任務緊迫，不容耽誤。

 The urgency of the task **permits for** no delay.

 The urgency of the task **permits of** no delay.

 「permit」作「容許，容忍」解時，是不及物動詞，後面須接介系詞「of」，不可接「for」。

 時間不允許我久留。

 Time does not **permit that** I stay longer.

 Time does not **permit** me **to stay** longer.

 Time does not **permit** my **staying** longer.

 「permit」作「允許，許可」解時，是及物動詞，其後接「sb, sth」「v-ing」作受詞，一般不接子句。

例句 他們不允許有人在房間裡抽煙。

- ✗ They don't **permit to smoke** in the room.

- ○ They don't **permit smoking** in the room.

- ○ They don't **permit** people **to smoke** in the room.

說明 「允許某人做某事」，應為「permit sb to-v」，即用不定詞的複合句型；若泛指「允許做某事」，通常用「permit v-ing」。

persist [pɚ'zɪst, pɚ'sɪst] vi. 堅持；固執

例句 她堅持要和我們一起去那裡。

- ✗ She **persisted** going there together with us.

- ○ She **persisted in** going there together with us.

說明 「persist」是不及物動詞，不能直接接受詞，表示「堅持做某事」，應該用「persist in v-ing」。

例句 雖然下著雨，但她還是堅持要去。

- ✗ She **persisted to go** in spite of the rain.

- ○ She **persisted in going** in spite of the rain.

說明 「persist」不接不定詞作受詞，其後順接「in v-ing」。

person ['pɝ·sn̩] n. 人

例句 他是一個經常說謊的人。

- ✗ He is **a people** who tells lies.

- ○ He is **a person** who tells lies.

表示「一個人」可說「a person」，不可說「a people」，因為「people」作「人，人們」解時為集合名詞。

 房間裡根本沒有人。

☒ There was no person in the room at all.

○ There was nobody in the room at all.

「person」通常與具體數字連用，且用於肯定句；當表示否定意義且所指數字不具體時，不能用「person」，一般用「nobody」。

 市長說他將親自來調查這件事。

☒ The mayor said that he would come to look into the matter by person.

○ The mayor said that he would come to look into the matter in person.

「in person」表示「親自」，是固定片語，其中介系詞不能用「by」。

 persuade [pɚ'swed] vt. 說服，勸告

 推銷員說服我們買他的產品。

☒ The salesman persuaded that we bought his product.

○ The salesman persuaded us to buy his product.

「persuade」一般不接「that 子句」，要表示「說服某人做某事」，應用「persuade sb to-v」句型。

 phone [fon] n. 電話

 我認為我們不能在電話中解決這個問題。

☒ I don't think we can settle the matter on phone [by the phone].

I don't think we can settle the matter **on the phone [by phone]**.

說明 表示「在電話中」或「用打電話的方式」，可說「by phone [on the phone]」，不可說「by the phone [on phone]」，即用「by」時不加「the」，用「on」時加「the」。

photograph ['fotə,græf] n. 照片，相片

 我在噴泉旁請人拍了一張照片。

 I **took a photograph** by the fountain.

 I **had a photograph taken** by the fountain.

說明 誤句的意思是「我在噴泉旁邊拍了一張照」，如要說「請別人幫自己拍了一張照片」，應該用「have a photograph taken」。

piano [pɪ'æno] n. 鋼琴

 她在學彈鋼琴。

 She is learning to play **a piano**.

 She is learning to play **the piano**.

說明 在西洋樂器名稱前須加定冠詞「the」，不能省略冠詞，也不可加不定冠詞「a」。

pick [pɪk] v.① vt. 挑選，選擇 ② vt., vi. 採，摘

 我們在他的果園裡摘蘋果。

 We **picked up** apples at his orchard.

 We **picked** apples at his orchard.

她看見地上有個錢包，就把它撿起來了。

　✗　She saw a wallet lying on the ground and **picked** it.

　○　She saw a wallet lying on the ground and **picked** it **up**.

 他撿起老人的帽子並撢掉了帽子上的灰塵。

　✗　He **picked** the old man's hat and dusted it.

　○　He **picked up** the old man's hat and dusted it.

 「pick」作「摘」解時用作及物動詞，不與副詞「up」連用；「pick up」意為「撿，拾」。

 瑪麗在店裡待了很久才挑好一件新衣服。

　✗　It took Mary a long time to **pick on** a new dress at the store.

　○　It took Mary a long time to **pick out** a new dress at the store.

 「挑選出」應說「pick out」，其中介系詞不可用「on」。

 picnic ['pɪknɪk] n. 郊遊，野餐

 天氣許可的話，我們明天去野餐。

　✗　Weather permitting, we'll **go to a picnic** tomorrow.

　○　Weather permitting, we'll **go on [for] a picnic** tomorrow.

 「去野餐」，應該說「go on a picnic」或「go for a picnic」，其中介系詞不可用「to」。

 piece [pis] n. ①片，塊，段，件　②斷片，碎塊　③工作量

 鉛筆是免費的，所以我拿了兩枝。

　✗　The pencils were free and so I took two **pieces**.

O The pencils were free and so I took two.

> 說明 「piece」（支、塊、片等）只用於不可數名詞，而「pencil」為可數名詞，所以不能用「piece(s)」。

> 例句 **海倫把麵包切開，給了我兩塊。**

X Helen cut the bread and gave me two **pieces of bread**.

O Helen cut the bread and gave me two **pieces**.

> 說明 「bread」是不可數名詞，「a piece of bread」表示「一塊麵包」，「two pieces of bread」表示「兩塊麵包」，因為前面已出現了「bread」，所以後面的「of bread」可省略。

> 例句 **他們按件計酬給工人。**

X They paid the workers **by pieces**.

O They paid the workers **by the piece**.

> 說明 表示「論件，按件計算」應說「by the piece」，其中「the」不能省略。

pity ['pɪtɪ] n. ①憐憫，同情　②可惜的事，憾事

> 例句 **你們不能接受我的邀請，真是遺憾。**

X It's **pity** that you can't accept my invitation.

O It's **a pity** that you can't accept my invitation.

> 例句 **真可惜，你當時沒和我們在一起！**

X What **pity** you were not with us!

O What **a pity** you were not with us!

> 說明 「pity」是抽象名詞，不可數，前面一般不加「a」；但當表示「可惜的事，憾事」或用於感嘆句等特殊句型時，前面應該加「a」。

他同情那隻無家可歸的小狗。

☒ He **took a pity on** the homeless dog.

◯ He **took pity on** the homeless dog.

說明 「have [take] pity on」是固定片語，「pity」前無須加冠詞。

 place [ples] n. ①地方　②位置　③地位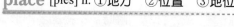

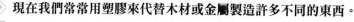

現在我們常常用塑膠來代替木材或金屬製造許多不同的東西。

☒ Now we often use plastics **in the place of** wood or metal to make many different things.

◯ Now we often use plastics **in place of** wood or metal to make many different things.

在某些紡織品中，尼龍已取代了棉花。

☒ Nylon has **taken place of** cotton in making some textiles.

◯ Nylon has **taken the place of** cotton in making some textiles.

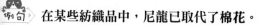

說明 固定片語「in place of」表示「取代，代替」之意，其中「place」前無冠詞，但在「take the place of」（取代，代替）這個片語中，「place」前面的定冠詞不可缺少。

婚禮在上個星期天舉行。

☒ The wedding **was taken place** last Sunday.

◯ The wedding **took place** last Sunday.

說明 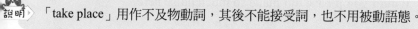「take place」用作不及物動詞，其後不能接受詞，也不用被動語態。

plan [plæn] vi., vt. 計畫，打算

你打算今天下午做些工作嗎？

　✗　Do you **plan doing** some work this afternoon?

　○　Do you **plan to do** some work this afternoon?

　○　Are you **planning on doing** some work this afternoon?

說明　「plan」用作動詞，作「計畫」或「打算」解時，不接動名詞形式，用「plan to-v」或「plan on v-ing」句型。

please [pliz] adv. 請

請幫我開門好嗎？

　✗　Would you **please to** open the door for me?

　○　Would you **please** open the door for me?

請你往這邊走好嗎。

　✗　Would you **please to** come this way?

　○　Would you **please** come this way?

說明　「Would you please」（請你…好嗎）應接省略「to」的不定詞。

請你們不要在這裡製造這麼多噪音好嗎？

　✗　Would you please **don't** make so much noise here?

　○　Would you please **not** make so much noise here?

說明　「Would you please not do sth」意為「你（們）不要做某事好嗎」，其中「please」後面不能再接動詞「do」。

請把門關上。

❌ Close the door please.

⭕ Close the door, please.

⭕ Please close the door.

 祈使句裡的「please」若放在句尾，須用逗號與句子其他部分分開；若放在句首，則不用逗號。

 pleased [plizd] adj. 愉快的，滿意的

 他們對她很滿意。

❌ They were pleased at her.

⭕ They were pleased with her.

 「對某人感到滿意」用「be pleased with sb」，「對某事感到滿意」用「be pleased with [at, about] sth」。

 pleasure ['plɛʒɚ] n. ①愉快，快樂，滿足　②樂事，樂趣

 收到你的邀請我很高興。

❌ It gives me many pleasures to receive your invitation.

⭕ It gives me much pleasure to receive your invitation.

 「pleasure」表示「愉快，高興」，是不可數名詞，沒有複數形式，不能用「many」修飾，應改為「much」。

 能幫助你真是件樂事。

❌ It's pleasure to help you.

⭕ It's a pleasure to help you.

例句 有些老年人生活的樂趣很少。

> ✗ Some old people have very few **pleasure** in life.

> ○ Some old people have very few **pleasures** in life.

 說明 「pleasure」表示「樂事」或「樂趣」時,是可數名詞。

 poem ['poɪm, 'poəm] n. 詩;韻文

 例句 這是一首優美的詩。

> ✗ This is a beautiful **poetry**.

> ○ This is a beautiful **poem**.

> ○ This is a beautiful **piece of poetry**.

 例句 我看不懂莎士比亞的詩。

> ✗ I cannot understand the **poetries** of Shakespeare.

> ○ I cannot understand the **poems** of Shakespeare.

 說明 「poetry」指「詩歌」這種文學體裁,是不可數名詞;「poem」指具體的「詩」或「詩篇」時是可數名詞。「一首詩」可說「a poem」或「a piece of poetry」,而不可說「a poetry」。

 point¹ [poɪnt] n. ①要點,論點　②目的;意義

 例句 現在哭也沒有什麼用了。

> ✗ There's no **point to cry** now.

> ○ There's no **point in crying** now.

 說明 「there's no point」一般接「in v-ing」,不接不定詞。

$\underline{\text{point}}^2$ [pɔɪnt] vt., vi. 指；指向，對著；指示

例句 時針指向一點半。

❌ The hands of the clock **pointed at** half past one.

⭕ The hands of the clock **pointed to** half past one.

例句 當時他正把槍對準我。

❌ He was **pointing** the gun **to** me.

⭕ He was **pointing** the gun **at** me.

說明 「point」表示「用手指⋯」，是不及物動詞，指較遠的事物用「to」，指人用「at」。表示「把⋯指向⋯」或「把⋯對準⋯」是及物動詞，要用「point...at [to]...」句型。

例句 我指出了她的錯誤。

❌ I **pointed to** her mistake.

⭕ I **pointed out** her mistake.

例句 所有證據都說明他有罪。

❌ All evidences **point out** his guilt.

⭕ All evidences **point to** his guilt.

說明 「point out」表示「指出⋯」；「point to」意為「說明」或「表明」。

police [pəˈlis] n. 警方；警察

例句 警察逮捕了所有的嫌疑犯。

❌ The **police has** arrested all the suspects.

⭕ The **police have** arrested all the suspects.

例句 一位警察抓住了小偷。

❌ A police caught the thief.

⭕ A policeman caught the thief.

 說明 「police」意為「警方」,是集合名詞,表示複數意義,前面必須有定冠詞作主詞,述語動詞必須是複數形式;「policeman」意為「警員」,如果要表示「一位警察」,則用「a policeman」,其複數形式為「policemen」。

 polite [pə'laɪt] adj. 有禮貌的,客氣的

 例句 這次你要對他更禮貌些。

❌ Try to be more polite with him this time.

⭕ Try to be more polite to him this time.

 說明 「對某人有禮貌」英文是「be polite to sb」,其中介系詞「to」不可誤作「with」。

 pollution [pə'luʃən] n. 污染

 例句 到處都有污染,甚至在鄉村都有。

❌ There are pollution everywhere, even in the countryside.

⭕ There is pollution everywhere, even in the countryside.

 說明 「pollution」是不可數名詞,作主詞時,述語動詞要用單數。

poor [pur] adj. 貧困的，貧窮的

窮人們過著悲慘的生活。

✗ The poors lead miserable lives.

○ The poor lead miserable lives.

說明 「poor」是形容詞，不能在字尾加「-s」，但它可與定冠詞連用，相當於「poor people」，泛指「貧窮的人」；與之相對的是「the rich」（富人），其述語動詞都用複數形式。

popular ['pɑpjələ] adj. 流行的；受歡迎的

這位老師受到學生的歡迎。

✗ The teacher is popular by her students.

○ The teacher is popular with her students.

說明 「be popular with」表示「受…的歡迎、喜愛或擁戴」，其中介系詞「with」不能誤作「by」。

possession [pə'zɛʃən] n. 占有，持有，擁有

這個國家現在擁有核子武器。

✗ This country is now in the possession of nuclear weapons.

○ This country is now in possession of nuclear weapons.

說明 「in possession of」的意思是「擁有」，具有主動意味；而「in the possession of」的意思是「被…擁有」或「為…所擁有」，具有被動意義。

possibility [ˌpɑsə'bɪlətɪ] n. 可能性

 我們正在考慮自己做這件事的可能性。

　❌ We are considering the **possibility to do** the job ourselves.

　⭕ We are considering the **possibility of doing** the job ourselves.

 「possibility of v-ing」表示「做某事的可能性」,「possibility」後不接不定詞。

 你的哥哥不可能會來。

　❌ Your brother **has no possibility** to come here.

　⭕ **There is no possibility** of your brother coming here.

 表示「有[無]⋯可能性」,可用「there be」句型,不可說「have [has] (no) possibility」。

 power ['paʊɚ] n. ①權力,勢力;政權　②有權力者

 經理有權解僱員工。

　❌ The manager has the **powers** to fire an employee.

　⭕ The manager has the **power** to fire an employee.

 「power」作「能力」或「權力」等解時,為不可數名詞。

他們是這個國家很有權勢的人。

　❌ They are great **power** in the country.

　⭕ They are great **powers** in the country.

 「power」作「有勢力者」或「有影響的人或物」解時,是可數名詞。

新政府將在下個月開始執政。

❌ The new government will **come into the power** next month.

⭕ The new government will **come into power** next month.

 表示「執政」，應該說「come into power」，「power」前沒有定冠詞。

 practice ['præktɪs] vt., vi. 練習

 她每天練習說英語。

❌ She **practices to speak** English every day.

⭕ She **practices speaking** English every day.

 表示「練習做某事」，應該說「practice v-ing」，「practice」的受詞可以是名詞或動名詞，但不能接不定詞。

 他在練鋼琴。

❌ He is **practicing with** the piano.

⭕ He is **practicing at [on, upon]** the piano.

 表示練習樂器時，「practice」後面可以直接接樂器的名稱，也可以在「practice」後加上介系詞「on, upon, at」，然後再接樂器的名稱，這裡的介系詞不能用「with」代替。

 prefer [prɪ'fɚ] vt. 比較喜歡；寧願

 我寧願去看電影，而不願待在家裡。

❌ I **prefer going** to the movies **to stay** home.

⭕ I **prefer going** to the movies **to staying** home.

例句 我寧願住在鄉下也不願住在城市。

✗ I **prefer to live** in the country **rather than living** in the city.

○ I **prefer to live** in the country **rather than live** in the city.

○ I **prefer to live** in the country **rather than to live** in the city.

說明 表示「寧願…而不願…」時，可用「prefer v-ing to v-ing」，也可用「prefer to-v rather than (to)-v」。

present¹ ['prɛznt] n. ①現在，目前　②禮物，贈品

例句 目前我一本詞典也沒有。

✗ I have not any dictionary **at the present**.

○ I have not any dictionary **at present**.

說明 表示「目前」，應該說「at present」，這是固定片語，其中「present」前沒有定冠詞。

例句 暫時我們最好什麼也不做。

✗ **For present** we had better do nothing.

○ **For the present** we had better do nothing.

說明 「for the present」意為「暫時」，「present」前必須有「the」。

例句 這隻錶是我父母送我的生日禮物。

✗ This watch is a birthday **present of** my parents.

○ This watch is a birthday **present from** my parents.

說明 「從某人那裡收到的禮物」用「a present from sb」，其中的「from」不能誤作「of」。

present[2] [prɪ'zɛnt] vt. 贈送；呈獻

那小女孩代表女學生向主席獻上一束花。

- ✗ The little girl presented the chairman a bunch of flowers on behalf of the girl students.

- ◯ The little girl presented the chairman with a bunch of flowers on behalf of the girl students.

- ◯ The little girl presented a bunch of flowers to the chairman on behalf of the girl students.

說明 表示「贈送某人某物」應說「present sb with sth」或「present sth to sb」。

pretend [prɪ'tɛnd] vt., vi. 假裝，裝作

她假裝生病了。

- ✗ She pretended being ill.
- ◯ She pretended illness.
- ◯ She pretended to be ill.
- ◯ She pretended that she was ill.

說明 「pretend」作「假裝」解用作及物動詞時，可接名詞、不定詞或子句作受詞，但不接動名詞；不定詞作受詞時可用簡單式，也可用進行式或完成式。

他沒有假裝生病。

- ✗ He pretended not to be ill.
- ◯ He did not pretended to be ill.

他假裝沒有生病。

- ✗ He did not pretended to be ill.

He **pretended not** to be ill.

 說明 上面兩句「not」否定的動詞不同，意思自然不同。

 prevent [prɪ'vɛnt] vt. 阻止，防礙

例句 沒有什麼能阻止他獨自一人環球航行。

 ✗ Nothing could **prevent** him **to sail** round the world single-handed.

○ Nothing could **prevent** him **from sailing** round the world single-handed.

○ Nothing could **prevent** him [his] **sailing** round the world single-handed.

 說明 表示「阻止某人做某事」，可說「prevent sb from v-ing」「prevent sb v-ing」或「prevent sb's v-ing」，但不能說「prevent sb to-v」。

 price [praɪs] n. 價格，價錢

例句 那件衣服你要賣多少錢？

✗ How much **price** do you charge for that dress?

○ What **price** do you charge for that dress?

○ How much do you charge for that dress?

 說明 表示「多少錢」一般應該說「what price」或「how much (money)」，不能說「how much price」。

例句 這家商店的鞋子價格便宜。

✗ The **price** of shoes in this shop is **cheap**.

○ The **price** of shoes in this shop is **low**.

 說明 表示「price」的「高」「低」時，形容詞用「high」「low」；表示東西的「貴」「便宜」時用「expensive」「cheap」。

prison ['prɪzn̩] n. ①監獄;看守所 ②監禁,禁錮

 這名犯人被關進監牢。

✗ The criminal was sent to **the prison**.

◯ The criminal was sent to **prison**.

 「prison」表示被監禁狀態而不是指具體哪個監獄時,前面不加定冠詞「the」。

 probable ['prɑbəbl̩] adj. 很可能的,大概的;或許的

 他們很可能會來參加聚會。

✗ **They are probable** to come to the party.

◯ **It is probable that** they will come to the party.

 「probable」不能以人為主詞。

 progress ['prɑgrɛs] n. ①前進;進展 ②進步,發展

 此後她有了很大進步。

✗ Since then she has **won** great **progress**.

◯ Since then she has **made** great **progress**.

 她在學校進步很快。

✗ She is making **a** rapid **progress** in school.

✗ She is making rapid **progresses** in school.

◯ She is making rapid **progress** in school.

說明 「取得進步」一般說「make progress」，不說「win progress」或「do progress」。另外，「progress」是不可數名詞，不能用冠詞「a」修飾，也沒有複數形式。

promise ['prɑmɪs] n. ①承諾，諾言　②希望，前途

例句 **她答應要幫助我。**

　✗ She gave me the promise of helping me.

　○ She gave me the promise to help me.

說明 表示「答應某人做某事」，可說「give sb the promise to-v」，在「promise」後須用不定詞，不能用「of+v-ing」句型。

例句 **她展現成為鋼琴家的無比潛力。**

　✗ She shows great promises as a pianist.

　○ She shows great promise as a pianist.

說明 「promise」作「希望」「前途」解時，是不可數名詞，後面不應該加「-s」。

proof [pruf] n. ①證明　②證據，證物

例句 **他拿出證明自己主張的文件。**

　✗ He produced documents in the proof of his claim.

　○ He produced documents in proof of his claim.

說明 「in proof of...」表示「證明…」，「proof」前不加定冠詞。

例句 **這位科學家將自己的理論加以檢驗。**

　✗ The scientist put his theories to proof.

A B C D E F G H I J K L M N O P Q R S T U V W X Y Z

 The scientist **put** his theories **to the proof**.

說明 表示「檢驗⋯」應說「put...to the proof」，其中定冠詞「the」不可省略。

property ['prɑpɚtɪ] n. ①財產，資產　②房地產，不動產

例句 這位商人擁有許多財產。

 The merchant possesses a lot of **properties**.

 The merchant possesses a lot of **property**.

說明 「property」作「財產」解時，是不可數名詞，沒有複數形式。

例句 他在紐約有大量房地產。

He has **much property** in New York.

He has **many properties** in New York.

說明 「property」作「房地產」解時，是可數名詞，不能用「much」修飾。

proud [praʊd] adj. 自豪的，得意的；驕傲的

例句 他以他的兒子為榮。

He is very **proud for** his son.

He is very **proud of** his son.

說明 表示「為⋯感到驕傲 [自豪]」，可說「be proud of」，不可說「be proud for」。

例句 他為他第一本書的出版感到自豪。

He **is proud of that** his first book has been published.

He **is proud that** his first book has been published.

說明 「be proud of...」表示「對…感到自豪」，後面可接名詞或動名詞等，不可接「that 子句」。

 provide [prə'vaɪd] v. ① vt. 提供，供給，供應　② vi. 撫養

 例句 他要供養一個大家庭。

- ✗ He has a large family to provide.

- ○ He has a large family to provide for.

 說明 「provide」作「供養」或「撫養」解時是不及物動詞，其後常接「for」。

 例句 我們提供食物和衣服給他。

- ✗ We provided him food and clothes.

- ○ We provided him with food and clothes.

- ○ We provided food and clothes for him.

 說明 表示「提供某人某物」，可說「provide sb with sth」或「provide sth for sb」，不能說「provide sb sth」。

 public ['pʌblɪk] n. 公眾，大眾，民眾

 例句 這個博物館開放給民眾參觀。

- ✗ The museum is open to public.

- ○ The museum is open to the public.

 說明 作「民眾」解時，「public」往往要與「the」連用。

 例句 在公共場合大聲喧嘩是不禮貌的。

- ✗ It's bad manners to talk loudly in the public.

It's bad manners to talk loudly **in public**.

 說明 「in public」是固定片語，意為「公開地，當眾」，「public」前不加定冠詞。

 pull [pʊl] vt., vi. ①拉；扯　②拔；拔掉

 例句 **我剛拔掉一顆牙。**

 I have just had a tooth **pulled down**.

 I have just had a tooth **pulled out**.

說明 表示「拔掉一顆牙」可說「pull out a tooth」，不可說「pull down a tooth」。

 punish ['pʌnɪʃ] vt. 罰，處罰，懲罰

 例句 **他因開車超速而受罰。**

 He was **punished with** speeding.

He was **punished for** speeding.

說明 表示「因…而懲罰…」可說「punish sb for sth」。

 purpose ['pɝ·pəs] n. 目的，意圖

例句 **我不是有意要傷害你的感情。**

I didn't want to hurt you **on the purpose**.

I didn't want to hurt you **on purpose**.

說明 表示「有意，故意」，可說「on purpose」，「purpose」前不加定冠詞。

put [put] vt. ①放；置　②使處於（某種狀態）

他決定延期去巴黎了。

- ✗ He decided to **put off to go** to Paris.

- ○ He decided to **put off going** to Paris.

「put off」表示「延期，延後」，後面不能接不定詞作受詞，但可接名詞或動名詞。

他不能忍受那裡的工作環境。

- ✗ He was unable to **put up** the working conditions there.

- ○ He was unable to **put up with** the working conditions there.

表示「忍受」可說「put up with」，「with」不可省略。

那個女孩今天穿著一件漂亮的衣服。

- ✗ The girl **puts on** a beautiful dress today.

- ○ The girl **wears** a beautiful dress today.

「put on」和「wear」都表示「穿，戴」，前者強調「穿的動作」，後者強調「穿的狀態」。

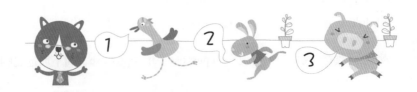

 qualify ['kwɑlə,faɪ] vt., vi.（使）具有資格，（使）合格

 他能勝任教師的工作。

　　☒ He **qualifies to** work as a teacher.

　　☐ He **is qualified to** work as a teacher.

說明 「qualify」表示「（使）合格」，是及物動詞，後面必須接受詞，表示「使某人具有做某事的資格」應該說「qualify sb to-v」，強調受詞時用被動語態，即：「be qualified to-v」。

 這個祕書不能勝任她的工作。

　　☒ The secretary is not **qualified to** her work.

　　☐ The secretary is not **qualified for** her work.

 他的能力使他有資格做這項工作。

　　☒ His ability **qualifies** him **in** the job.

　　☐ His ability **qualifies** him **for** the job.

說明 「qualify」作「（使）具有資格」或「勝任」解時，可與「for + n」或「to-v」連用，不可與或「in [to] + n」連用。

 quarrel ['kwɔrəl, 'kwɑrəl] vi. 爭吵，爭論

 你知道他們在為什麼爭吵嗎？

　　☒ Do you know what they are **quarreling on**?

⭕ Do you know what they are quarreling about [for, over]?

🐱說明 「為…爭吵」可以說「quarrel about [for, over]...」，但不可說「quarrel on」。

🐱例句 **夫妻間爭吵是很不幸的事。**

❌ It was very sad when husbands and wives quarreled about each other.

⭕ It was very sad when husbands and wives quarreled with each other.

🐱說明 「與…爭吵」可以說「quarrel with」，但不可說「quarrel about」。

question ['kwɛstʃən] n. ①問題 ②疑問

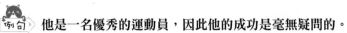

🐱例句 **他是一名優秀的運動員，因此他的成功是毫無疑問的。**

❌ He is an excellent player, so his success is out of the question.

⭕ He is an excellent player, so his success is out of question.

🐱例句 **這種好天氣要我們不能出去，這是完全不可能的。**

❌ We cannot go out in this good weather, it is out of question.

⭕ We cannot go out in this good weather, it is out of the question.

🐱說明 「out of question」是「毫無疑問的」「一定的」；而「out of the question」是「不可能的」「不值得考慮的」。

🐱例句 **他問我一個問題。**

❌ He asked a question from me.

⭕ He asked a question of me.

⭕ He asked me a question.

🐱說明 表示「向某人提問題」，應該說「ask sb a question」或「ask a question of sb」，但不能說「ask a question from sb」。

quick [kwɪk] adj. ①快的，迅速的 ②性急的，急躁的

 他個性急躁。

❌ He has a fast temper.

⭕ He has a quick temper.

 用於修飾「人的性情、脾氣」時常用「quick」，不用「fast」。

 請迅速給我答覆。

❌ Please give me a fast answer.

⭕ Please give me a quick answer.

 這是一種速效藥。

❌ This is a fast acting medicine.

⭕ This is a quick acting medicine.

 「fast」一般指運動的人或物體的速度快；「quick」一般指動作敏捷和迅速，在較短時間內完成或發生某個動作。

 quit [kwɪt] vt., vi. 停止，放棄

 他戒煙了。

❌ He quit to smoke.

⭕ He quit smoking.

 「quit」作「停止」解時，其後接名詞或動名詞，不接不定詞。

quite [kwaɪt] adv. ①完全地，十分地　②頗，相當

 這兩兄弟身高完全相同。

❌ The two brothers are **quite** the same in height.

⭕ The two brothers are **exactly** the same in height.

 「不完全一樣」可以說「not quite the same」，但「完全一樣」不能說「quite the same」，而要說「exactly the same」。

 艾德借給他許多錢。

❌ Ade lent him **quite a few** money.

⭕ Ade lent him **quite a little** money.

 他在這裡結識了相當多的朋友。

❌ He has made **quite a little** friends here.

⭕ He has made **quite a few** friends here.

 「quite」可以和「a few」連用，也可以和「a little」連用，前者用於修飾可數名詞，後者用於修飾不可數名詞。

 他妻子的年齡比他大了不少。

❌ His wife is **quite older** than he is.

⭕ His wife is **rather older** than he is.

 「quite」和「rather」都有「相當」的意思，與比較級連用時只能用「rather」，不能用「quite」，但可說「quite better」（身體健康）。

R

 radio ['redɪˌo] n. ①無線電報 [電話]　②無線電廣播　③收音機

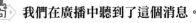

 我們在廣播中聽到了這個消息。

✗ We heard the news **on radio**.

◯ We heard the news **on the radio**.

 當「radio」泛指廣播時，前面須加定冠詞，如「listen to the radio」（聽廣播），「on [over, upon] the radio」（透過收音機廣播），「turn on [off] the radio」（開 [關] 收音機）等片語裡，「radio」前均應加定冠詞「the」。

 他用無線電發送訊息。

✗ He sent a message **by the radio**.

◯ He sent a message **by radio**.

 「by radio」意思是「以無線電報」，是固定片語，「radio」前不加定冠詞修飾。

 rain [ren] n. 雨

今年的雨水很多。

✗ We've had **many rain** this year.

◯ We've had **much rain** this year.

> 「rain」作「雨水」解時,是不可數名詞,不能用「many」修飾,須用「much」。

他被雨淋溼了。

> ❌ He was caught **in rain**.

> ⭕ He was caught **in the rain**.

> 「在雨中」英文是「in the rain」,「rain」前須加定冠詞「the」。

昨天晚上下了一場小雨。

> ❌ There was **a small rain** last night.

> ⭕ There was **a light rain** last night.

> 「一場小雨」應說「a light rain」,「rain」不用「small」修飾。

一場大雨沖走了許多肥沃的土壤。

> ❌ **A big rain** washed away much rich soil.

> ⭕ **A heavy rain** washed away much rich soil.

> 表示「大雨」,應說「heavy rain」,而不說「big rain」或「great rain」。

raise [rez] vt. ①提起,舉起　②增加,抬高

女主人起身歡迎我們。

> ❌ The hostess **raised** to greet us.

> ⭕ The hostess **rose** to greet us.

> 「起身」應該說「rise」,而不是「raise」。

他舉手提問。

❌ He **rose** his hand to ask a question.

⭕ He **raised** his hand to ask a question.

 「raise」和「rise」都可表示「向上升高的動作或趨勢」，但「raise」是及物動詞，在主動句中其後必須有受詞；「rise」是不及物動詞，後面不直接接受詞。

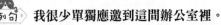

rarely ['rɛrlɪ] adv. 很少，難得

 我很少單獨應邀到這間辦公室裡。

❌ **Rarely** I get invited into this office alone.

⭕ **Rarely do** I get invited into this office alone.

⭕ I **rarely** get invited into this office alone.

 「rarely」位於句首時，句子須採用倒裝句型。

rather ['ræðɚ] adv. ①有點，頗；相當　②寧願

 這本書對孩子們而言太難了。

❌ This book is **very** too difficult for children.

⭕ This book is **rather** too difficult for children.

 太可怕了！

❌ It's **fairly** too terrible!

⭕ It's **rather** too terrible!

 「very」「quite」「fairly」都不能和「too」連用，而「rather」可以。

例句 我倒希望你今晚待在家裡。

❌ I'd rather that you will stay at home tonight.

⭕ I'd rather you stayed at home tonight.

說明 在「would rather＋子句」的句型中，子句的述語動詞一般用假設語氣。

例句 我得了重感冒。

❌ I have a fairly bad cold.

⭕ I have a rather bad cold.

說明 「rather」和「fairly」都有「十分、相當」之意，但是，「fairly」多用於好的方面；「rather」多用於不好的方面。另外，「rather」在程度上也較「fairly」要高。

reach [ritʃ] vt. 到達

例句 我們清晨抵達倫敦。

❌ We reached to London in the morning.

⭕ We reached London in the morning.

說明 「reach」指「到達某地」時，是及物動詞，其後直接接受詞而不用介系詞「to」。

read [rid] vt., vi. 讀；讀書

例句 我正在讀書。

❌ I am reading books.

⭕ I am reading.

說明 「read」在泛指「看書」或「讀書」時，一般不加「book」，若表示「看某一本書」，則可說「read a book」。

 reason ['rizn̩] n. 理由，原因

 例句 我不買這輛車的原因是我認為它太貴了。

✗ The **reason** I didn't buy the car was **because** I thought it was too expensive.

O The **reason** I didn't buy the car was **that** I thought it was too expensive.

 說明 「reason」作主詞時，其子句須用「that」引導，不可誤用「because」引導。

 例句 我到這裡來的主要原因是想更了解有關我家的情況。

✗ The main **reason that** I came here was to find out more about my family.

O The main **reason why** I came here was to find out more about my family.

 說明 「reason」後的子句要用關係副詞「why」引導。

 例句 生病是她缺席的原因。

✗ Sickness is the **reason of** her absence.

O Sickness is the **reason for** her absence.

 說明 表示「做某事的原因」，要用「reason for (v-ing) sth」，其中的「for」不可誤作「of」。

 recall [rɪ'kɔl] vt. 回憶起，想起

 例句 我不記得以前曾見過他。

✗ I can't **recall to have** met him before.

| O | I can't **recall having** met him before.

說明 「recall」的受詞可以是名詞或動名詞，但不能用不定詞。

例句 我對他很熟悉，但是我想不起他的名字了。

| ✗ | I know him well, but I can't **recall** his name **to the mind**.

| O | I know him well, but I can't **recall** his name **to (my) mind**.

說明 「recall sth [sb] to (one's) mind」意為「記起…」，是固定片語，在「mind」前不能加定冠詞。

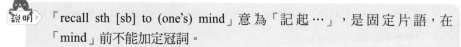

recommend [ˌrɛkəˈmɛnd] vt. ①推薦，介紹 ②勸告，建議

例句 英文老師建議在畢業前多學點英語。

| ✗ | The English teacher **recommends to study** more English before graduation.

| O | The English teacher **recommends studying** more English before graduation.

說明 「recommend」可接動名詞作受詞，但不接不定詞作受詞。

例句 他們推薦他是一位好律師。

| ✗ | They **recommend** him **for** a good lawyer.

| O | They **recommend** him **as** a good lawyer.

說明 表示「向…推薦某人或某物」用「recommend sb [sth] to sb」；表示「推薦某人或某物做某事」用「recommend sb [sth] for a position [purpose]」；表示「推薦…為」用「recommend sb [sth] as...」。

例句 不知道你能否推薦幾本書給我。

| ✗ | I wonder if you could **recommend** some books **for** me.

○ I wonder if you could **recommend** me some books.

○ I wonder if you could **recommend** some books **to** me.

 說明 「recommend」作為及物動詞，可接雙受詞，如果把間接受詞放在直接受詞之後，則應該用介系詞「to」。

record ['rɛkəd] n. ①紀錄，記載 ②最高紀錄

 例句 他創下了跳高世界紀錄。

✗ He **made a** world **record** in high jump.

○ He **set a** world **record** in high jump.

 說明 表示「創造紀錄」一般說「set [establish] a record」，不說「make a record」；表示「打破紀錄」一般說「break [beat] a record」；「保持紀錄」一般說「hold a record」。

refer [rɪ'fɝ] v. ① vi. 說到，提及 ② vt., vi. 參考，參閱

 例句 你說有些人很愚蠢，你指的是誰？

✗ Who were you **referring** when you said some people were stupid?

○ Who were you **referring to** when you said some people were stupid?

例句 你參考哪本字典？

✗ Which dictionary are you **referring**?

○ Which dictionary are you **referring to**?

 說明 「refer」表示「談到，提及；涉及」或「參考」時，須與介系詞「to」連用引出受詞。

regard[1] [rɪ'gɑrd] vt. 看做，認為

> **例句** 人們認為他是位好老師。
>
> ❌ People **regard** him a good teacher.
>
> ⭕ People **regard** him **as** a good teacher.

> **例句** 我們認為情況很嚴重。
>
> ❌ We **regard** the situation serious.
>
> ⭕ We **regard** the situation **as** serious.

> **說明** 「把…看做…」，英語用「regard...as」表示，「as」不能省略，後面可以接名詞，也可以接形容詞，但不能接動名詞。

regard[2] [rɪ'gɑrd] n. ①注意；關心　②致意；問候

> **例句** 請代我向你的家人問好。
>
> ❌ Please **give** my kind **regard to** your family.
>
> ⭕ Please **give** my kind **regards to** your family.

> **說明** 「give one's regards to sb」是固定片語，表示「向…致意」或「代…向…問候」，「regard」須用複數形式。

> **例句** 關於你的建議，我們會仔細考慮的。
>
> ❌ In [With] **regards to** your suggestions, we shall discuss them thoroughly.
>
> ⭕ In [With] **regard to** your suggestions, we shall discuss them thoroughly.

> **說明** 「in [with] regard to」是固定片語，其中的「regard」用單數形式。

regarding [rɪ'gɑrdɪŋ] prep. 關於，至於

論品行，我覺得他很誠實。

- ✗ **Regarding to** his conduct, I have found him honest.
- ○ **Regarding** his conduct, I have found him honest.

說明 「regarding」是介系詞，後面須接受詞而不能再加「to」。

regret¹ [rɪ'grɛt] vt. 惋惜，遺憾；後悔

很遺憾我們不能提供你工作。

- ✗ I **regret informing** you that we are unable to offer you employment.
- ○ I **regret to inform** you that we are unable to offer you employment.

我深深地後悔說了這些話。

- ✗ I deeply **regret to have** said these words.
- ○ I deeply **regret having** said these words.

說明 表示「（為將要做的事而）遺憾」應該用「regret to-v」；表示「（為已做的某事而）懊悔，遺憾」應該用「regret v-ing」。

regret² [rɪ'grɛt] n. ①遺憾，失望　②歉意；婉謝

聽說他出了意外，我深表遺憾。

- ✗ It is with much **regrets** that I heard of his accident.
- ○ It is with much **regret** that I heard of his accident.

說明 「regret」用作名詞作「遺憾」解時，是不可數名詞，無複數形式。

不能赴約，請接受我的歉意。

❌ Please accept my regret at having to refuse the invitation.

⭕ Please accept my regrets at having to refuse the invitation.

「regret」用作名詞表示「歉意」時，須用複數形式「regrets」。

relation [rɪ'leʃən] n. ①關係，關聯　②國際關係

這兩個國家之間的關係現在很緊張。

❌ The relation between these two nations are now much strained.

⭕ The relations between these two nations are now much strained.

「relation」作「外交關係」或「人際關係」解時，習慣用複數形式。

remember [rɪ'mɛmbɚ] v. ① vt., vi. 記得，想起　② vt. 問候，致意

你還記得上星期買藥給她的事嗎？

❌ Do you remember to get some medicine for her last week?

⭕ Do you remember getting some medicine for her last week?

表示「記得曾經做過某事」時，「remember」後應接動名詞，不接不定詞。

到那裡後，記得寫信給我們。

❌ You must remember writing us when you get there.

⭕ You must remember to write us when you get there.

記得及時將書還給圖書館。

❌ Remember returning the book to the library in time.

○ **Remember to return** the book to the library in time.

 說明 表示「記得要（做某事），沒忘記（去做某事）」，含有某事尚未做過的意思時，「remember」後應接不定詞。

 例句 **請代我向你家人問好。**

✗ Will you kindly **remember** me **for** your family?

○ Will you kindly **remember** me **to** your family?

 說明 「remember sb to sb」意為「代…向…問好」，介系詞用「to」不用「for」。

 remind [rɪ'maɪnd] vt. 使想起，提醒

 例句 **我很高興你提醒了我這件事。**

✗ I am glad you **reminded** me this matter.

○ I am glad you **reminded** me **of** this matter.

 例句 **他的話使我想起了我痛苦的童年。**

✗ What he said **reminded** me my bitter childhood.

○ What he said **reminded** me **of** my bitter childhood.

 說明 表示「提醒某人有關某事」或「使某人想起某事」時，「remind」之後不能接「sb sth」，而應接「remind sb of sth」。

 例句 **請提醒我明天吃藥。**

✗ Please **remind** me **of taking** my medicine tomorrow.

○ Please **remind** me **to take** my medicine tomorrow.

說明 表示「提醒某人做某事」，應該說「remind sb to-v」，用不定詞構成複合受詞；表示「使某人想起做過某事」則可說「remind sb of v-ing」。

repair [rɪ'pɛr] n. ①修理，修補　②修理工作

本店內部整修，暫停營業。

✗ The shop is closed **during repair**.

○ The shop is closed **during repairs**.

「during repairs」表示「在維修期間」，其中「repair」表示「維修工作」，是可數名詞，且常用複數形式。

這座古代建築正在整修中。

✗ The ancient building is **under repairs**.

○ The ancient building is **under repair**.

「under repair」表示「在修理中」，其中「repair」表示「修理」，是不可數名詞，不能用複數形式。

repeat [rɪ'pit] vt. 重複；重說

請重複你剛才說的話，好嗎？

✗ Will you **repeat** what you said **again**?

○ Will you **repeat** what you said?

「repeat」本身就是「重說」「重做」的意思，再用「again」就重複了。

replace [rɪ'ples] vt. 取代，代替；更換，替換

老師要我們用課文中的詞代替句子裡劃線的詞。

✗ The teacher wanted us to **substitute** the underlined words in the sentences **with** words from the text.

| O | The teacher wanted us to **substitute** words from the text **for** the underlined words in the sentences.

| O | The teacher wanted us to **replace** the underlined words in the sentences **with** words from the text.

 說明 ▷ 「substitute」是「用某人（或某物）來代替別的人（或物）」，它的受詞是「代替的人或物」，不是「被代替的人或物」；「replace」的受詞才是「被代替的人或物」。

 reply [rɪ'plaɪ] vi., vt. 回答，答覆

 例句 ▷ **請儘早給我答覆。**

| X | Please **reply** me as early as possible.

| O | Please **reply to** me as early as possible.

 例句 ▷ **她拒絕回答我的問題。**

| X | She refused to **reply** my question.

| O | She refused to **reply to** my question.

 說明 ▷ 「reply」表示「對…作出答覆」時，是不及物動詞，不可直接接「sb [sth]」作受詞，須說「reply to sb [sth]」。

 report [rɪ'port] vt., vi. 報告；報導

 例句 ▷ **新聞節目報導了這次火災。**

| X | The news program **reported about** the fire.

| O | The news program **reported** the fire.

說明 ▷ 「report」表示「報告，報導」時，是及物動詞，後面可以直接接受詞，不須加介系詞。

例句 所有主要報紙都報導了中美之間的貿易談判。

❌ All the leading newspapers have **announced** the trade talk between China and the USA.

⭕ All the leading newspapers have **reported** the trade talk between China and the USA.

說明 「announce」意思為「宣布」，常用於消息的傳播等；而「report」常用於報紙、廣播、電視的「報導」。

research¹ ['risɚtʃ, rɪ'sɚtʃ] n. 研究；探討

例句 到目前為止，他們對血液疾病的研究做得很少。

❌ So far they have done **few researches** on diseases of the blood.

⭕ So far they have done **little research** on diseases of the blood.

說明 「research」表示「研究」時，是不可數名詞，用「little」「much」「a great deal」等修飾。

research² [rɪ'sɚtʃ, 'risɚtʃ] vt., vi. 研究，調查

例句 他們正在研究這種疾病的起因。

❌ They are **researching of** the causes of the disease.

⭕ They are **researching into [on]** the causes of the disease.

說明 表示「正在對…進行研究」須接介系詞「into」或「on」，不接「of」。

resist [rɪ'zɪst] v. ① vt., vi. 抵抗，對抗　② vt. 忍耐，忍住

 他們抵抗住了敵人的一次進攻。

❌ They resisted against an enemy attack.

⭕ They resisted an enemy attack.

 「resist」是及物動詞，表示「抵抗」，其後直接接受詞。

 我一看見他的表情就忍不住哈哈大笑。

❌ I couldn't resist to laugh aloud at his expression.

⭕ I couldn't resist laughing aloud at his expression.

 「resist」表示「忍耐，忍住」時後接動名詞，不接不定詞。

respective [rɪ'spɛktɪv] adj. 各自的，各個的

 每位代表都有各自的看法。

❌ Each of the delegates has his respective views.

⭕ Each of the delegates has his views.

⭕ Each of the delegates has his own views.

 「respective」與「each」語義重複，如果需要強調，可加「own」。

 兩個孩子回到了各自的房間。

❌ The two boys returned to their respective room.

⭕ The two boys returned to their respective rooms.

 「respective」後接的名詞要用複數形式。

responsibility [rɪ,spɑnsə'bɪlətɪ] n. 責任

> 你要對此負完全責任。
>
> ✗ You must **take your responsibility for** it.
>
> ○ You must **take responsibility for** it.
>
> ○ You must **assume** full **responsibility for** it.

> 「對…負責」應說「take (the) responsibility for...」或「assume responsibility for...」，「responsibility」前不可加所有格代名詞。

responsible [rɪ'spɑnsəbl] adj. 負責任的；應負責的

> 每一個人都應該為自己所做的事情負責。
>
> ✗ Everyone should **be responsible with** what he does.
>
> ○ Everyone should **be responsible for [to]** what he does.

> 表示「對…負責」，可以用「be responsible for [to]」，其中介系詞「for, to」不能換用「with」。

result[1] [rɪ'zʌlt] vi. 發生，產生；導致，引起

> 他的疾病是由於壞掉的食物引起的。
>
> ✗ His illness **resulted in** bad food.
>
> ○ His illness **resulted from** bad food.

> 這次意外導致二人死亡。
>
> ✗ The accident **resulted from** the death of two persons.
>
> ○ The accident **resulted in** the death of two persons.

說明 「result from」後須接導致某事的原因，句子的主詞是結果，介系詞的受詞是原因；而「result in」後須接某種結果，句子的主詞是原因，介系詞的受詞是結果。

result² [rɪ'zʌlt] n. 結果

例句 結果，我們迷了路。

❌ As the result, we lost our way.

⭕ As a result, we lost our way.

說明 「as a result」是固定片語，意為「結果；因此」，常置於句首。

例句 他因為交通意外而受傷。

❌ He was injured as result of a traffic accident.

⭕ He was injured as the result of a traffic accident.

說明 「as a result of...」意為「由於…的結果」，泛指時用不定冠詞「a」，特指時用定冠詞「the」。

return [rɪ'tɝn] v. ① vi. 返回　② vt. 還，歸還

例句 別忘了歸還任何你所借的東西。

❌ Don't forget to return back everything you borrow.

⭕ Don't forget to return everything you borrow.

說明 「return」與「back」語義重複。

例句 他回到波士頓已有兩週了。

❌ He has returned to Boston for two weeks.

⭕ He returned to Boston two weeks ago.

☑ It has been two weeks since he returned to Boston.

 說明 「return」是瞬間性動詞，不能與表示一段時間的副詞連用。

 reunion [rɪˈjunjən] n. 團聚

 例句 元旦是家人團聚的日子。

☒ New Year's Day is a day of family unity.

☑ New Year's Day is a day for family reunion.

 說明 「unity」是「團結」或「統一」的意思，家人團聚應該用「family reunion」。

 rich [rɪtʃ] adj. ①富有的　②豐富的

 例句 有錢人並不總是幸福的。

☒ The rich is not always happy.

☑ The rich are not always happy.

 說明 「the rich」表示「有錢人」是集合名詞，述語動詞須用複數形式。

 例句 這片土地礦產豐富。

☒ The land had rich minerals.

☑ The land was rich in minerals.

說明 「礦產豐富」習慣用「be rich in minerals」表示，而不用「have rich minerals」。

ride [raɪd] vt., vi. 乘，騎

她不會騎腳踏車，所以不得不坐公車。

- ✗ She can't ride a bicycle, and has to ride a bus.

- ○ She can't ride a bicycle, and has to ride in [on] a bus.

「ride」表示「騎，乘」，後面的受詞可以是腳踏車、馬等；而表示「搭公車」，應該說「ride in [on] a bus」。

他讓他的兒子騎在他的肩上。

- ○ He allowed his son to ride his shoulders.

- ○ He allowed his son to ride on his shoulders.

表示「騎在…肩上」說「ride on sb's shoulders」，其中介系詞「on」不能省略。

right[1] [raɪt] adv. ①正好；恰恰　②向右地；向右方

雪球正好打在他鼻子上。

- ✗ The snowball hit him rightly on the nose.

- ○ The snowball hit him right on the nose.

「right」可用作副詞置於介系詞片語之前，意思是「正好」，此時「right」不能誤作「rightly」。

在第二個十字路口向右轉。

- ✗ Turn to right at the second crossing.

- ○ Turn right at the second crossing.

- ○ Turn to the right at the second crossing.

說明 「right」作副詞時，可表示「向右邊」；用作名詞時，如表示「向右邊」，可說「to the right」。

right² [raɪt] n. 右邊，右方

 牆的右方掛著一幅世界地圖。

❌ To the right of the wall was a map of the world.

⭕ On the right of the wall was a map of the world.

 他朝右邊看過去，但一個人也沒看見。

❌ He looked on the right, but saw no one.

⭕ He looked to the right, but saw no one.

說明 「on the right」表示「在右邊」，強調空間位置；「to the right」表示「向右邊」，強調方向。

rise [raɪz] vi. ①升起，上升　②站起來；起床　③上漲

 今天物價突然上漲。

❌ Today prices are risen suddenly.

⭕ Today prices rise suddenly.

說明 「rise」是不及物動詞，不能用在被動語態中；同時，表示價格的自然上升，也不能用被動語態。

 太陽從東方升起西方落下。

❌ The sun raises from the east and sets to the west.

⭕ The sun rises in the east and sets in the west.

每天他都很早起床去跑步。

✗ Every morning he **raises** early and goes jogging.

○ Every morning he **rises** early and goes jogging.

「raise」是及物動詞，作「使…升」「提高…」「引起…」解；「rise」是不及物動詞，有「升起」「起床」等意思。

risk¹ [rɪsk] vt. 冒險，冒…險

他冒著被淹死的危險，救了那個小女孩。

✗ He **risked to be** drowned, and saved the little girl.

○ He **risked being** drowned, and saved the little girl.

表示「冒…的風險」時，「risk」後接動名詞，不接不定詞。

risk² [rɪsk] n. 危險，風險

疾病在蔓延，所有五歲以下的兒童都處於危險之中。

✗ The disease is spreading, and all children under five are **in risk**.

○ The disease is spreading, and all children under five are **at risk**.

「at risk」是固定片語，表示「處於危險中」。

river ['rɪvɚ] n. 河，江

我們在河上划船。

✗ We row a boat **in the river**.

○ We row a boat **on the river**.

例句 我們在河裡游泳。

❌ We swim **on the river**.

⭕ We swim **in the river**.

說明 「在河上划船」用介系詞「on」，「on」表示船與水面的接觸；「在河裡游泳」用介系詞「in」，表示「在…裡」。

rob [rɑb] vt. 搶奪，搶劫

例句 三個人搶劫了那家銀行。

❌ Three men **stole** the bank.

⭕ Three men **robbed** the bank.

例句 那個人搶走了瑪麗的項鍊。

❌ That man **robbed** Mary's chain.

⭕ That man **robbed** Mary **of** her chain.

說明 「rob」 表示「搶劫」時，須接表示「人」或「地方」的名詞或代名詞作受詞，通常用「 rob sb [a place] (of sth)」；「steal」表示「偷竊」，須接表示「物」的名詞作受詞。

run [rʌn] v. ① vt., vi. 跑；移動 ② vi. 成為…的狀態，變成

例句 昨天我在超級市場碰見她。

❌ I **ran across with** her in the supermarket yesterday.

⭕ I **ran across** her in the supermarket yesterday.

說明 「run across」意為「偶然碰見」，是固定片語，用法如同及物動詞，其後須接受詞。

他們決定不等錢用完就回家。

☒ They decided to go home before their money was run out.

☐ They decided to go home before their money ran out.

 「run out」意為「用完」，是不及物動詞片語，不用於被動語態。

 他們把錢用完了。

☒ They ran out their money.

☐ They ran out of their money.

 「run out」意為「用完」，以物作主詞；而「run out of」則表示「把⋯用完」，通常以人作主詞。

S

sad [sæd] adj. 悲哀的，憂愁的

她因失業而哀傷。

✗ She felt sadly because she lost her job.

◯ She felt sad because she lost her job.

本句中的「feel」是連繫動詞，其後接形容詞，不接副詞。

safe [sef] adj. ①安全的　②平安的

她祈禱（上帝保佑）她丈夫能安然歸來。

✗ She prayed that her husband would return sound and safe.

◯ She prayed that her husband would return safe and sound.

「safe and sound」是固定片語，表示「安然無恙」，「safe」和「sound」的順序不可調換。

safety ['seftɪ] n. 安全；平安

別擔心他，他很安全。

✗ Don't worry about him. He is in the safety.

◯ Don't worry about him. He is in safety.

「in safety」是固定片語，表示「安全地」，「safety」前不加冠詞，同樣用法的片語還有「in danger」「in trouble」等等。

sail [sel] n. ①帆　②航行

清晨，他們開船朝夏威夷群島出發。

> ✗ They set a sail to the Hawaiian Islands in the early morning.

> ○ They set sail for the Hawaiian Islands in the early morning.

 說明　「set sail」表示「開船」，是固定用法，「sail」前不加冠詞「a」。

sale [sel] n. ①買賣；銷售　②銷售額 [量]

這輛二手車是要賣的嗎？

> ✗ Is the used car on sale?

> ○ Is the used car for sale?

這個新產品會趕在下個月上市嗎？

> ✗ Will the new product be for sale as early as next month?

> ○ Will the new product be on sale as early as next month?

 說明　「on sale」和「for sale」都可以表示「出售的」，「for sale」指「待售（而非展覽或自用）」；「on sale」指「上市」「有銷售」。「for sale」通常表示個人的行為；「on sale」通常指商店等的出售。

今天的銷售額比昨天多。

> ✗ Today's sale was larger than yesterday's.

> ○ Today's sales were larger than yesterday's.

 說明　「銷售額」往往用「sale」的複數形式「sales」表示。

same [sem] adj. 同一的，相同的；同樣的

 腰帶是用和外套相同的材料做的。

❌ The belt is made of **the same** material **like** the coat.

⭕ The belt is made of **the same** material **as** the coat.

 表示「與⋯同樣」用「the same...as」，其中「as」為介系詞；「like」意為「像⋯」，並不表示「與⋯一樣」。

 他正穿著五年前我們遇見他時的那件大衣。

❌ He is wearing **the same** overcoat **as** he had on when we met him five years ago.

⭕ He is wearing **the same** overcoat **that** he had on when we met him five years ago.

 「the same...as」指和同種類的事物；「the same...that」則指同一件事物。

 satisfaction [ˌsætɪsˈfækʃən] n. ①滿意，滿足　②令人滿意的事物

 我們非常滿意地觀看了演出。

❌ We watched the performance **in** great **satisfaction**.

⭕ We watched the performance **with** great **satisfaction**.

說明 「with satisfaction」意為「滿意地」，是固定用法，其中「with」不可誤作「in」。

 你的來訪會令你的朋友們非常高興。

❌ Your visit will be a great **satisfaction with** your friends.

⭕ Your visit will be a great **satisfaction to** your friends.

說明 「使人滿意或高興的事」，可說「a satisfaction to sb」，其中「to」不能誤作「with」。

 例句 **我希望我做的每件事都讓你感到滿意。**

❌ I hope I shall do everything **for** your **satisfaction**.

⭕ I hope I shall do everything **to** your **satisfaction**.

 說明 「to sb's satisfaction」作「使某人感到滿意 [高興]」解，是習慣用法，其中「to」不能誤作「for」。

 satisfy ['sætɪsˌfaɪ] vt., vi. 使滿意

 例句 **我們對他的話很滿意。**

❌ We **were satisfied from** his words.

⭕ We **were satisfied with** his words.

 說明 表示「對…感到滿意」要用「be satisfied with」句型，其中介系詞「with」不可誤作「from」。

 save [sev] vt. 拯救，救出

 例句 **一名水手救了那個男孩，使他免於淹死。**

❌ A sailor **saved** the boy **of** drowning.

⭕ A sailor **saved** the boy **from** drowning.

說明 「save from」表示「從…中救出」「使…免於」，其中「from」不可誤作「of」。

say [se] vt., vi. 說；講

 他認為我說謊。

> ✕ He thought that I said a lie.

> ○ He thought that I told a lie.

 表示「說謊」一般用「tell a lie [lies]」，而不能說「say a lie」。

 他說過他會準時來的。

> ✕ He told he would come on time.

> ○ He said he would come on time.

 他告訴我一切都準備好了。

> ✕ He said me that everything was all right.

> ○ He told me that everything was all right.

 「say」作及物動詞時，後面可接子句作受詞，一般不接「sb」作受詞；而「tell」後面一般必須接雙受詞，即「tell sb that...」的句型。

 她告訴我她會晚一點到。

> ✕ She said me that she would be late.

> ○ She said to me that she would be late.

> ○ She told me that she would be late.

 「向某人說某事」是「say sth to sb」，「say」的受詞可以是名詞、代名詞，也可以是受詞子句。

 瑪麗說：「真是個好主意！」

> ✕ Mary told me, "What a good idea!"

> ○ Mary said, "What a good idea!"

說明 「say」可以引出直接敘述;「tell」一般不這樣用。

 例句 **那個小男孩說:「別碰它。」**

❌ "Don't touch it." the small boy said.

⭕ "Don't touch it." said the small boy.

 說明 表示「某人說…」時,直接敘述若放在句首,且主要子句的主詞是名詞而不是代名詞,則主要子句往往倒裝。

 例句 **我叫他們住口。**

❌ I said them to shut up.

⭕ I told them to shut up.

 說明 「tell sb to-v」可用來下命令、提出勸告等;「say」沒有這種用法。

 例句 **去散散步好嗎?**

❌ What do you say to go for a walk?

⭕ What do you say to going for a walk?

 說明 「What do you say to n [v-ing]」句型中,「to」為介系詞,接動名詞,不接不定詞。表示「你覺得…如何」或「認為…怎樣」時,可用「What would [do] you say to sth [v-ing]」句型,疑問副詞不可用「How」。

 例句 **會下雨嗎?——我說會的。**

❌ Will it rain?—I should say that.

⭕ Will it rain?—I should say so.

 說明 「say」表示「說」,是及物動詞,可用「so」作副詞代替「that」引導的直接受詞子句。與此用法相類似的動詞還有「believe」「expect」「guess」「hope」「suppose」「think」等。

我認為對她說實話是對的。

- ❌ I felt it right to say her the truth.

- ⭕ I felt it right to tell her the truth.

- ⭕ I felt it right to speak the truth to her.

 表示「說實話」一般說「speak the truth」或「tell the truth」，不說「say the truth」。

 scarcely ['skɛrslɪ] adv. 幾乎不

 我剛剛閉上眼，電鈴就響了。

- ❌ I had scarcely closed my eyes than the bell rang.

- ⭕ I had scarcely closed my eyes when the bell rang.

 「scarcely...when [before]」表示「一…就…」，不用「than」，不要和「no sooner...than」（剛…就…）混淆，「hardly...when」也可表示同樣的意思。在包含「scarcely」或「hardly」的句子中，子句中的述語動詞一般用過去完成式。

 scene [sin] n. 景色；風景

 這（裡）是一副漁村景象。

- ❌ This is a scenery of a fishing village.

- ⭕ This is a scene of a fishing village.

 瑞士的風景美得難以用言語形容。

- ❌ The scene in Switzerland is too beautiful for words.

- ⭕ The scenery in Switzerland is too beautiful for words.

說明> 表示「某一景色」用「scene」，前面常加不定冠詞「a」；「scenery」是「風景」的總稱，是不可數名詞。

scholarship ['skɑlə‚ʃɪp] n. ①學問，學識　②獎學金

例句> 他獲得了州立大學的獎學金。

✗ He won a **scholarship of** the state university.

○ He won a **scholarship to** the state university.

說明> 「a scholarship」作「一筆獎學金」解；而說「某學校的獎學金」應該用介系詞「to」，不可誤作「of」。

school [skul] n. 學校

例句> 她女兒要休學結婚。

✗ Her daughter wanted to leave **the school** and get married.

○ Her daughter wanted to leave **school** and get married.

例句> 我到學校去看入學考試的成績。

✗ I went to **school** to see the result of the entrance examination.

○ I went to **the school** to see the result of the entrance examination.

說明> 強調其功能而不是指具體哪所學校時，「school」前通常不用冠詞；而把學校看做一個地方（指建築物或校舍）時，它便成了具體的東西，其前要加定冠詞「the」。

scissors ['sɪzɚz] n. 剪刀

例句 我用剪刀時割傷了手指。

❌ I cut my finger with the scissor.

⭕ I cut my finger with the scissors.

例句 這裡有一把剪刀。

❌ Here are a pair of scissors.

⭕ Here is a pair of scissors.

說明 「scissors」（剪刀）是由兩部分構成的物體名詞，通常用作複數，當以「a pair of scissors」用作主詞時，述語動詞的數應與「pair」保持一致。

sea [si] n. 海，海洋

例句 我不懂這個問題，我茫然不知所措。

❌ I can't understand this problem; I'm all at the sea.

⭕ I can't understand this problem; I'm all at sea.

例句 說到數學，我一竅不通。

❌ When it comes to mathematics, I'm completely at the sea.

⭕ When it comes to mathematics, I'm completely at sea.

說明 「be all [completely] at sea」是固定片語，表示「茫然」「不知所措」，「sea」前不加冠詞。

例句 他去海邊度假。

❌ He went to sea for his vacation.

⭕ He went to the sea for his vacation.

他去當水手了。

❌ He has **gone to the seas**.

⭕ He has **gone to sea**.

 「go to the sea」相當於「go to the seaside」，表示「到海邊去」；「go to sea」相當於「become a sailor」，表示「出海，當水手」。

 我們經常在海裡游泳。

❌ We often swim **on the sea**.

❌ We often swim **at sea**.

⭕ We often swim **in the sea**.

 「swim in the sea」指「在海裡游泳」；「at sea」指「在海上航行」；「on the sea」指「在海上，在海邊」。

 season ['sizn] n. ①季（節）　②時期；活動期，季

 現在不是桃子的產季。

❌ This is not the **season of** peaches.

⭕ This is not the **season for** peaches.

 「the season for」表示「…的季節」，其中介系詞「for」不能誤作「of」。

 草莓即將盛產。

❌ Strawberries will be **in the season** soon.

⭕ Strawberries will be **in season** soon.

 現在不是螃蟹當令的季節。

❌ Crabs are **out of the season** now.

O Crabs are **out of season** now.

 說明 「be in season」表示「當令」「上市」，「out of season」表示「不當令」「在淡季」，「season」前均不用定冠詞「the」。

 seat [sit] vt. 使就座，使坐下

 例句 他在桌前坐下，開始工作。

X He **seated** at his desk and began to work.

O He **seated himself** at his desk and began to work.

O He **was seated** at his desk and began to work.

 說明 「seat」是及物動詞，一般接反身代名詞作受詞，也可用於「sb be seated」句型，表示「坐下，坐著」。

 secretary ['sɛkrə,tɛrɪ] n. 祕書

 例句 他是部長祕書。

X He is **secretary of** the minister.

O He is **secretary to** the minister.

 說明 表示「…的祕書」習慣上說「secretary to...」，不用介系詞「of」。

 see [si] vt., vi. 看見，看

 例句 我看見他進了辦公室。

X I **saw** him **to enter** the office.

O I **saw** him **enter** the office.

有人看見他從這個地方出來。

❌ He was **seen** come out of the place.

⭕ He was **seen to** come out of the place.

 在主動語態中,「see」後面可以接不定詞作受詞補語,但不定詞必須省略「to」;在被動語態中則須帶「to」。

 我每天吃完晚飯就看電視。

❌ I **see** television after dinner every day.

⭕ I **watch** television after dinner every day.

 「看電視」習慣上說「watch television」,而不用「see」。

 我站在窗邊,看著人們匆匆走過。

❌ I stood by the window, **seeing** people passing by in a hurry.

⭕ I stood by the window, **watching** people passing by in a hurry.

 「see」作「看見」解,是瞬間動詞,一般不用進行式;而「watch」是持續性動詞,可用於進行式。

 seem [sim] vi. 看起來,似乎,好像

 她似乎有點不對勁。

❌ **There seems** to **have** something the matter with her.

⭕ **There seems** to **be** something the matter with her.

 「seem」可以用於「there be」句型,表示「似乎有…」,「seem」後要接「to be」,不能接動詞「have」。

我感覺好像出了什麼事。

❌ It seems for me that something has gone wrong.

⭕ It seems to me that something has gone wrong.

 在「It seems that...」句型中，可加上「to sb」，表示「某人感覺好像…」，其中「to」不可換用「for」。

 seldom ['sɛldəm] adv. 很少，難得

 我很少遇到過這樣困難的事情。

❌ Seldom I have met with such a difficult thing.

⭕ Seldom have I met with such a difficult thing.

 「seldom」置於句首時，句子必須倒裝。

 send [sɛnd] vt. 送，寄；派遣

 我立即送他去醫院。

❌ I immediately sent him to hospital.

⭕ I immediately took him to hospital.

 「send」是「託人送去」或「派人送去」的意思，自己親自送應用「take」。

 我去度假時會寄明信片給你。

❌ I will send a postcard for you while I am away on holiday.

⭕ I will send a postcard to you while I am away on holiday.

⭕ I will send you a postcard while I am away on holiday.

說明 「send」表示「寄（信件、包裹等）」或「發（電報）」時是及物動詞，可接雙受詞，其間接受詞也可用介系詞「to」引出。

 sense [sɛns] n. ①道理；常識　②意義

 例句 **惹他生氣是沒有道理的。**

✖ There is no **sense to make** him angry.

○ There is no **sense in making** him angry.

 說明 「There is no sense in v-ing」表示「做某事是沒有道理的」，這是固定用法，其中「in v-ing」不能改用不定詞。

 例句 **他見多識廣，不會做傻事的。**

✖ He has many **common senses**; he will not act foolishly.

○ He has plenty of **common sense**; he will not act foolishly.

 說明 「common sense」是固定片語，表示「常識」，其中「sense」作「常識」解時，是抽象名詞，不可數，不用於複數形式。

 例句 **他對我們說的話根本沒道理。**

✖ What he told us simply doesn't **make the sense**.

○ What he told us simply doesn't **make sense**.

 說明 「make sense」是固定片語，表示「講得通」「有道理」，「sense」前不加定冠詞「the」。

 例句 **我想在某種意義上他可能是對的。**

✖ I think he may be right **to a sense**.

○ I think he may be right **in a sense**.

說明　「in a sense」作「在某種意義上」解，為固定片語，這裡介系詞用「in」，不可誤作「to」。

<u>**sensible**</u> ['sɛnsəbl] adj. 明智的

　你這樣做是明智的。

　　❌　It was sensible for you to do like this.

　　⭕　It was sensible of you to do like this.

　「sensible」表示「明智的」「有頭腦的」，常用於「It is sensible of sb to-v」句型，其中介系詞「of」不可誤作「for」。

<u>**sensitive**</u> ['sɛnsətɪv] adj. 敏感的

　我對冷非常敏感。

　　❌　I am very sensible to cold.

　　⭕　I am very sensitive to cold.

　我知道你的好意。

　　❌　I am sensitive to your kindness.

　　⭕　I am sensible of your kindness.

　「sensitive」表示「對某事物容易感受或敏感的」，常與「to」連用；「sensible」意為「明智的」「懂事理的」「感知的」，常與「of」連用。

<u>**several**</u> ['sɛvərəl] adj. 幾個，數個，一些

　我有幾件家具是舊的。

　　❌　Several of my furniture is old.

O Some of my furniture is old.

 客人給湯姆幾個蘋果。

✗ The guest gave Tom some several apples.

O The guest gave Tom some apples.

O The guest gave Tom several apples.

 「several」只能與可數名詞的複數形式連用，不能與不可數名詞或單數可數名詞連用。

 shade [ʃed] n. 蔭；蔭涼處；陰影

 天氣很熱，我們坐在那棵樹的樹蔭下吧。

✗ It's hot. Let's sit down in the shadow of that tree.

O It's hot. Let's sit down in the shade of that tree.

 他發現窗戶上有一個人影。

✗ He saw the shade of a man in the window.

O He saw the shadow of a man in the window.

 「shadow」和「shade」都可以表示「陰影」：「shadow」強調人或物在光照下形成的「影像」；而「shade」可譯為「蔭涼處」「樹蔭」「幽暗」等，強調「避熱作用」。

 sheep [ʃip] n. 羊，綿羊

 田野裡有一群羊。

✗ There are a flock of sheeps in the fields.

O There are a flock of sheep in the fields.

 「sheep」單複數同形，類似的單字還有「deer」等。

shelter [ˈʃɛltɚ] n. ①遮蔽；保護　②避難所；庇護所

他們在樹下躲起來。

- ✗ They took a shelter under a tree.

- ○ They took shelter under a tree.

「shelter」表示「避難」「保護」時，為不可數名詞，「shelter」前不加冠詞。

ship [ʃɪp] n. 船，艦

他打算坐船去——他不喜歡坐飛機。

- ✗ He's going by a ship — he doesn't like flying.

- ○ He's going by ship — he doesn't like flying.

「by ship」表示「乘船」這一交通方式時，「ship」前不加冠詞。

shock¹ [ʃɑk] vt. 使…震驚

他獲悉這個消息後感到很震驚。

- ✗ He was much shocked with the news.

- ○ He was much shocked at [by] the news.

說明 表示「對…感到震驚」應說「be shocked at [by] sth」，不說「be shocked with sth」。

shock² [ʃɑk] n. 衝擊，震驚

例句 他的失敗令大家大為震驚。

✗ His failure was great shock to us.

○ His failure was a great shock to us.

說明 「shock」表示「震驚」或「情緒上的打擊」時是抽象名詞，不可數；表示具體的「使人震驚的事」時是個體名詞，前面常加不定冠詞「a」。

shoe [ʃu] n. 鞋

例句 我不喜歡這些鞋子。你可以再拿一雙給我嗎？

✗ I don't like these shoes. Will you show me another one?

○ I don't like these shoes. Will you show me another pair?

說明 鞋子總是成雙的，「one」只能指「一隻」，表示「一雙」要用「pair」。

shop [ʃɑp] vt., vi.（到…）去買東西 [購物]

例句 我們明天去購物，好嗎？

✗ Let's go to shop tomorrow, shall we?

○ Let's go shopping tomorrow, shall we?

說明 表示「去購物」通常說「go shopping」。類似的用法還有「go swimming」（去游泳），「go hunting」（去打獵），「go fishing」（去釣魚）等。

short¹ [ʃɔrt] adv. 不足地

例句 他們的汽油快用完了。

❌ They are **running shortly of** gasoline.

⭕ They are **running short of** gasoline.

說明 表示「缺少…」「快用完…」可說「run short of」，「short」在此為副詞。

short² [ʃɔrt] n. 要點，概略

例句 總而言之，我們要作好充分準備。

❌ **In short word**, we must get well prepared.

❌ **In a short**, we must get well prepared.

⭕ **In short**, we must get well prepared.

說明 表示「總之」「簡而言之」用「in short」，「short」後不能再加「word」，「short」前也不能加「a」。

should [強 ʃʊd, 弱 ʃəd] aux. v. ①應該 ②有可能 ③竟然

例句 喬想要再吃個冰淇淋。

❌ Joe **should like** another helping of ice cream.

⭕ Joe **would like** another helping of ice cream.

說明 「would like」是固定片語，「would」不可誤作「should」。

例句 他們竟然這樣對待我，看來是不公平的。

❌ It seems unfair that they **would** treat me like that.

> ○ It seems unfair that they **should** treat me like that.

🐾說明> 「should」用在某些子句中表示「驚奇」的意思，可譯成「竟然」，此時不用其他的助動詞或情態動詞。

🐾例句> **如果明天我有空，我就過來。**

> ✕ If I **would** be free tomorrow, I would come.

> ○ If I **should** be free tomorrow, I would come.

🐾說明> 在假設條件句中，在表示可能性極小的假設子句中須用「should+v」，此時也不用「would」或其他字代替。

shout [ʃaut] vi., vt. 呼喊，吼叫；大聲說話

🐾例句> **不要對她大聲吼叫。**

> ✕ Don't **shout to** her.

> ○ Don't **shout at** her.

🐾例句> **他對我大聲喊叫，提醒我當心危險。**

> ✕ He **shouted at** me and warned me of the danger.

> ○ He **shouted to** me and warned me of the danger.

🐾說明> 「shout at」意為「對⋯吼叫」，含有「氣憤」的意思；要表示「朝⋯大聲喊叫」這一動作而不含感情色彩時，常用「shout to」。

show¹ [ʃo] vt, vi. 顯示，顯露

🐾例句> **她喜歡炫耀自己。**

> ✕ She likes to **show** herself **up**.

> ○ She likes to **show** herself **off**.

【說明】「炫耀」用「show off」，是固定片語，不能改為「show up」。

 show² [ʃo] n. 展覽會，展示會

 【例句】有許多機器在展出。

- ✗ There were a lot of machinery for show.
- ○ There were a lot of machinery on show.

 【說明】「for show」是「為了炫耀」的意思；「on show」是「在展示」的意思。

 sick [sɪk] adj. ①有病的　②厭煩的，厭惡的

 【例句】我討厭冬天；春天為什麼還不來呢？

- ✗ I'm sick at winter; why doesn't spring come?
- ○ I'm sick of winter; why doesn't spring come?

 【說明】表示「討厭」或「厭煩」須用「be sick of sth」的句型，這裡介系詞「of」不能誤作「at」。

 【例句】她正在照顧她生病的父親。

- ✗ She is taking care of her ill father.
- ○ She is taking care of her sick father.

 【例句】這位病人應該受到很好的照顧。

- ✗ The ill should be well looked after.
- ○ The sick should be well looked after.

說明 「sick」和「ill」都可譯為「有病的」，但「ill」通常只能置於名詞後；而「sick」既可置於名詞後（往往指「想吐」「不舒服」等），也可置於名詞前，另外，「sick」前加定冠詞「the」相當於名詞（複數），意為「病人」。

side [saɪd] n. ①一方，一邊　②（在人的）旁邊

例句 往前走，醫院就在馬路的那一邊。

❌ Go ahead and the hospital is at the other side of the road.

⭕ Go ahead and the hospital is on the other side of the road.

說明 「在…地點」一般用「at」，但若表示「在路邊」則常用介系詞「on」。

例句 過來坐在我身邊。

❌ Come and sit on my side.

⭕ Come and sit at [by] my side.

說明 表示「坐在…旁」「站在…旁」時，「side」須和介系詞「by」或「at」連用。

例句 他和瑪麗並肩而坐。

❌ He sat side in side with Mary.

⭕ He sat side by side with Mary.

例句 兩幅畫並排掛在牆上。

❌ The two pictures were hung side in side on the wall.

⭕ The two pictures were hung side by side on the wall.

說明 「並排」「並肩」或「緊靠」習慣用「side by side」。

sight [saɪt] n. ①視力 ②視野 ③看見 ④見解 ⑤名勝

 那列火車很快就看不見了。

- ✗ The train was soon **out of the sight**.

- ○ The train was soon **out of sight**.

 「out of sight」意為「在視野以外」「看不見」，「sight」前不加定冠詞「the」。

 他們倆一見鍾情。

- ✗ They fell in love **at the first sight**.

- ○ They fell in love **at first sight**.

 「at first sight」是固定片語，意為「第一眼就」「乍看之下」，「first sight」前不加定冠詞「the」。

 她在一次意外中失明。

- ✗ She lost her **sights** in an accident.

- ○ She lost her **sight** in an accident.

 「sight」表示「目光」「視力」時，為抽象名詞，不可數。

 我們被帶去遊覽這個城市的名勝古蹟了。

- ✗ We were brought on a tour of the **sight** of the city.

- ○ We were brought on a tour of the **sights** of the city.

 表示「風景，名勝」時，「sight」是可數名詞，常用複數形式。

 我們可以看見田地。

- ✗ We are **in the sight of** land.

- ○ We are **in sight of** land.

<u>例句</u> 老師對所有學生都一視同仁。

[✗] All students are equal **in sight of** our teacher.

[○] All students are equal **in the sight of** our teacher.

 <u>說明</u> 「in sight of」表示「可以看見」；而「in the sight of」表示「依…看來」。

 <u>例句</u> **如果你看見約翰，請他來看我。**

[✗] If you **catch the sight of** John, ask him to come and see me.

[○] If you **catch sight of** John, ask him to come and see me.

 <u>說明</u> 說「看見」，用「catch sight of」，「sight」前不加定冠詞「the」。

 sign [saɪn] n. ①標誌 ②手勢，姿勢；信號

 <u>例句</u> **紅燈是禁止通行的信號。**

[✗] A red light is a stop **sign**.

[○] A red light is a stop **signal**.

 <u>說明</u> 「sign」多用於無法或不想用口頭方式交流而採取的手勢、姿勢、動作等；而「signal」則多指約定俗成的可辨認的信號，常表現為某種特別的聲、光或行為等。

 silly ['sɪlɪ] adj. 蠢的；糊塗的

 <u>例句</u> **你犯這樣的錯誤，真是太糊塗了。**

[✗] It was **silly for** you to make such a mistake.

[○] It was **silly of** you to make such a mistake.

說明 「It is silly of sb to-v」表示「做…（事）的人是很蠢的」，本句型中不可用介系詞「for」代替「of」引出邏輯主詞。

similar ['sɪmələ] adj. 類似的，相似的

例句 我的建議與他的類似。

❌ My proposal is similar with his.

⭕ My proposal is similar to his.

例句 他的戰爭經驗和我的相似。

❌ His war experiences were similar like mine.

⭕ His war experiences were similar to mine.

說明 表示「與…相似 [類似]」，應該說「be similar to...」，介系詞「to」不可誤作「with」或「like」。

since[1] [sɪns] prep. 從…以來

例句 從上星期一以來，我就沒有見過他。

❌ I don't see him since last Monday.

⭕ I have not seen him since last Monday.

例句 從 1979 年以來，我就一直住在倫敦。

❌ I'm living in London since 1979.

⭕ I've lived in London since 1979.

⭕ I've been living in London since 1979.

說明 由介系詞「since」引導的片語作副詞時，句子的述語動詞用現在完成式或現在完成進行式，但不能用現在進行式。

她從星期一之後就一直缺席。

✗ She has been absent **from** Monday.

○ She has been absent **since** Monday.

 我們從八點起就在等他了，但他沒有來。

✗ We waited for him **since** eight o'clock, but he didn't come.

○ We waited for him **from** eight o'clock, but he didn't come.

 從 1989 年到 2000 年他都住在紐約，但是他現在住在底特律。

✗ He lived in New York **since** 1989 **to** 2000, but he is now living in Detroit.

○ He lived in New York **from** 1989 **to** 2000, but he is now living in Detroit.

 表示「（時間）從…到…止」應該用「from...to...」；「since」表示「自從，從…（一直存在某情況）」，不與「to」連用，而且須與現在完成式連用。

 我們已經工作了五個小時。

✗ We have worked **since** five hours.

○ We have worked **for** five hours.

 我已經有兩天沒見到他了。

✗ I haven't seen him **since** two days.

○ I haven't seen him **for** two days.

 「for」和「since」都能與表示時間的詞連用，且都用完成式，但「for」後接表示一段時間的詞；而「since」後接時間點。

 since² [sɪns] conj. ①從…以來　②因為；既然

 自從他來柏林之後就一直住在這裡。

✗ He has lived here **since** he **has come** to Berlin.

| O | He has lived here **since** he **came** to Berlin. |

 說明 「since」引導的副詞子句用過去式，主要子句一般用現在完成式。

 例句 **因為你不願意合作，所以我只好去找律師了。**

| ✕ | **Since** you refuse to cooperate, **so** I shall be forced to take legal advice. |
| O | **Since** you refuse to cooperate, I shall be forced to take legal advice. |

 說明 「since」是從屬連接詞，表示「因為」，在此引導一個原因副詞子句，後面的主要子句前不能再用連接詞「so」。

 sit [sɪt] vt., vi. 坐下，就座

 例句 **昨天晚上你熬夜到幾點？**

| ✕ | How late did you **sit** last night? |
| O | How late did you **sit up** last night? |

 說明 「sit up」表示「熬夜」，為固定片語，「up」不能省略。

 例句 **請坐。**

| ✕ | **Sit**, please. |
| O | **Sit down**, please. |

 說明 「sit」表示「坐」這個狀態，而「sit down」則表示「坐下」這個動作。

 size [saɪz] n. ①大小，尺寸　②尺碼

 例句 **這顆蛋的大小和我的拳頭差不多。**

| ✕ | The egg was **the size of about** my fist. |
| O | The egg was **about the size of** my fist. |

說明 「the size of」可以構成兩個東西大小的比較，此時程度副詞放在該片語前面。

 例句 **這本書是那本書的兩倍大。**

- ❌ This book is the twice size of that.
- ⭕ This book is twice the size of that.

 說明 表示倍數或分數的詞應放在「the size」之前。

 例句 **你穿幾號的鞋子？**

- ❌ How many size of shoes do you take?
- ⭕ What size shoes do you take?

 說明 問「多大尺碼」，要用「what size...」來提問。

 slang [slæŋ] n. 俚語

 例句 **俚語常常流行得快，過時得也快。**

- ❌ Slangs often go in and out of fashion quickly.
- ⭕ Slang often goes in and out of fashion quickly.

 說明 「slang」是不可數名詞，沒有複數形式，述語動詞也應用單數。

 smell [smɛl] vt., vi. 聞到…的氣味

 例句 **那玫瑰聞起來很香。**

- ❌ The rose smells well.
- ⭕ The rose smells sweet.

說明 「smell」作「聞起來有…的氣味」解時，是連繫動詞，其後須接形容詞。

smile [smaɪl] v. ① vi. 笑　② vt. 以微笑表示

例句 我看見她對我揮手微笑。

❌ I saw her waving her hand and smiling me.

⭕ I saw her waving her hand and smiling at me.

說明 表示「對⋯微笑」，要用「smile at」，「smile」在此為不及物動詞，不可直接接受詞。

smoke [smok] n. 煙

例句 我們看見一股濃濃的黑煙從窗口冒出。

❌ We saw a thick black smoke coming out of the window.

⭕ We saw thick black smoke coming out of the window.

說明 「smoke」泛指「煙」時是不可數名詞；但是「smoke」表示「抽煙」或「一根煙」時前面可加不定冠詞修飾。

snow [sno] n. 雪；降雪；積雪

例句 孩子們喜歡在雪中玩耍。

❌ Children like to play under the snow.

⭕ Children like to play in the snow.

說明 表示「在雪中」應該說「in the snow」，而不是「under the snow」。

例句 去年的積雪正在融化。

❌ The snow of last year is thawing.

⭕ The snows of last year are thawing.

說明 「snow」表示「積雪」時，須用複數形式，述語動詞也用複數。

 so^1 [so] adv. ①那麼 ②這樣地 ③同樣地，也 ④因此

 例句 **醫生的病人太多，他無法全部都看。**

❌ The doctor had **too** many patients **that** he could not see them all.

⭕ The doctor had **so** many patients **that** he could not see them all.

 說明 「so...that...」表示「如此…以致於…」，英語中沒有「too...that...」的說法。

 例句 **困難太多，我們無法克服。**

❌ There are **such** many difficulties **that** we can't overcome them.

⭕ There are **so** many difficulties **that** we can't overcome them.

 說明 「such+n+that...」和「so+n+that...」都譯為「如此…以致於」，但當名詞前有「many, few, much, little」修飾時，須用「so」而不用「such」。

 例句 **我從未經歷過如此寒冷的天氣。**

❌ I have never experienced **so** cold weather before.

⭕ I have never experienced **such** cold weather before .

 說明 「so」用來修飾後面不再接名詞的形容詞以及副詞；「such」用來修飾名詞片語，不管該名詞片語內是否有形容詞。

 例句 **他已做完家庭作業，而我也做好了。**

❌ He has done his homework, and **so I have**.

⭕ He has done his homework, and **so have I**.

 說明 第一個分句是肯定句，第二個分句表示「如此，也，同樣」時，用「so」引出，這時須倒裝，即「so+助動詞+主詞」。

例句 **你認為她發瘋了,而事實上她確實如此。**

✗ You think she is mad, and so is she.

○ You think she is mad, and so she is.

 說明 第一個分句為肯定句,第二個分句是對前面的認可、同意或重複,則不用倒裝,這時「so」意為「確是如此,正是那樣」。

 例句 **他不喜歡踢足球,我也不喜歡。**

✗ He doesn't like playing football, and so do I.

○ He doesn't like playing football, and nor do I.

 說明 「so」只用於前後兩句都是肯定句的情況;如果前句是否定句,後面表示「也不…」,就要用「neither」或「nor」。

 例句 **「你認為今天會下雨嗎?」「我希望如此。」**

✗ "Do you think it's going to rain?" "I hope it."

○ "Do you think it's going to rain?" "I hope so."

 說明 在某些動詞的後面用「so」表示前面談及的內容,意思是「如此,這樣」,而不能用「it」;這樣的動詞有「expect, believe, say, think, guess, suppose, imagine」等。

 例句 **他的英文說寫(能力)一樣好。**

✗ He speaks English so well as he writes.

○ He speaks English as well as he writes.

 說明 「as...as」(和…一樣…),用在否定句中時,第一個副詞「as」可以用「so」代替,但在肯定句中不可以換用。

so² [so] conj. 因此；所以

 因為下大雨，所以比賽延遲了兩小時。

✗ As it rained heavily, so the match was delayed two hours.

○ It rained heavily, so the match was delayed two hours.

○ As it rained heavily, the match was delayed two hours.

 「因為…所以…」不能說「as...so...」，因為「as」是從屬連接詞，「so」是並列連接詞，兩者不能同時使用。

 因為她的丈夫已經過世，所以她必須扶養一家人。

✗ Since her husband had died, so she had to support her family.

○ Since her husband had died, she had to support her family.

○ Her husband had died, so she had to support her family.

 「since」是從屬連接詞，「so」是並列連接詞，都表示因果關係，用其中一個即可。

 因為他生病了，所以今天不能來。

✗ Because he is ill, so he cannot come today.

○ Because he is ill, he cannot come today.

○ He is ill, so he cannot come today.

 「because」與「so」在句子中都是連接詞，不能同時存在於一個句子裡。

 我早上很早起床，為的是要趕上第一班公車。

✗ I get up so early as to catch the first bus.

○ I get up early so as to catch the first bus.

例句 他氣得說不出話來。

✗ He was angry **so as to** be unable to speak.

○ He was **so** angry **as to** be unable to speak.

 說明 「so as to-v」和「so...as to-v」的文法和意思都不一樣，前者表目的，譯為「為了…；以便能」；後者表結果，譯為「到…程度」。

soap [sop] n. 肥皂

 例句 他找到一塊肥皂，然後開始洗手。

✗ He found **a soap** and began to wash his hands.

○ He found **a bar [cake, piece] of soap** and began to wash his hands.

 說明 「soap」是不可數名詞，前面不能直接用不定冠詞「a」，「一塊肥皂」可以說「a bar of soap」「a cake of soap」「a piece of soap」。

society [sə'saɪətɪ] n. 社會

 例句 小偷是社會的危險人物。

✗ A thief is a danger to **the society**.

○ A thief is a danger to **society**.

 說明 本句中「society」是泛指，為抽象名詞，不可加冠詞「a」或「the」。

some [強 sʌm, 弱 səm] adj. ①一些的　②某個的　③一部分的

 例句 一定會有某個我能做的工作。

✗ There must be **some jobs** I could do.

○ There must be **some job** I could do.

說明 「some」表示「某一」時，後面只能接單數可數名詞，不可接複數名詞。

 例句 瓶子裡有一些牛奶。

❌ There are some milk in the bottle.

⭕ There is some milk in the bottle.

 說明 「some」作「一些」解時可與不可數名詞和可數名詞的複數形式連用。與不可數名詞連用時，述語動詞須用單數；與可數名詞的複數形式連用時，述語動詞用複數。

 例句 有些人喜歡待在家裡。

❌ Some of people prefer staying home.

⭕ Some people prefer staying home.

 說明 「some」後面的名詞有冠詞等修飾時須加「of」，表示「總體中的一部分」，當名詞前沒有修飾詞時，「some」可直接接名詞，其後不加「of」，此時泛指「一些…」。

 例句 有人喜歡海，有人喜歡山。

❌ Some people like the sea, the others prefer the mountains.

⭕ Some people like the sea, others prefer the mountains.

 說明 「some」可以用於跟「others」（而不跟「the others」）作對比，表示「一些人…，另一些人…」。另外，「some」還可跟「all」或「enough」作對比。

 例句 這個男孩和我們相處了一段時間。

❌ The boy stayed with us for sometime.

⭕ The boy stayed with us for some time.

 說明 「sometime」意為「某個時間」；而「some time」才指「一段時間」。

有一天，我發現自己成名了。

 ❌ Some day I found myself famous.

 ⭕ One day I found myself famous.

 「some day」只能指將來；「one day」既能指過去，也能指將來。

 他答應過我，他將來會幫助我。

 ❌ He promised that he would help me at some time.

 ⭕ He promised that he would help me some time.

 「some time」可用作副詞，因此前面不必加「at」等介系詞。

 你還要再來點啤酒嗎？

 ❌ Would you like any more beer?

 ⭕ Would you like some more beer?

 不，謝謝。我不需要了。

 ❌ No, thanks. I don't want some more.

 ⭕ No, thanks. I don't want any more.

 「some, any」都指「一些」，既可修飾可數名詞，也可修飾不可數名詞。一般來說「some」用於肯定句，「any」用於疑問句或否定句，但表示徵求對方意見或期待肯定回答時要用「some」。

 他告訴我改天會來看我。

 ❌ He told me that he would come to see me some day.

 ⭕ He told me that he would come to see me someday.

 「some day」表示「某一天」；而「someday」表示「改天，有朝一日」。

somebody ['sʌmˌbɑdɪ] pron. 某人，有人

例句 有人拿了我的筆。

✗ Somebody have taken my pen.

○ Somebody has taken my pen.

說明 「somebody」用作主詞時，述語動詞應該用單數形式。

例句 她已經一個多星期沒見過任何人。

✗ She hasn't seen somebody for over a week.

○ She hasn't seen anybody for over a week.

說明 在否定句和疑問句中應該用「anybody」或「anyone」，而不用「somebody」，但在提出請求、反問等情況下也可用「somebody」。

例句 今天下午有人要來視察我們的工廠。

✗ Some body is coming to inspect our factory this afternoon.

○ Somebody is coming to inspect our factory this afternoon.

說明 表示「某人」應該說「somebody」；「some body」表示「一些人」。

someone ['sʌmˌwʌn] pron. 某人，有人

例句 有人把書忘在桌子上了。

✗ Someone has left one's book on the table.

○ Someone has left his [her] book on the table.

說明 不可以用「one, one's」等字指代「someone」。

例句 有些人仍然相信他是個好學生。

✗ **Someones** still believe that he is a good student.

○ **Some people** still believe that he is a good student.

○ **Some** still believe that he is a good student.

說明 「someone」表示「有人」時是單數，沒有複數形式；表示「有些人」用「some」或「some people」。

例句 她不想被任何人照顧。

✗ She doesn't want **someone** to look after her.

○ She doesn't want **anyone** to look after her.

例句 今天下午有人要來嗎？

✗ Is **some one** coming this afternoon?

○ Is **someone** coming this afternoon?

說明 在否定句和疑問句中通常用「anyone」，而不用「someone」，但在期待肯定回答時，在疑問句中也可用「someone」。

something [ˈsʌmθɪŋ] pron. 某物；某事

例句 他們從商店買了一點東西。

✗ They bought **somethings** from the shop.

○ They bought **something** from the shop.

例句 今天的報紙上有一些有趣的消息。

✗ There is **interesting something** in today's newspaper.

○ There is **something interesting** in today's newspaper.

說明 「something」是不定代名詞，無複數形式，用形容詞修飾時，要把形容詞放在後面。

到六點時，我累得不能再做其他事了。

❌ By six o'clock I was too tired to do something else.

⭕ By six o'clock I was too tired to do anything else.

 本句形式上是肯定句，但實際上表示一種否定意義，表示否定意義的句子中通常用「anything」。

 你想喝點什麼嗎？

❌ Would you like to drink something?

⭕ Would you like something to drink?

 「something」為不定代名詞，作「某事」或「某物」解時，修飾它的不定詞片語「to drink」應放在後面。

 有事情發生了，我要你告訴我。

❌ Something have happened. I want you to tell me about it.

⭕ Something has happened. I want you to tell me about it.

 「something」用作主詞時，述語動詞應該用單數形式。

 somewhere ['sʌmˌhwɛr] adv. 在某處

 我想去一個安靜的地方。

❌ I want to go anywhere where it's quiet.

⭕ I want to go somewhere where it's quiet.

 「somewhere」通常用於肯定句中；「anywhere」一般用於疑問句及否定句中，但在提出請求等時，「somewhere」也可用在疑問句或否定句中。

我們找個安靜的地方。

❌ Let's go quiet somewhere.

⭕ Let's go somewhere quiet.

 用形容詞修飾「somewhere, anywhere」等字時,形容詞一般放在其後。

 soon [sun] adv. ①不久;即刻,馬上　②早;快

 他剛上路,就開始下雨了。

❌ No sooner had he started off when it began to rain.

⭕ No sooner had he started off than it began to rain.

 「no sooner...than...」(剛…就…)是固定片語,不可說「no sooner... when...」。

 我剛閉上眼睛,門鈴就響了。

❌ No sooner I had closed my eyes than the bell rang.

⭕ No sooner had I closed my eyes than the bell rang.

 在使用「no sooner...than...」這個句型時,若「no sooner」放在句首,主要子句的主詞與述語動詞須倒裝。

 他說他寧願死也不願背叛自己的朋友。

❌ He said he'd sooner die than to betray his friend.

⭕ He said he'd sooner die than betray his friend.

 「would sooner...than...」表示「寧願…也不願…」,「would sooner」和「than」後面都接原形動詞。

例句 我會盡快遞交申請表。

❌ I'll send in my application as fast as possible.

⭕ I'll send in my application as soon as possible.

 說明 表示「盡快地」，若強調時間，可說「as soon as possible」；若強調動作本身的速度，則可說「as fast [quickly] as possible」。

 例句 他一來，我就告訴他。

❌ As soon as he will come, I'll tell him.

⭕ As soon as he comes, I'll tell him.

 例句 他一到就會打電話給我。

❌ He will phone me as soon as he will arrive.

⭕ He will phone me as soon as he arrives.

 說明 「as soon as」意為「一…就…」，當主要子句為未來式時，它所引導的時間副詞子句要用簡單現在式。

 sound[1] [saʊnd] adv. 充分地

 例句 他睡得很熟嗎？

❌ Is he sleeping sound?

⭕ Is he sleeping soundly?

 說明 「sound」和「soundly」都是副詞，「sound」用於「be [fall] sound asleep」中；而「soundly」用於「sleep soundly」中。

sound² [saund] v. ① vi., vt. 發出聲音　② vi. 聽起來

　你說的話聽起來棒極了。

　❌　What you say **sounds** wonderfully.

　⭕　What you say **sounds** wonderful.

　這樣的聲音在這個小房間裡聽起來太大聲了。

　❌　Such a voice **sounds** too **loudly** in the small room.

　⭕　Such a voice **sounds** too **loud** in the small room.

　「sound」表示「聽起來」時是連繫動詞，可接形容詞，但不可接副詞。

soup [sup] n. 湯

　我們用湯匙喝湯。

　❌　We **drink a soup** with a spoon.

　⭕　We **eat soup** with a spoon.

　「soup」是不可數名詞，不能用「a」；另外，直接用嘴喝用「drink」，如用「spoon」則說「eat」。

space [spes] n. ①空間；場所　②太空

　這箱子在房間裡太占空間了。

　❌　The box takes too **many space** in the room.

　⭕　The box takes too **much space** in the room.

　「space」表示「空間」「場所」，為不可數名詞，不能用「many」修飾。

他是第一個在外太空漫步的人。

✗ He was the first man to walk in the outer space.

○ He was the first man to walk in outer space.

 這裡的「space」是指大氣層以外的太空；強調星球和星球之間的空間時，「space」為單數，不加冠詞。

 speak [spik] v. ① vi., vt. 講；說　② vi. 說話，談話

 她說七月份她將去美國。

✗ She spoke that she would go to America in July.

○ She said that she would go to America in July.

 「speak」後面通常不接「that 子句」作受詞，若是要接「that 子句」，「speak」則須改為「say」。

 他跟你談過這件事嗎？

✗ Did he speak it to you?

○ Did he speak of it to you?

○ Did he speak about it to you?

 表示「談，說」，可說「speak of」或「speak about」，不可直接接受詞。

 這本書談到作者的童年。

✗ This book speaks about the writer's childhood.

○ This book speaks of the writer's childhood.

 表示「描述了…」或「提及…」往往用「speak of」，不可誤作「speak about」。

剛才和你說話的那個人是誰？

X Who is the man that you **spoke** just now?

O Who is the man that you **spoke to** just now?

 「和…說話」須加介系詞「to」。

 specialist ['spɛʃəlɪst] n. 專家；專科醫生

 他是一位生物學專家。

X He is **a specialist of** biology.

O He is **a specialist in** biology.

O He is **a** biology **specialist**.

 表示「某方面的專家」，應該說「a specialist in...」，其中介系詞「in」不能誤作「of」，另外，還可說「a...specialist」。

 specialize ['spɛʃəlˌaɪz] vi. 專門從事；專攻

 他們專攻植物學。

X They **specialize** botany.

O They **specialize in** botany.

 表示「專攻某學科」「專門研究某方面的問題」時，應說「specialize in」。

 spend [spɛnd] v. ① vt., vi. 用錢，花費　② vt. 度過；花（時間）

 他花太多時間打牌了。

X He **spends** too much time **to play** cards.

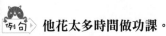 He **spends** too much time **(in) playing** cards.

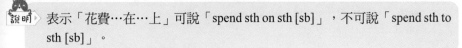 說明 「花時間[精力]做某事」，英文用「spend...(in) v-ing」，動名詞前的介系詞「in」常省略。

例句 **他花太多時間做功課。**

 He **spends** too much time **to** homework.

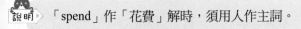 He **spends** too much time **on** homework.

說明 表示「花費…在…上」可說「spend sth on sth [sb]」，不可說「spend sth to sth [sb]」。

例句 **我花了兩個小時去那裡。**

❌ **It spent** me two hours to go there.

✅ **It took** me two hours to go there.

✅ **I spent** two hours to go there.

說明 「spend」作「花費」解時，須用人作主詞。

例句 **我今天花了一小時才到這裡。**

❌ I **took** an hour getting here today.

✅ I **spent** an hour getting here today.

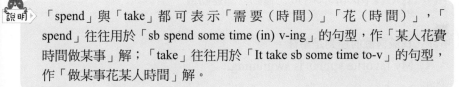 說明 「spend」與「take」都可表示「需要（時間）」「花（時間）」，「spend」往往用於「sb spend some time (in) v-ing」的句型，作「某人花費時間做某事」解；「take」往往用於「It take sb some time to-v」的句型，作「做某事花某人時間」解。

例句 **他花了 4000 英鎊買了一輛新車。**

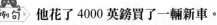 He **spent** £4000 **in [to]** a new car.

✅ He **spent** £4000 **for [on]** a new car.

說明 表示「花（錢）買某物」時，可說「spend sth for sth」或「spend sth on sth」，其中的介系詞不可誤作「in」或「to」。

例句 我們在紐約過得很愉快。

[X] We spent a good time in New York.

[O] We had a good time in New York.

說明 表示「過得愉快，玩得高興」可用片語「have a good time」「enjoy one-self」，不可說「spend a good time」。

spirit ['spɪrɪt] n. ①精神，心靈　②情緒；心情

例句 聽到這個好消息時，他們都興高采烈。

[X] They were all in great spirit when they heard the good news.

[O] They were all in great spirits when they heard the good news.

說明 「spirit」作「情緒」「心情」解時，一般用複數形式，片語「in high [great] spirits」（興高采烈），「in poor [low] spirits」（情緒低落）中的介系詞「in」不能誤作「with」。

sport [sport, spɔrt] n. ①運動　②運動會

例句 我最喜歡的運動是游泳。

[X] My favorite sports is swimming.

[O] My favorite sport is swimming.

說明 「sport」指具體的某種運動項目時是可數名詞；泛指「運動」時是不可數名詞。

你打算參加學校運動會的賽跑嗎？

✗ Are you going to run in the school **sport**?

○ Are you going to run in the school **sports**?

「sport」的複數形式「sports」可表示「運動會」。

staff [stæf] n. 全體職員；教職員

他是這份報紙的編輯人員之一。

✗ He is a member of the editorial **staffs** of the newspaper.

○ He is a member of the editorial **staff** of the newspaper.

○ He is on the editorial **staff** of the newspaper.

「staff」表示「（全體）工作人員」是集合名詞，常用單數形式。

他是正式職員。

✗ He is in the **staff**.

○ He is on the **staff**.

「staff」常和介系詞「on」連用表示「在工作人員中」，介系詞「on」不能誤作「in」。

stage [stedʒ] n. 階段，時期

該計畫還處在早期階段。

✗ The plan is still **on** its early **stages**.

○ The plan is still **in [at]** its early **stages**.

說明 「stage」作「階段或時期」解時，表示「在…階段」，要用「in [at]…
stage」，介系詞「in」不能誤作「on」。

 stand [stænd] v. ① vt., vi. 站立　② vt. 忍受

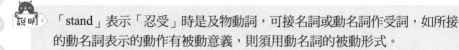 例句 **他無法忍受別人如此對待他。**

　✘ He can't **stand treating** like that.

　◯ He can't **stand being treated** like that.

 說明 「stand」表示「忍受」時是及物動詞，可接名詞或動名詞作受詞，如所接
的動名詞表示的動作有被動意義，則須用動名詞的被動形式。

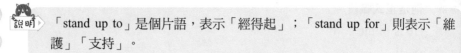 例句 **我太太的身體經不起這種又冷又潮溼的氣候。**

　✘ My wife's health will not **stand up for** this cold damp climate.

　◯ My wife's health will not **stand up to** this cold damp climate.

 說明 「stand up to」是個片語，表示「經得起」；「stand up for」則表示「維
護」「支持」。

例句 **他不可能考試及格。**

　✘ He doesn't **stand a chance to** passing the examination.

　◯ He doesn't **stand a chance of** passing the examination.

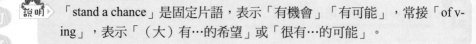 說明 「stand a chance」是固定片語，表示「有機會」「有可能」，常接「of v-
ing」，表示「（大）有…的希望」或「很有…的可能」。

 start [stɑrt] v. ① vt., vi. 開始　② vi. 出發；啟程

 例句 **他開始意識到自己犯了個錯誤。**

　✘ He **started realizing** he had made a mistake.

He **started to realize** he had made a mistake.

 說明 「start」作動詞表示「開始」時，後面可接不定詞，也可接動名詞。一般而言，接動名詞多表示「有意識地開始或停止某事」，但「realize, understand」等動詞作其受詞時，不能用動名詞形式，只能用不定詞。

 例句 **首先，我們沒有足夠的資金；其次，我們沒有足夠的時間。**

✗ **To start**, we haven't enough money, and secondly we haven't enough time.

○ **To start with**, we haven't enough money, and secondly we haven't enough time.

 說明 表示「首先」可用固定片語「to start with」，其中的「with」不可省略。

 例句 **他上週啟程去印度。**

✗ He **started to** India last week.

○ He **started [left] for** India last week.

 說明 「出發去某地」要用「start for」或「leave for」，不可說「start to」。

 state [stet] n. 狀態，狀況

 例句 **她的健康狀況不佳。**

✗ She is **at** a poor **state** of health.

○ She is **in** a poor **state** of health.

說明 「state」作「狀態」或「狀況」解時，常常用於「be in a state of sth」的句型，表示「處於某種狀況」或「處於某種情況」，這裡介系詞用「in」，不可誤作「at」。

step [stɛp] n. ①腳步　②措施

 他們採取措施阻止流行性感冒的傳播。

✕ They **took a step** to prevent the spread of influenza.

◯ They **took steps** to prevent the spread of influenza.

 表示「採取措施」用「take steps」，其中「step」用複數形式。

 我們必須採取措施減少空氣污染。

✕ We must **take steps in reducing** pollution of the air.

◯ We must **take steps to reduce** pollution of the air.

 表示「為…採取措施」須用「take steps to-v」的句型；「take steps」後可接不定詞作目的副詞，不接動名詞。

 走路小心，這裡很滑。

✕ **Take care of** your **steps**. It's slippery here.

◯ **Watch** your **steps**. It's slippery here.

 「watch one's steps」表示「走路小心」「小心行事」，是固定片語；「watch」不能誤作「take care of」。

 你的腿比我長，我跟不上你。

✕ Your legs are longer than mine; I can't **keep the step with** you.

◯ Your legs are longer than mine; I can't **keep step with** you.

 「keep step with」表示「跟上」，是固定片語，「step」前不加定冠詞「the」。

stick [stɪk] v. ① vt., vi. 黏貼　② vt. 刺，插

把郵票貼在信封上。

> ✗ Stick the stamp to the envelope.

> ○ Stick the stamp on the envelope.

表示「把…黏 [貼] 在…上」用「stick...on...」。

一根棘刺到我的手。

> ✗ A thorn stuck me with my hand.

> ○ A thorn stuck me in the hand.

「stick sb in the...」，意為「刺傷…部位」，其中介系詞須用「in」。

still [stɪl] adv. 仍然，還

儘管他是個有學問的學者，但他仍然很謙虛。

> ✗ Although he is a learned scholar, he still is very modest.

> ○ Although he is a learned scholar, he is still very modest.

如果述語動詞是「be 動詞」，「still」通常都應放在「be 動詞」之後。

sting [stɪŋ] vt., vi. 以針刺，螫

一隻黃蜂螫了我的手指。

> ✗ A wasp stung me by the finger.

> ○ A wasp stung me on the finger.

說明 表示「（蜜蜂等）刺在某人某部位」往往用「sting sb on」的句型，其中介系詞「on」不可誤作「by」。

stomach ['stʌmək] n. ①胃　②食慾，胃口；欲望

例句 我不想去游泳。

✗ I **have no stomach to go** swimming.

○ I **have no stomach for going** swimming.

說明 表示「不想做某事」，應該說「have no stomach for v-ing」，其中的介系詞「for」不可誤作「to」。

stop [stɑp] v. ① vt., vi. 停止　② vt. 阻止

例句 任何事都阻擋不了我們去那裡。

✗ Nothing will **stop** us **to go** there.

○ Nothing will **stop** us **from going** there.

說明 「stop sb from v-ing」意為「阻止某人做某事」，是固定用法，有時「from」可以省略，但動名詞不可誤作不定詞。

例句 老師走進教室時，學生們都停止說話。

✗ When the teacher came into the classroom, the students **stopped to talk**.

○ When the teacher came into the classroom, the students **stopped talking**.

例句 他們停下來仔細地聽，但什麼也沒聽見。

✗ They **stopped listening**, but there was no sound.

○ They **stopped to listen**, but there was no sound.

說明 「stop v-ing」意思是「停止做某事」，動名詞作受詞；「stop to-v」意思是「停下來去做（另一件事）」，不定詞作目的副詞。

 stranger ['strendʒɚ] n. ①陌生人 ②外地人；不習慣於…的人

 例句 我跟他素不相識。

❌ He is a stranger for me.

⭕ He is a stranger to me.

 例句 我對美國的生活很不習慣。

❌ I'm a complete stranger for American life.

⭕ I'm a complete stranger to American life.

 說明 表示「對…不習慣」「對…來說陌生」都應該說「a stranger to...」，其中介系詞「to」不能改用「for」。

 stress [strɛs] n. ①壓力，緊張 ②強調，著重

 例句 我父母特別重視用餐時的禮儀。

❌ My parents put a lot of stress to good table manners.

⭕ My parents put a lot of stress on good table manners.

 說明 「put stress on [upon]」是固定片語，作「強調」「重視」或「把重點放在…上」解，句子中的介系詞「on」不能誤作「to」。

 strict [strɪkt] adj. 嚴格的，嚴厲的

 例句 他媽媽對他很嚴格。

❌ His mother is very strict in him.

| O | His mother is very **strict with** him.

 例句 這位老師對工作要求嚴格。

| ✕ | The teacher is **strict with** his work.

| O | The teacher is **strict in** his work.

說明 「be strict」接「in」指「在某方面要求嚴格」，接「with」指「對某人嚴格」。

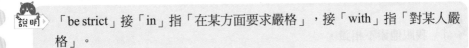

strike [straɪk] v. ① vt., vi. 打，擊　② vt. 突然想到

例句 他打我的頭。

| ✕ | He **struck** me **on my** head.

| O | He **struck** me **on the** head.

說明 表示「某物打中某人某部位」往往用「strike sb on the+某部位」的句型。

例句 我突然想到我們應該制定一個新的計畫。

| ✕ | It **struck to me** that we ought to make a new plan.

| O | It **struck me** that we ought to make a new plan.

說明 「strike」作「（某種想法）突然出現」或「突然想到」解時為及物動詞，後面直接接「人」作受詞，不用接介系詞。

stupid ['stjupɪd] adj. 愚笨的，愚蠢的

例句 他做這種事，真是太蠢了。

| ✕ | It is **stupid for** him to do such a thing.

| O | It is **stupid of** him to do such a thing.

「stupid」常用於「It is stupid of sb to-v」句型中，作「某人做…事很愚蠢」解，注意不能用介系詞「for」代替「of」引出邏輯主詞。

subject[1] ['sʌbdʒɪkt] adj. 須服從…的，受…支配的

我們必須服從國法。

✗ We are subject by the laws of the country.

○ We are subject to the laws of the country.

表示「服從…」須用「(be) subject to sth」的句型，其中介系詞「to」不能用「by」代替。

subject[2] ['sʌbdʒɪkt] n. 主題；題目；問題

這本小說的主題是關於第二次世界大戰。

✗ The subject of the novel is about the Second World War.

○ The subject of the novel is the Second World War.

「subject」本身就是「關於」某一事物的主題，其後不能再用「about」。

success [sək'sɛs] n. ①成功，成就　②成功者；成功之事

實驗獲得了極大的成功。

✗ The experiment was amazing success.

○ The experiment was an amazing success.

「success」表示「成功」時為抽象名詞，不可數；表示「一個成功的人」或「一件成功的事」時為可數名詞，前面常可加不定冠詞「a」。

例句 祝你成功。

　　❌ I **wish** you **succeed**.

　　⭕ I **wish** you **success**.

 說明 表示「祝某人成功」，應該說「wish sb success」，其中「success」作受詞補語。

 例句 希望你成功。

　　❌ I hope you will **success**.

　　⭕ I hope you will **succeed**.

 說明 表示「成功」的動詞是「succeed」，名詞是「success」。

 such [sʌtʃ] adj. ①這樣的，如此的　②這麼大的，非常的

 例句 我從來沒有見過這麼漂亮的房子。

　　❌ I have never seen **a such** beautiful house.

　　⭕ I have never seen **such a** beautiful house.

 說明 「such」常常用於「such a+形容詞+可數名詞單數」「such+形容詞+不可數名詞」「such+形容詞+名詞複數」等幾種句型，作「如此…的人或東西」解。

 例句 你哪來這麼大的耐心和她說話？

　　❌ How do you manage to speak to her with **so** patience?

　　⭕ How do you manage to speak to her with **such** patience?

 說明 「such」放在名詞前時，這個名詞加或不加形容詞都可以；而「so」只修飾其後不加名詞的形容詞。

這樣的一本詞典就足夠了。

✗ Such one dictionary is enough.

○ One such dictionary is enough.

 說明 當「such」與「one, all, no, few, several, many, any」等字連用時,必須放在這些字的後面。

 不要談論那些你不知道的事。

✗ Don't talk about such things which [that] you don't know.

○ Don't talk about such things as you don't know.

○ Don't talk about those things which [that] you don't know.

 說明 「such」不可與關係代名詞「that, which, who」等連用,但它往往與「as」連用,用於「such...as」(像…這樣的)的句型中,這裡的「as」作關係代名詞。

 沒有這回事。

✗ There is no such a thing.

○ There is no such thing.

 說明 「no such」加單數可數名詞時,該名詞前不可加不定冠詞「a」。

 suffer ['sʌfɚ] vi. 受苦;受損害;患病

 他有點輕微的感染和喉嚨痛。

✗ He was suffering slight infection and sore throat.

○ He was suffering from slight infection and sore throat.

 說明 「suffer」表示「(某人)患(某種疾病)」或「有(某種缺陷)」時,是不及物動詞,其後須接「from」引出疾病的名稱。

suggest [səg'dʒɛst, sə'dʒɛst] vt. 建議，提議

 我父親建議我去看醫生。

- **✗** My father suggested me to go to see a doctor.

- **○** My father suggested my going to see a doctor.

- **○** My father suggested that I should go to see a doctor.

 他建議去散散步。

- **✗** He suggested to go for a walk.

- **○** He suggested going for a walk.

 「suggest」不接以不定詞充當受詞補語的複合句型，但可接動名詞片語或「that 子句」。

 他建議我們先工作再玩樂。

- **✗** He suggested to us that we worked first and then play.

- **○** He suggested to us that we (should) work first and then play.

 「suggest (to sb)」作「建議」解，後接子句時須用假設語氣，即「should+原形動詞」，「should」可省略。

 她向我提出了一個可行的方案。

- **✗** She suggested me a practical plan.

- **○** She suggested a practical plan to me.

 「suggest」表示「向…提出…」時，應用「suggest sth to sb」的句型。

suit [sut, sjut] vt., vi. 適合於

 明天上午八點半可以嗎？

✗ Will eight-thirty tomorrow morning suit to you?

○ Will eight-thirty tomorrow morning suit you?

 「suit」表示「對…合適」時是及物動詞，直接接受詞，不須加介系詞「to」。

suitable ['sutəbl̩, 'sjutəbl̩] adj. 適當的，適合的

 這鞋子不適合在鄉下走路。

✗ These shoes are not suitable to walk in the country.

○ These shoes are not suitable for walking in the country.

 表示「適合做…用」時，「suitable」後可接「for+動名詞」，但不接不定詞。

sum [sʌm] n. ①總數，總和 ②金額

 總之，她流露出了自己的情感。

✗ In a sum, she expressed her own feelings.

○ In sum, she expressed her own feelings.

 「in sum」意為「總之」，是固定片語，「sum」前不用冠詞。

 我只花了很少的錢就把它拿回來了。

✗ I only spent a few sum of money to get it back.

○ I only spent a small sum of money to get it back.

sun [sʌn] n. ①日，太陽　②日光，陽光

例句 讓我們出去晒太陽吧。

✗ Let's go out to sit under the sun.

〇 Let's go out to sit in the sun.

說明 「under the sun」是固定片語，意為「究竟」，一般用來加強語氣；表示「在陽光下」要用「in the sun」。

例句 太陽從東方升起。

✗ A sun rises in the east.

✗ Sun rises in the east.

〇 The sun rises in the east.

說明 像「sun」這樣世界上獨一無二的自然物前須用定冠詞「the」，當「sun」前有形容詞修飾時，在形容詞前也可加不定冠詞「a」或「an」。

superior [sə'pɪrɪə, su'pɪrɪə] adj. 較好的，優秀的

例句 他在物理學方面的知識比我強。

✗ His knowledge of physics is superior than mine.

〇 His knowledge of physics is superior to mine.

說明 「superior」表示「更優越」時，不用連接詞「than」而用介系詞「to」引出被比較的對象。

supper ['sʌpɚ] n. 晚飯，晚餐

昨天我吃了一頓很棒的晚餐。

❌ I had wonderful supper yesterday.

⭕ I had a wonderful supper yesterday.

 一日三餐前通常不用冠詞，但當它有形容詞修飾時，前面可以加不定冠詞「a」或「an」。

supply [sə'plaɪ] vt. 供給，供應

他們源源不絕地提供生活必需品給我們。

❌ They supplied us the necessities of life in a steady flow.

⭕ They supplied us with the necessities of life in a steady flow.

 表示「提供某物給某人」可用「supply...with...」，「supply」後接所提供的對象，「with」後接所提供的物品。

政府承諾將供應電力給偏遠村莊。

❌ The government has promised to supply power for the distant villages.

⭕ The government has promised to supply power to the distant villages.

 「supply」表示「供應」還可用「supply sth to sb [somewhere]」，作「供應某物給某人或某地」解，其中介系詞「to」不能用「for」代替。

suppose [sə'poz] vt. 料想，猜想，以為

我想他不會出席這個會議。

❌ I suppose that he will not attend the meeting.

☑ I don't suppose that he will attend the meeting.

說明 當「suppose」接否定意義的受詞子句時，通常在主要子句的述語動詞上構成否定，類似的動詞還有「believe」（相信；認為），「think」（認為）等。

例句 他理應坐五點的火車到。

✗ He supposed to arrive on the five o'clock train.

☑ He is supposed to arrive on the five o'clock train.

說明 表示「（某人）應該或理應做某事」通常用「(sb) is supposed to-v」。

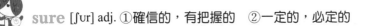

sure [ʃʊr] adj. ①確信的，有把握的　②一定的，必定的

例句 我確信他會對這起事故負起全部責任。

✗ I'm sure of that he will take sole responsibility for the accident.

☑ I'm sure that he will take sole responsibility for the accident.

說明 「be sure」（確信）後應直接接「that 子句」，不加介系詞「of」。

例句 我不能確定他是不是已經死了。

✗ I don't know with sure that he's dead.

☑ I don't know for sure that he's dead.

說明 「for sure」表示「確定地」，是固定片語，介系詞「for」不能用「with」代替。

例句 我對那件事很有把握。

✗ I am quite sure for it.

☑ I am quite sure of [about] it.

說明 「be sure of [about]」意為「對…有把握」「確信」，是固定片語，其中介系詞「of, about」不能誤作「for」。

 例句 **你那樣做一定會失敗。**

 ✘ You're sure of failing if you do it that way.

 ✔ You're sure to fail if you do it that way.

 說明 「be sure」後接不定詞，表示說話者認為句子主詞肯定會做某事。

 surprise¹ [sə'praɪz] vt. 使…驚訝，使…吃驚

 例句 **我對他在聚會上的舉動感到吃驚。**

 ✘ I was surprised with his behavior at the party.

 ✔ I was surprised at his behavior at the party.

 說明 表示「對…感到吃驚」應該說「be surprised at」，其中介系詞「at」不可誤作「with」。

 例句 **他在 20 天內寫完了一本小說，真令人吃驚。**

 ✘ It was surprised that he finished writing a novel in only twenty days.

 ✔ It was surprising that he finished writing a novel in only twenty days.

 說明 「surprised」表示「感到吃驚的」，其主詞應該是人；而「surprising」表示「令人吃驚的」，其主詞應該是物或某件事情。

 surprise² [sə'praɪz] n. ①驚奇，驚訝　②令人吃驚的事物

 例句 **聽到這消息，他臉上露出驚訝的表情。**

 ✘ His face showed surprises at the news.

☒ His face showed surprise at the news.

能在這裡遇到你是多麼令人意外。

☒ What surprise to see you here!

☑ What a surprise to see you here!

> 說明 「surprise」用作名詞作「驚奇，吃驚」解時不可數；表示「令人吃驚的事」時為可數。

令我驚訝的是門沒有上鎖。

☒ In my surprise the door was unlocked.

☑ To my surprise the door was unlocked.

我驚訝地望著母親。

☒ I looked at my mother to surprise.

☑ I looked at my mother in surprise.

> 說明 「to one's surprise」表示「令某人吃驚的是」，常置於句首來修飾整個句子；「in surprise」表示「吃驚地」，常置於句尾修飾述語動詞。

swim [swɪm] vi. 游泳

我們去游泳，好嗎？

☒ Let's go to a swim, shall we?

☑ Let's go swimming, shall we?

☑ Let's go for a swim, shall we?

> 說明 表示「去游泳」，可說「go swimming」或「go for a swim」，不可說「go to a swim」。

take [tek] v. ① vt. 攜帶　② vt. 拿，取　③ vt., vi. 需要，花費

我每天花兩個小時搭公車上下班。

✗ I take two hours to go to work and come back by bus every day.

○ It takes me two hours to go to work and come back by bus every day.

說明 「take」作「花費」解時，不能用表示人的名詞或代名詞作主詞，常用「it」作虛主詞。

這起意外是在上週某個時候發生的。

✗ The accident took place sometime last week.

○ The accident happened sometime last week.

說明 「happen」一般指意外的「偶然發生」，如交通意外、車禍、地震、火災等；而「take place」是固定片語，一般指經過安排而「舉行，發生」。

下雨了，帶把傘去。

✗ It's raining. Take an umbrella.

○ It's raining. Take an umbrella with you.

說明 要說「把東西隨身帶去」應該用「take sth with sb」，其中的「with sb」不可省略。

他牽著兒子的手。

✗ He took his son from the hand.

○ He took his son by the hand.

<說明> 「take sb by」意為「握住或拉住（某人身體的某部位）」，這裡「by」不可以換作「from」。

 <例句> **她留在家中好好照顧嬰兒。**

- ✗ She stayed home and took care of her baby very well.

- ◯ She stayed home and took good care of her baby.

 <說明> 表示「照顧得好」可以說「take good care of」，不可用「very well」來修飾固定片語「take care of」。

 <例句> **對不起我們占用了你這麼多時間。**

- ✗ Sorry we have taken so much of your time.

- ◯ Sorry we have taken up so much of your time.

 <說明> 表示「占用（時間或空間）」可用「take up」，片語中的副詞「up」不可省。

 <例句> **今天下午我得參加考試。**

- ✗ I will have to take part in the examination this afternoon.

- ◯ I will have to take the examination this afternoon.

 <說明> 「參加考試」通常說「take the examination」「sit for the examination」「enter for the examination」；而「take part in」常用於「參加集體活動」等。

 talent ['tælənt] n. 天分，才能

 <例句> **我的妹妹表現出非凡的語言天分。**

- ✗ My sister shows an unusual talent in language.

- ◯ My sister shows an unusual talent for language.

說明〉「talent」作「天分，才華」解時，其後常接介系詞「for」表示「某方面的天賦」，不接「in」。

taxi ['tæksɪ] n. 計程車

例句〉**我不喜歡公車——我要坐計程車去。**

✗ I don't like buses—I'll go on taxi.

○ I don't like buses—I'll go by taxi.

說明〉表示「乘坐計程車」要說「by taxi」，其中介系詞「by」不可誤作「on」。

tell [tɛl] vt., vi. 講，告訴

例句〉**他說他通過了考試。**

✗ He told that he had passed the exam.

○ He told us that he had passed the exam.

說明〉「tell」表示「告知某事」時，須接雙受詞，即：「tell sb sth」。

例句〉**說實話，我不太想去看表演。**

✗ Telling the truth, I'm not very interested in going to the show.

○ To tell the truth, I'm not very interested in going to the show.

說明〉「to tell the truth」是固定片語，常在句中作插入語，片語中的動詞是不定詞而非現在分詞。

例句〉**正如我昨天告訴你的，他在會議中站起來說話卻不知所云。**

✗ As I spoke to you yesterday, he got up to speak and said nothing at the meeting.

O As I **told** you yesterday, he got up to speak and said nothing at the meeting.

說明 說出具體的內容要用動詞「tell」；而「speak」只表示說話的動作而不涉及內容。

例句 難道你忘記母親告訴你的話了嗎？

✗ Don't you remember what your mother **told to** you?

✗ Don't you remember what your mother **said** you?

O Don't you remember what your mother **said to** you?

O Don't you remember what your mother **told** you?

說明 「say」不能直接接人作受詞，但可以用「say to+n [pron]」句型；「tell」則可直接接人作受詞。

例句 她說：「我要走了。」

✗ She **told**, "I am leaving."

O She **said**, "I am leaving."

說明 「tell」不能直接引出說話的內容；而「say」則可以。

temper ['tɛmpɚ] n. ①脾氣，心情　②壞脾氣，暴躁

例句 今天老闆對他大發脾氣。

✗ The boss is **out of the temper** with him today.

O The boss is **out of temper** with him today.

說明 表示「生氣」或「發脾氣」，可以說「be out of temper」，「temper」前不加冠詞。

例句 他們發現她心情不好。

✗ They found her **at a** bad **temper**.

They found her **in a** bad **temper**.

 說明 表示「正在發脾氣或心情不好」可以說「in a (bad) temper」，其中介系詞「in」不可誤作「at」。

 例句 **如果你再不努力我就要對你生氣了。**

I shall **lose** my **temper to** you if you don't try more.

I shall **lose** my **temper with** you if you don't try more.

 說明 表示「對某人發脾氣」可以說「lose one's temper with sb」，其中介系詞「with」不可誤作「to」。

 temperature ['tɛmprətʃɚ, 'tɛmpərətʃɚ] n. ①溫度，氣溫 ②體溫

例句 **護士替他量體溫。**

The nurse **felt his temperature**.

The nurse **took his temperature**.

 說明 「替…量體溫」可以說「take one's temperature」，其中「take」不可誤作「feel」。

 term [tɚm] n. ①措詞，說法 ②條件 ③關係

 例句 **我和鄰居相處得不太好。**

I'm not **on** very **good term with** my neighbors.

I'm not **on** very **good terms with** my neighbors.

 說明 表示「和…關係很好」時用「be on good terms with...」，這裡的「terms」作「關係」解，要用複數形式。

他考慮什麼事都從錢的角度出發。

❌ He thought of everything in the terms of money.

⭕ He thought of everything in terms of money.

 表示「從…的角度」「就…來說」「用…特有的措詞」可以用「in terms of」，「terms」前不加冠詞。

 他們想和敵人談條件。

❌ They wanted to make a term with the enemy.

⭕ They wanted to make terms with the enemy.

 表示「和…談條件」要說「make terms with sb」，這裡的「term」作「條件」解，要用複數形式。

 test [tɛst] n. 考驗

 他考驗她的勇氣。

❌ He put her courage to test.

⭕ He put her courage to the test.

 表示「使…受考驗」或「試驗…」可以用「put sth to the test」，「test」前的定冠詞「the」不可省略。

 他們的友誼經得起時間的考驗。

❌ Their friendship has passed the test of time.

⭕ Their friendship has stood [withstood] the test of time.

 表示「經得起時間的考驗」可以用「stand [withstand] the test of time」，注意動詞不可換成「pass」。

that[1] [ðæt] pron. 那，那個

 我不喜歡那女孩，她很容易發脾氣。

❌ I don't like the girl, **that** loses her temper so easily.

⭕ I don't like the girl, **who** loses her temper so easily.

 關係代名詞「that」不能引導非限定用法子句，應將「that」改成「who」。

 這是我出生的房子。

❌ This is the house **in that** I was born.

⭕ This is the house **in which** I was born.

 當關係代名詞前出現介系詞時，必須用「which」，不能用「that」，如果介系詞放在句尾時，關係代名詞可以用「that」。

 你那裡有我的東西嗎？

❌ Have you got anything **which** belongs to me?

⭕ Have you got anything **that** belongs to me?

 當先行詞為「all, every, any, no, the only, the same, the very, the first, the last」等字時，主要子句中的關係代名詞應該用「that」，不用「which」。

 這是我見過最高的建築物。

❌ This is the tallest building **which** I have ever seen.

⭕ This is the tallest building **that** I have ever seen.

 先行詞附有最高級形容詞或序數詞時，關係代名詞必須用「that」，不用「which」。

that² [ðæt] conj. (引導名詞子句或受詞子句)

 意外是昨天晚上發生的。

❌ It was last night when the accident happened.

⭕ It was last night that the accident happened.

 「It be...that...」是強調句型，注意即使強調的是地方副詞或時間副詞，連接詞也要用「that」，不用「where」或「when」。

 很明顯他需要更多的錢。

❌ He needs more money is quite obvious.

❌ It is quite obvious he needs more money.

⭕ That he needs more money is quite obvious.

⭕ It is quite obvious that he needs more money.

 從屬連接詞「that」在引導主要子句時不能省略；將主要子句後移，改成以「it」為虛主詞的句型時，「that」同樣不可省略。

 你知道，我們不喜歡吃肉。

❌ As you know that we don't like eating meat.

⭕ As you know, we don't like eating meat.

⭕ You know that we don't like eating meat.

 「as」和「that」都是連接詞，只能使用其中之一。

 他問我是否會接受邀請。

❌ He asked me that whether I would accept the invitation.

⭕ He asked me whether I would accept the invitation.

 句中的「that」和「whether」都是連接詞，兩者不能同時使用。

theater [ˈθiətɚ, ˈθɪətɚ] n. 戲院，劇場；電影院

她叔叔從不去戲院看戲。

❌ Her uncle never **went to theater**.

⭕ Her uncle never **went to the theater**.

「go to school, go to church, go to hospital」等片語中，名詞前通常不用定冠詞，但是「go to the theater, go to the cinema, go to the movies」等片語中名詞前要用定冠詞。

then [ðɛn] adv. ①當時，那時　②然後

我檢查了所有的答案，然後交出我的試卷。

❌ I checked all the answers, **then** I handed in my paper.

⭕ I checked all the answers, **and then** handed in my paper.

「then」不是連接詞，不能用來連接兩個子句。

there [ðɛr] adv. ①在那裡；往那裡　②有

公車來了。

❌ There the bus comes.

⭕ There comes the bus.

看，她到那邊去了。

❌ There goes she!

⭕ There she goes!

說明▸ 「there」置於句首，用以引注意、加強語氣等，主詞不是人稱代名詞時，句子須倒裝。

 例句▸ **門口有個男孩。**

  ✖ There has a boy at the door.

  ○ There is a boy at the door.

 說明▸ 「there be」表示「存在…，有…」，「be」不能用「have」替換。

 例句▸ **我還沒去過巴黎，希望明年能去那裡。**

  ✖ I have never been to Paris and hope to go to there next year.

  ○ I have never been to Paris and hope to go there next year.

 說明▸ 「there, here, where」等副詞前無須加介系詞。

 these [ðiz] adj. 這些

 例句▸ **珍妮從不買這牌子的罐頭食品。**

  ✖ Jane never buys these brand of canned food.

  ○ Jane never buys this brand of canned food.

 說明▸ 指示形容詞「this, that」為單數，「these, those」為複數，它們應當和所修飾的名詞保持「數」的一致。

 think [θɪŋk] v. ① vi. 想；思考 ② vt. 認為

 例句▸ **我認為我目前沒有機會出國。**

  ✖ I think I do not have the chance to go abroad at present.

  ○ I don't think I have the chance to go abroad at present.

說明 在「think」後的受詞子句中有否定詞時，通常要把否定詞移到「think」前面去。

 例句 **我們應該多花時間思考一下，為什麼有些年輕人如此熱中於出國。**

❌ We should spend more time **thinking** why some young people are so eager to go abroad.

⭕ We should spend more time **thinking about** why some young people are so eager to go abroad.

 說明 表示「考慮，思考」時，「think」通常用作不及物動詞，其受詞前應該用介系詞「about」。

 though [ðo] conj. 雖然，儘管

 例句 **儘管他 80 多歲了，但似乎還很健康。**

❌ **Though** he is over eighty, **but** he seems still healthy.

⭕ **Though** he is over eighty, he seems still healthy.

⭕ He is over eighty, **but** he seems still healthy.

例句 **他雖然長得高，但身體卻很虛弱。**

❌ **Though [Although]** he is tall, **but** he is very weak in health.

⭕ **Though [Although]** he is tall, **(yet)** he is very weak in health.

⭕ **Though** tall, he is very weak in health.

 說明 中文中的「雖然…但是…」在英語中不能用「though...but...」來表示，因為「though」和「but」都是連接詞，只能使用其中之一，或者搭配使用「yet」或「still」。

 例句 **雖然任務艱鉅，他們還是設法按時完成。**

❌ Difficult **although** the task was, they managed to finish it in time.

⭕ Difficult **as [though]** the task was, they managed to finish it in time.

說明 在讓步副詞子句倒裝句型中，連接詞只能用「as」或「though」，不能用「although」。

 threat [θrɛt] n. ①威脅，恐嚇　②可能造成威脅的人 [事，想法]

 例句 洪水對我們的家園來說是一種威脅。

✗ The flood was a **threat of** our houses.

○ The flood was a **threat to** our houses.

 例句 仍然有戰爭的威脅。

✗ There is still a **threat to** war.

○ There is still a **threat of** war.

 說明 「threat」後接介系詞「to」表示「對…是威脅」，即威脅的對象；後接「of」表示「…的威脅」，即威脅的內容。

 threaten ['θrɛtn] vt. 恐嚇，威脅

 例句 她威脅說要自殺。

✗ She **threatened me to kill** herself.

○ She **threatened to kill** herself.

○ She **threatened that** she would kill herself.

 說明 「threaten」可直接接不定詞或「that 子句」，不可接「sb+不定詞」句型。

 例句 他們威脅要懲罰他。

✗ They **threatened** him **of** punishment.

○ They **threatened** him **with** punishment.

說明 「threaten」可接「sb+with sth」句型表示「以 [拿] …威脅某人」，這裡介系詞用「with」，不用「of」。

thunder ['θʌndɚ] n. 雷，雷聲

例句 一聲響雷嚇得那小女孩尖叫起來。

✗ A loud **thunder** frightened the little girl into screaming.

○ A loud **crash of thunder** frightened the little girl into screaming.

說明 「thunder」作「雷，雷聲」解時，為不可數名詞，表示「一聲響雷」，可以說「a loud crash of thunder」。

例句 昨夜雷電交加，我一直沒睡著。

✗ Last night I was kept awake by **lightning and thunder**.

○ Last night I was kept awake by **thunder and lightning**.

說明 「thunder and lightning」為固定片語，順序不能顛倒。

tie [taɪ] vt. ①繫，拴，綁　②束縛，拘束

例句 狗被拴在大門上。

✗ The dog was **tied on** the gate.

○ The dog was **tied to** the gate.

例句 他被工作束縛住了。

✗ He is **tied with** his work.

○ He is **tied to** his work.

說明 「tie to」表示「將…拴 [繫] 在…上」「束縛…」，介系詞「to」不能改用「with」或「on」。

tight [taɪt] adj. ①牢的，緊的　②緊身的，緊貼的

例句 那件衣服看起來很緊。

✘ That coat looks tightly.

◯ That coat looks tight.

說明 「tight」既可用作形容詞，也可用作副詞；「tightly」只可用作副詞。這裡「look」是連繫動詞，後面須接形容詞「tight」。

time [taɪm] n. ①時間　②次，回　③時光

例句 我該回家了。

✘ It is time I go home.

◯ It is time I went home.

說明 在「It is time that」句型中，「that子句」中的述語動詞應該用過去式，指現在或將來該發生的動作。

例句 到午餐時間了。

✘ It is time of lunch.

◯ It is time for lunch.

例句 該上學了。

✘ It is time for going to school.

◯ It is time to go to school.

說明 「到…的時間了」，英語用「It is time for sth」表示，或者用「It is time to-v」，其中介系詞「for」不能改用「of」；說「該是某人做某事的時候」要用「It is time for sb to-v」。

例句 昨晚我們玩得很愉快。

❌ We **had** very **good time** last night.

⭕ We **had a** very **good time** last night.

 說明 「have a good time」是固定片語,其中的不定冠詞「a」不可省略。

 例句 很抱歉我沒時間寫信給你。

❌ I'm sorry I did**n't have a time** to write to you.

⭕ I'm sorry I did**n't have time** to write to you.

 說明 「(not) have time (to-v)」意為「(沒)有時間(做某事)」,「time」前不加冠詞。

 例句 上次我購物時買了一臺 MP3 隨身聽。

❌ **On the last time** I went shopping I bought an MP3 player.

⭕ **The last time** I went shopping I bought an MP3 player.

 說明 「(the) last time」前不加「on」。

 例句 我們及時趕到劇院。那時節目還沒開始。

❌ We got to the theater **on time**. The program had not yet begun then.

⭕ We got to the theater **in time**. The program had not yet begun then.

 說明 「on time」的意思是「按時,準時」;「in time」的意思是「及時,來得及」。

tired [taɪrd] adj. ①疲倦的 ②厭煩的

 例句 我可以吃些別的東西嗎?我吃膩了雞蛋。

❌ Can I have something else? I'm **tired with [from]** eggs.

◯ Can I have something else? I'm **tired of** eggs.

🐾 說明 「be tired of sth」是固定片語，其中介系詞「of」不可誤作「with,
from」。

to [tu, tʊ] prep. ①到，直到 ②朝，往；通向 ③令⋯的是

🐾 例句 我一直等他等到九點，但他沒有來。

✗ I waited for him **to** nine o'clock, but he didn't come.

◯ I waited for him **till** nine o'clock, but he didn't come.

🐾 例句 她從上午八點一直工作到晚上十一點。

✗ She worked **from** eight in the morning **till [until]** eleven at night.

◯ She worked **from** eight in the morning **to** eleven at night.

🐾 說明 表示某個動作持續到某個時候，一般用「till」；但與「from」連用時，應
該用「to」。

🐾 例句 我很遺憾不能接受你的邀請。

✗ **In** my deep regret, I can not accept your invitation.

◯ **To** my deep regret, I can not accept your invitation.

🐾 說明 「to one's＋表示感情的名詞」可表示「使⋯感到⋯的是」，這裡的「to」
不可誤作「in」。

🐾 例句 我們隨著音樂跳舞。

✗ We **danced with** the music.

◯ We **danced to** the music.

🐾 說明 「隨著（音樂）」或「按照（某種調子唱）」，表示一種「伴隨」或「陪
襯」的關係，這裡的「to」不能受中文的影響而誤作「with」。

就在那時，他注意到一個男子朝他這個方向跑來。

> ✗ At that moment he noticed a man running to him.

> ○ At that moment he noticed a man running toward him.

 約翰開車朝火車站方向駛去。

> ✗ John drove to the station.

> ○ John drove toward the station.

說明 「to」表示「到」或「向」，強調移動的目的地；「toward」表示「朝向（某方向移動）」，強調移動的方向。

 我們的老師對我們很好。

> ✗ Our teachers are kind for us.

> ○ Our teachers are kind to us.

說明 「對某人好 [不好]」是「be kind [unkind] to sb」，其中介系詞「to」不可誤作「for」。

 這是給你的禮物。

> ✗ This is a present to you.

> ○ This is a present for you.

說明 「給某人某物」為「for sb」，介系詞不用「to」。

 toast [tost] n. 烤麵包，土司

 他喝了一杯咖啡，吃了一片烤麵包。

> ✗ He had a cup of coffee and a toast.

> ○ He had a cup of coffee and a piece of toast.

說明▷ 「toast」作「土司，烤麵包」解時為不可數名詞，「一片烤麵包」可以說「a piece [slice] of toast」。

too [tu] adv. ①也；還　②太，過於

例句▷ 他太笨了，不能理解我的話。

　✘　He is **too** stupid **not to** understand what I say.

　○　He is **too** stupid **to** understand what I say.

說明▷ 在「too...to」的句型中，不定詞是以肯定形式表示否定意義，所以不能在不定詞前再加「not」。

例句▷ 我太累了，不願做任何事。

　✘　I was **too** tired **to** do **something**.

　○　I was **too** tired **to** do **anything**.

說明▷ 表示「太…以致不能…」的「too...to...」句型，形式上是肯定的，而意義上是否定的，所以例句中「something」要改為「anything」。

例句▷ 我也不知道答案。

　✘　I don't know the answer, **too**.

　○　I don't know the answer, **either**.

例句▷ 我也沒看過這部片子。

　✘　I haven't seen this film, **too**.

　○　I haven't seen this film, **either**.

說明▷ 「too」和「either」都表示「也」，但「too」只用於肯定句中，在否定句中必須用「either」。

例句 雨下得太大，他們都回不了家。

　　✗ It rained **too** heavily **that** they could not go home.

　　○ It rained **so** heavily **that** they could not go home.

 說明 「too+形容詞 [副詞]」不能與「that 子句」連用；如要用「that 子句」，「too」就必須改成「so」。

 例句 他太好心了，不會拒絕你的請求。

　　✗ He is **too** kind person to refuse your request.

　　○ He is **too** kind **a** person to refuse your request.

 說明 當「too」與一個形容詞和一個單數名詞連用時，名詞前面必須加不定冠詞，即「too+形容詞+a [an]+名詞」。

 例句 對我來說，這湯太鹹。

　　✗ The soup's **very too** salty for me.

　　○ The soup's **far too** salty for me.

 例句 這根繩子有點太短了。

　　✗ The rope is **quite too** short.

　　○ The rope is **a little too** short.

 說明 「too」不能與「very, quite, fairly, pretty」等副詞連用表示程度；可以使用「much, far, a little, a lot, rather」等來修飾「too」。

 top [tɑp] n. ①頂，頂端　②上方

例句 她從頭到腳一身黑。

　　✗ She was dressed in black **from the top to the toe**.

　　○ She was dressed in black **from top to toe**.

說明 「from top to toe」表示「從頭到腳」,「top」和「toe」前都不可加冠詞。

 例句 我把我的包包放在你的包包上。

- ✗ I put my bag **at (the) top of** yours.

- ◯ I put my bag **on (the) top of** yours.

 例句 一面旗幟聳立在山頂。

- ✗ A flag stands **on the top of** the hill.

- ◯ A flag stands **at the top of** the hill.

 說明 表示「在⋯上面」應該用「on (the) top of」,介系詞「on」不可以改成「at」;但表示「在⋯頂端」或「在⋯最上方」時要用「at the top of」。因為「at」表示一個點,而「on」表示一個面,範圍比「at」廣。

 traffic ['træfɪk] n. 交通;交通量

 例句 在尖峰時刻,街上交通擁擠。

- ✗ There **are** many **traffics** on the streets during the rush hours.

- ◯ There **is** a lot of **traffic** on the streets during the rush hours.

 說明 「traffic」意為「交通」或「來往車輛或船隻」等時是不可數名詞,不能用複數。

 train [tren] n. 列車,火車

 例句 他每天搭火車去上班。

- ✗ He goes to work **by the train** every day.

- ◯ He goes to work **by train** every day.

她搭早班火車來。

✗ She came **by train** early.

○ She came **by the early train**.

 表示「搭乘火車」介系詞如用「by」，則表示一種交通方式，含意抽象，此時「train」前不可加不定冠詞「a」，但如「by train」間有形容詞，則可加冠詞。

 你應該在這個車站轉車。

✗ You must **change the train** at this station.

○ You must **change trains** at this station.

 表示「轉（火）車」或「換乘另一列（火）車」時，要用「train」的複數形式。

 translate [træns'let, trænz'let] vt.,vi. 翻譯

 他把自己的小說翻譯成英語。

✗ He has **translated** his own novels **to** English.

○ He has **translated** his own novels **into** English.

 表示「把…譯成」，「translate」常與「into」搭配，不與「to」搭配。

 transport ['trænsport] n. 運送，運輸；交通工具

 本市有充足的交通工具。

✗ We have adequate **transports** in our city.

○ We have adequate **transport** in our city.

○ We have adequate **means of transport** in our city.

「transport」作「交通」或「交通工具」解，是不可數名詞，可以用「means of transport」來表示複數，「一種交通工具」的英語是「a means of transport」。

 travel ['trævl] n. ①旅行　②長期的旅行　③遊記

 祝你旅途愉快。

- [X] I hope you have a good travel.

- [O] I hope you have a good journey.

 「travel」是不可數名詞，泛指「旅行」，不能與不定冠詞或表示數量的詞連用；而「journey」是可數名詞，前面常加不定冠詞「a」或表示數量的詞。

 馬可波羅遊記非常有趣。

- [X] The travel of Marco Polo are very entertaining.

- [O] The travels of Marco Polo are very entertaining.

 「travel」作「遊記」解時，用複數形式。

 你應該寫一本關於你到處旅遊的書。

- [X] You should write a book on your wide travel.

- [O] You should write a book on your wide travels.

 「travel」指一般的旅行活動時，是不可數名詞，但如果指一次較長時間、且去過多處地方的旅遊時，應該用「travels」。

treat [trit] vt. ① vt., vi. 款待，招待　② vt. 治療

　她用水果招待客人。

❌ She **treated** her guests **with** fruit.

⭕ She **treated** her guests **to** fruit.

　「用…東西招待…」應說「treat sb to sth」，其中介系詞「to」不可誤作「with」。

　醫生在治療她的心臟病。

❌ The doctor was **treating** her **with** heart trouble.

⭕ The doctor was **treating** her **for** heart trouble.

　表示「治療（某人的某種疾病）」，應該用「treat sb for sth」的句型；表示「治好或治癒（某人的某種病）」則用「cure sb of sth」。

treatment ['tritmənt] n. 治療；療法

　他仍在治療中。

❌ He is still **in** medical **treatment**.

⭕ He is still **under** medical **treatment**.

　表示「正在治療中」習慣用「be under treatment」，不用「be in treatment」。

trick [trɪk] n. 捉弄，開玩笑

　他總是開別人的玩笑。

❌ He was always **playing trick on** others.

○ He was always **playing tricks on** others.

說明 > 表示「開（某人）的玩笑」「捉弄（某人）」用「play tricks on sb」，這裡的「trick」是可數名詞。

trouble ['trʌbl] n. ①困難；憂慮　②麻煩；困擾

例句 > **很抱歉給你帶來了這麼多麻煩。**

✗ I'm sorry I have given you so many **troubles**.

○ I'm sorry I have given you so much **trouble**.

說明 > 「trouble」表示「麻煩」「困擾」等是不可數名詞，「許多麻煩」可以說「much trouble」或「a lot of trouble」。

例句 > **假如你付不了帳的話，你就會有麻煩。**

✗ If you can't pay the bill, you're going to be **at trouble**.

○ If you can't pay the bill, you're going to be **in trouble**.

說明 > 表示「有困難」「惹麻煩」「出事」時，可以說「(be) in trouble」，這裡的介系詞「in」不可以誤作「at」。

trousers ['traʊzɚz] n. 褲子

例句 > **你的褲子破了。**

✗ Your **trouser is** torn.

○ Your **trousers are** torn.

說明 > 「trousers, shoes, glasses, scissors, nail-clippers, stockings, slippers, chopsticks, socks」這類表示由兩個部分構成一件東西的名詞，總是用複數形式，用作主詞時，動詞用複數形式。

他為自己買了一條新褲子。

✗ He bought himself a new trousers.

◯ He bought himself a new pair of trousers.

 「trousers」是複數名詞，前面不能直接用不定冠詞，表示「一條褲子」應該用「a pair of trousers」。

 true [tru] adj. ①真的；真實的 ②誠實的

 我希望我的夢會成真。

✗ I hope my dream will become true.

◯ I hope my dream will come true.

 表示「實現」「成為事實」可用片語「come true」，其中的動詞不用「become」。

 真的，他在生她的氣。

✗ It is true for him to be angry with her.

◯ It is true that he is angry with her.

 「true」可以用於「It is true that...」句型，但不可以用於「It is true for sb to...」的句型。

 他遵守諾言。

✗ He was true of his promise.

◯ He was true to his promise.

 表達「忠實於」「信守」要用「be true to」，介系詞「to」不可誤作「of」。

try [traɪ] vt.,vi. 試圖，努力

　他試圖和我脫離關係。

❌ He **tried breaking** away from me.

⭕ He **tried to break** away from me.

🐱 「設法或試圖要（做某事）」一般用「try to-v」來表示；「試一試」則要用「try v-ing」來表示。

turn [tɝn] n. ①旋轉，翻動　②輪流

　我們輪流看護這個生病的孩子。

❌ We **took turn** at nursing the sick child.

⭕ We **took turns** at nursing the sick child.

　他們一個接一個地按次序上公車。

❌ They got on the bus **by turns**.

⭕ They got on the bus **in turn**.

　「turn」在「by turns」和「take turns」等片語中，習慣用複數，而「按順序」應該用「in turn」。

type [taɪp] n. 類型，種類

　人身上有三種基本的肌肉。

❌ There are three basic **type** of muscles in human beings.

⭕ There are three basic **types** of muscles in human beings.

　「type」表示「種類」或「類型」，為可數名詞，可用複數形式。

這是哪一類的植物？

☒ What **type of a plant** is this?

○ What **type of plant** is this?

 片語「type(s) of」後無論接單數名詞還是複數名詞，該名詞前都不加冠詞。

 typical ['tɪpɪkl] adj. ①典型的，代表性的　②特有的，獨特的

 只有她才會這樣說。

☒ It was **typical for** her to say that.

○ It was **typical of** her to say that.

 表示「具有⋯特點」或「在⋯具有代表性」時，「typical」後通常用介系詞「of」，不用「for」或「in」。

U

unable [ʌn'ebl] adj. 不能的

她不會游泳。

✗ She is **impossible** to swim.

○ She is **unable** to swim.

說明 「impossible」意為「不可能的」；「unable」才是「不能的」。

under ['ʌndɚ] prep. ①在…下面，在…底下　②在…情況之下

老太太整個上午坐在太陽下。

✗ The old lady sat **under the sun** the whole morning.

○ The old lady sat **in the sun** the whole morning.

說明 「in the sun」表示「在太陽[陽光]下」；「under the sun」多用在比喻中，意思是「在天底下；究竟…」。

這幢大樓正在興建中。

✗ The building is **in** construction.

○ The building is **under** construction.

說明 表示某項活動「處於…過程之中」或「處於…狀況下」時，英語用「under」，而不用「in」。

他從幾座橋下通過。

✕ He passed **below** several bridges.

◯ He passed **under** several bridges.

 「under」表示「垂直在下」；「below」表示「在⋯下方 [下游]」，不一定垂直。

 在老師的幫助下，我最近學習英語有很大的進步。

✕ **Under** my teacher's help, I have made rapid progress in my English study recently.

◯ **With** my teacher's help, I have made rapid progress in my English study recently.

 「在⋯的幫助下」應用固定片語「with one's help」，介系詞「with」不可誤作「under」。

 understand [ˌʌndɚˈstænd] vt., vi. 懂；理解

 我現在聽懂你的話了。

✕ I **am understanding** what you say now.

◯ I **understand** what you say now.

 「understand」是表示心理或感情的動詞，不用進行式。

 你能用英文表達你的意思嗎？

✕ Can you **make** yourself **understand** in English?

◯ Can you **make** yourself **understood** in English?

 「make sb understand sth」的意思是「使某人明白⋯」，用不帶「to」的不定詞作受詞補語，而「make oneself understood」的意思是「使人了解自己的意思」，用過去分詞作受詞補語。

uneasy [ʌn'izɪ] adj. ①不安的 ②不舒服的

解決這個問題不容易。

✗ It is **uneasy** to solve this problem.

○ It is **difficult** to solve this problem.

很難說我祖母幫助過多少人。

✗ It is **uneasy** to tell how many people got help from my grandmother.

○ It is **hard** to tell how many people got help from my grandmother.

說明 當「easy」作「安心的」解時反義詞是「uneasy」；作「容易的」解時反義詞是「difficult」或「hard」。

uniform ['junə‚fɔrm] n. 制服

他穿制服看起來很英俊。

✗ He looks handsome **in uniforms**.

○ He looks handsome **in uniform**.

說明 「uniform」作「制服」解時，可用作可數名詞，也可用作不可數名詞，但在片語「in uniform」中，「uniform」則只能用單數形式。

unique [ju'nik] adj. 獨特的，僅有的，唯一的

莎士比亞在戲劇方面占有無可匹敵的地位。

✗ William Shakespeare occupies a **very unique** place in drama.

○ William Shakespeare occupies a **unique** place in drama.

說明 「unique」的意思是「獨一無二的」「獨特的」「無可匹敵的」，因此，前面不能加程度修飾副詞如「so, very, rather」等。

university [junə'vɜ·sətɪ] n. 大學

例句 她是一所大學的年輕講師。

✗ She is a young teacher of a university.

○ She is a young teacher at a university.

○ She is a young teacher in a university.

說明 英語表示「是某校的老師」用「be a teacher at [in] a university [school]」，介系詞用「at」或「in」，不用「of」；而「某校的教授」則要用「of」，不可用「in」或「at」。

例句 現在我正在里茲大學就讀。

✗ I am now studying at the Leeds University.

○ I am now studying at Leeds University.

說明 表示「…大學」用「名稱+University」或「the University of+名稱」。

unless [ən'lɛs] conj. 除非

例句 除非有意外之事發生，否則我將如期回來。

✗ I shall return as scheduled unless something unexpected will happen.

○ I shall return as scheduled unless something unexpected happens.

說明 「unless」引導條件副詞子句，表示一種假設，子句中的動詞應用簡單現在式來表示將來發生的動作。

例句 **除非下雨，否則他會來。**

  ✗ He will come **unless** it does **not** rain.

  ○ He will come **unless** it rains.

 說明 「unless」已具有否定意思，不需再用「not」；但表示雙重否定時須加「not」。

 until[1] [ən'tɪl] conj. 直到⋯時（為止）

 例句 **昨天晚上他直到做完功課才睡覺。**

  ✗ He went to bed **until** he finished his homework.

  ○ He did**n't** go to bed **until** he finished his homework.

 說明 「until」表示一段時間，與之連用的動詞應為持續性動詞。如果該動詞是瞬間動詞，則須用其否定式，表示沒有發生該動作的狀態是持續的。

 until[2] [ən'tɪl] prep. 直到⋯才

 例句 **一直到昨天我們才知道這件事。**

  ✗ It was **until** yesterday that we didn't know about it.

  ○ It was **not until** yesterday that we knew about it.

 說明 「not...until」用於強調句型時，「not」要放在「until」前並一同放在被強調位置，後面句子要用肯定形式。

 例句 **直到午夜雨才停。**

  ✗ **Not until** midnight **it** stopped raining.

  ○ **Not until** midnight **did it** stop raining.

說明 「not until」放在句首時，要用倒裝句型，主要子句的助動詞或情態動詞要放在主詞之前。

upstairs ['ʌp'stɛrz] adv. 在樓上，往樓上

例句 我要上樓去。

❌ I am going to upstairs.

⭕ I am going upstairs.

說明 「upstairs」作「往樓上」解，表示運動方向時是副詞，其前不加任何介系詞。

use [jus] n. ①使用；利用　②用途；效用，益處

例句 我們把那些必需品包起來留待日後使用。

❌ We packed those necessities for future uses.

⭕ We packed those necessities for future use.

說明 「use」表示「使用」時，是不可數名詞。

例句 不要把可能有用的東西都扔了。

❌ Don't throw away anything that may be use.

⭕ Don't throw away anything that may be of use.

說明 表示「有用處」，英語用「be of use」。

例句 那本教科書已經不再使用了。

❌ That textbook is no longer in the use.

⭕ That textbook is no longer in use.

說明 ▷ 表示「…在使用」，英語用「be in use」，「use」之前無冠詞。

used to [just tu] ①過去習慣　②習慣於…

例句 ▷ **現在我常每天晚飯後散步。**

✕ Now I **used to** take a walk after supper every day.

○ Now I **usually** take a walk after supper every day.

說明 ▷ 「used to」只適用於表示過去的動作或狀態；表示現在的、經常重複的動作應用「usually」。

例句 ▷ **他習慣開著窗戶睡覺。**

✕ He is **used to sleep** with the window open.

○ He is **used to sleeping** with the window open.

說明 ▷ 「be used to」作「對…已習慣」解，「used」是形容詞，「to」是介系詞，後面接名詞或動名詞。

usual ['juʒʊəl] adj. 平常的，通常的

例句 ▷ **火車像往常一樣又誤點了。**

✕ The train is late, **as usually**.

○ The train is late, **as usual**.

說明 ▷ 「照常」英語用「as usual」表示，在這一片語中，「usual」是形容詞；不可用副詞「usually」。

例句 ▷ **吃飯時，我總是坐著吃。**

✕ I'm usual to sit when I eat.

🅾 **I usually** sit when I eat.

🅾 **It's usual for** me **to sit** when I eat.

說明 表示「（某人）做…是常有的」用「It is usual (for sb to-v)」，此句型不能以「人」為主詞。

vacation [veˈkeʃən, vəˈkeʃən] n. 假期，休假

 她已經去義大利度假了。

❌ She has gone to Italy **on vacations**.

⭕ She has gone to Italy **on vacation**.

 「on vacation」指「一段時間的度假」時，「vacation」是不可數名詞，後面不加「-s」。

 昨天我請了一天假，參加我姊姊的婚禮。

❌ Yesterday I took a **vacation** to attend my sister's wedding.

⭕ Yesterday I took a **day-off** to attend my sister's wedding.

 「day-off」一般指時間較短的休假；「vacation」 一般指時間較長的休假。

 value [ˈvælju] vt. 估價，估計（…的價格）

 他估計這房子值 9500 英鎊。

❌ The house **valued** at £9500.

⭕ He **valued** the house at £9500.

 這輛轎車值一萬美元。

❌ The car **values** at $10,000.

⭕ The car **is valued** at $10,000.

說明 「value」用作動詞，句子主詞是人時表示「替…估價、替…定價」，受詞之後用介系詞「at」來表示價格；當句子主詞是物時，通常要用被動語態「be valued at」形式來表達。

 vegetable ['vɛdʒətəbl] n. 蔬菜

 例句 **我買了許多新鮮水果和蔬菜。**

- ✗ I buy a lot of fresh fruit and vegetable.

- ○ I buy a lot of fresh fruit and vegetables.

 說明 「fruit」是不可數名詞；而「vegetable」是可數名詞。

 very ['vɛrɪ] adv. 很，非常，十分，極

 例句 **他深深地愛上了那女孩。**

- ✗ He was very in love with that girl.

- ○ He was deeply in love with that girl.

- ○ He was very much in love with that girl.

 說明 「very」不能用於修飾介系詞片語；而「deeply」或「very much」則可以。

 例句 **她很受學生尊敬。**

- ✗ She was very respected by her pupils.

- ○ She was greatly [much] respected by her pupils.

 說明 一般情況下，「very」不用來修飾構成被動語態的過去分詞；而「greatly」或「much」則可以。

 例句 **我很喜歡小孩。**

- ✗ I am fond of children very much.

⭕ I am **very fond** of children.

 說明 形容詞「fond」可用「very」修飾，而不能用「very much」修飾。

 view [vju] n. ①看　②看法，意見

 例句 **她為了將來能成為一位合格教師而用功念書。**

❌ She studies hard **with a view to become** a qualified teacher in future.

⭕ She studies hard **with a view to becoming** a qualified teacher in future.

 說明 表示「為的是」「為了」，可以用介系詞片語「with a view to」，其中「to」是介系詞，其後要接動名詞，而不能接不定詞。

 例句 **依我看來，你的決定是錯誤的。**

❌ **According to my view**, your decision is wrong.

⭕ **In my view**, your decision is wrong.

 說明 表示「依某人看來」，應該說「in one's view」。

 例句 **有鑑於此，我們什麼都不能做。**

❌ **In the view of** these facts, we can do nothing.

⭕ **In view of** these facts, we can do nothing.

 說明 表示「鑑於…」，應該說「in view of...」，「view」前無冠詞。

 violin [ˌvaɪəˈlɪn] n. 小提琴

例句 **那男子長笛吹得好，小提琴也拉得很棒。**

❌ The man can play both his **flute** and **violin** very well.

⭕ The man can play both **the flute** and **the violin** very well.

說明 西洋樂器的名稱之前一般加定冠詞「the」。

 visit ['vɪzɪt] n. 訪問；探望；參觀；遊覽

 例句 他對印度的造訪引起了轟動。

✕ His **visit of** India caused a sensation.

◯ His **visit to** India caused a sensation.

 說明 「visit」用於表示「對某地的訪問」時接「to」，不接「of」。

例句 他們五月將去羅馬觀光嗎？

✕ Will they **take a visit to** Rome in May?

◯ Will they **pay a visit to** Rome in May?

 說明 「去…觀光，訪問某地」，英語說「pay a visit to...」，而不能說「take a visit to...」。

 vital ['vaɪtl] adj. 極重要的，必不可少的

 例句 你的支持對這個計畫的成功極為重要。

✕ Your support **is vital for** the success of this project.

◯ Your support **is vital to** the success of this project.

例句 好的食物對健康很重要。

✕ Good food **is vital for** good health.

◯ Good food **is vital to** good health.

 說明 「be vital to」是固定片語，表示「對…很重要」，這裡的「to」是介系詞，後接人或物作受詞。

voice [vɔɪs] n. 聲音

 他繼續用很大的聲音說話。

✗ He continued speaking **with a** very loud voice.

◯ He continued speaking **in a** very loud voice.

 表示「用…聲音」應該用「in a...voice」，介系詞用「in」，而不用「with」。

 他悄無聲息地開門。

✗ He opened the door without a **voice**.

◯ He opened the door without a **sound**.

 「voice」指「人發出的聲音（說話聲、唱歌聲）」；「sound」泛指各種「聲音」。

 vote [vot] n. ①投票；表決 ②選舉權，投票權；表決權

 他有選舉權。

✗ He has **vote**.

◯ He has **the right to vote**.

◯ He has **the vote**.

 「vote」作「選舉權」解時，須與「the」連用。

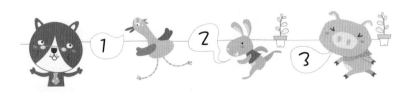

W

wait [wet] vi. 等候，等待

我在門口等你。

❌ I'll **wait** you at the gate.

⭕ I'll **wait for** you at the gate.

「wait」一般用作不及物動詞，「等待某人」須用「wait for sb」。

我正等著有人可以告訴我發生了什麼事。

❌ I'm **waiting that** someone tells me what happened.

⭕ I'm **waiting for** someone to tell me what happened.

「wait」後面不可以接「that子句」，表示「等某人做某事」可以說「wait for sb to-v」。

wake [wek] vi., vt. 醒，喚醒

去看看嬰兒，他已經醒了有一段時間了。

❌ Go and see the baby. He has **waken up** for some time.

⭕ Go and see the baby. He has **been awake** for some time.

「wake up」作「醒來」解時為瞬間動詞，不能和表示「一段時間」的副詞連用，應改用「be awake」。

walk [wɔk] n. 走，步行，散步

他經常晚飯後散步。

✗ He often takes walk after dinner.

○ He often takes a walk after dinner.

○ He often has a walk after dinner.

○ He often goes for a walk after dinner.

說明> 「walk」作名詞表示「散步」時，前面一般要加不定冠詞「a」。

wall [wɔl] n. 牆壁，圍牆

你看到牆上的洞了嗎？

✗ Have you seen the hole on the wall?

○ Have you seen the hole in the wall?

不要在牆上寫字或畫畫。

✗ Don't write or draw in the wall.

○ Don't write or draw on the wall.

說明> 表示牆上有洞、有門時，要用「in the wall」，因為洞、門都是在牆裡面；如指在牆表面上，則用「on the wall」。

want [wɑnt, wɔnt] v. ① vt. 要，想要　② vt. 需要　③ vi., vt. 缺少

我想請他把這封信帶到郵局去。

✗ I want that he should take this letter to the post office.

○ I want him to take this letter to the post office.

表示「想要某人做某事」時，「want」不可後接「that 子句」作受詞，可用「want sb to-v」複合句型。

 這件衣服需要清洗。

- ✗ This coat **wants to wash**.
- ○ This coat **wants washing**.
- ○ This coat **wants to be washed**.

 「want」表示「某物需要怎麼處理」時，可接主動形式的動名詞，也可接被動語態的不定詞，意義都是被動的。

 她從不缺錢用。

- ✗ She has never **wanted of** money.
- ○ She has never **wanted for** money.

 表示「（不）缺乏什麼東西」，一般可說「(not) want for sth」，介系詞用「for」，不用「of」。

 warn [wɔrn] vt., vi. 警告，提醒；告誡

 我提醒他應該馬上離開。

- ✗ I **warned** him **leaving** at once.
- ○ I **warned** him **to leave** at once.

 表示「提醒某人應當做某事」時，可用「warn sb to-v」，而不可用「warn sb v-ing」。

 我警告你別再那樣做了。

- ✗ I **warn** you **not doing** that again.
- ○ I **warn** you **not to do** that again.

☑ I **warn** you **against doing** that again.

🐱 說明

表示「提醒、警告某人不做某事」時，可用「warn sb not to-v」或「warn sb against v-ing」，不可用「warn sb not v-ing」。

water ['wɔtɚ, 'wɑtɚ] n. ①水 ②水中；水面

🐱 例句

我們使用水來作飲用和洗滌。

☒ We use **waters** for drinking and washing.

☑ We use **water** for drinking and washing.

🐱 說明

「water」表示「水」，是不可數名詞；複數形式「waters」指「（江、河、湖、海的）水」，還可指「領海」或「海域」等。

🐱 例句

那個男孩跌進水中淹死了。

☒ The boy fell into **water** and was drowned.

☑ The boy fell into **the water** and was drowned.

🐱 說明

「water」指「（與空中、陸地相對的）水中」時，常加定冠詞「the」。

way [we] n. ①路，道路 ②方法，方式，手段

🐱 例句

你能告訴我去車站的路嗎？

☒ Would you tell me the **road** to the station?

☑ Would you tell me the **way** to the station?

🐱 說明

「road」通常指「道路，馬路」；而「way」則指「從某地到某地的路」，即「路線」，而不一定是「馬路」。

請別站在廚房門口——你擋住了路。

☒ Please don't stand in the kitchen door—you're **on the way**.

☑ Please don't stand in the kitchen door—you're **in the way**.

 表示「妨礙」「礙事」可說「in the way」；「on the way」表示「在…途中」。

 在去辦公室的路上，我遇見了一個老朋友。

☒ **On the way to office**, I met an old friend of mine.

☑ **On the way to my [the] office**, I met an old friend of mine.

 「on the way to...」表示「在去…的路上」，在某些名詞前須加所有格代名詞或定冠詞「the」，如「office」；在某些名詞前則不加所有格代名詞或加定冠詞「the」，如「work」「school」等。

 在他回家的路上，他淋到雨了。

☒ **On his way to home**, he was caught in the rain.

☑ **On his way home**, he was caught in the rain.

 「on one's way」後如果接表示地點的副詞，則不用「to」。

 這是旅行的好方式，我還要再這樣旅行。

☒ It's a nice **way for traveling**, I shall do it again.

☑ It's a nice **way of traveling**, I shall do it again.

☑ It's a nice **way to travel**, I shall do it again.

 在表示「…方式[方法]」時，「way」後面可以接「of v-ing」，也可以接不定詞。

weakness ['wiknɪs] n. ①虛弱；軟弱　②嗜好

他由於身體虛弱，不能再幫助她了。

✗ Because of his weaknesses, he could not help her any more.

○ Because of his weakness, he could not help her any more.

「weakness」表示「虛弱」，是不可數名詞，不用複數形式。

他特別愛讀偵探小說。

✗ He has special weakness in detective stories.

○ He has a special weakness for detective stories.

表示「特別喜歡…」，應該說「have a special weakness for...」，其中「weakness」是可數名詞，多與不定冠詞連用，後接介系詞「for」。

wear [wɛr] vt. ①穿著，戴著　②磨損

他通常穿深藍色的西裝。

✗ He is usually wearing suits of dark blue.

○ He usually wears suits of dark blue.

「wear」表示「穿著」「戴著」，指經常性行為，一般用現在式，不用進行式。

我早上一起床就穿衣服。

✗ I wear my clothes as soon as I get out of bed in the morning.

○ I put on my clothes as soon as I get out of bed in the morning.

「wear」和「put on」都有「穿」的意思，前者表示「穿衣、戴帽等」的狀態；後者表示「穿衣、戴帽等」的動作。

例句 他的褲子已破了好幾個洞。

✗ His trousers have **worn** into holes.

○ His trousers have **been worn** into holes.

 說明 「wear」的過去分詞「worn」可在句中作形容詞，表示「破的」「破舊的」。

 weather ['wɛðɚ] n. 天氣，氣象

 例句 現在的天氣多好！

✗ What **a** fine **weather** we are having now!

○ What fine **weather** we are having now!

 說明 「weather」是不可數名詞，其前不可加「a」。

 例句 在寒冷的天氣，我們很少外出。

✗ We seldom go out in **the** cold **weather**.

○ We seldom go out in cold **weather**.

 說明 當「weather」前有修飾詞如「hot, cold, fine, rainy」等時，習慣上其前不再加「the」。

 weekly ['wiklɪ] adj. 一週一次的，每週的

 例句 你的週薪是多少？

✗ How much is your **week salary**?

○ How much is your **weekly salary**?

 說明 「週薪」一般說「weekly salary」，不說「week salary」。

welfare ['wɛl,fɛr, 'wɛl,fær] n. 幸福；福利

那件事關係到她的幸福。

❌ That matter concerns her **welfares**.

⭕ That matter concerns her **welfare**.

「welfare」是不可數名詞，沒有複數形式。

well¹ [wɛl] adj. 健康的

今天我覺得不太舒服。

❌ I don't feel very **good** today.

⭕ I don't feel very **well** today.

表示健康狀況時只能用「well」，不能用「good」。

well² [wɛl] adv. ①好地　②徹底地，完全地

她不僅會唱歌，還會彈鋼琴。

❌ She sings and **as well** plays the piano.

⭕ She sings and plays the piano **as well**.

「as well」和「too」同義，在肯定句中「as well」表示「也」，通常放在句尾。

她和同學對這個講座很感興趣。

❌ The teacher **as well as** the students **are** interested in this lecture.

⭕ The teacher **as well as** the students **is** interested in this lecture.

說明 「as well as」可以作並列連接詞，相當於「and」，但在連接兩個主詞時，動詞的單、複數要和第一個主詞保持一致。

whatever [hwɑt'ɛvɚ] pron. 無論何事 [何物]

例句 **無論我們想做什麼，都應該做好它。**

✗ No matter whatever we plan to do, we should do it well.

◯ Whatever we plan to do, we should do it well.

◯ No matter what we plan to do, we should do it well.

例句 **無論發生了什麼，你都不要改變主意。**

✗ No matter whatever happens, don't change your mind.

◯ No matter what happens, don't change your mind.

◯ Whatever happens, don't change your mind.

說明 「no matter」意思是「無論」，後面接「what」引導的讓步副詞子句，意思為「無論何事 [何物]」；「whatever」完全等同於「no matter what」，不可重複使用。

when [hwɛn] conj. 當…的時候

例句 **當我們抵達巴黎時，正好是凌晨。**

✗ While we arrived in Paris, it was early in the morning.

◯ When we arrived in Paris, it was early in the morning.

說明 「when」既可以表示一段時間，也可以指時間的某一點；但「while」總表示一段時間。

我們見面時，我將與你們討論這件事。

  ❌ I'll discuss this with you **when we will meet**.

  ⭕ I'll discuss this with you **when we meet**.

 此劇一旦上演將會造成轟動。

  ❌ The play will be a hit **when it will be staged**.

  ⭕ The play will be a hit **when (it is) staged**.

 在由「when, as soon as」等引導的時間副詞子句中，若要表示有關未來的事情，通常用現在式來表示。

 意外是昨夜發生的。

  ❌ **It was** last night **when** the accident happened.

  ⭕ **It was** last night **that** the accident happened.

 「It is [was, etc]...that...」是英語中常見的強調句型，值得注意的是，即使強調時間副詞，連接詞也用「that」，不用「when」。

 where [hwɛr] adv. 在哪裡；到哪裡

 沒有人知道文件放在哪裡。

  ❌ No one knows **where is the document kept**.

  ⭕ No one knows **where the document is kept**.

 「where」引導的受詞子句應採用正常語序，注意不要使用疑問句型。

 我們將訪問你去年工作過的學校。

  ❌ We shall visit the school **where** you worked **there** last year.

  ⭕ We shall visit the school **where** you worked last year.

說明 在關係副詞「where」引導的子句中，「where」既是從屬連接詞，又是副詞，用來說明地點，因此不能再用副詞「there」。

 whether ['hwɛðɚ] conj. 是否

 例句 他問我是否想為行李投保。

✗ He asked **if or not** I wanted to insure my luggage.

◯ He asked **whether or not** I wanted to insure my luggage.

 說明 連接詞「whether」和「if」都可作「是否」解，但連接詞「whether」後可以直接接「or not」，「if」卻不行。

 例句 她不知道該現在就結婚，還是等之後再說。

✗ She doesn't know **if to** get married now or wait.

◯ She doesn't know **whether to** get married now or wait.

 說明 「whether」後可直接接不定詞；「if」後不能直接接不定詞。

 which [hwɪtʃ] pron. 哪一個；哪一些

 例句 他非常喜歡說英語，而且的確說得很好。

✗ He was very fond of speaking English, **that** indeed he spoke well.

◯ He was very fond of speaking English, **which** indeed he spoke well.

 說明 非限定性子句的關係代名詞指物時，要用「which」，不可以用「that」。

 例句 告訴我這些書中你喜歡哪一本。

✗ Tell me **what** of these books you prefer.

◯ Tell me **which** of these books you prefer.

你喜歡哪個顏色——綠色，紅色還是黃色？

❌ **What** color would you like—green, red or yellow?

⭕ **Which** color would you like—green, red or yellow?

 「which」和「what」都是疑問代名詞，但「which」指的是確定範圍中的某一個；「what」一般指的是較不確定範圍中的某一個。

 你們當中誰偷了我的錢包？

❌ **Who of** you has stolen my wallet?

⭕ **Which of** you has stolen my wallet?

 在現代英語中，只有「which」後才可以接「of」片語，而「who」沒有這種用法。

 我買的那本詞典很貴。

❌ The dictionary **which** I bought **it** is very expensive.

⭕ The dictionary **which** I bought is very expensive.

 「which」用作關係代名詞，既引導了子句，又在子句中充當所指事物。

 這是他出生和成長的城市。

❌ This is the city **which** he was born, and brought up.

⭕ This is the city **where** he was born, and brought up.

⭕ This is the city **in which** he was born, and brought up.

 誤句中「which」可代替「city」但不能修飾「was born and brought up」，應該改用「where」或「in which」。

who [hu] pron. 誰，什麼人

 你認為誰將在會議上發言？

❌ **Whom** do you think will speak at the meeting?

⭕ **Who** do you think will speak at the meeting?

說明 「do you think」是插入語，「who」不是作「do you think」的受詞，而是「will speak at the meeting」的主詞。所以，這裡的疑問代名詞應該用「who」（主格），不用「whom」（受格）。

 你在說誰？

❌ **Of who** are you speaking?

⭕ **Of whom** are you speaking?

說明 當受詞直接置於介系詞後面時，應用「whom」，不用「who」。

 漁夫抓到一條被沖上岸的大魚。

❌ The fishermen caught a large fish **who** had been washed ashore.

⭕ The fishermen caught a large fish **that [which]** had been washed ashore.

說明 先行詞是動物時，關係代名詞應該用「that, which」，而不能用「who」。

 why [hwaɪ] adv. 為什麼

 為什麼不去請老師幫忙呢？

❌ **Why don't ask** the teacher for help?

⭕ **Why not ask** the teacher for help?

說明 「Why not do...?」為「Why don't you do...?」的省略形式，無主詞時不用助動詞「do」，「not」後直接加原形動詞。

wide [waɪd] adv. ①寬闊地　②張大地

 把嘴張大。

❌ Open your mouth widely.

⭕ Open your mouth wide.

 「wide」和「widely」都可作副詞。「wide」通常指真正的「大」「寬」；而「widely」則常表示抽象概念「廣泛」。

 他十分清醒。

❌ He is very awake.

⭕ He is wide awake.

 「be wide awake」意為「十分清醒」,是固定用法。

 will [強 wɪl, 弱 wəl] aux. v. ①將,會　②想(做),願[要]…

 她明天來時會把它一起帶來的。

❌ She shall bring it with her when she comes tomorrow.

⭕ She will bring it with her when she comes tomorrow.

 「will」表示未來式,可用於第三人稱;而「shall」只用於第一人稱。

 請你在這裡等我,好嗎?

❌ Shall you please wait for me here?

⭕ Will you please wait for me here?

 當主詞是第二人稱,表示「請求,要求,懇求」時,用「will」而不用「shall」。

例句 我一得到消息就告訴你。

   ✗ I'll tell you as soon as I'll get the news.

   ○ I'll tell you as soon as I get the news.

 說明 在時間副詞子句和條件副詞子句中，一般不用「will」或「would」表示將來，而是用簡單現在式或過去式來表示將來。

 例句 別吵鬧，行嗎？

   ✗ Don't make any noise, do you?

   ○ Don't make any noise, will you?

 說明 在對第二人稱的祈使句中，說話人要求對方做什麼或不做什麼或徵詢對方的意見或看法時，其後都用「will you」提問，而不用「do you」提問。

 wise [waɪz] adj. 聰明的，明智的

 例句 你作出這樣的決定是明智的。

   ✗ It was wise for you to make such a decision.

   ○ It was wise of you to make such a decision.

 說明 「wise」（明智的）要用於「It is wise of sb to-v」的句型，這裡的「of」不能用「for」來代替。

 wish[1] [wɪʃ] n. ①盼望，願望 ②祝福

 例句 他表達了對我們大家的衷心祝福。

   ✗ He expressed his best wish to us all.

   ○ He expressed his best wishes to us all.

 說明 當「wish」表示「祝福」時，要用複數形式。

獻上衷心的祝福。

　❌ With the best wishes!

　⭕ With best wishes!

 就文法而言,形容詞最高級前面都應加「the」,但「with best wishes」是固定片語,「best」前不加定冠詞「the」。

 wish² [wɪʃ] v. ① vt., vi. 希望,想做　② vt. 祝,願

 我現在就要見他。

　❌ I wish seeing him at once.

　⭕ I wish to see him at once.

 「wish」後接不定詞表示「希望」,強調主詞的主觀願望,這時「wish」之後不能接動名詞。

 祝你成功。

　❌ I hope you success.

　⭕ I wish you success.

 祝你生日快樂!

　❌ I hope you a happy birthday.

　⭕ I wish you a happy birthday.

 「wish」後可以接複合受詞,表示「希望」「祝…」,但是「hope」不可以這樣用。

 我希望我們老師來參加我們的晚會。

　❌ I wish that our teacher will come to our evening party.

　⭕ I wish that our teacher would come to our evening party.

I **hope** that our teacher **will** come to our evening party.

 說明 「hope」和「wish」都可以表示「希望」。不過,「hope」表示的「希望」一般來說可以實現,在它後面的受詞子句中動詞用未來式;「wish」所表示的「希望」實現的可能性不大,後面的受詞子句中動詞用假設語氣。

 with [wɪð, wɪθ] prep. ①具有,帶有 ②用,以 ③因⋯而

 例句 他被槍殺了。

 ✗ He was killed **by** a pistol.

 ○ He was killed **with** a pistol.

 說明 通常「with」後接工具;「by」後接「kill」的行動執行者。

 例句 在一個朋友幫助之下,露西把父親帶到英國。

✗ **under** the help of a friend, Lucy took her father to England.

○ **With** the help of a friend, Lucy took her father to England.

說明 說「在⋯幫助之下」,該用「with」;「在⋯的領導、統治、支配之下」用「under」。

例句 請用你自己的話來重述這個故事。

✗ Please retell the story **with** your own words.

○ Please retell the story **in** your own words.

說明 「in」表示用某種語言表達或是強調書寫、作畫中所用的媒介,如墨水、油彩等;「with」則表示使用的工具,包括書寫或作畫時所用的工具。

例句 我經常開著窗戶睡覺。

✗ I often sleep **with** the windows **opened**.

| O | I often sleep **with** the windows **open**.

說明 「with＋n＋adj」句型中的「形容詞」也可換成分詞或副詞作副詞組，但表狀態時一般用形容詞。

例句 他因感冒而缺席了。

| X | He was absent **for** a cold.

| O | He was absent **with** a cold.

說明 「with」在這裡表示「因為…而」，所以不用「for」。

例句 他是個紅頭髮的男子。

| X | He is a man **of** red hair.

| O | He is a man **with** red hair.

說明 「with」可以表示人體具有的某種特徵；這時「with」不能用「of」代替。

例句 我同意你所說的一切。

| X | I'm **on** you in all you say.

| O | I'm **with** you in all you say.

說明 表示「在想法、資訊等方面與某人相同或一致」時，可用「be with sb」句型，這裡的「with」不可以用「on」來代替。

例句 那陌生人說話帶有外國口音。

| X | The stranger spoke **in** a foreign accent.

| O | The stranger spoke **with** a foreign accent.

說明 表示「說話帶有…口音」，應該用介系詞「with」，不用「in」。

within [wɪð'ɪn] prep. 在…以內

他一小時之內就會回來。

✗ He will be back in an hour.

◯ He will be back within an hour.

「in an hour」用於未來式，意為「一小時後」，而「一小時內」應用介系詞「within」。

witness ['wɪtnɪs] n. 目擊者；證人

她是這次意外事件的目擊者。

✗ She was a witness for the accident.

◯ She was a witness of the accident.

◯ She was a witness to the accident.

「witness」作名詞時可與「of」或「to」連用，不可與「for」連用。

wonder ['wʌndɚ] n. ①驚奇，驚嘆，驚異　②奇觀，奇蹟

書中充滿了新奇的事物。

✗ Books are filled with much wonder.

◯ Books are filled with many wonders.

「wonder」作「新奇的事物」「奇蹟」「奇景」解時，是可數名詞。

這種新藥對我的頭痛有神奇的療效。

✗ This new medicine has made wonders for my headache.

◯ This new medicine has done wonders for my headache.

O This new medicine has **worked wonders** for my headache.

說明▶ 表達「創造奇蹟」可以說「do wonders」或「work wonders」，但不能說「make wonders」。

例句▶ **真奇怪他竟然還活著。**

✗ It's the wonder that he is still alive.

O It's a wonder that he is still alive.

說明▶ 表達「真奇怪」「真令人驚訝」可以用「It's a wonder that...」，不可以把不定冠詞「a」換成定冠詞「the」。

例句▶ **難怪他不想走。**

✗ There is no wonder that he didn't want to go.

O It's no wonder that he didn't want to go.

O No wonder that he didn't want to go.

說明▶ 表示「難怪」時用「It's no wonder that...」或「No wonder that...」，不可以說「There is no wonder that...」。

wood [wʊd] n. ①木材，木料　②森林，樹林

例句▶ **他常去附近的森林散步。**

✗ He often goes for a walk in the wood nearby.

O He often goes for a walk in the woods nearby.

說明▶ 當「wood」表「森林」時，常用複數形式。

例句▶ **請幫我找塊木頭。**

✗ Please find me a wood.

O Please find me a piece of wood.

Please find me a block of wood.

 「wood」作物質名詞時為不可數名詞，「一塊木頭」須用「a piece of wood」或「a block of wood」。

 word [wɝd] n. ①話，言語 ②消息 ③諾言

 他不遵守諾言。

 He broke his words.

 He broke his word.

 「break one's word」意為「不遵守諾言」，其中「word」用單數形式。

 我剛收到他抵達的消息。

 I have just received the word of his arrival.

 I have just received word of his arrival.

 作「消息」解時，「word」是不可數名詞，其前不加定冠詞「the」，也不加不定冠詞「a」。

 他們曾為雞毛蒜皮的小事和鄰居吵架。

 They had word with their neighbor over some trifles.

 They had words with their neighbors over some trifles.

 表示「（與某人）發生口角」用「have words (with sb)」，其中「word」用複數形式。

 總之，我不信任他。

 In word, I don't trust him.

 In words, I don't trust him.

 In a word, I don't trust him.

work¹

 說明 「in word」表示「在口頭上」；「in a word」表示「總之」。

 work¹ [wɜ·k] n. ①工作，勞動　②職業；工作；行業

 例句 我在這個鎮上找不到工作。

❌ I cannot find a work in this town.

⭕ I cannot find work in this town.

 說明 「work」是不可數名詞，不可加不定冠詞「a」修飾。

 例句 我起床並準備去上班。

❌ I got up and got ready to go to my work.

⭕ I got up and got ready to go to work.

 說明 「go to work」作「上班」解時不插入「my, your, his」等。同樣，「leave work」作「下班」解時也不插入「my, your, his」等。

 例句 上百萬人失業。

❌ Millions of men are out of the work.

⭕ Millions of men are out of work.

 說明 表示「失業」用「out of work」，「有工作」用「in work」，中間也不加「the」。

 例句 正在工作的人大多數是年輕人。

❌ The people in work are mostly young men.

⭕ The people at work are mostly young men.

 說明 表示「（人）在工作」用「at work」，不用「in work」。

worry ['wɝɪ] vt., vi. 擔心

他們不用為錢發愁。

✗ They didn't have to worry for money.

O They didn't have to worry about money.

說明 表示「為…著急」或「為…發愁」，可以用「worry about sth」的句型，這裡的「about」不能用「for」代替。

worth [wɝθ] adj. 值（多少錢），值得

這本書值得讀。

✗ The book is worth to be read.

O The book is worth reading.

說明 「be worth」後常接動名詞，不接不定詞。

would [強 wʊd, 弱 wəd] aux. v. ①將會　②（從前）常…

當我是個小男孩時，我一直住在鄉村。

✗ When I was a little boy, I would live in the country.

O When I was a little boy, I used to live in the country.

說明 「would」和「used to」都可以表示「過去常常做某事」。「used to」可以指過去延續的情況；「would」只能表示過去習慣的重複動作。

write [raɪt] vt., vi. ①寫　②寫信

請你在日記本中記下我的電話號碼，以免忘記。

❌ Please **write out** my phone number in your diary before you forget it.

⭕ Please **write down** my phone number in your diary before you forget it.

表示「寫下來」可以說「write down」；而「write out」則為「寫出來」「開（出）」。

我新買的筆很好寫。

❌ My new pen **is written** very well.

⭕ My new pen **writes** very well.

筆雖然自己不能寫，英文卻習慣用主動語態，此時的「write」用作不及物動詞。

writing ['raɪtɪŋ] n. ①書寫，寫作　②著作，作品

你這個星期寫了很多作品嗎？

❌ Have you done many **writings** this week?

⭕ Have you done much **writing** this week?

「writing」作「寫作」解時，是不可數名詞，不可用複數形式。

將軍以書面形式發布命令。

❌ The general gave his orders **by writing**.

⭕ The general gave his orders **in writing**.

表達「以書面」時，要用「in writing」，不用「by writing」。

wrong¹ [rɔŋ] adj. ①錯誤的，不對的　②故障的，有毛病的

例句 **機器出了什麼毛病？**

❌ What's **wrong about** the machine?

⭕ What's **wrong with** the machine?

說明 表示「出毛病」「有問題」可以用「be wrong with」的句型，這裡的「with」不可以改成「about」。

 wrong² [rɔŋ] adv. 錯誤地，不正確地

例句 **我的手錶壞了。**

❌ My watch has **gone wrongly**.

⭕ My watch has **gone wrong**.

說明 「wrong」和「wrongly」均可作副詞用，但「go wrong」表「發生故障」是固定用法，不可用「wrongly」。

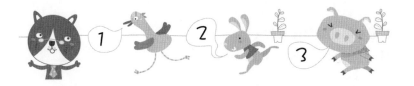

 year [jɪr] n. ① 年　② 年紀，年齡；…歲

 他們好久沒見面了。

✗ It's **year** since they met each other.

◯ It's **years** since they met each other.

說明 表示「很多年」或「很長時間」時，「year」要用複數形式。

 我的鄰居是一個 70 歲的老太太。

✗ My neighbor is a seventy-**years**-old woman.

◯ My neighbor is a seventy-**year**-old woman.

◯ My neighbor is a woman of seventy **years** old.

說明 當修飾語包含數字和名詞時，通常名詞會用單數，另外加上連接號（-）使修飾語成為複合字。

 這所學校是 1932 年創辦的。

✗ This school was founded in the **year of 1932**.

◯ This school was founded in the **year 1932**.

說明 名詞「year」後具體表示年代的詞直接作同位語，不用介系詞「of」。

 我最小的妹妹年僅五歲。

✗ My youngest sister is only **five years**.

⭕ My youngest sister is only **five**.

⭕ My youngest sister is only **five years old**.

⭕ My youngest sister is only **five years of age**.

 說明 要表示某人的具體年齡，不能僅在數詞後加「years」，而應在數詞後加「years old」或「years of age」。

 yesterday[1] ['jɛstɚdɪ, 'jɛstɚˌde] n. 昨天

例句 **昨天晚上我們去看電影了。**

❌ We went to the cinema **yesterday night**.

⭕ We went to the cinema **last night**.

⭕ We went to the cinema **yesterday evening**.

 說明 表示「昨天晚上」，習慣上可以說「last night」或「yesterday evening」，不能說「yesterday night」；但是，我們可以說「yesterday morning [afternoon]」（昨天早晨 [下午]），而不說「last morning [afternoon]」。

 yesterday[2] ['jɛstɚdɪ, 'jɛstɚˌde] adv. （在）昨天

例句 **我昨天遇見他了。**

❌ I met him **on yesterday**.

⭕ I met him **yesterday**.

 說明 一般在「yesterday」「tomorrow」等前不加介系詞。

yet [jɛt] adv. 還（沒）

 在這個問題上，我們還沒有作出最後決定。

❌ We have not decided on the question still.

⭕ We have not decided on the question yet.

 「still」一般用於肯定句中，跟動詞連用；「yet」用於疑問句與否定句中，多放在句尾。

 他們還沒到這裡。

❌ Yet they are not here.

⭕ They are not here yet.

⭕ They are not yet here.

 「yet」在否定句中的位置一般是在「not」後，也可放在句尾，置於句尾時表示強調。

young [jʌŋ] adj. 年幼的，年輕的

 他有一個妹妹。

❌ He has a young sister.

⭕ He has a younger sister.

 表示「妹妹」，應該說「younger sister」，而「young sister」只能表示「年輕的姊姊或妹妹」。

 我們寄託相當大的期望在年輕一輩的身上。

❌ We place high hopes on young generation.

⭕ We place high hopes on the younger generation.

「年輕一代」是「the younger generation」；「老一輩」是「the older generation」，「the」不能省略。

 yours [jʊrz] pron. 你（們）的（東西）

 這本書是你的。

✗ This book is your.

✗ This book is your's.

◯ This book is yours.

 「mine, yours, his, hers, its, ours, theirs」是所有格代名詞，「yours」代替「your + 名詞」，所以後面不能再接名詞；而「my, your, his, her, its, our, their」之後一定要有名詞。

 youth [juθ] n. ①青年〔少年〕時代，青春（期） ②青春，活力

 她在蘇格蘭度過少年時代。

✗ She spent her youths in Scotland.

◯ She spent her youth in Scotland.

 表示一個人的「青春」「少年時代」時，「youth」是不可數名詞。

zeal [zil] n. 熱心，熱忱

例句 他對他的教學工作表現出很大的熱忱。

❌ He **shows a great zeal in** his teaching job.

⭕ He **shows great zeal for** his teaching job.

說明 表示「對…表現出極大的熱忱」，應該說「show great zeal for...」。「zeal」前不能加不定冠詞「a」；同時，與其搭配的介系詞應該用「for」，而不用「in」。

國家圖書館出版品預行編目資料

中翻英正誤辨析 / 高凌主編. -- 初版. --
臺北市：書泉, 2010.04
　　面；　　公分
ISBN 978-986-121-576-1（平裝）

1. 英語　2. 翻譯

805.1　　　　　　　　　　　99005054

中翻英正誤辨析

主　　編	高　凌
發 行 人	楊榮川
總 編 輯	龐君豪
責任編輯	溫小瑩
內頁插畫	吳佳臻
封面設計	吳佳臻

出 版 者　書泉出版社
　　　　　地　　址：台北市大安區 106 和平東路二段 339 號 4 樓
　　　　　電　　話：(02)2705-5066　傳　　真：(02)2706-6100
　　　　　網　　址：http://www.wunan.com.tw
　　　　　電子郵件：shuchuan@shuchuan.com.tw
　　　　　劃撥帳號：01303853
　　　　　戶　　名：書泉出版社

總 經 銷　聯寶國際文化事業有限公司
　　　　　電　　話：(02) 2695-4083
　　　　　地　　址：台北縣汐止市康寧街 169 巷 27 號 8 樓

法律顧問　元貞聯合法律事務所　張澤平律師

出版日期　2010 年 5 月　初版一刷

定　　價　390 元整